古典文獻研究輯刊

十 編

曾 永 義 主編

第 2 冊

中國古代文學竹子題材與意象研究（下）

王 三 毛 著

國家圖書館出版品預行編目資料

中國古代文學竹子題材與意象研究（下）／王三毛 著—初版
— 新北市：花木蘭文化出版社，2014〔民103〕
目 6+244 面；19×26 公分
（古典文學研究輯刊　十編：第 2 冊）
ISBN 978-986-322-903-2（精裝）
1.中國古典文學 2.文學評論 3.竹
820.8　　　　　　　　　　　　　　　　103014140

ISBN-978-986-322-903-2

古典文學研究輯刊
十　編　第二冊　　　　　　ISBN：978-986-322-903-2

中國古代文學竹子題材與意象研究（下）

作　　者　王三毛
主　　編　曾永義
總 編 輯　杜潔祥
副總編輯　楊嘉樂
編　　輯　許郁翎
出　　版　花木蘭文化出版社
社　　長　高小娟
聯絡地址　235 新北市中和區中安街七二號十三樓
　　　　　電話：02-2923-1455／傳真：02-2923-1452
網　　址　http://www.huamulan.tw 信箱 hml 810518@gmail.com
印　　刷　普羅文化出版廣告事業
初　　版　2014 年 9 月
定　　價　十編 18 冊（精裝）新台幣 32,000 元

中國古代文學竹子題材與意象研究（下）

王三毛　著

目

次

下 編

第一章　古代文學竹筍題材與意象研究

　　竹筍的食用與栽培歷史悠久，經濟價值顯著。筍又可觀賞，在菜蔬中是兼具食用性與觀賞性的植物之一。反映在文學中，除了借助竹子的連帶影響，筍本身也以其獨特的形態美感和季節屬性，成爲文學家欣賞、嗜食并樂於表現的對象，積澱了深厚的認識價值和審美價值。

　　本章探討了竹筍題材的文學地位與創作歷程，以獲得關於竹筍題材文學的整體印象。竹筍既有整體美感，筍鞭、筍芽、筍籜等也各具美感，竹筍的美感還被用於比擬佳人纖指美足。竹筍的食用事象較爲豐富，涉及道士、僧人、文人等不同群體與品種、採摘、烹調等相關背景，也涉及「櫻筍廚」、筍蕨等文化應用。苦筍是別具風味的一類，成爲貶謫文學或落魄士人愛用的意象，形成苦況、苦心、苦節及苦諫等意蘊。

第一節　竹筍題材的文學地位與創作歷程

　　筍是竹子幼芽，美感特色鮮明，成爲文學中較爲常見的題材與意象。竹筍在先秦時代即已成爲菜肴並進入詩歌題材，文學表現歷史可謂悠久。相應地，文學中所表現的竹筍美感特色和象徵意蘊也較爲豐厚，幾乎可以從竹子題材中獨立出來。以下試探討竹筍品種與別名、竹筍題材的文學地位及創作歷程。

一、竹筍的品種與別名

　　竹筍品種非常多，載於竹譜筍譜的就不少。晉戴凱之作《竹譜》。《初學

記》載：「戴凱之《竹譜》曰：竹之別類，有六十一焉。」〔註1〕段成式《酉陽雜俎》卷十八也云：「《竹譜》，竹類有三十九。」〔註2〕今本實際只有30多種。宋代僧人贊寧作《筍譜》，「記述竹筍九十五種（一說九十八種），多爲長江以南諸省所產散生竹、叢生竹，而以吳越國所產（即今蘇南、浙江和閩地產者）爲主，尤重於竹筍的經濟利用」〔註3〕。元代李衎作《竹譜》，分畫竹譜、墨竹譜、竹態譜和竹品譜四門。張鈞成描述《竹品譜》云：

> 竹品則涉及竹類的品種，此譜將「宜入圖畫者爲全德品，以形態詭怪者爲異形品，以顏色不同之爲異色品，以神異非常者爲神異品，又有似是而非者？有竹名而非竹者，通爲六品」。其中全德品七十五種，附有七圖；異形品一百五十八種，附有二十五圖；異色品六十三種，附有七圖；神異品三十八種，附有六圖；似是而非品二十三種，附有八圖；有名而非竹品二十二種，附有十圖。共三百七十九條，除去似是而非品和有名而非竹品，屬於竹類共三百三十四條。〔註4〕

到明清時代，《竹譜》多屬畫譜性質，竹筍品種則多載於地方志的物產門。

竹筍爲不同階層人群所喜食，又是重要而常見的繪畫題材，可謂美感價值與經濟價值並重。但竹筍的食用價值要超過其美感價值，畫作與畫譜對竹筍品種的載錄還較少，有時甚至並不計較竹筍品種，而筍譜與文人歌咏所涉及的竹筍品種則較多。可食用的竹筍品種，詩文及山經地志多有記載。戴凱之《竹譜》云：「棘竹駢深，一叢爲林。根如推輪，節若束針。亦曰笆竹，城固是任。篾筍既食，鬢髮則侵。」這種竹筍「筍味落人鬚髮」〔註5〕，可見並非佳肴。《竹譜》又載：

> 般腸實中，與笆相類。於用寡宜，爲筍殊味。般腸竹生東郡緣海諸山中，其筍最美。

〔註1〕《初學記》卷二八《竹第十八》，第3冊第694頁。

〔註2〕〔唐〕段成式撰《酉陽雜俎》卷一八「廣動植之三·木篇」，《唐五代筆記小說大觀》上冊第691頁。

〔註3〕苟萃華作《筍譜》百川學海影刻宋咸淳本提要，載任繼愈主編《中國科學技術典籍通彙·生物卷》，鄭州：河南教育出版社，1993年，第1冊第113頁。

〔註4〕張鈞成作《竹譜》提要，載任繼愈主編《中國科學技術典籍通彙·生物卷》，鄭州：河南教育出版社，1993年，第2冊第2頁。

〔註5〕〔晉〕戴凱之撰《竹譜》，《四庫全書》第845冊第174頁下欄。

　　雞脛似箽，高而筍脆。雞脛，箽竹之類，纖細，大者不過如指，疎葉，黃皮，強肌，無所堪施，筍美，青班色綠，沿江山岡所饒也。

　　篃亦菌徒，概節而短。江漢之間，謂之竹籦。《山海經》云，其竹名篃，生非一處，江南山谷所饒也，故是箭竹類。一尺數節，葉大如屨，可以作篷，亦中作矢，其筍冬生。《廣志》云，魏時漢中太守王圖每冬獻筍，俗謂之籦筍。

　　肅肅篧簹，夏夏攢植。擢筍於秋，冬乃成竹。無大無小，千萬修直。篁幕內萭，繡文外絶。篧簹竹，大如腳指，堅厚修直，腹中白膜闌隔，狀如濕面生衣，將成竹而筍皮未落，輒有細蟲嚙之，隕籜之後，蟲嚙處往往成赤文，頗似繡畫可愛。南康所生，見沈志也。

　　浮竹亞節，虛軟厚肉。臨溪覆潦，棲雲陰木。洪筍滋肥，可爲旨蓄。浮竹長者六十尺，肉厚而虛軟，節闊而亞，生水次，彭蠡以南、大嶺以北遍有之，其筍未出時掘取，以甜糟藏之，極甘脆，南人所重旨蓄，謂草菜甘美者可蓄藏之，以候冬，詩曰：我有旨蓄，可以禦冬。〔註6〕

所載可食竹筍計有般腸、雞脛、篃竹、篧簹、浮竹等五種，其中「篧簹」側重筍皮繡文的美感特點，未言可食，但既然有「蟲嚙處」，當也可食。段公路《北戶錄》云：「湘源縣，十二月食斑皮竹筍，滋味與北中七八月筍牙小類，但甜脆過之，諸筍無以及之。」〔註7〕這種筍也是斑皮，且筍味甜脆，未知是否篧簹筍。

　　宋代出現名貴竹筍如猫頭筍等。韓維《玉汝惠猫頭筍》：「漢臣問鵬曾遊地，臘祭迎猫始出林。」〔註8〕可知猫頭筍屬於冬筍。蘇軾《與杜孟堅尺牘》：「朱守餉筍，云潭州來，豈所謂猫頭之稚者乎？」知潭州產猫頭筍。玉版筍也是名貴竹筍。惠洪《冷齋夜話》載：「〔蘇軾〕嘗要劉器之同參玉版和尚，器之每倦山行，聞見玉版，欣然從之。至廉泉寺，燒筍而食，器之覺筍味勝，

〔註6〕　〔晉〕戴凱之撰《竹譜》，《四庫全書》第 845 冊第 175 頁下、177 頁上、177 頁下、178 頁下、179 頁上。
〔註7〕　〔唐〕段公路《北戶錄》卷二「斑皮竹筍」條，《四庫全書》第 589 冊第 51 頁下欄左。
〔註8〕　《全宋詩》第 8 冊第 5287 頁。

問：『此筍何名？』東坡曰：『即玉版也。此老師善說法，要能令人得禪悅之味。』於是器之乃悟其戲，爲大笑。」〔註9〕蘇軾並有詩記此事：「叢林眞百丈，法嗣有橫枝。不怕石頭路，來參玉版師。聊憑柏樹子，與問擰龍兒。瓦礫猶能說，此君那不知。」〔註10〕蘇軾雖是戲言，筍名玉版却是實有，並非杜撰。蘇軾同時稍早詩人即已歌咏，如陶弼《三山亭》：「玉版淡魚千片白，金膏鹽蟹一團紅。」〔註11〕徐積《謝張尉》：「魚菹乃以玉版名，可將苦酒試光明。」〔註12〕羅大經《鶴林玉露》卷一一：

> 楊東山嘗爲余言：「昔周益公、洪容齋嘗侍壽皇宴。因談肴核，上問容齋：『卿鄉里何所産？』容齋，番易人也。對曰：『沙地馬蹄鱉，雪天牛尾狸。』又問益公。公廬陵人也。對曰：『金柑玉版筍，銀杏水晶葱。』」〔註13〕

知玉版筍産於江西吉安。其名玉版，當得自皮色潔白如玉，如「剗藤玉版開雪膚」（蘇軾《六觀堂老人草書》）〔註14〕、「玉版烹雪筍，金苞擘雙柑」（陸游《村舍小酌》）〔註15〕。

不同品種竹筍的出筍期各不相同。早筍一般生於冬末春初。嵇含《南方草木狀》：「思摩竹，如竹大，而筍生其節。筍既成竹，春而筍復生節焉，交廣所在有之。」〔註16〕可見南方交廣之地也以春筍爲常見。在特定氣候條件下，竹筍也會冬生。揚雄《蜀都賦》：「盛冬育筍。」〔註17〕揚雄所言爲蜀地，溫暖濕潤的四川盆地冬季不太嚴寒，故而盛冬發筍。嶺南冬筍更爲常見，如「嶺南信地暖，窮冬竹萌賣」（黃公度《謝傅參議彥濟惠筍用山谷韻》）〔註18〕。但北方也有冬筍。杜甫《發秦州》云：「密竹復冬筍，清池可方舟。」冬筍又

〔註9〕《冷齋夜話》卷七「東坡戲作偈語」條，第54～55頁。
〔註10〕蘇軾《器之好談禪不喜遊山山中筍出戲語器之可同參玉版長老作此詩》，《全宋詩》第14冊第9585頁。
〔註11〕《全宋詩》第8冊，第4991頁。
〔註12〕《全宋詩》第11冊，第7620頁。
〔註13〕〔宋〕羅大經撰、王瑞來點校《鶴林玉露》乙編卷之五「肴核對答」條，北京：中華書局，1983年，第205頁。
〔註14〕《全宋詩》第14冊第9448頁。
〔註15〕《全宋詩》第39冊第24526頁。
〔註16〕此條據上海古籍出版社編《漢魏六朝筆記小說大觀》，上海古籍出版社，1999年，第267頁。
〔註17〕《全漢賦校注》上冊第214頁。
〔註18〕《全宋詩》第36冊第22501頁。

稱臘筍，如「破臘初挑篰，誇新欲比瓊」（梅堯臣《臘筍》）〔註19〕。物以稀為貴，冬筍在冬季素肴中是珍品，頗受人們喜愛。春雷響後，春雨霏霏，「熏風起籜龍」（魏了翁《南柯子》），江南早筍破土而出，迎來了早筍的豐收季節。竹筍畢竟是時蔬，過時就老而不可食，所以詩人多勸人及時食筍，如白居易說「且食勿踟蹰，南風吹作竹」（《食筍》），楊萬里也說「不須咒筍莫成竹，頓頓食筍莫食肉」（《晨炊杜遷市煮筍》）〔註20〕。

　　遲筍初夏才生。張衡《南都賦》：「春卵夏筍，秋韭冬菁。」〔註21〕四月生，可謂夏筍。方干《山中》云：「窗竹未抽今夏筍，庭梅曾試當年花。」云「未抽今夏筍」，可知是曾抽夏筍。還有秋筍。《詩經‧韓奕》：「其蔌維何？維筍及蒲。」陸璣《疏》云：「筍，竹萌也。皆四月生。唯巴竹筍八月、九月生。始出地，長數寸，鬻以苦酒，豉汁浸之，可以就酒及食。」〔註22〕《永嘉記》：「含隋竹筍，六月生，迄九月，味與箭竹筍相似。」〔註23〕宋祁《慈竹贊》：「筍生夏秋，……筍不時萌。」〔註24〕《竹譜詳錄》載：「方竹，兩浙江廣處處有之。枝葉與苦竹相同，但節莖方正如益母草狀，深秋出筍，經歲成竹。」〔註25〕以上這些都是出筍期在夏秋季節的品質。除品種不同導致出筍期不同外，同一品種竹筍也會因地理環境不同而出筍時間有異。如沈括為說明地勢高下不同導致植物開花結果時間不同，舉例說：「笙竹筍，有二月生者，有四月生者，有五月而方生者，謂之晚笙。」〔註26〕江南四時皆有竹筍。《齊民要術》：「二月食淡竹筍，四月、五月，食苦竹筍。」〔註27〕《永嘉記》云：「明年應上今年十一月筍，土中已生，但未出，須掘土取；可至明年正月出土訖。五月方過，六月便有含隋筍。含隋筍迄七月、八月。九月已有箭竹筍，迄後年四月。竟年常有筍不絕也。」〔註28〕可謂全年皆有筍可食。竹筍為素食之上品，故稱「美甲諸蔬」。但竹筍一年四季皆有，故價格便宜，所謂「一

〔註19〕《全宋詩》第 5 冊第 2978 頁。
〔註20〕《全宋詩》第 42 冊第 26533 頁。
〔註21〕《全漢賦校注》下冊第 727 頁。
〔註22〕《毛詩正義》卷十八之四，第 1234 頁。
〔註23〕《齊民要術校釋》卷五，第 260 頁。
〔註24〕《全宋文》第 25 冊第 34 頁。
〔註25〕《竹譜詳錄》卷四《異形品上》，第 69 頁。
〔註26〕《新校正夢溪筆談》卷二六，第 265 頁。
〔註27〕《齊民要術校釋》卷五，第 259 頁。
〔註28〕《齊民要術校釋》卷五，第 260 頁。

日偶無慵下箸，四時都有不論錢」（馮時行《食笋》）〔註29〕。

竹笋別名非常多。《爾雅·釋草》稱：「笋，竹萌。」邢昺疏：「孫炎曰：『竹初萌生謂之笋。』凡草木初生謂之萌，笋則竹之初生者，故曰：笋，竹萌也。」〔註30〕東漢許慎《說文解字》稱：「笋，竹胎也。」〔註31〕均闡述了竹笋之名的來歷，即笋是初生之竹。贊寧《笋譜》列舉笋、萌、箬竹、㯠、蕍蘆、竹胎、竹牙、茁、初篁、竹子等名稱。陸佃《埤雅》云：「筍（「笋」的異體字）從勹從日，勹之日爲笋，解之日爲竹。一曰從旬，旬內爲笋，旬外爲竹。今俗呼竹爲『妒母草』，言笋旬有六日而齊母。」〔註32〕「妒母草」之名反映竹笋生長快的特點。李衎《竹譜詳錄》說：「笋初出土者謂之萌，又名蕊，又名籛，又名竹胎。稍長謂之牙，漸長名笪，又名㯠，又名子，又名笣，又名箈。過母名葟，別稱曰籜龍，曰錦繃兒，曰玉版師。」〔註33〕明代彭大翼羅列竹笋之名：「笋一名竹胎，一名初篁，一名竹萌，一名箬，一名籜龍，一名龍孫。」〔註34〕可見不少竹笋名稱得自形象化的比喻，如帶「龍」字的別名反映了竹子龍崇拜的文化印痕。傳說也會影響到竹笋名稱，如贊寧《笋譜》據夜郎竹王傳說列「竹王林笋」，就並非嚴格的竹笋品種。

不少竹笋別名是根據竹笋的生長狀態命名的。如《叩頭錄》云：「皮藩去北而復來鄱陽，食竹笋，曰：『三年不見羊角，衰矣。』」〔註35〕竹笋名「羊角」，是取其形似。竹笋別名不僅得自對動物的比擬，也有來自對人類的譬喻。《神異經》云：「（涕竹）其笋甘美，煮食之可以止創癘。」張華注云：「子，笋也。」〔註36〕「子」是象形字，本指幼兒。可知「竹子」晉代即已成詞，語尾「子」字還未虛泛化，不同於後來「竹子」泛稱竹〔註37〕。竹笋又名「稚

〔註29〕《全宋詩》第 34 冊第 21636 頁。

〔註30〕李學勤主編《爾雅注疏》，北京大學出版社，1999 年，第 236 頁。

〔註31〕〔東漢〕許慎撰、〔清〕段玉裁注《說文解字注》，上海古籍出版社，1981 年，第 189 頁下欄右。

〔註32〕〔宋〕陸佃著、王敏紅校點《埤雅》卷一五「竹」條，杭州：浙江大學出版社，2008 年，第 146 頁。

〔註33〕《竹譜詳錄》卷二《竹態譜》，第 27 頁。

〔註34〕〔明〕彭大翼撰《山堂肆考》卷二〇三，《四庫全書》第 978 冊，第 165 頁上欄右。「籜龍」一詞初見於盧仝《寄男抱孫》。

〔註35〕〔宋〕潘自牧撰《記纂淵海》卷九六引，《四庫全書》第 932 冊第 748 頁上欄。

〔註36〕〔漢〕東方朔撰《神異經》，《四庫全書》第 1042 冊第 268 頁上欄右。

〔註37〕加詞綴「子」是魏晉時期普遍用法，類似的植物名詞，如桃子、李子。《世說新語·雅量》：「樹在道邊而多子，此必苦李。」但「竹子」詞綴「子」的虛

子」,《冷齋夜話》云:

> 老杜詩曰:「竹根稚子無人見,沙上鳧雛并母眠。」世或不解
> 「稚子無人見」何等語。唐人《食筍》詩曰:「稚子脫錦襬,駢頭玉
> 香滑。」則稚子爲筍明矣。贊寧《雜誌》曰:「竹根有鼠,大如貓,
> 其色類竹,名竹豚,亦名稚子。」予問韓子蒼,子蒼曰:「筍名稚子,
> 老杜之意也,不用《食筍》詩亦可耳。」〔註38〕

宋代朱翌《猗覺僚雜記》也云:「杜云:『竹根稚子無人見。』稚子即筍。或
以爲竹䑕,非也。牧之云:『幽筍稚相携,小蓮娃欲語。』以蓮比娃,以筍比
稚子,與子美同意。」〔註39〕

　　竹筍別名還與地域因素有關。何休注公羊:「筍音峻。筍者,竹箘,一名
編,齊、魯已北名爲筍。」〔註40〕可見竹筍名稱繁多也因爲地域因素導致的
各地方言差異。再如《廣東通志》卷五十二載:「馬竹筍大如盤,長有二尺餘,
出從化。銀竹筍長三四尺,肥白而脆,產西寧。聖筍出增城。春不老亦筍名,
出陽山。龍牙、油筒,竹之筍也。甜竹筍、筀竹筍,所在有之,皆筍之甜味
而美者。柔筒筍小而佳,出新興、陽春山谷中。」〔註41〕這僅是廣東竹筍別
名的不完全統計,全國範圍歷代文獻所記竹筍別名應相當繁多。竹筍之產主
要在南方。古有笑話云:漢人適吳,吳人設筍。問是何物。曰:「竹也。」歸
煮竹席不熟,曰:「吳人欺我哉!」這一類型故事初見於三國魏邯鄲淳撰《笑
林》〔註42〕。笑話中所煮竹筍可能是筍乾,因其外形更像竹子的切片。笑話
不能當眞,更不能以之推測古代竹筍的分佈。笑話雖揭示漢人愚蠢,却也暗
示竹筍味美,因此詩人感慨「此君風味殊不薄,莫笑當年煮簀人」(唐士耻《筍
乾》)〔註43〕。實際上,竹子的分佈遠遠不僅長江流域。如左思《魏都賦》:「淇

　　化則較遲,較早的例證是《樂府詩集·清商曲辭四·黃竹子歌》「江邊黃竹子,
　　堪作女兒箱」。這是《漢語大詞典》所舉例證。既然「堪作女兒箱」,此「竹
　　子」顯然不是竹筍。《樂府詩集》注:「唐李康成曰:《黃竹子歌》、《江陵女歌》,
　　皆今時吳歌也。」可見至遲唐代已稱竹爲「竹子」。唐樊綽撰《蠻書》卷一也
　　云:「第七程至竹子嶺,嶺東有暴蠻部落,嶺西有盧鹿蠻部落。」

〔註38〕《冷齋夜話》卷二「稚子」條,第22頁。
〔註39〕〔宋〕朱翌撰《猗覺僚雜記》卷上,北京:中華書局,1985年,第26頁。
〔註40〕《史記》卷八九《陳餘傳》,第8冊第2585頁。
〔註41〕《廣東通志》卷五二「物產志」,《四庫全書》第564冊第449頁上欄。
〔註42〕祁連休著《中國古代民間故事類型研究》卷上,石家莊:河北教育出版社,
　　　　2007年,第191頁。
〔註43〕《全宋詩》第60冊第37835頁。

洹之笋，信都之棗。」〔註44〕可見古代北方的河南產笋。

弄清竹笋的品種與別名是進行竹笋題材文學研究的基礎性工作。竹笋得名不僅來自竹子品種，還源自竹笋的生長形態、滋味及出笋時間、地域因素等，因此別名極多，難以全部羅列考證，以上僅是掛一漏萬地略述常見品種與別名。

二、竹笋題材的文學地位

古代文學中的植物題材與意象較爲豐富，笋處於怎樣的地位呢？我們通過一些文獻的檢索數據來瞭解：

（1）、《全唐詩》篇名所見各植物的篇數前 30 位依次爲：楊柳（1095，此爲具體數量，下同）、竹（380）、松柏（368）、蓮荷（245）、梅（153）、桃（143）、蘭蕙（139）、牡丹（137）、茶（123）、菊（108）、杏（98）、桂（94）、桑（88）、梧桐（79）、櫻桃（57）、榴（54）、薔薇（51）、蒲（40）、麻（37）、蘆葦（34）、海棠（34）、橘（32）、葛（28）、梨（26）、芝（25）、蓬（23）、苔蘚（21）、葵（19）、蕉（17）、楓（17）、笋（17）、茱萸（14）、槐（13）。

（2）、《全宋詞》正文單句所含各植物的句數前 30 位依次爲：楊柳（3529）、梅（2953）、桃（1755）、竹（1571）、蓮荷（1551）、蘭蕙（1302）、松柏（1080）、蓬（802）、菊（696）、桂（660）、李（558）、杏（554）、梧桐（504）、萍（442）、蒲（434）、苔蘚（400）、梨（374）、芙蓉（361）、海棠（308）、穀（298）、蘆蓼（254）、茅（254）、柑橘（252）、槐（232）、桑（205）、茶（196）、菱芡（182）、椿（180）、粟（160）、笋（154）、楓（153）。

（3）、清《佩文齋咏物詩選》所收各植物的篇數前 30 位依次爲：梅（225）、楊柳（195）、竹（162）、蓮荷（125）、茶（115）、松（85）、菊（78）、桃（75）、牡丹（70）、桂（66）、杏（52）、海棠（47）、櫻桃（45）、蘭（43）、桔（41）、荔枝（38）、笋（36）、梧桐（35）、薔薇（34）、蘆葦（33）、木芙蓉（31）、梨（30）、榴（30）、酴醾（29）、芍藥（28）、芭蕉（27）、苔蘚（26）、藤花（25）、菱芡（22）、菰蒲（22）、臘梅（22）、木槿（21）、玉蕊（20）。

（4）、清《古今圖書集成》草木典所收各植物的文學作品數量，排名前30 位：梅花（617）、楊柳（485）、蓮荷（411）、竹（392）、牡丹（330）、松

柏（295）、菊（267）、海棠（239）、桃（205）、桂（203）、梨（127）、蘭（121）、杏（109）、櫻桃（94）、桑（89）、石榴（87）、橘（85）、芍藥（81）、梧桐（81）、水仙（80）、荼蘼（66）、笋（64）、蕉（59）、槐（59）、薔薇（57）、山茶（46）、茉莉（42）、李（38）、杜鵑（35）、月季（20）、楓（18）。

上述四種著作，前兩種是唐詩、宋詞總集，代表不同時代與文體，對唐詩選擇篇名進行統計，對宋詞則以單句進行統計。後兩書是清朝重要類書，一爲歷代咏物詩的分類選本，一爲集大成式的類書，所選多是名篇佳作。笋意象或題材出現的數量排名分別是 28、29、17、21。

我們還可提供清代所編辭書中植物詞條的統計情況：

（1）《佩文韵府》所收植物爲主字的詞彙數量，前 15 名依次是：草（701）、松柏（420）、竹（388）、楊柳（320）、荷蓮藕（288）、茶茗（272）、蘭蕙（214）、桃（190）、桂（180）、梧桐（160）、梅（157）、菊（157）、桑（131）、笋（131）、蘆葦（119）、蒲（110）、槐（83）。

（2）《駢字類編》所收植物爲定語之詞彙數量，前 15 名依次是：竹（454）、蘭蕙（387）、松柏（351）、楊柳（292）、草（284）、蓮荷藕（283）、茶茗（274）、梅（220）、桂（216）、桑（177）、桃（137）、梧桐（114）、菊（104）、槐（101）、笋（75）。

以上兩書所收詞彙各有特點，前書按韵腳選詞，如「～笋」；後書選詞以植物爲定語，如「笋～」。兩書體例上互補有無，可以大致反映植物在詞彙中的組詞情況。笋所佔詞條數量分別列第 12、15 位。

笋是竹子幼芽，二者本是一物，竹子題材文學或多或少都會涉及笋，因此難以將二者截然分開。上文都是將竹與笋分開進行統計的，在表現竹子題材與意象的作品中一般也會寫到笋，所以實際寫笋的作品比我們統計的要多。就現在的統計數據看，笋也完全可以脫離竹子，自立門庭。與其他植物題材與意象相比，笋比上不足，比下有餘，算得上古代文學中較爲常見而重要的題材與意象。

三、竹笋題材的創作歷程

竹笋的食用在《詩經》時代即已進入文學表現。先秦文獻中的笋意象多是作爲菜蔬出現的，如「其蔌維何，維笋及蒲」（《小雅·斯干》）、「加豆之實，笋菹魚醢」（《周禮·天官·醢人》）、「和之美者，……越駱之菌」（《呂氏春秋》）。

也有表現竹笋美感的，如「如竹苞矣」（《詩經・斯干》）形容竹笋叢生而本概的美感特點。漢魏文學中的笋意象，如枚乘《七發》「犓牛之腴，菜以笋蒲」、揚雄《蜀都賦》「盛冬育笋」〔註 45〕、李尤《七疑》「橙醢笋菹」〔註 46〕、張衡《南都賦》「春卵夏笋」〔註 47〕、魏劉楨《魯都賦》「夏簜攢包」〔註 48〕等零星的記載〔註 49〕，這幾例或關注竹笋的食用價值，或著眼於竹笋的物候特點與地方物產，對其形象美感的留意顯然還不夠。

　　兩晉南北朝文學中，文賦等作品還延續傳統將笋作爲物產或菜蔬予以表現，如「緗箈、素笋，彤竿、綠筒」（王彪之《閩中賦》）〔註 50〕、「苞笋抽節，往往縈結」（左思《吳都賦》）、「淇洹之笋，信都之棗」（左思《魏都賦》）、「菜則蔥韭蒜芋，青笋紫薑」（潘岳《閑居賦》）、「青笋紫薑，固栗霜棗」（蕭繹《與蕭諮議等書》）、「澄瓊漿之素色，雜金笋之甘菹」（蕭綱《七勵》）、「新芽竹笋，細核楊梅」（庾信《春賦》）〔註 51〕，但是已經不占主流，而且同時也從顏色、形態等不同側面作了更爲具體的描繪。伴隨著自然審美意識的自覺，竹笋的美感特色在這一時期的文學中得到較多表現，如「五離九折，出桃枝之翠笋」（蕭綱《答南平嗣王餉舞簟書》）〔註 52〕描繪竹笋土中延伸的情態，「水蒲開晚結，風竹解寒苞」（庾信《園庭詩》）〔註 53〕描繪竹笋風中落籜的形象，都摹寫傳神。更多情況下，竹笋是作爲物候風物出現的，如「厭見花成子，多看笋爲竹」（王僧孺《春怨詩》）〔註 54〕、「早蒲欲抽葉，新篁向舒荂」（王筠《奉和皇太子懺悔應詔詩》）〔註 55〕、「窗梅落晚花，池竹開初笋」（蕭愨《春庭晚望詩》）〔註 56〕、「短笋猶埋竹，香心未起蘭」（庾信《正旦上司憲府詩》）

〔註 45〕《全漢賦校注》上冊第 214 頁。

〔註 46〕贊寧《笋譜》引李尤《七疑》語，此處轉引自程章燦《魏晉南北朝賦史》，南京：江蘇古籍出版社，1992 年，第 346 頁。

〔註 47〕《全漢賦校注》下冊第 727 頁。

〔註 48〕《全漢賦校注》下冊第 1121 頁。

〔註 49〕何寶年以爲「張衡的《南都賦》及李尤的《七疑》則開始咏及竹笋」（何寶年《中國咏竹文學的形成和發展》，《文教資料》1999 年第 5 期，第 138 頁）。其實，從植物美感的角度咏及竹笋的，揚雄《蜀都賦》較張衡《南都賦》爲早。

〔註 50〕《全上古三代秦漢三國六朝文・全晉文卷二一》，第 2 冊 1574 頁下欄右。

〔註 51〕《全上古三代秦漢三國六朝文・全後周文卷八》，第 4 冊第 3920 頁上欄左。

〔註 52〕《全上古三代秦漢三國六朝文・全梁文卷一一》，第 3 冊第 3012 頁下欄右。

〔註 53〕《先秦漢魏晉南北朝詩・北周詩卷三》，下冊第 2377 頁。

〔註 54〕《先秦漢魏晉南北朝詩・梁詩卷一二》，中冊第 1770 頁。

〔註 55〕《先秦漢魏晉南北朝詩・梁詩卷二四》，下冊第 2014 頁。

〔註 56〕《先秦漢魏晉南北朝詩・北齊詩卷二》，下冊第 2279 頁。

〔註 57〕。秋筍如「竹泪垂秋筍，蓮衣落夏藥」（庾信《和宇文內史入重陽閣詩》）〔註 58〕。但秋筍畢竟少見，文學中也極少表現。撇開特殊品種不論，竹筍一般生於春季，故稱春筍，所謂「望春擢筍，應秋發堅」〔註 59〕。由於地理位置與氣溫等因素的影響，竹筍出土時間並不整齊劃一，而是自冬季至初夏，持續時間較長。早筍冬季即破土而出，可與梅花組成冬景，如「玩竹春前筍，驚花雪後梅」（江總《歲暮還宅詩》）〔註 60〕，晚筍初夏才姍姍來遲，也可與柳條組成初夏之景，如「春筍方解籜，弱柳向低風」（蕭琛《餞謝文學詩》）。此期也形成一些與竹筍有關的象徵意蘊。如謝朓《詠竹詩》：「窗前一叢竹，青翠獨言奇。南條交北葉，新筍雜故枝。月光疏已密，風來起復垂。青扈飛不礙，黃口得相窺。但恨從風籜，根株長別離。」〔註 61〕詩中新筍與故枝相雜、筍籜與根株分離的描寫，既契合竹筍的情狀，也寄託詩人的別離情懷〔註 62〕。張正見《賦得階前嫩竹》：「翠竹梢雲自結叢，輕花嫩筍欲凌空。」〔註 63〕此詩抓住竹筍勢欲凌雲的情態，為竹筍凌雲之志的象徵意蘊開了先聲。

　　竹筍在唐前文學中僅僅作為意象出現，缺乏專題描寫。唐代出現了專篇咏筍的詩文。《全唐詩》詩題含「筍」的詩作 17 首，詩歌正文含「筍」的 268 首。唐代重要作家詩文中多有筍意象，名家名篇如白居易《食筍》、韓愈《和侯協律咏筍》、李賀《昌谷北園新筍四首》、李商隱《初食筍呈座中》、李嶠《為百僚賀瑞筍表》、王維《冬筍記》、陸龜蒙《筍賦》等。其中李賀的組詩在唐代文學史乃至整個文學史上都很引人注目。可見唐五代是竹筍題材創作的高峰期。筍在唐代文學題材中能佔有一席，與它的食用價值分不開，道士、僧徒和文人貴族都嗜食竹筍。以僧人食筍為例，僧人唐代薦新用竹筍，有所謂「櫻筍廚」，對貴族飲宴乃至民眾生活都有深刻的影響。唐代又繼承前朝竹筍祥瑞文化與孝文化內涵，藉以讚美友朋品德、歌頌帝治昇平。李嶠《為百僚

〔註 57〕《先秦漢魏晉南北朝詩・北周詩卷二》，下冊第 2357 頁。
〔註 58〕《先秦漢魏晉南北朝詩・北周詩卷三》，下冊第 2374 頁。
〔註 59〕此為晉江逌《竹賦》佚文，轉引自程章燦《魏晉南北朝賦史》，江蘇古籍出版社，1992 年，第 380 頁。
〔註 60〕《先秦漢魏晉南北朝詩・陳詩卷八》，下冊第 2590 頁。
〔註 61〕《先秦漢魏晉南北朝詩・齊詩卷三》，中冊第 1436 頁。
〔註 62〕魏耕原說：「『但恨從風籜，根株長別離』，頗屬外放口氣。」見氏著《謝朓詩論》，北京：中國社會科學出版社，2004 年，第 181 頁。
〔註 63〕《先秦漢魏晉南北朝詩・陳詩卷三》，下冊第 2499 頁。

賀瑞筍表》云：「伏惟陛下仁兼動植，化感靈祇，故得萌動惟新，象珍臺之更
始；貞堅效質，符聖壽之無疆：鄰帝座而虛心，當歲寒而抱節。」王維《冬
筍記》也表達了孝行特出、祥發於筍的觀念。竹子比德意蘊也豐富了竹筍的
精神象徵內涵，如「層層離錦籜，節節露琅玕。直上心終勁，四垂烟漸寬」（齊
己《新筍》），雖說的是竹筍，其實有節、竿直、心勁等意蘊都來自竹子比德
意蘊。這些無疑都促進激發了文學中竹筍題材與意象的發展。白居易《食筍》
詩勸人食筍云：「且食勿踟躕，南風吹作竹。」盧仝《寄男抱孫》則勸人莫食：
「竹林吾所惜，新筍好看守。萬籜抱龍兒，攢迸溢林藪。籜龍正稱冤，莫教
入汝口。叮嚀囑託汝，汝活籜龍否。」別具一格地表達了惜材愛筍的意識。
就表現竹筍的美感特色而言，韓愈《和侯協律咏筍》是一篇代表性作品，對
竹筍的個體和群體形態都有傳神的描摹，如「見角牛羊沒，看皮虎豹存」等
就爲後人所沿襲。就表現竹筍的象徵意蘊而言，如「皇都陸海應無數，忍剪
凌雲一寸心」（李商隱《初食筍呈座中》）、「更容一夜抽千尺，別却池園數寸
泥」（李賀《昌谷北園新筍四首》其一）等都是將竹筍的象徵意蘊與個人身世
相結合的經典表述。

　　宋代文學是竹筍題材作品比較豐富的時期，這與宋代筍文化的發展息息
有關。僧人贊寧作《筍譜》，記述竹筍九十五種（一說九十八種）〔註64〕。類
書中筍文化資料的搜集總結，如宋祁《益部方物略記》、高似孫《剡錄》卷九、
張淏《會稽續志》卷四、陳景沂《全芳備祖》等。因僧人是重要的食筍群體，
後人遂以「蔬筍氣」概括清瘦風格的僧詩。總之，食筍風氣與類書筍譜的編
撰，推動了竹筍題材創作的發展。《全宋詩》詩題含「筍」316 首，詩歌正文
含「筍」1939 首。《全宋詞》詞序出現「筍」4 次，詞內容出現「筍」154 次，
錢惟演《玉樓春》（錦籜參差朱檻曲）是一首典型的咏筍詞。重要的文人幾乎
都有咏筍詩文，似乎只有王安石無專題之作，但其詩文中也出現不少筍意象，
如「荷葉初開筍漸抽，東陂南蕩正堪遊」（《東陂二首》其二）等。筍賦較爲
少見，著名的如黃庭堅《苦筍賦》。宋代文學中食筍成爲普遍題材，送筍、謝
筍、燒筍、食筍等是常見內容，因此筍的滋味美、菜品美等也成爲表現對象，
又發展出護筍愛材、苦筍苦節、苦筍味諫等象徵意蘊。宋人咏竹組詩不多，

〔註64〕 參考苟萃華作《筍譜》百川學海影刻宋咸淳本提要，載任繼愈主編《中國科
　　　　學技術典籍通彙・生物卷》，鄭州：河南教育出版社，1993 年，第 1 冊第 113
　　　　頁。

但咏笋組詩却不厭其煩，所謂「笋來茶往非爲禮，端爲詩情故得嘗」（王十朋《次韵贈新笋》）〔註65〕。與宋對峙的北方金朝，竹子自然分佈與人工栽植也都有一定規模，專題咏笋之作數量較少，但詩文中笋意象並不少見。

元明清時期竹笋題材創作大致如同宋代的情形。就文淵閣《四庫全書》元代集部檢索所見，詩題中含「笋」的詩歌不下 30 首，多表現食笋及相關事情。也有組詩，如王旭《秋笋》三首、袁桷《次韵袁季厚惠苦笋楊梅二首》、虞集《天藻亭壁下生二笋示幼子翁歸二首》等。明清兩代的創作要更爲豐富。文人歌咏之外，竹笋作爲繪畫題材更爲普遍。竹笋雖然東晉已成爲繪畫題材〔註66〕，宋代笋畫不多，元明清時期則較多，如《雙笋圖》、《雨後新笋圖》、《笋石圖》、《白鼠嚙笋圖》等繪畫題咏，也是竹笋題材創作的重要組成部分。

綜觀整個古代文學史，竹笋的食用成爲貫穿始終的重要表現內容，竹笋的美感特色在不同時代側重點各有不同，如唐及以前較重視物色美感，宋代較重視滋味美，元明清時代在此之外又以繪畫形式間接表現竹笋的美感。上面略述竹笋題材與意象的文學地位與創作歷程，至於竹笋的美感特點與文化意蘊，將在以下各節詳細探討。

第二節　竹笋的美感特點與文化意蘊

竹笋品種繁多，又有笋鞭、笋芽、笋籜等不同組成部分，形成不同的美感特色。竹笋用作菜肴，又具有滋味美。本節將對竹笋的物色美感與滋味特點及相應的文化意蘊進行探討。

一、竹笋的整體美感

竹笋有不同品種，理論上說一年四季皆有新笋。因春笋最爲常見，故文學中表現竹笋的美感一般以春笋爲主。竹笋多成群生長，具有群體美感效果。叢生竹生笋，如「岩笋出叢長」（司空曙《過終南柳處士》）、「叢竹抽新笋數

〔註65〕《全宋詩》第 36 冊第 22939 頁。
〔註66〕唐代張彦遠《歷代名畫記》所錄顧愷之《笋圖》，是目前見於文獻記載的最早《笋圖》。五代後蜀黃筌也作有《笋圖》。宋胡仲弓《葦航漫遊稿》卷一《子經昔有黃筌玉笋圖故人陳眾仲題詩其上後爲人易去常追憶不已余往借觀臨之以歸鄭氏并識以詩》，據知黃筌曾作《玉笋圖》。

莖」(李嶠《爲百僚賀瑞筍表》)〔註67〕、「祖竹叢新筍,孫枝壓舊梧」(元稹《酬樂天東南行詩一百韵》),都是結叢生筍,絕不旁鶩。散生竹生筍,如「或亂若抽筍」(韓愈《南山詩》)、「荻筍亂無叢」(盧象《竹里館》),則是散亂無序,各具情態。竹林一般以散生爲主,筍林也是如此。「竹林深筍概,藤架引梢長」(孟浩然《夏日辨玉法師茅齋》)、「春篁抽筍密,夏鳥雜雛多」(李頻《苑中題友人林亭》),是形容林深筍密;「竹荒新筍細,池淺小魚跳」(元稹《和友封題開善寺十韵》)、「綠楊樹老垂絲短,翠竹林荒著筍稀」(徐夤《經故廣平員外舊宅》),是寫林荒筍稀。

　　以上是就筍林的整體而言,以下試從顏色、形態、風景組合等方面來看文學中的筍意象。首先是顏色。新筍一般呈現綠色,所以稱「林筍苞青籜」〔註68〕,新筍顏色漸漸變老,如「并抽新筍色漸綠」(李頎《雙筍歌送李回兼呈劉四》)。「青青竹筍迎船出,白白江魚入饌來」(杜甫《送王十五判官扶侍還黔中》),「青青」句是形容大量竹筍裝船送貨的場景。竹筍還因爲表面霜粉而呈現白色,如「成行新筍霜筠厚」(歐陽修《漁家傲》),筠指竹子青皮,霜筠則指青皮上白色寒霜。剝去籜皮的竹筍一般呈現白色,以下將詳論。

　　其次是形態。善於描繪竹筍形態的,如「新筍紫長短」(元稹《表夏十首》)寫其參差不齊;「泥筍苞初荻」(杜甫《大曆三年春,城放船出瞿塘峽,久居夔府,將適江陵,漂泊有詩凡四十韵》)刻畫其帶著泥土之態;「竹林上拔高高筍」(張祜《題臨平驛亭》)寫其亭亭玉立之狀;「綠垂風折筍」(杜甫《陪鄭廣文遊何將軍山林十首》之五)是風折下垂之狀;「綠筍出林翻錦籜」(趙長卿《浣溪沙》)是刻畫垂籜下翻之勢,這些描寫都極其細緻逼眞,爲竹筍特有的情態。其他如「地坼筍抽芽」(戎昱《閏春宴花溪嚴侍御莊》)寫其纖小,「粉細越筍芽」(劉言史《與孟郊洛北野泉上煎茶》)寫其粉嫩。關於竹筍形態,有比喻爲碧玉簪的,如「嫩筍才抽碧玉簪,細柳輕窣黃金蕊」(無名氏《魚游春水》)〔註69〕,形容群筍則說「田文死去賓朋散,拋擲三千玳瑁簪」(王禹偁《筍》其一)〔註70〕。竹筍形態還被喻爲牛羊角、鵝管犬牙、猫頭等,如「見角牛羊沒,看皮虎豹存」(韓愈《和侯協律咏筍》)、「并

〔註67〕《全唐文》卷二四三,第3冊第2457頁上欄右。
〔註68〕張九齡《城南隅山池春中田袁二公盛稱其美夏首獲賞果會夙言故有此咏》,《全唐詩》卷四九,第2冊第605頁。
〔註69〕《全唐五代詞》,上冊第788頁。
〔註70〕《全宋詩》第2冊第696頁。

出亦如鵝管合，各生還似犬牙分」（皮日休《聞開元寺開笋園寄章上人》）、「繭栗戴地翻，鷇觫觸墙壞」（黃庭堅《食笋十韵》）〔註71〕、「冒土出羊角，穿籬露猫頭」（李光《憶笋》）〔註72〕、「蛟鱷蟠深宅，牛羊隱半垣」（張栻《和德美韓吏部笋詩》）〔註73〕、「此行良不惡，冬笋已排牙」（王之道《送浮屠道郭雲遊》）〔註74〕、「攣龍走地牙角出，班班玉立橫蒼苔」（吳鎮《笋》）。

　　再次是竹笋與其他花卉的風景組合之美。如「紅芳綠笋是行路，縱有啼猿聽却幽」（戴叔倫《送人遊嶺南》）、「晚花新笋堪爲伴，獨入林行不要人」（白居易《獨行》），在行路的詩人眼裏，綠笋與紅芳一樣具有養眼怡情的效果。除了特殊品種，文學中一般所表現的是普通常見的竹笋，其物色美感自冬至夏持續約半年，如「臘梅冬笋知時節，驛騎回時早寄將」（劉敞《送蕭山和弟》）〔註75〕、「凍雪晴邊白柄鑱，浴泥扶出錦綳衫」（洪咨夔《徽州葉司理送冬笋》）〔註76〕，冬笋與冰雪、梅花爭采競鮮；「初晴草蔓緣新笋，頻雨苔衣染舊墙」（錢起《避暑納涼》）、「寂寂風簾信自垂，楊花笋籜正離披」（鄭谷《春暮咏懷寄集賢韋起居袞》），新笋與青草、苔衣構成春天青翠亮綠的境界，晚笋又與楊花共同構成離披衰謝之景致。我們試舉例說明竹笋與其他植物的美感組合：

　　　　綠竹寒天笋，紅蕉臘月花。（駱賓王《陪潤州薛司空丹徒桂明府遊招隱寺》）

　　　　青梅繁枝低，斑笋新梢短。（杜牧《長安送友人遊湖南》）

　　　　殘花已落實，高笋半成筠。（韋應物《園亭覽物》）

　　　　笋老蘭長花漸稀，衰翁相對惜芳菲。（白居易《酬李二十侍郎》）

　　　　一抹青山拍岸溪，麥雲將過笋初齊。（韓淲《浣溪沙》）

以上既有竹笋與花（紅蕉）、果（梅）的顏色對比，也有竹笋與枝葉、麥雲的形態對比，較好地利用了竹笋的美感優勢形成互補效果。竹笋的美感還可利用窗簾形成特殊效果，如「簾波浸笋，窗紗分柳」（史達祖《眼兒媚》），這可能是透過百葉窗簾由內向外所見竹笋，其效果如同水波浸笋，別具韵味。

〔註71〕《全宋詩》第 17 冊第 11542 頁。
〔註72〕《全宋詩》第 25 冊第 16389 頁。
〔註73〕《全宋詩》第 45 冊第 27881 頁。
〔註74〕《全宋詩》第 32 冊第 20198 頁。
〔註75〕《全宋詩》第 9 冊第 5910 頁。
〔註76〕《全宋詩》第 55 冊第 34568 頁。

　　竹笋的生長是動態過程，文學中也是如此表現的。如齊己《新笋》：「亂迸苔錢破，參差出小欄。層層離錦籜，節節露琅玕。直上心終勁，四垂烟漸寬。」描述了竹笋自出土破苔、參差出欄，到披籜露青、直上垂枝的過程。再如陸龜蒙《和開元寺開笋園寄章上人》：「迸出似豪當垤塿，孤生如恨倚欄杆。凌虛勢欲齊金刹，折贈光宜照玉盤。」分述竹笋爭迸出土的生長之勢與凌雲高長的豪情氣概。韓愈《和侯協律咏笋》是表現竹笋生長動態美感的著名作品：

　　　　　　　竹亭人不到，新笋滿前軒。乍出真堪賞，初多未覺煩。
　　　　　　　成行齊婢僕，環立比兒孫。驗長常携尺，愁乾屢側盆。
　　　　　　　對吟忘膳飲，偶坐變朝昏。滯雨膏腴濕，驕陽氣候溫。
　　　　　　　得時方張王，挾勢欲騰騫。見角牛羊沒，看皮虎豹存。
　　　　　　　攢生猶有隙，散佈忽無垠。詎可持籌算，誰能以理言。
　　　　　　　縱橫公佔地，羅列暗連根。狂劇時穿壁，橫強幾觸藩。
　　　　　　　深潛如避逐，遠去若追奔。始訝妨人路，還驚入藥園。
　　　　　　　萌芽防浸大，覆載莫偏恩。已復侵危砌，非徒出短垣。
　　　　　　　身寧虞瓦礫，計擬掩蘭蓀。且歎高無數，庸知上幾番。
　　　　　　　短長終不校，先後竟誰論。外恨苞藏密，中仍節目繁。
　　　　　　　暫須回步履，要取助盤飧。穰穰疑翻地，森森競塞門。
　　　　　　　戈矛頭戢戢，蛇虺首掀掀。婦懦咨料揀，兒痴謁盡髡。
　　　　　　　侯生來慰我，詩句讀驚魂。屬和才將竭，呻吟至日暾。

此詩不局限於竹笋的生長過程，而側重寫其情態各異的群體形象，既有「成行」、「環立」之態，也有「攢生」、「散佈」之狀，既有「避逐」、「追奔」之可愛，也有森森塞門、如蛇掀首的生機。作者的如椽巨筆善於描摹譬喻，竹笋彷彿有了生命。此詩對後代影響很大，多有和作擬作，如宋代趙蕃即有仿作《咏笋用昌黎韻》詩。

二、竹笋各部分的美感

　　上面對文學中竹笋的個體與群體形象作了匆匆巡視，遠未窮盡竹笋的美感。竹笋由笋鞭、笋芽、籜皮等組成。笋鞭在地下，但也會拱起泥土，偶而還會露出地面，都會形成一定的視覺效果和聯想空間。一般所說竹笋是籜皮包裹笋芽的整體狀態，剝開籜皮即見笋芽，笋芽可食用，籜皮也有

多方面用途，又都具有美感。以下試略述文學中所表現的竹筍各部分的物色美感。

（一）筍　鞭

筍鞭是散生型竹子的地下莖，一般橫臥蔓延於地下，節上有芽和不定根，由芽長成筍或新竹鞭。筍鞭雖在地下，但頂起土層形成凹凸不平之狀，因此從筍鞭可判斷竹筍的長勢，所謂「向陽竹鞭初引萌」（賀鑄《春懷》）〔註77〕。筍鞭偶而也會迸出，如「廟荒松朽啼飛猩，筍鞭迸出階基傾」（齊己《湘妃廟》）。徐夤《筍鞭》：「篥竹岩邊剔翠苔，錦江波冷洗瓊瑰。累累節轉蒼龍骨，寸寸珠聯巨蚌胎。須向廣場驅駔駿，莫從閒處撻駑駘。寧同晉帝環營日，拋賺中途後騎來。」以駿馬駑駘、蒼龍蚌胎等形容筍鞭的生長走勢和鞭體形態。

筍鞭之美，在其狂怒奔走的狀態、衝破阻礙的氣勢，如「狂鞭怒走虬」（韓琦《長安府舍十咏・竹徑》）〔註78〕、「石迸狂鞭怒」（楊億《北苑焙・毛竹洞》）〔註79〕，狂鞭還侵徑入戶，如「狂鞭已逐草侵徑」（蘇轍《林筍》）〔註80〕、「鞭節橫妨戶」（薛能《行徑》）、「狂鞭入門戶」（黃庶《憶竹亭》）〔註81〕，這種衝破一切阻擋、一往無前的走勢，是筍鞭之美的核心要素。

（二）筍　芽

筍芽為初生筍尖。筍芽外面包裹著筍籜，所謂「籜卷初呈粉」（朱放《竹》）、「新綠苞初解，嫩氣筍猶香」（韋應物《對新篁》）。剝去籜皮，筍芽呈現淺綠色，如「去云解籜後，為我呈新綠」（趙蕃《明叔以僕護筍不除作長句為調次韻》）〔註82〕。筍芽新鮮粉嫩的感覺讓人愛不釋手，故以玉形容，如「抽筍年年玉」（張南史《竹》）。戴凱之《竹譜》曰：「筈篾竹，大如腳指，堅厚修直，腹中白膜闌隔，狀如濕面生衣，將成竹而筍皮未落，輒有細蟲嚙之，隕籜之後，蟲嚙處往往成赤文，頗似繡畫可愛。」〔註83〕說的可能是斑竹筍芽。

作為盤中佳蔬的筍芽與水果一樣具有視覺、味覺雙重品賞效果，所謂

〔註77〕　《全宋詩》第 19 冊第 12561 頁。
〔註78〕　《全宋詩》第 6 冊 4059 頁。
〔註79〕　《全宋詩》第 3 冊 1379 頁。
〔註80〕　《全宋詩》第 15 冊 10151 頁。
〔註81〕　《全宋詩》第 8 冊 5493 頁。
〔註82〕　《全宋詩》第 49 冊 30456 頁。
〔註83〕　〔晉〕戴凱之撰《竹譜》，《四庫全書》第 845 冊第 178 頁下欄左。

「解籜光先凝片玉，含甘珍重等兼金」（韓維《玉汝惠猫頭笋》）〔註84〕。「紫籜坼故錦，素肌擘新玉」（白居易《食笋》）、「炱炱沸鼎中，亂下白玉片」（韓駒《答蔡伯世食笋》）〔註85〕，是形容白嫩的笋芽或其切片；「味佳端可供羹椇，韵勝尤宜薦酒螺」（葛勝仲《烹笋》）〔註86〕、「可齏可膾最可羹，繞齒蔌蔌冰雪聲」（楊萬里《晨炊杜遷市煮笋》）〔註87〕，則是形容竹笋脆嫩的口感韵味。笋芽或以肥爲美，如「盤燒天竺春笋肥」（陸龜蒙《丁隱君歌》），或以瘦爲美，如「從知種種山海腴，那有似此清中臞」（陳淳《和丁祖舜綠笋之韵》）〔註88〕，但總是以鮮嫩爲上品。正如馮時行所說：「敢將蔬笋擬甘鮮，清瘦肥痴定孰賢。氣味比僧從淡薄，支離似鶴要輕便。」（《和食笋二首》其一）〔註89〕

（三）笋　籜

笋籜是竹笋形象的重要組成部分，具有獨特的美感價值，進入文學表現也較早。唐前文學多通過籜的形態來表現笋意象：

> 或落籜而自披。（楊泉《草書賦》）〔註90〕

> 初篁苞綠籜，新蒲含紫茸。（謝靈運《於南山往北山經湖中瞻眺詩》）〔註91〕

> 早蒲時結陰，晚篁初解籜。（鮑照《採桑》）〔註92〕

> 萌開籜已垂，結葉始成枝。（沈約《咏檐前竹詩》）〔註93〕

> 竹葉含初籜，莫枝發早蕤。（庾肩吾《奉使北徐州參丞御詩》）〔註94〕

上列詩句涉及到含苞、解籜、垂籜等竹笋不同生長階段的美感形態。笋籜的顏色有紅紫深淺之別，如「紫籜開綠筱，白鳥映青疇」（沈約《休沐寄懷詩》）

〔註84〕《全宋詩》第 8 冊第 5287 頁。
〔註85〕《全宋詩》第 25 冊第 16588 頁。
〔註86〕《全宋詩》第 24 冊第 15701 頁。
〔註87〕《全宋詩》第 42 冊第 26533 頁。
〔註88〕《全宋詩》第 52 冊第 32338 頁。
〔註89〕《全宋詩》第 34 冊第 21638 頁。
〔註90〕《全上古三代秦漢三國六朝文·全三國文卷七五》，第 2 冊第 1454 頁上欄左。
〔註91〕《先秦漢魏晉南北朝詩·宋詩卷三》，中冊第 1172 頁。
〔註92〕《先秦漢魏晉南北朝詩·宋詩卷七》，中冊第 1257 頁。
〔註93〕《先秦漢魏晉南北朝詩·梁詩卷七》，中冊第 1651 頁。
〔註94〕《先秦漢魏晉南北朝詩·梁詩卷二三》，下冊第 1987 頁。

〔註95〕、「籜紫春鶯思，筠綠寒蛩啼」（江洪《和新浦侯齋前竹詩》）〔註96〕、「金風吹綠梢，玉露洗紅籜」（沈佺期《自昌樂郡溯流至白石嶺下行入郴州》）等。箏籜含粉，綠底含白，如「錦籜參差朱檻曲，露濯文犀和粉綠」（錢惟演《玉樓春》）。箏籜還有特殊紋理，如「滿林蘚籜水犀文」（皮日休《聞開元寺開箏園寄章上人》）、「看皮虎豹存」（韓愈《和侯協律咏箏》）。竹箏常被比爲籜龍，箏籜酷似龍鱗，如「籜翻風雨便成龍」（范祖禹《李方叔饋潭箏》）〔註97〕。箏籜飄零之狀，如「無風籜自飄，策策鳴荒徑」（蘇轍《賦園中所有十首》其二）〔註98〕。

　　籜皮隨著竹箏生長而自行脫落，但挖箏而食還是要剝去籜皮，故有「剝箏脫殼」之說。隨著竹箏不斷生長，籜皮依次脫落，如「迸玉開抽上釣磯，翠苗番次脫霞衣」（陳陶《竹》十一首其五）。箏籜的狀態以初卷露新粉或離披下垂爲最可賞，詩人多愛表現這種半含半露的狀態：

> 可憐初籜卷，粉澤更宜新。（席夔《賦得竹箭有筠》）

> 綠竹半含籜，新梢才出牆。（杜甫《嚴鄭公宅同咏竹》）

> 綠筠遺粉籜，紅藥綻香苞。（李商隱《自喜》）

> 嫩節留餘籜，新叢出舊闌。（王維《沈十四拾遺新竹生讀經處同諸公作》）

> 卷籜正離披，新枝復蒙密。（戴叔倫《竹》）

> 解籜雨中竹，將雛花際禽。（錢起《謝張法曹萬頃小山暇景見憶》）

俗話說：「好酒飲到微酣處，好花看到半開時。」竹箏含籜，如花含苞欲放，所謂「鳳膺微漲」（蘇軾《水龍吟·楚山修竹如雲》）；箏籜離披，如花葉相襯，所謂「籜綴疑花捧」（元稹《寺院新竹》）。

三、竹箏美感的文化應用：比擬女性手足

　　古代形容美人手指的較早的經典比喻，如「手如柔荑」（《詩經·碩人》）、「指如削蔥根」（《孔雀東南飛》），竹箏之能超越它們而成爲新的取喻物象，

〔註95〕《先秦漢魏晉南北朝詩·梁詩卷六》，中冊第 1641 頁。
〔註96〕《先秦漢魏晉南北朝詩·梁詩卷二六》，下冊第 2074 頁。
〔註97〕《全宋詩》第 15 冊第 10371 頁。
〔註98〕《全宋詩》第 15 冊第 9835 頁。

與竹笋的食用價值與美感價值有關。比喻一般用常見易得之物作爲喻體，當竹笋成爲家常菜肴時，其成爲取喻對象才更容易喚起視覺觸覺的聯想，這也可以解釋爲什麼竹笋在唐代（尤其是唐宋詞中）用於譬喻佳人手指，而南朝艷情宮體詩中還未發生如此聯想。另一方面，竹笋與手指在美感特點上的共性也很明顯：白淨鮮嫩、光滑纖細。佳人在宴會遊樂場合成爲欣賞對象，其手指也是引人注目的視覺焦點，佳人的纖指之美通過各種動作得以展示，彈琴如「十指纖纖玉笋紅」（張祜《聽箏》），吹笛如「佳人學得平陽曲，纖纖玉笋橫孤竹」（張先《菩薩蠻》），斟酒如「纖纖玉笋見雲英，十千名酒十分傾」（徐俯《浣溪沙》），斟茶如「忍看捧甌春笋露，翠鬟低」（周紫芝《減字木蘭花》），執扇如「笋玉纖纖拍扇紈」（李昴英《浣溪沙》），掠鬢如「底事多情，玉笋更輕掠，鬢雲側畔蛾眉角」（楊無咎《醉落魄》）〔註99〕。

竹笋比擬佳人之手，可能因爲以下幾點：白、嫩、細長、有節。竹笋因色白而以玉爲喻，如「紫籜坼故錦，素肌擘新玉」（白居易《食笋》）、「腕白膚紅玉笋芽，調琴抽線露尖斜」（韓偓《咏手》）。剛剝出的笋芽新鮮潔白，嫩而透明似玉，如「嫩似春荑明似玉」（錢惟演《玉樓春》）、「解籜新篁森嫩玉」（謝逸《玉樓春》）。詩人詞客以喻佳人纖指之柔之嫩，如「斜托香腮春笋嫩」（李煜《搗練子》）、「十指嫩抽春笋，纖纖玉軟紅柔」（惠洪《西江月》）。竹笋又以細長爲特點，如「簹簜競長纖纖笋」（韓愈《答張十一功曹》），因此可譬喻佳人手指之纖細，如「閒拈處、笋指纖纖」（無名氏《多麗》）〔註100〕、「帶笑緩搖春笋細，障羞斜映遠山橫」（王安中《浣溪沙》）。手指有節，也與竹笋相似，如「笋指曉寒慵出袖」（趙汝茪《浣溪沙》）。笋的尖嫩部分叫笋尖，常比喻女子尖俏的手指與纖足。如《再生緣》第五七回：「鳳履緩行蓮瓣穩，鸞綃微卷笋尖長。」

玉笋與金蓮分別比擬女性手與足，成爲文學中女性描寫的常見組合，如「緩步金蓮移小小，持杯玉笋露纖纖」（陳亮《浣溪沙》），金蓮喻足是用典〔註101〕，玉笋喻手則是擬形。唐代又以「玉笋」形容女性之足，如「鈿尺裁量減四分，纖纖玉笋裹輕雲」（杜牧《咏襪》）。因此金蓮與玉笋又成爲共同形容女

〔註99〕 《全宋詞》第 2 冊第 1180 頁。

〔註100〕 《全宋詞》第 5 冊第 3683 頁。

〔註101〕 《南史·齊紀下·廢帝東昏侯》：「鑿金爲蓮華以帖地，令潘妃行其上，曰：『此步步生蓮華也。』」後因以「步生蓮華」稱美人步態之美，以金蓮指美人之足。如唐代吳融《和韓致光侍郎無題》之二：「玉箸和妝裛，金蓮逐步新。」

性纖足的常用譬喻，如「青蓮兩瓣開，玉笋雙尖蹺，踏青去來天氣早」（〔明〕王磐《清江引‧蒲靴》）。後代女子因爲裹足，三寸小腳的形狀更像笋尖。如《醒世恆言‧賣油郎獨占花魁》：「將美娘繡鞋脫下，去其裹腳，露出一對金蓮，如兩條玉笋相似。」所以女性之足又稱「笋尖」，如「隱約畫簾前，三寸淩波玉笋尖」（蒲松齡《聊齋誌異‧織女》）。

四、竹笋的生命力象徵意義

在古人看來，竹笋的生命力體現在淩寒而生，如「淩寒笋更長」（馬戴《寄金州姚使君員外》）。這其實是一廂情願的誤解，因爲溫度過低會影響發笋〔註102〕。影響竹笋生長的氣候因素有溫度（土溫、氣溫）、雨量、光照等。成語「雨後春笋」主要是就雨量這一因素而言〔註103〕。雖然雨量只是影響發笋的關鍵因素之一，但雨後眾笋齊生，這種整齊而明顯的效應格外引人注意。竹笋生長並非總是如此步調一致，既可能「深園竹綠齊抽笋」（徐夤《鬢發》），也可能「笋林次第添斑竹」（曹松《桂江》），「齊抽笋」與「次第添」並不矛盾，前者可能是雨後勃發的態勢，後者則是爭先恐後的情狀。竹笋迸出的先後順序與生長情態或有不同，其旺盛勃發的生命力則是一致的：

> 萬鐸苞龍兒，攢迸溢林藪。（盧仝《寄男抱孫》）

> 界開日影憐窗紙，穿破苔痕惡笋芽。（錢俶《宮中作》）

> 寶地琉璃坼，紫苞琅玗踶。（元稹《寺院新竹》）

> 昭蘇萬物春風裏，更有笋尖出土忙。（董必武《病中見窗外竹感賦》）

詩人們著意以最契合的字眼來表現，如「溢」、「破」、「踶」、「忙」等，從這些形象的描述中，我們不難感受到竹笋生命力的旺盛。人們甚至在夜裏也能感覺到竹笋的生長，如「夜來已覺春笋溢」（呂渭老《醉落魄》）。

竹笋的旺盛生命力不僅體現在雨後春笋，也表現於穿籬侵徑、穿墙侵階等生命形態。庭院或園林常以籬笆圍住，但竹笋會穿籬而出，如「林迸穿籬

〔註102〕參考黃伯惠、華錫奇、陳伯翔《不同笋用竹種笋期生長規律觀察》，《竹子研究彙刊》1994 年第 3 期。

〔註103〕一般以爲「雨後春笋」出處爲宋張耒《食笋》詩：「荒林春雨足，新笋迸龍雛。」其實相關表述唐代已有。如陳陶《咏竹》十首其二：「萬枝朝露學瀟湘，杳靄孤亭白石涼。誰道乖龍不行雨，春雷入地馬鞭狂。」

笋」（白居易《春末夏初閒遊江郭二首》其一）、「薔薇蘸水笋穿籬」（韓愈《遊城南十六首‧題於賓客莊》），在不利的環境裏，竹笋總是探頭而出，展現生命的綠色和美麗。竹林中的小徑因踩踏行走，地面堅硬，不利於生長，竹笋也會侵徑而生，如「山階笋屢侵」（楊師道《春朝閒步》）、「迸笋穿行徑」（羅隱《杜處士新居》），從行人角度看固然覺得不便，在竹笋則是展示生命魅力。因此「穿籬笋」和「侵徑笋」成了各具特色的景致。再如竹笋入水穿溪，「迸笋入波生」（方干《嘉興縣內池閣》）、「狂流礙石，迸笋穿溪」（嚴維、成用等《一字至九字詩聯句》）〔註104〕，同樣體現了旺盛的生命力。

古人住處多圍牆以成庭院，院中植竹，寺廟道觀和園林建築等也多是牆圍修竹。但牆是圍不住竹子的，所謂「牆圍修竹笋生鞭」（劉辰翁《望江南》）、「南池雨後見新篁，裊裊烟梢漸出牆」（〔明〕高啟《新篁》），不僅烟梢出牆，笋鞭也會穿牆鑽牆而出，如「舍下笋穿壁」（杜甫《絕句六首》其五）、「笋過東家作竹林」（來鵠《病起》）等，可見笋鞭衝破牢籠、巍然成林的前進步伐和勃勃生機。竹笋鑽牆而出、逶迤遠去，如「為緣春笋鑽牆破，不得垂陰覆玉堂」（薛濤《十離詩‧竹離亭》），也會自牆外進入庭院，如「新鞭暗入庭，初長兩三莖」（張蠙《新竹》）。笋鞭還會侵階而生，如「迸笋支階起」（姚合《題宣義池亭》）、「笋鞭迸出階基傾」（齊己《湘妃廟》），撐檐而生，如「迸笋支檐楹」（皮日休《初夏即事寄魯望》）、「嫩笋撐檐曲」（張祐《題宿州城西宋徵君林亭》），而且長勢良好，如「嫩笋侵階竹數竿」（劉商《早夏月夜問王開》），可見竹笋不擇地而生的生長形態與衝破阻礙的氣勢。竹笋這種不甘落後、勃然挺出的生命力，常常使得新笋高過舊竹，竹笋也贏得「妒母草」的美名。

第三節　竹笋的食用事象及相關文化意蘊

竹笋的食用歷史很早，文字記載早見於先秦，如《詩經‧大雅‧韓奕》「其蔌維何，維笋及蒲」，《呂氏春秋》「味之美者，越駱之菌」，《周禮‧天官‧醢人》「加豆之實，笋菹魚醢」等，可見先秦時期食用竹笋已很普遍，可推測其實際食用時間還要早得多。《東觀漢記》：「（馬援）至荔蒲，見多笋，名曰苞笋。上言《禹貢》『厥包橘柚』，疑謂是也。其味美於春夏笋。」〔註105〕荔蒲

〔註104〕《全唐詩》卷七八九，第22冊第8889頁，此兩句成用作。
〔註105〕〔漢〕班固等撰《東觀漢記》卷一二，北京：中華書局，1985年，第95頁。

在今廣西桂林，這是西南地區東漢時期食筍的記載。但「春筍非糧」（庾信《故周大將軍義興公蕭公墓誌銘》）〔註106〕，又受生長地域限制，其經濟價值及產生的影響都較有限。

到唐代，竹筍食用出現了新情況。文人貴族與釋、道教徒都是食筍的重要群體，真正形成普遍風氣則在中晚唐。尚書省虞部主管林業，內官有：「（司竹監）掌植竹、葦，供宮中百司簾筐之屬，歲以筍供尚食。」〔註107〕竹筍不僅是皇家佳肴，還用於宗廟祭祀等。雖然南朝已有相關記載，如《南齊書》載：「永明九年正月，（武帝）太廟四時祭，薦宣皇帝面起餅、鴨臛；孝皇后筍、鴨卵、脯醬、炙白肉。」〔註108〕但遠沒有唐宋時代普遍。在食筍風氣的影響下，筍文化得到了極大發展，從其他事物的命名可見一斑：官稱玉筍班，如「渾無酒泛金英菊，漫道官趨玉筍班」（鄭谷《九日偶懷寄左省張起居》）。茶稱紫筍茶，陸羽《茶經》曰：「紫者上，綠者次；筍者上，芽者次。」〔註109〕食筍風氣對文學的影響就是詩文中筍意象繁多，積累了豐富的美感認識。

僅以文獻記載而論，竹筍的食用在晉代以前見諸文字者很少，表現於文學就更少。魏晉南朝是竹筍食用的發展時期，相關文學事象逐步豐富。自中晚唐以來，竹筍的食用、美感及相關事象大量進入文學歌詠，至宋代又有進一步深化和豐富的表現，因此我們以唐宋文學作品為主，兼及唐前和元明清。

一、竹筍的採摘與烹調

文學中表現採摘竹筍，較早的如「陟嶺刊木，除榛伐竹。抽筍自篁，擷箬於谷」（謝靈運《山居賦》）〔註110〕，是謝靈運山居活動的一部分。再如「羅袖盛梅子，金鎞挑筍芽」（寒山《詩三百三首》），所述是貴族婦女遊春採筍的活動。獲得竹筍的渠道很多，最直接的是植竹，所以文人閒暇多植竹，如「老鶴兼雛弄，叢篁帶筍移」（秦系《春日閒居三首》其二）。野筍也可資食用，如「問人尋野筍，留客饋家蔬」（劉長卿《過鸚鵡洲王處士別業》）、「野筍資公膳，山花慰客心」（崔備《清溪路中寄諸公》）。還有親友惠寄，如「亦以魚

〔註106〕《全上古三代秦漢三國六朝文‧全後周文卷一七》，第4冊第3966頁下欄右。
〔註107〕《新唐書》卷四八，第1261頁。
〔註108〕《南齊書》卷九，第1冊第133頁。
〔註109〕吳覺農主編《茶經述評》，北京：中國農業出版社，2005年，第1頁。
〔註110〕《全上古三代秦漢三國六朝文‧全宋文卷三一》，第3冊第2607頁上欄左。

蝦供熟鷺，近緣櫻筍識鄰翁」（陸龜蒙《奉和襲美所居首夏水木尤清，適然有作次韵》）、「故人知我意，千里寄竹萌」（蘇軾《送筍芍藥與公擇二首》其一）〔註111〕。在唐代，竹筍已作爲商品在市場上進行交易，竹產區的農戶以竹筍爲經濟來源之一。白居易任江州司馬時，作《食筍》詩：「此處乃竹鄉，春筍滿山谷。山夫折盈把，抱來早市鬻。物以多爲賤，雙錢易一束。」描述了山鄉賣筍的情況。再如「青青竹筍迎船出，白白江魚入饌來」（杜甫《送王十五判官扶侍還黔中得開字》）、「沙邊賈客喧魚市，島上潛夫醉筍莊」（方干《越中言事二首》其二），都可見竹筍作爲商品出售的情況。

　　竹筍的採摘與販賣多是底層百姓的生活，文人難以熟悉并形諸文字，他們更感興趣的還是竹筍的燒煮與品味。竹筍以嫩、鮮爲貴，如「烹葵炮嫩筍，可以備朝餐」（白居易《夏日作》）、「秋果楂梨澀，晨羞筍蕨鮮」（李咸用《和吳處士題村叟壁》）。竹林中就地取筍燒食，所得當然是最爲鮮嫩的竹筍。唐代已有此風，如「就林燒嫩筍，繞樹揀香梅」（姚合《喜胡遇至》），宋初更蔚成時尚，如「竹裏行廚洗玉盤，旋尋新筍捃檀欒」（韋驤《賦新筍》）〔註112〕、「入林安所食，烹庖就肥筍」（郭祥正《同阮時中秀才食筍二首》其二）〔註113〕，頗似當今山野燒烤。蘇軾《文與可畫篔簹谷偃竹記》：「予詩云：『漢川修竹賤如蓬，斤斧何曾赦籜龍。料得清貧饞太守，渭濱千畝在胸中。』與可是日與其妻遊谷中，燒筍晚食，發函得詩，失笑噴飯滿案。」〔註114〕像文同這樣林中燒筍食筍，竹筍的烹食品味與物色美感相結合，畢竟是文人才有的花樣。林洪《山家清供》「傍林鮮」條：

　　　　夏初林筍盛時，掃葉就竹邊煨熟，其味甚鮮，名曰傍林鮮。文與可守洋川，正與家人煨筍午飯，忽得東坡書，詩云：「想見清貧饞太守，渭川千畝在胸中。」不覺噴飯滿案。想作此供也。大凡筍貴甘鮮，不當與肉爲侶。今俗庖多雜以肉，不思才有小人，便壞君子。對此君成大嚼也，世間那有揚州鶴，東坡之意微矣。〔註115〕

所說竹筍不當與肉同煮倒未必，所謂「傍林鮮」却是竹筍的山野純正之味，

〔註111〕《全宋詩》第 14 冊第 9253 頁。
〔註112〕《全宋詩》第 13 冊第 8529 頁。
〔註113〕《全宋詩》第 13 冊第 8817 頁。
〔註114〕《全宋文》第 90 冊第 406 頁。
〔註115〕〔宋〕林洪《山家清供》「傍林鮮」條，《說郛》卷七四上，《四庫全書》第 880 冊第 163 頁下欄左。

這種燒食風氣在宋代非常普遍，如「笋就林燒厭八珍，烟爲翠幕草爲茵」（魏野《知府石太尉聞抱瑤琴榮臨圭竇燒笋供膳刻竹題名因成二絕紀而謝之》其二）〔註116〕、「糠火就林煨苦笋，密罌沈井漬青梅」（陸游《初夏野興三首》其三）〔註117〕。文人相約於竹林燒笋吟詩，具有文采風流與野趣幽懷，如「久約燒林笋，何時會勝園」（穆修《友人燒笋之約未赴》）〔註118〕、「常記林間燒笋時，飽餐香飯浪吟詩」（韓淲《瑩中自餘杭送蘭笋》）〔註119〕。

竹笋既是美味，也是藥物。《神異經》載：「南方荒中有涕竹，長數百丈，圍三丈五六尺，厚八九寸。可以爲船。其笋甚美，煮食之，可以止創癘。」〔註120〕李勣（584～669）《本草》云：「竹笋味甘，無毒，主消渴，利水道，益氣，可久食。」〔註121〕陳藏器《本草拾遺》云：「諸笋皆發，冷血及氣，不如苦笋不發病。」都可見竹笋的藥用價值。竹笋雖美，畢竟是菜肴而非糧食，故不宜多食。《太平御覽》卷九六三引《續晉安帝紀》曰：「豫州刺史司馬尚之爲桓元將馮該所攻，倉儲稍竭，或白戰士多饑，悉未傳食。是時，蘆笋時也，尚之指笋曰：『且啖此，足解三日。』將士離心，遂敗。」將士離心的原因可能有多種，但竹笋當糧無疑是最直接的因素。

新鮮竹笋從理論上說全年皆有，但畢竟受產地產量等因素限制，除春笋易得外，其他季節還是難以得到。加之新鮮竹笋不宜多食，因此將竹笋風乾、腌製或做成其他產品儲存就很有必要。新鮮竹笋的加工方法有笋乾、腌笋、酸笋、糟笋、笋粉、笋醬等，烹調方法有煮笋、蒸笋、煨笋、笋粥、油煎笋等，故稱「烹煎燔炙無不可，論材宜爲百品師」（陳淳《和丁祖舜綠笋之韵》）〔註122〕。古人關於竹笋烹煮的方法，如「因携久醞松醪酒，自煮新抽竹笋羹」（王延彬《春日寓感》）、「梅青巧配吳鹽白，笋美偏宜蜀豉香」（陸游《村居初夏》其三），甚至總結出《煮笋經》〔註123〕。

〔註116〕《全宋詩》第 2 冊第 936 頁。
〔註117〕《全宋詩》第 40 冊第 25121 頁。
〔註118〕《全宋詩》第 3 冊第 1615 頁。
〔註119〕《全宋詩》第 52 冊第 32746 頁。
〔註120〕〔漢〕東方朔撰《神異經》，《四庫全書》第 1042 冊第 268 頁上欄右。
〔註121〕〔宋〕贊寧撰《笋譜》「三之食」，《四庫全書》第 845 冊第 195 頁下欄左。
〔註122〕《全宋詩》第 52 冊第 32338 頁。
〔註123〕楊萬里有《記張定叟煮笋經》，見《全宋詩》第 42 冊第 26454 頁。張孝祥也有《張欽夫笋脯甚佳秘其方不以示人戲遺此詩》，見《全宋詩》第 45 冊第 27752頁。

二、食笋的代表群體：道士、僧人與文人

　　竹笋用作菜蔬首先應是在民間，但載於文獻、形於歌咏而對笋文化產生較大影響的，主要還是三類人群：道士、僧人和文人，食笋風氣的形成、笋文化的豐富，都離不開他們的宣揚。

　　道士嗜食竹笋，因爲道教將食笋看作是「超凌三界之外，遊浪六合之中」〔註124〕的手段之一。《雲笈七籤》云：「服日月之精華者，欲得常食竹。笋者，日華之胎也，一名大明。」〔註125〕故而道士愛食笋，稱笋爲清虛之物，所謂「玉芽修饌稱清虛」（王貞白《洗竹》）、「骨青髓綠配松仙」（馮時行《和食笋二首》其一）〔註126〕。

　　僧人對竹笋尤多青睞，唐前已見於記載，中晚唐以來更爲普遍。後魏苟濟《論佛教表》：「稽古之詔未聞，崇邪之命重沓，歲時禘祫，未嘗親享，竹脯面牲，欺誣宗廟。」〔註127〕「竹脯」應是笋乾。這是以笋乾供奉佛祖菩薩。饌佛之外，僧人日常食笋也很普遍，如「香飯青菇米，嘉蔬綠笋莖」（王維《遊化感寺》）、「僧體盤餐惟笋味」（魏野《和陳推官暮春感興》）〔註128〕、「僧廚笋蕨隨齋鉢」（李流謙《遊長松聞捷音》）〔註129〕，可見唐宋時代僧人食笋之風的盛行。笋成爲僧人盤中嘉蔬，主要因爲笋是素菜，滿足了僧人素食的要求，因此成爲僧人家常菜蔬，如「笋芽新，蔬甲嫩。日日家常羹飯」（無名氏《更漏子》）〔註130〕；還因爲笋生山中，寺廟多建於山中，得地利之便，所謂「幸春山笋賤，無人爭吃」（劉克莊《沁園春》）。

　　僧人多在山中尋野笋，如「石塢尋春笋，苔龕續夜燈」（齊己《送玉泉道者回山寺》）。有的寺廟也有笋園，如皮日休《聞開元寺開笋園寄章上人》：

　　　　園鎖開聲駭鹿群，滿林斳擇水犀文。森森競泣林梢雨，巐巐爭
穿石上雲。并出亦如鵝管合，各生還似犬牙分。折烟束露如相遺，
何胤明朝不茹葷。

像這樣規模較大的笋園產笋量較多，不僅滿足僧人自己食用，還有盈餘可以

〔註124〕《太平經合校》，第627頁。
〔註125〕《雲笈七籤》卷二三「食竹笋」條，《四庫全書》第1060冊第285頁上欄左。
〔註126〕《全宋詩》第34冊第21638頁。
〔註127〕《全上古三代秦漢三國六朝文·全後魏文卷五一》，第4冊第3768頁下欄右。
〔註128〕《全宋詩》第2冊第912頁。
〔註129〕《全宋詩》第38冊第23953頁。
〔註130〕《全宋詞》第5冊第3684頁。

送人，如「紅印寄泉慚郡守，青筐與筍愧僧家」（皮日休《夏景沖淡偶然作二首》其一）。因僧人喜愛食筍，《筍譜》也是出於僧人之手，如宋僧贊寧與明僧真一曾各撰《筍譜》，傳於後世。僧人吃筍，也借筍說法。如《景德傳燈錄》卷二四「清溪洪進」：

> 又一日師問修山主曰：「明知生是不生之性。爲什麼爲生之所留。」修曰：「筍畢竟成竹去。如今作篾使，還得麼。」師曰：「汝向後自悟去。」曰：「紹修所見只如此。上坐意旨如何。」師曰：「這個是監院房。那個是典座房。」修禮謝。〔註131〕

再如馬祖道一的弟子大珠慧海反對法融「無情成佛」說，他道：「黃華若是般若，般若即同無情。翠竹若是法身，法身即同草木。如人吃筍，應總吃法身也。」〔註132〕僧人吃素，常食蔬筍，因此用來比喻出家人本色，所謂「氣味比僧從淡薄」（馮時行《和食筍二首》其一）〔註133〕。後來也用蔬筍氣和酸餡氣嘲笑僧人詩歌特有的腔調和習氣。蘇軾《贈詩僧道通》詩：「語帶烟霞從古少，氣含蔬筍到公無。」自注：「謂無酸餡氣也。」〔註134〕一般認爲「蔬筍氣」出自蘇軾此詩〔註135〕。因蔬筍和餕餡皆爲素食，故宋代及以後常以「蔬筍氣」、「酸餡氣」形容僧人行迹及其詩文的特色。

文人食筍的較早記載，如枚乘《七發》：「犓牛之腴，菜以筍蒲；肥狗之和，冒以山膚。」〔註136〕是一份葷素搭配的食單。其後簡文帝蕭綱《七勵》：「澄瓊漿之素色，雜金筍之甘菹。」〔註137〕說的是筍乾。劉孝綽《謝晉安王餉米酒等啓》：「傳詔李孟孫宣教旨，垂賜米、酒、瓜、筍、菹、脯、酢、茗八種。」〔註138〕筍被作爲貴重菜蔬賞賜。這些都可見貴族文人食筍的傳統。但文人食筍形成普遍風氣並以之爲題材進行創作，則是中晚唐的事，如白居易《食筍》、李商隱《初食筍呈座中》等。白居易《食筍》云：

> 此州乃竹鄉，春筍滿山谷。山夫折盈抱，抱來早市鬻。物以多

〔註131〕《景德傳燈錄》卷二四「襄州清溪洪進禪師」，《大正藏》第51冊，400a。
〔註132〕《五燈會元》卷三「大珠慧海禪師」，上冊第157頁。
〔註133〕《全宋詩》第34冊第21638頁。
〔註134〕《全宋詩》第14冊第9586頁。
〔註135〕如許紅霞《「蔬筍氣」意義面面觀》，載《中國典籍與文化》2005年第4期；高慎濤《僧詩之「蔬筍氣」與「酸餡氣」》，《古典文學知識》2008年第1期。
〔註136〕《全上古三代秦漢三國六朝文‧全漢文卷二〇》，第1冊第238頁上欄右。
〔註137〕《全上古三代秦漢三國六朝文‧全梁文卷一一》，第3冊第3014頁下欄左。
〔註138〕《全上古三代秦漢三國六朝文‧全梁文卷六〇》，第4冊第3311頁上欄左。

為賤，雙錢易一束。置之炊甑中，與飯同時熟。紫擘拆故錦，素肌
擘新玉。每食遂加飱，經旬不思肉。久為京洛客，此味常不足。且
食勿踟躕，南風吹作竹。

詩人不以筍價格低賤而卑視之，欣賞它白嫩的形美，品第它勝肉的美味。白
居易曾說：「勸我加餐因早筍，恨人休醉是殘花」（《晚春閒居楊工部寄詩、楊
常州寄茶同到因以長句答之》）、「炮筍烹魚飽餐後，擁袍枕臂醉眠時」（《初致
仕後戲酬留守牛相公，並呈分司諸僚友》），可見其嗜食竹筍是長期行為，並
非一時興到。到宋代，重要作家如蘇軾、蘇轍、黃庭堅、秦觀、梅堯臣、楊
萬里、陸游等，幾乎都有食筍的經歷與相關作品，他們記載竹筍的食用和加
工方法，品味竹筍滋味與色澤。竹筍之得文人喜愛，顯然不僅僅由於是一種
蔬菜或藥物，還在於其獨特的滋味與象徵意蘊。蘇軾在黃州《與孟亨之書》
說：「今日齋素，食麥飯筍脯有餘味，意謂不減芻豢。」蘇軾《與知縣》十首
其二也云：「惠筍已拜賜，新奇之味，遠能分惠，感愧無已。」可見食筍是愛
其有餘味、新奇之味。食筍在文人看來還是風雅清歡之事。如蘇軾《浣溪沙》：
「雪沫乳花浮午盞，蓼茸蒿筍試春盤。人間有味是清歡。」程公許《春晚客
中雜吟四絕句》其四也云：「最憶就林煨苦筍，六年輕失此清歡。」〔註 139〕
至於竹筍凌雲之志的象徵內涵，如「皇都陸海應無數，忍剪凌雲一寸心」（李
商隱《初食筍呈座中》）、「更容一夜抽千尺，別却池園數寸泥」（李賀《昌谷
北園新筍四首》其一）等，歲寒、清白的象徵意蘊，如「籜龍戢戢破苔斑，
風味從來奈歲寒。知有高人清愛白，定應燒煮薦珠盤」（劉仲行《送筍與屏山》）
〔註 140〕，也為食筍行為平添更多的精神內涵與文化意蘊。

三、「櫻筍廚」及其他

　　唐代有所謂「櫻筍廚」，可見食筍風氣之盛。錢易曰：「長安四月以後，
自堂廚至百司廚，通謂之櫻筍廚。公餼之盛，常日不同。」〔註 141〕堂廚即政
事堂的公膳房。時間為四月以後，地點限於京城，所謂「櫻筍廚」似指普通
百姓及朝廷百司而言。《歲時廣記》卷二：「唐《輦下歲時記》：『四月十五日，
自堂廚至百司廚，通謂之櫻筍廚。』又韓偓《櫻桃》詩注云：『秦中謂三月為

〔註 139〕《全宋詩》第 57 冊第 35627 頁。
〔註 140〕《全宋詩》第 34 冊第 21461 頁。
〔註 141〕〔宋〕錢易撰《南部新書》，北京：中華書局，2002 年，第 17 頁。

櫻筍時。』陳後山詩云：『春事無多櫻筍來。』又古詞云：『水竹舊院落，櫻
筍新蔬果。』」〔註142〕可見「櫻筍廚」是指以櫻桃與竹筍供廚。《能改齋漫錄》
也云：「韓致光《湖南食含桃》詩云：『苦筍恐難同象匕，酪漿無復瑩蠏蛛。』
自注云：『秦中謂三月爲櫻筍時。』乃知李綽《秦中歲時記》所謂『四月十五
日，自堂廚至百司廚，通謂之櫻筍廚』，非妄也。」〔註143〕韓偓詩注旁出三月
之說，滋生淆亂。如《山堂肆考》據此曰：「唐朝，三月宰相有櫻筍廚，時最
爲盛。又秦中謂三月爲櫻筍時。」〔註144〕韓偓詩注云三月，而且是秦中，殊
不可解。秦中緯度較北，櫻筍之熟應較南方爲晚，或許是「五月」之誤。

　　古以櫻桃薦新。《儀禮注疏・士喪禮》：「有薦新，如朔奠。」鄭玄注：「薦
五穀若時果物新出者。」賈公彥疏：「(《月令》)仲夏云『羞以含桃，先薦寢
廟』。皆是薦新。」〔註145〕可見櫻桃薦新由來已久，主要指薦於宗廟，後代
多指貢於朝廷。由「櫻筍廚」相關文獻知唐代薦新用竹筍，宋代薦新也用竹
筍，如「每歲春孟月蔬，以韭以菘，配以卵，仲月薦冰，季月薦蔬以筍，果
以含桃」〔註146〕。雖是如此，也有變通。「大觀禮局亦言：『薦新雖繫以月，
如櫻、筍三月當進，或萌實未成，轉至孟夏之類，自當隨時之宜，取新以
薦。』」〔註147〕「櫻筍廚」所用之筍，可能來自司竹監。《新唐書》卷四十
八載：「(司竹)監一人，從六品下；副監一人，正七品下；丞二人，正八品
上。掌植竹、葦，供宮中百司簾籠之屬，歲以筍供尚食。」〔註148〕因是宰
相櫻筍廚，又有表示榮華富貴的象徵內涵，如「櫻筍久忘晨入省，蒓鱸猶喜
老還鄉」(陸游《初夏二首》其一)〔註149〕。櫻筍又成代表秦洛之地的物產，
如「江渚鷗鵬情已狎，洛陽櫻筍夢應稀」(王禹偁《贈郝處士》)〔註150〕、「況

〔註142〕〔宋〕陳元靚撰《歲時廣記》卷二「櫻筍廚」條，《四庫全書》第 467 冊第
　　　　　16〜17 頁。
〔註143〕〔宋〕吳曾撰《能改齋漫錄》卷一五「櫻筍廚」條，上海古籍出版社，1979
　　　　　年，下冊第 442 頁。
〔註144〕〔明〕彭大翼撰《山堂肆考》卷二○七「宰相廚」條，《四庫全書》第 978 冊
　　　　　第 212 頁上欄。
〔註145〕李學勤主編《儀禮注疏》卷三七，北京大學出版社，1999 年，第 713 頁。
〔註146〕《宋史》卷一○八，第 8 冊第 2602 頁。
〔註147〕《宋史》卷一○八，第 8 冊第 2604 頁。
〔註148〕《新唐書》卷四八，第 1261 頁。
〔註149〕《全宋詩》第 41 冊第 25590 頁。
〔註150〕《全宋詩》第 2 冊第 804 頁。

值湖園方首夏，正當櫻筍似三川」（歐陽修《寄河陽王宣徽》）〔註 151〕。

「櫻筍」意象有物色美感與物候節令的雙重內涵。櫻桃與竹筍的物色美感之所以引人注目，因爲都普遍植於房前屋後、庭院籬間，故能同時進入人們的審美視野，如「櫻筍園林綠暗，槐榆院落清和」（范成大《西江月》）。櫻桃與竹筍的顏色差別明顯，櫻桃或紅或白，竹筍新綠，視覺效果對比鮮明。「櫻筍」意象使人想見春末夏初竹筍爭迸、櫻桃成熟的風景，如「恨拋水國荷蓑雨，貧過長安櫻筍時」（鄭谷《自貽》）、「雨摧苦筍催羹臛，風颭櫻桃落酒杯」（張舜民《送孫積中同年赴任陝府》）〔註 152〕，前者以物華美景反襯貧苦處境，後者則更多地突出節令風物。物色美感之外，櫻筍也以時蔬嘉果顯示其節令內涵，如「忽憶家園須速去，櫻桃欲熟筍應生」（白居易《壽安歇馬重吟》）、「賴指清和櫻筍熟，不然愁殺暮春天」（薛能《晚春》）、「杖屨尋春苦未遲，洛城櫻筍正當時」（陸游《鷓鴣天》），都可見櫻筍所代表的節候內涵。人們常以筍老比喻春去，如「筍老蘭長花漸稀，衰翁相對惜芳菲」（白居易《酬李二十侍郎》）。「櫻筍」之典也有盛時將衰、春事無多的象徵內涵，如「寂寞兩詩人，殘紅對櫻筍」〔註 153〕、「老形已具臂膝痛，春事無多櫻筍來」（陳師道《次韻春懷》）〔註 154〕。對此宋人已有不能理解者。《苕溪漁隱叢話》云：「古詞『水竹舊院落，櫻筍新蔬果』，一本是『水竹田院落，鶯引新雛過』，不然，『櫻筍新蔬果』則與上句有何干涉？」〔註 155〕《耆舊續聞》卷二指出其誤：

> 古詞：「水竹舊院落，櫻筍新蔬果。」蓋唐制四月十四日堂廚、百司廚通謂之櫻筍廚，此乃夏初詞，正用此事。而《叢話》乃云「鶯引新雛過」，而以「櫻筍」爲非，豈知古詞首句多是屬對而櫻筍事尤切時耶？〔註 156〕

按，「水竹舊院落，櫻筍新蔬果」爲周邦彥《浣溪沙慢》首句。從這些是非爭論可見「櫻筍」的季候象徵內涵已部分地不爲宋人理解。

〔註 151〕《全宋詩》第 6 冊第 3803 頁。

〔註 152〕《全宋詩》第 14 冊第 9698 頁。

〔註 153〕蘇軾《李公擇過高郵見施大夫與孫莘老賞花詩憶與僕去歲會於彭門折花饋筍故事作詩二十四韻見戲依韻亦以戲公擇云》，《全宋詩》第 14 冊第 9284 頁。

〔註 154〕《全宋詩》第 19 冊第 12677 頁。

〔註 155〕〔宋〕胡仔纂集、廖德明校點《苕溪漁隱叢話》前集，北京：人民文學出版社，1981 年，第 411 頁。

〔註 156〕〔宋〕陳鵠撰《耆舊續聞》卷二，《四庫全書》第 1039 冊第 594 頁上欄左。

四、笋蕨：還鄉隱逸的象徵

笋蕨，竹笋與蕨菜。「蕨，山菜也；初生似蒜莖，紫黑色。二月中，高八九寸，老有葉，瀹爲茹，滑美如葵……周、秦曰『蕨』；齊、魯曰『虌』，亦謂『蕨』。」〔註157〕可見蕨是山菜。因爲同是生於山野，所以一起成爲山野的象徵。後代笋蕨合稱，如「山蔬採笋蕨，野膳獵麏麚」（梅堯臣《寄滁州歐陽永叔》）〔註158〕，可見其品格定位是「山蔬」。笋蕨逐漸形成了還鄉歸家與山林隱逸的內涵。

首先，笋蕨與還鄉歸家之感的密切聯繫。居處植竹成爲普遍風氣之後，竹子與故園之間就具有緊密聯繫，如「草深窮巷毀，竹盡故園荒」（杜審言《贈崔融二十韵》）。白居易《孟夏思渭村舊居寄舍弟》也云：「噴噴雀引雛，稍稍笋成竹。時物感人情，憶我故鄉曲。」羅大經《鶴林玉露》卷十六：「既歸竹窗下，則山妻稚子作笋蕨，供麥飯，欣然一飽。」〔註159〕楊澤民《華胥引》：「朝晚歸家，又煩春笋重疊。」歸家與食笋的聯想緣於古代封建農耕經濟，士子多出自鄉野，而笋蕨正是山鄉野蔬的代表，如「歸歟笋蕨鄉，夢寐春山採」（廖剛《次韵王元衷見寄》）〔註160〕、「投床忽作還鄉夢，雪暖西山笋蕨肥」（程公許《崇女擷菜煮羹》）〔註161〕。

其次，笋蕨是山肴野蔬的代表，因此成了隱逸生活的代名詞。笋蕨生於山野，只有隱士才能夠過上稱心食笋蕨的生活。如「稱心不獨烟霞媚，適口仍逢笋蕨肥」（魏野《遊藍田王順山晤眞寺》）〔註162〕、「一童一鹿自相隨，不覺山間笋蕨肥」（林顏《贈玉岩二絕》其一）〔註163〕。僧人和道士也吃笋蕨，他們都是塵外之人，也構成隱士群體的一部分，如「仙遊塵外杜蘿老，僧住山間笋蕨肥」（趙德縉《淡山岩》）〔註164〕。後代賦予笋蕨歸隱的意義，可能緣於伯夷、叔齊採蕨首陽山的傳說。《晉書》載：「（張）翰謂同郡顧榮曰：『天下紛紛，禍難未已。夫有四海之名者，求退良難。吾本山林間人，無望於時。子善以明防前，以智慮後。』榮執其手，愴然曰：『吾亦與子採南山蕨，飲三

〔註157〕《齊民要術校釋》卷九，第537頁。
〔註158〕《全宋詩》第5冊第2880頁。
〔註159〕《鶴林玉露》丙編卷之四「山靜日長」條，第304頁。
〔註160〕《全宋詩》第23冊第15405頁。
〔註161〕《全宋詩》第57冊第35571頁。
〔註162〕《全宋詩》第2冊第943頁。
〔註163〕《全宋詩》第13冊第8726頁。
〔註164〕《全宋詩》第69冊第43617頁。

江水耳。』」〔註165〕顧榮所言「採南山蕨」即代指隱居生活。陸游《仗錫平老具舟車迎前天衣印老印悉遣還策杖訪之作二絕句奉送兼簡平》其二：「魚鼓聲中白氈巾，南山笋蕨一番新。長安不是無卿相，林下平津獨可人。」〔註166〕作林下之想時也是以笋蕨爲觸媒。

第四節　苦笋的食用事象與文化內涵

苦竹因味苦而使蟲鳥遠避，在生長環境、材用等方面都與一般竹子有不同之處。利用苦竹味苦特點製成的器具多不生蟲，因此苦竹器具較受歡迎，如「朝慵午倦誰相伴，猫枕桃笙苦竹床」（楊萬里《新暑追涼》）〔註167〕。苦竹又可爲竹刀，也有特殊用途。文同《寄何首烏丸與友人》：「斸之高秋後，氣味乃不虧。斷以苦竹刀，蒸曝凡九爲。」〔註168〕梅堯臣《送胥平叔寺丞赴洛》：「試採上陽何首烏，刮切仍致苦竹刀。」〔註169〕苦竹所生笋爲苦竹笋，也以味苦爲特點。本節將苦竹與苦笋結合在一起論述。

一、苦笋的品種與食用

苦竹早載於晉代文獻。如王彪之《閩中賦》：「竹則苞甜、赤苦，縹箭、斑弓。」〔註170〕戴凱之《竹譜》也載：「篃筸二種，至似苦竹，而細軟肌薄。篃笋亦無味，江漢間謂之苦篃。」〔註171〕既云篃筸「至似苦竹」，可見其與苦竹爲不同品種。贊寧《笋譜》載：

> 旋味笋，一名苦蒲笋，福州南一日程多生苦竹，春則生笋，鄉人煮食，甚苦而且澀，及停久，則味還可食，故曰旋味笋。
>
> 筥笋七月生，至十月間。縉雲以南多出，然味苦而節疏，笋可大於箭笋少許，山人採剝以灰汁熟煮之，都爲金色，然後可食，苦味減而甘，食甚佳也。〔註172〕

〔註165〕《晉書》卷九二《張翰傳》，第 8 冊第 2384 頁。
〔註166〕《全宋詩》第 39 冊第 24573 頁。
〔註167〕《全宋詩》第 42 冊第 26409 頁。
〔註168〕《全宋詩》第 8 冊第 5378 頁。
〔註169〕《全宋詩》第 5 冊第 3067 頁。
〔註170〕《全上古三代秦漢三國六朝文・全晉文卷二一》，第 2 冊第 1574 頁下欄右。
〔註171〕〔晉〕戴凱之撰《竹譜》，《四庫全書》第 845 冊第 176 頁下欄左。
〔註172〕〔宋〕贊寧撰《笋譜》「二之出」，《四庫全書》第 845 冊第 187 頁上欄左。

贊寧所記苦笋之名有得自苦味者，如旋味笋因「甚苦而且澀，及停久，則味還可食」而得名。宋高似孫《剡錄》載錄更多苦竹品種：「《山居賦》曰：『竹則四苦齊味。』謂黃苦、青苦、白苦、紫苦也。越又有烏末苦、頓地苦、掉尾苦、湘簟苦、油苦、石斑苦。苦笋以黃苞推第一，謂之黃鶯苦，剡亦有之。」〔註173〕有的苦笋有毒，如《海物記》云：「越人以苦毒竹爲槍，中虎即斃。」〔註174〕關於苦竹品種，以元代李衎所記最爲豐富：「苦竹，處處有之。其種凡二十有二。北方有二種：一種節稀而堅厚，叢生，枝短葉長；一種與淡竹無異，但笋味差苦。江西及溪洞中出者本極大，笋味甚苦，不可食。浙西出者笋微苦，可食。廣西山中一種散生，每節間生三枝，葉長如筀竹，色深綠，瑩淨婆娑，極可人意。笋味苦，病積熱者煮食之，甚良。或云亦可生食。」〔註175〕這些記載在文獻上比前代豐富了許多，還不能完全反映古代的苦笋品種和食用情況。

　　因爲苦竹種屬繁多，所以苦竹稱名較爲混亂。《夢溪筆談》卷二十六：「淡竹對苦竹爲文。除苦竹外，悉謂之淡竹，不應別有一品謂之淡竹。後人不曉，於《本草》內別疏淡竹爲一物。今南人食笋，有苦笋、淡笋兩色，淡笋即淡竹也。」〔註176〕按洪邁的意見，苦竹應是一類竹子的總名。明代周祈《名義考》卷九「竹」條：「竹類甚多，《本草》所載惟筀、淡、苦三竹而已。按《竹譜》，筀音斤，其竹堅而促節，體圓而質勁，皮白如霜，大者宜刺船，細者可爲笛。淡竹肉薄節闊，有粉，南人以燒竹瀝者。苦竹有二種，一種出江西及閩中，本極麄大，味殊苦，不可啖；一種出江浙，肉厚而葉長闊，笋微有苦味，俗呼甜苦笋，食品所最貴者，不入藥。」〔註177〕將竹子分爲筀、淡、苦三種，苦竹又分兩種。

　　能食的苦笋其味雖苦，却有不少人特別偏愛。贊寧《笋譜》：「陳藏器云：『諸笋皆發冷血及氣，不如苦笋不發病。今詳諸說，皆冷久食，亦發風。苦笋冷毒尤甚。』陳說非也，以親驗爲證，諸笋以豉汁漬之，能解酒毒。」〔註178〕

〔註173〕〔宋〕高似孫《剡錄》卷九「苦竹」條，《四庫全書》本。《齊民要術》卷十亦記青苦、白苦、紫苦、黃苦四種。見《齊民要術校釋》第634頁。
〔註174〕《竹譜詳錄》卷三《全德品》引，第52頁。
〔註175〕《竹譜詳錄》卷三《全德品》，第51頁。
〔註176〕《新校正夢溪筆談》卷二六，第267頁。
〔註177〕〔明〕周祈撰《名義考》卷九「竹」條，《四庫全書》第856冊第400頁上欄。
〔註178〕〔宋〕贊寧撰《笋譜》「三之食」，《四庫全書》第845冊第195頁下欄左。

可見苦笋醫食俱佳。現代科學研究也表明,「苦竹笋味微苦,水份含量較高,占92.96%,粗蛋白含量略高於毛竹春笋,粗脂肪含量略低於毛竹春笋;礦質元素中磷含量較豐富,鐵、鈣等含量不高,爲蛋白質含量豐富的低脂肪保健食品」〔註179〕。

　　苦笋也有以甜味稱美的。《能改齋漫錄》卷十五「苦笋甜鹹虀淡」條:

　　　　盧山簡寂觀,乃陸靜修之居也。觀出苦笋,而味反甜。歸宗寺
　　造鹹虀,而味反淡。蓋山中佳物也。山中人語云:「簡寂觀前甜苦笋,
　　歸宗寺裏淡鹹虀。」蓋紀實耳。張芸叟《簡寂觀》詩云:「偃松拂盡
　　煎茶石,苦笋撐開禮斗壇。」《歸宗寺》詩云:「淡虀苦笋千人供,
　　青磬華香一谷傳。」亦所以紀事也。〔註180〕

這苦笋味甜的現象可能屬於「橘生淮南則爲枳」之類。

　　苦笋煮食方法不同於一般竹笋。《齊民要術》卷九「苦笋紫菜菹法」條:「笋去皮,三寸斷之,細縷切之;小者手捉小頭,刀削大頭,唯細薄,隨置水中。削訖,漉出,細切紫菜和之。與鹽、酢、乳。用半奠。紫菜,冷水漬,少久自解。但洗時勿用湯,湯洗則失味矣。」〔註181〕贊寧《笋譜》云:「煮笋實可一周,時已熟或見生水,還重煮一周時。驗知笋不可生,生必損人,苦笋最宜久。」〔註182〕又云:「民間有煮苦笋,方入出水,自貽伊毒,竹內一周時臨熟,爲水濺食,可以皮膚爆裂,苦笋與竹實同氣而降一等也。」〔註183〕這些都是煮苦笋的方法。食苦笋也多加以調味品,如「苦笋先調醬,青梅小蘸鹽」(陸游《山家暮春二首》其一)〔註184〕。《廣東通志》引《雜說》云:「粵東之笋十九皆苦,以爲苦者益人,甘者作脹。凡煮苦笋,以黃豆同煮,未熟不可開釜。」〔註185〕

　　苦笋常與其他菜蔬並列爲盤中珍饈。苦笋得以與名貴鱘魚幷美,成爲江南特有的菜肴,如「青杏黃梅朱閣上,鱘魚苦笋玉盤中」(王琪《望江南》)、「苦笋鱘魚鄉味美,夢江南」(賀鑄《夢江南》),都是作爲江南風味而言的。

〔註179〕劉力等《苦竹笋、葉營養成分分析》,《竹子研究彙刊》2005年第2期,第17頁右。
〔註180〕《能改齋漫錄》卷一五「苦笋甜鹹虀淡」條,下冊第440頁。
〔註181〕《齊民要術校釋》,第535頁。
〔註182〕〔宋〕贊寧撰《笋譜》「三之食」,《四庫全書》第845冊第196頁上欄左。
〔註183〕〔宋〕贊寧撰《笋譜》「三之食」,《四庫全書》第845冊第196頁下欄左。
〔註184〕《全宋詩》第39冊第24771頁。
〔註185〕《廣東通志》卷五二「物產志」,《四庫全書》第564冊第449頁上欄左。

鰣魚為洄游性魚類，每年春末初夏生殖季節溯河而上，其時正值苦箏上市，故一起成為春末夏初的時鮮風味，如「鯤魚苦箏香味新，楊柳酒旗三月春」（韓偓《江樓二首》其二）。吃上苦箏鰣魚，也就意味著春事將盡，故又以表示物候節令，如「春事寂。苦箏鰣魚初食」（盧炳《謁金門》）、「鰣魚苦箏過百六，又到一年春盡頭」（沈與求《曾宏父將往霅川見內相葉公以詩為別次其韻以自見》其一）〔註186〕。

　　苦箏還與其他嘉果同食。前已述櫻箏，苦箏也與石榴、枇杷、青梅等同時，如「折葦枯荷共晚，紅榴苦竹同時」（黃庭堅《題鄭防畫夾五首》其四）〔註187〕、「何日枇杷苦箏熟，却遊未減去年春」（楊蟠《山中回憶東山老》）〔註188〕。其中苦箏與青梅，如「青梅欲熟箏初長，嫩綠新陰繞砌涼」（裴夷直《留客》），箏嫩梅熟，既具物色美感意蘊，也可同餐佐酒，如「梅肥箏嫩，雨微魚出」（趙磻老《滿江紅》）、「燒箏園林，嘗梅臺榭」（程垓《小桃紅》）、「晚肴供苦箏，時果薦青梅」（高翥《喜鄉友來》）〔註189〕。當然，文人欣賞的是苦箏與青梅的趣味相近，如「種性還如賦苦箏，趣味一似傳冰壺」（徐瑞《尋梅十首》其八）〔註190〕。

　　苦箏也有物色美感價值。苦竹細密，生箏短小，如「茶烹綠乳花映簾，撐沙苦箏銀纖纖」（貫休《書倪氏屋壁三首》其一）、「往歲栽苦竹，細密如蒹葭」（蘇洵《答二任》）〔註191〕。苦箏與其他花果也能相映成趣，如「苦竹生箏四五寸，櫻桃開花千萬枝」〔註192〕、「苦竹箏抽青欚子，石榴樹掛小瓶兒」〔註193〕。像「水邊苦竹抽肥箏」〔註194〕的情況也有，如黃庭堅曾見「苦竹參天大石門」（黃庭堅《上大蒙籠》）〔註195〕，當與竹種有關。苦箏外觀與其他箏類並無太大不同，所不同者主要還是在於其味道。

〔註186〕《全宋詩》第 29 冊第 18777 頁。
〔註187〕《全宋詩》第 17 冊第 11366 頁。
〔註188〕《全宋詩》第 8 冊第 5037 頁。
〔註189〕《全宋詩》第 55 冊第 34127 頁。
〔註190〕《全宋詩》第 71 冊第 44665 頁。
〔註191〕《全宋詩》第 7 冊第 4360 頁。
〔註192〕蔡襄《遣興》，《全宋詩》第 7 冊，第 4816 頁。
〔註193〕包賀《諧詩逸句》，《全唐詩》卷八七一，第 25 冊第 9878 頁。
〔註194〕梅堯臣《送宣州簽判馬屯田兼寄知州邵司勛》，《全宋詩》第 5 冊第 3063 頁。
〔註195〕《全宋詩》第 17 冊第 11527 頁。

二、苦竹與苦笋的文化象徵意義

　　苦竹雖早載於晉戴凱之《竹譜》及相關著作中，但文人大量歌咏還是在唐代及以後，苦竹象徵意蘊的形成因此也較遲。苦竹有著獨特的象徵意蘊，首先是象徵悲苦環境。苦竹常被用以形容環境之荒涼幽邃，如「蛇爲鄰，虎爲陬，丹茅苦竹深幽幽」（梅堯臣《送張太博通判袁州》）〔註196〕、「野店垂楊步，荒祠苦竹叢」（范成大《寒食郊行書事二首》其一）〔註197〕，都可見環境之荒涼冷落、幽邃可怖，而苦竹是構成這種悲苦境界的重要元素。再如許渾《聽歌鷓鴣辭》：「南國多情多艷詞，鷓鴣清怨繞梁飛。甘棠城上客先醉，苦竹嶺頭人未歸。響轉碧霄雲駐影，曲終清漏月沈輝。山行水宿不知遠，猶夢玉釵金縷衣。」以苦竹嶺渲染夫妻分離的苦境。而「故人相別盡朝天，苦竹江頭獨閉關」（韋莊《江上題所居》）則寫朋友分別後的各自境況，借苦竹寫蕭條冷落之境。經歷之危苦莫過於文天祥，其《高沙道中》詩云：「誰家苦竹園，其葉青戔戔。倉皇伏幽筱，生死信天緣。」〔註198〕也是借苦竹狀苦境。苦竹所構成的苦境常借助蕭颯之景，如「碎聲籠苦竹，冷翠落芭蕉」（白居易《連雨》）。苦竹還與禽言鳥語一起渲染愁苦氛圍，如「此花開時此鳥至，青楓苦竹爲其家」（舒岳祥《杜鵑花》）〔註199〕，杜鵑啼血爲青楓苦竹之境增加了悲苦愁情。如「雨急芹泥滑，禽鳴苦竹秋」（梅堯臣《山行冒雨至村家》）〔註200〕，借泥滑滑以言愁情，因其鳴聲酷似「泥滑滑」。如「相呼相應湘江闊，苦竹叢深春日西」（鄭谷《鷓鴣》），因鷓鴣鳴聲似云「行不得也哥哥」，常藉以表示思鄉之情。苦竹之所以能象徵苦境，在於味覺之「苦」與心境之「苦」的聯通互感。

　　貶謫文學是政治失意的產物，失意文人在自然界動植物與貶謫心境之間找到契合點，以咏物寫志、寄託情感。苦竹也爲失意文人所鍾愛，成爲貶謫文學中的典型意象之一。以白居易爲例，他是唐代文人中非常愛竹的一位，曾描述自己官宅的環境，是「宅北倚高崗，迢迢數千尺。上有青青竹，竹間多白石」（《北亭》），而在《琵琶行》中則是「住近湓江地低濕，黃蘆苦竹繞宅生」。這種不同竹子風景的選擇，與其看作地域文化因素，不如看作是內心

〔註196〕《全宋詩》第 5 冊第 2936 頁。
〔註197〕《全宋詩》第 41 冊第 25753 頁。
〔註198〕《全宋詩》第 68 冊第 43011 頁。
〔註199〕《全宋詩》第 65 冊第 40921 頁。
〔註200〕《全宋詩》第 5 冊第 2986 頁。

－266－

情感的投射。《琵琶行》作於其貶官江州時期，「黃蘆苦竹」反映了他遭貶的苦情，後來成爲常見的貶謫文學意象。如李商隱《野菊》詩云：「苦竹園南椒塢邊，微香冉冉泪涓涓。已悲節物同寒雁，忍委芳心與暮蟬。細路獨來當此夕，清尊相伴省他年。紫雲新苑移花處，不敢霜栽近御筵。」張明非指出：「此詩咏野菊情，寫它志向高潔而命運悲苦，只能託根在辛苦之地，而無緣靠近御筵。從中不難看出『野菊』正象徵了詩人的身世和情感。」〔註201〕而苦竹是構成野菊形象的重要背景，因此也具有悲苦的象徵意蘊。柳宗元《巽公院五咏・苦竹橋》：「危橋屬幽徑，繚繞穿疏林。迸籜分苦節，輕筠抱虛心。俯瞰涓涓流，仰聆蕭蕭吟。差池下烟日，嘲哳鳴山禽。諒無要津用，棲息有餘陰。」詩中苦竹雖有苦節、虛心的特點，但無「要津用」，因此只能發揮「棲息有餘陰」的有限作用。柳宗元借苦竹抒發的是貶謫的苦悶〔註202〕。陸游《即席四首》其三：「長魚腹腴羊臂臑，饞想久矣無秋毫。今朝林下煨苦笋，更覺此君風味高。」〔註203〕也以食苦笋爲林下風流。

　　貶謫文學選擇苦竹意象也有文化淵源，苦竹早就有隱逸內涵。《越絕書》卷八：「苦竹城者，句踐伐吳還，封范蠡子也。其僻居，徑六十步，因爲民治田，塘長千五百三十三步。其冢名土山，范蠡苦勤功篤，故封其子於是，去縣十八里。」〔註204〕吳淑《竹賦》：「張薦植之於永嘉。」自注：「《永嘉郡記》曰：樂成張薦者，隱居頤志，家有苦竹數十頃，在竹中爲屋，常居其中，王右軍聞而造之，薦逃避竹中，不與相見，郡號爲高士。」由這兩條記載來看，一言「僻居」，一言「隱居」，可知苦竹在唐前即已形成隱逸內涵。王禹偁《新秋即事》其二：「宦途流落似長沙，賴有詩情遣歲華。吟弄淺波臨釣渚，醉披殘照入僧家。石挨苦竹旁抽笋，雨打戎葵臥放花。安得君恩許歸去，東陵閑

〔註201〕張明非《論李商隱詩的象徵藝術》，《廣西師範大學學報（哲學社會科學版）》2008年第4期，第47頁。
〔註202〕王國安認爲：「至於『諒無要津用』，也不能武斷說是與希望重返政界有聯繫，清蔣之翹曾說『要津用，謂作筏也』，甚是。『有能求無生之生者，知舟筏之存乎是』，舟筏之喻，在這裡顯然當也是指佛學修持之津梁，乃是感歎苦竹不能爲『舟筏』而渡至『無生之生』之彼岸也。」見王國安《讀〈巽公院五咏〉兼論柳宗元的佛教信仰》，《湖南科技學院學報》2005年第3期，第17頁左。王先生雖能自成其說，對柳宗元處境與苦竹的象徵意蘊未免疏於考察。
〔註203〕《全宋詩》第40冊第25305頁。
〔註204〕〔東漢〕袁康、吳平輯錄，樂祖謀點校《越絕書》卷八，上海古籍出版社，1985年，第62頁。

種一園瓜。」〔註205〕詩借苦竹意象表達了東陵種瓜的歸隱情緒。蘇軾《春菜》：「北方苦寒今未已，雪底波棱如鐵甲。豈如吾蜀富冬蔬，霜葉露芽寒更苗。久拋松菊猶細事，苦笋江豚那忍說。明年投劾徑須歸，莫待齒搖并髮脫。」〔註206〕蘇軾以「松菊」與「苦笋江豚」并提，是取其共同的隱逸內涵。

　　苦竹還具有「苦節」等象徵意蘊。對苦節的崇尚，是苦竹象徵意蘊的重要方面，從以下詩句可見一斑：「世上何人憐苦節，應須細問子猷看」（陸希聲《苦竹徑》）、「若非抱苦節，何以偶惟馨」（陸龜蒙《奉和襲美公齋四咏次韵·新竹》）、「竹竿有甘苦，我愛抱苦節」（劉駕《苦寒吟》）。再如杜甫《苦竹》：「青冥亦自守，軟弱強扶持。味苦夏蟲避，叢卑春鳥疑。軒墀曾不重，剪伐欲無辭。幸近幽人屋，霜根結在茲。」肅宗乾元二年（759），杜甫因房琯事件被貶爲華州司功參軍，不久棄官居秦州三月，《苦竹》作於此期。從苦竹生長環境的艱苦可見作者疏救房琯而遭黜的苦境。「杜詩咏物，俱有自家意思，所以不可及，如《苦竹》便畫出個孤介人。」〔註207〕詩中苦竹的自守節操無疑有著詩人的自我期許。凌寒不凋等植物特性，也體現了苦節內涵，如「歲月青松老，風霜苦竹餘」（孟浩然《尋白鶴岩張子容隱居》）、「苦竹空將歲寒節，又隨官柳到青春」（黃庭堅《春近四絕句》）〔註208〕。宋人更是對苦竹的苦節內涵欣賞有加，如「世方嗜柔腴，我獨甘苦節」（李光《五月七日分韵得食苦笋詩》）〔註209〕、「平生清苦過於我，祇合呼爲苦節君」（陶夢桂《苦竹》）〔註210〕等。

　　苦笋本是苦竹的幼苗，因此既集中了苦竹的文化象徵內涵，又有苦笋的飲食特點。苦笋之食，雖有「苦笋恐難同象匕」（韓偓《湖南絕少含桃偶有人以新摘者見惠感事傷懷因成四韵》）之說，畢竟嗜好者多。如懷素《苦笋帖》云：「苦笋及茗異常佳，乃可徑來，懷素上。」何以世人嗜此苦味？張九成《食苦笋》：「丈夫志有在，何事校口腹。」〔註211〕此云「志有在」，還未明言。陳

〔註205〕《全宋詩》第 2 冊第 732 頁。

〔註206〕《全宋詩》第 14 冊第 9248 頁。

〔註207〕郭紹虞編、富壽蓀校點《清詩話續編》，上海古籍出版社，1983 年，第 805 頁。

〔註208〕《全宋詩》第 17 冊第 11649 頁。

〔註209〕《全宋詩》第 25 冊第 16379 頁。

〔註210〕《全宋詩》第 56 冊第 35219 頁。

〔註211〕《全宋詩》第 31 冊第 19987 頁。

著《謝國英送苦筍》云：「直節見初茁，苦心甘自珍。」〔註212〕可知苦筍之受
青睞主要不在其物色美感，而在其苦味與苦況、苦心、苦節等意蘊的溝通聯
想。

　　黃庭堅《苦筍賦》為苦筍象徵內涵開闢了新境。賦云：「苦而有味，如
忠諫之可活國；多而不害，如舉士而皆得賢。」〔註213〕忠言逆耳，良藥苦
口，所以苦筍如同諫臣。《新唐書·魏徵傳》載：「帝（太宗）大笑曰：人言
徵舉動疏慢，我但見其嫵媚也。」魏徵以直言苦諫著名，故後人以魏徵比喻
苦筍，說它雖苦口而有利於身心，如「我見魏徵殊媚嫵，約束兒童勿多取」
（陸游《苦筍》）〔註214〕。黃庭堅說「苦而有味，如忠諫可治國」，為苦筍
充實了「苦諫」的內涵。此後苦筍忠臣之喻成了常典，如「愛嘗苦筍疏甜筍，
似進忠臣遠佞臣」（釋文珦《食苦筍》）〔註215〕、「誤人政為甘言誘，愛我從
渠苦口來」（袁說友《謝侃老送苦筍》）〔註216〕。

〔註212〕《全宋詩》第 64 冊第 40265 頁。
〔註213〕《全宋文》第 104 冊第 240 頁。
〔註214〕《全宋詩》第 39 冊第 24348 頁。
〔註215〕《全宋詩》第 63 冊第 39637 頁。
〔註216〕《全宋詩》第 48 冊第 29977 頁。

第二章　古代文學竹林題材與意象研究

　　我國是竹子原產地，竹林分佈廣，不像歐洲多森林。竹林屬於廣義的森林，具有一般森林的特點，又有不同於一般森林的美感價值與獨特的生態環境效益。竹林四季常青、經冬不凋，雖也有葉枯葉落，但沒有黃葉凋傷、草木零落的衰颯景象，給人蒼翠欲滴的溫馨感受，而不易激發悲情和衰感。

　　本章探討了古代文學中所表現的竹林美感特色、竹林隱逸內涵、「竹林七賢」與竹文化等論題。對於竹林美感特色，主要討論了竹林的整體美感與不同季節氣候條件下、不同地理環境下的竹林美感與景觀。對於竹林隱逸內涵的形成，從多方面分析了可能形成竹林隱逸內涵的因素以及竹林（竹子）與隱逸生活方式的關係。「竹林七賢」稱名與竹文化的關係雖是老問題，但學界意見並未統一，本章從竹文化的比德、隱逸等方面入手，探討「竹林七賢」名號與竹文化的關係。

第一節　古代文學中的竹林

　　竹子是中國古代文學最重要的植物題材之一，竹林又是竹子題材文學的重要表現對象。這樣常見而又重要的文學題材與意象。以下試探討竹林的風景特色與文學表現。

一、古代的竹林資源

　　我國竹資源的豐富，不僅表現在品種數量上，還表現在分佈地域之廣和竹林面積之大。根據文獻記載及考古發現可知，我國新石器時代黃河流域及

南方有大片竹林分佈〔註1〕。竹子雖然對溫度和濕度有一定要求，由於古代氣候比現在溫暖，故北方黃河流域先秦時期有大片竹林分佈。我國大部分地區具有竹子生長的理想生態環境。竹子喜濕怕旱，多緣坡臨水而生，南方山區常綿延成百上千畝，都主要分佈在山谷及緩坡。平原地帶只要具備相應生態條件也會適合竹子生長，如「密筱滿平原」（虞騫《遊潮山悲古冢詩》）。據文煥然研究，華北西部洛涇渭流域，中部太岳、中條山與汾河流域及以北地區，東部衛漳流域，北魏以前都有相當面積竹林，「北魏末期以前，華北西部經濟林的分佈緯度以中部爲高，西部次之，東部最低」〔註2〕。

　　下面試對我國先秦時期北方竹林的分佈情況進行考述。我國先秦時代北方同南方一樣廣布竹林。據竺可楨先生研究，「在新石器時代晚期，竹類的分佈在黃河流域是直到東部沿海地區的」，并提出假設，「自五千年前的仰韶文化以來，竹類分佈的北限大約向南後退緯度從 1℃～3℃」〔註3〕。據卜辭記載：「『王用竹，若』（《乙》六三五〇）、『　竹先用』（《後》下二一・二）、『貞，其用竹……羌，　酒肜用』（《存》二・二六六）。」〔註4〕殷墟的南部與淇水河畔的朝歌毗鄰，春秋時屬衛國之地。《詩經・衛風・淇澳》：「瞻彼淇澳，綠竹猗猗……瞻彼淇澳，綠竹青青……瞻彼淇澳，綠竹如簀。」《詩經・衛風・竹竿》：「籊籊竹竿。以釣於淇。」淇水在今河南淇縣，《淇澳》描繪的是淇水流域（今河南境內）竹林的茂盛狀態。到漢代淇水流域仍有大片竹林。如《史記・河渠書》：「是時東郡燒草，以故薪柴少，而下淇園之竹以爲楗。」〔註5〕《漢書・地理志》曰：「（秦地）有鄠、杜竹林，南山檀柘，號稱陸海，爲九州膏腴。」〔註6〕《史記・齊太公世家》：「（庸職與丙戎）謀與（懿）公遊竹中，二人弒懿公車上，棄竹中而亡去。」《集解》云：「杜

〔註1〕 關傳友《論先秦時期我國的竹資源及利用》（《竹子研究彙刊》2004 年第 2 期）有詳細論述。

〔註2〕 文煥然《二千多年來華北西部經濟栽培竹林之北界》，載《歷史地理》第十一輯，上海人民出版社，1993 年，第 250 頁。

〔註3〕 竺可楨《中國近五千年來氣候變遷的初步研究》，《考古學報》，1972 年第 1 期，第 17～18 頁。

〔註4〕 文煥然《中國歷史時期植物與動物變遷研究》，重慶：重慶出版社，1995 年。轉引自關傳友《論先秦時期我國的竹資源及利用》，《竹子研究彙刊》2004 年第 2 期，第 60 頁右。

〔註5〕 〔漢〕司馬遷撰、〔宋〕裴駰集解、〔唐〕司馬貞索隱、〔唐〕張守節正義《史記》卷二九《河渠書第七》，北京：中華書局，1959 年，第 4 冊第 1413 頁。

〔註6〕 《漢書》卷二八下，第 6 冊第 1642 頁。

預曰：『齊南城西門名申門。齊城無池，唯此門左右有池，疑此是也。』左思《齊都賦》注曰：『申池，海濱齊藪也。』〔註7〕無論申池具體位置如何，總在今山東境內。《左傳》襄十八年，晉伐齊，「焚申池之竹木」〔註8〕。《史記‧曹相國世家》：「（曹參）與高祖會擊黥布軍，大破之。南至蘄，還定竹邑、相、蕭、留。」《索隱》：「《地理志》蘄、竹邑、相、蕭四縣屬沛。韋昭云『留今屬彭城』，則漢初亦屬沛也。」《正義》：「《括地志》云：『徐州符離縣城，漢竹邑城也。李奇云「今竹邑也」。』」〔註9〕

　　先秦時期北方遠不僅淇水流域有竹。《周禮‧職方氏》：「河南曰豫州，其山鎮曰華山，其澤藪曰圃田，其川熒雒，其浸波溠，其利林漆絲枲，其民二男三女，其畜宜六擾，其穀宜五種。」陸德明：「林，竹木也。」〔註10〕既然竹、木都稱「林」，可見竹子成林在北方應很普遍。《詩經‧小雅‧斯干》：「秩秩斯干。幽幽南山。如竹苞矣。如松茂矣」，「下莞上簟，乃安斯寢」。《詩經‧秦風‧小戎》：「竹閉緄縢。」可見南山一帶不僅有竹林分佈，且以之編席。反映西周和春秋戰國時終南山及渭河流域（今陝西境內）分佈竹林。《史記‧河渠書》載：「褒斜林木竹箭之饒，擬於巴蜀。」〔註11〕《史記‧貨殖列傳》：「夫山西饒材、竹、穀、纑、旄、玉石。」〔註12〕《漢書‧溝洫志》云：「褒斜材木竹箭之饒，擬於巴蜀。」〔註13〕沈括《夢溪筆談》卷二十一記載，他曾在延州（今延安）發現筍竹化石：「近歲延州永寧關大河岸崩，入地數十尺，土下得竹筍一林，凡數百莖，根幹相連，悉化為石……延郡素無竹，此入在數十尺土下，不知其何代物。無乃曠古以前，地卑氣濕而宜竹邪？」〔註14〕《鶴林玉露》也載：「余聞秦中不產竹，昔年山崩，其下乃皆巨竹頭。由是言

〔註7〕　《史記》卷三二，第 5 冊第 1496 頁。
〔註8〕　《十三經注疏》整理委員會整理、李學勤主編《春秋左傳正義》，北京大學出版社，1999 年，第 952 頁。
〔註9〕　《史記》卷五四，第 6 冊第 2028 頁。
〔註10〕　《周禮注疏》卷三三，第 872～873 頁。「林」訓「竹木」的例子，再如《周禮‧地官司徒》：「林衡，每大林麓下士十有二人。」鄭玄注：「竹木生平地曰林。」《周禮‧大司徒》：「以天下土地之圖，周知九州之地域廣輪之數，辨其山林、川澤、丘陵、墳衍、原隰之名物。」鄭玄注：「竹木曰林。」郭璞《贈溫嶠詩》五章其三：「人亦有言，松竹有林。」
〔註11〕　《史記》卷二九《河渠書第七》，第 4 冊第 1411 頁。
〔註12〕　《史記》卷一二九《貨殖列傳》，第 10 冊第 3253 頁。
〔註13〕　《漢書》卷二九，第 6 冊第 1681 頁。
〔註14〕　《新校正夢溪筆談》卷二一，第 216 頁。

之，古固產竹矣。」〔註15〕都表明先秦陝西有竹林分佈。

再往北，仍有關於竹的零星記載。《詩經‧大雅‧韓奕》:「其蔌維何？維筍及蒲。」表明韓國（今河北固安縣）已把筍作爲食品〔註16〕。《佛國記》:「其國（竭叉國）當蔥嶺之中，自蔥嶺已前，草木果實皆異，唯竹及安石榴、甘蔗三物，與漢地同耳。」《爾雅‧釋地第九》:「觚竹、北戶、西王母、日下，謂之四荒。」〔註17〕郝懿行謂「孤竹在北」，「觚竹即孤竹，《齊語》云『北伐山戎，刜令支、斬孤竹』，漢《地理志》遼西郡令支有孤竹城，按其地在今永平府也。」〔註18〕孤竹國應是以竹爲圖騰的國家。可見早期北方竹林的分佈西達蔥嶺，東到遼西。以上根據文獻和出土文物考證我國北方竹林的分佈情況。

兩漢時期，北方也有大片竹林分佈。《史記‧河渠書》載:「褒斜林木竹箭之饒，擬於巴蜀。」〔註19〕《史記‧貨殖列傳》:「夫山西饒材、竹、穀、纑、旄、玉石。」〔註20〕《漢書‧地理志》曰:「（秦地）有鄠、杜竹林，南山檀柘，號稱陸海，爲九州膏腴。」〔註21〕《史記‧河渠書》:「是時東郡燒草，以故薪柴少，而下淇園之竹以爲楗。」〔註22〕《後漢書‧寇恂傳》載，寇恂爲河內太守，「伐淇園之竹，爲矢百餘萬」〔註23〕，都表明兩漢時期陝西、山西、河南有竹林分佈。文煥然先生根據農民起義用竹竿推測甘肅有竹:「《後漢書‧西羌傳》等記載東漢時天水一帶羌民暴動，以竹竿爲武器，反映當地竹林資源較豐富。」〔註24〕《史記‧貨殖列傳》說:「安邑千樹棗；燕、秦千樹栗；蜀、漢、江陵千樹橘；淮北、常山已南，河濟之間千樹萩；陳、夏千畝漆；齊、魯千畝桑麻；渭川千畝竹；及名國萬家之城，帶郭千畝，畝鍾之田，若千畝卮茜，千畦薑韭：此其人皆與千戶侯等。」〔註25〕渭川竹林與其

〔註15〕《鶴林玉露》丙編卷之四「物產不常」條，第 300 頁。
〔註16〕程俊英譯注《詩經譯注》，上海古籍出版社，1985 年，第 496 頁注釋①。
〔註17〕〔清〕郝懿行撰《爾雅義疏》，上海古籍出版社，1983 年，下冊第 845 頁。
〔註18〕〔清〕郝懿行撰《爾雅義疏》，上海古籍出版社，1983 年，下冊第 845 頁。
〔註19〕《史記》卷二九《河渠書第七》，第 4 冊第 1411 頁。
〔註20〕《史記》卷一二九《貨殖列傳》，第 10 冊第 3253 頁。
〔註21〕《漢書》卷二八下，第 6 冊第 1642 頁。
〔註22〕《史記》卷二九《河渠書第七》，第 4 冊第 1413 頁。
〔註23〕《後漢書》卷一六，第 3 冊第 621 頁。
〔註24〕文煥然《二千多年來華北西部經濟栽培竹林之北界》，載《歷史地理》第十一輯，上海人民出版社，1993 年，第 248 頁左。
〔註25〕《史記》卷一二九《貨殖列傳》，第 10 冊第 3272 頁。

他地方特產並列，可見其地之竹知名度頗高。

漢代及以後，我國竹林分佈受氣候變化略有南移。根據竺可楨的觀點，五千年來竹類分佈的北限大約向南後退了 1～30 緯度〔註26〕。到北魏時，淇水流域已沒有竹林。酈道元感慨：「今通望淇川，無復此物。」〔註 27〕而山西、陝西等地也已沒有竹子了。庾信《燕歌行》：「晉陽山頭無箭竹。」《宣室志》云：「晉陽以北，地寒而少竹，故居人多種葦成林，所以代南方之竹也。」〔註28〕可見兩漢以後的不同歷史時期北方竹林曾有毀損。據文煥然研究，華北西部洛涇渭流域，中部太岳、中條山與汾河流域及以北地區，東部衛漳流域，北魏以前都有相當面積竹林，「北魏末期以前，華北西部經濟林的分佈緯度以中部爲高，西部次之，東部最低」〔註29〕。總的趨勢是北方自然分佈的竹林逐漸減少，主要由於戰爭破壞、人爲砍伐等因素。但也不能一概而論，即使到唐代，北方也還有原始竹林分佈，如王維曾作《自大散以往深林密竹磴道盤曲四五十里至黃牛嶺見黃花川》詩，可見唐代開元年間大散關一帶有大片竹林分佈〔註30〕。

東晉以來，隨著經濟政治文化中心的南移，長江流域尤其是江南的竹林得到更多的開發利用，生產美竹之地如會稽、雲夢、九嶷、羅浮等，都主要在南方。主要產竹區有蜀中、楚地、越地等。《史記》：「及元狩元年，博望侯張騫使大夏來，言居大夏時見蜀布、邛竹杖，使問所從來，曰『從東南身毒國，可數千里，得蜀賈人市。』」《集解》：「韋昭曰：『邛縣之竹，屬蜀。』瓚曰：『邛，山名。此竹節高實中，可作杖。』」〔註31〕《漢書》也云：「巴、蜀、廣漢本南夷，秦並以爲郡，土地肥美，有江水沃野，山林竹木蔬食果實之饒。」〔註32〕可知蜀中漢代有竹林分佈。《爾雅・釋地第九》：「東南之美

〔註26〕竺可楨《中國近五千年來氣候變遷的初步研究》，《考古學報》，1972 年第 1 期。

〔註27〕《水經注校證》卷九「淇水」，第 236 頁。

〔註28〕〔唐〕張讀撰《宣室志》卷八，北京：中華書局，1983 年，第 102 頁。

〔註29〕文煥然《二千多年來華北西部經濟栽培竹林之北界》，載《歷史地理》第十一輯，上海人民出版社，1993 年，第 250 頁。

〔註30〕王輝斌考證認爲：「開元二十八年的秋天，王維以監察御史之銜自長安經大散關入蜀。」見王輝斌《王維開元行踪求是》，《山西大學學報（哲學社會科學版）》2003 年第 4 期，第 68 頁左。

〔註31〕《史記》卷一一六，第 9 冊第 2995 頁、2996 頁。

〔註32〕《漢書》卷二八下，第 6 冊第 1645 頁。

者，有會稽之竹箭焉。」楚地「十餘里山村竹林相次交映」〔註 33〕，可見楚、越兩地多竹。中部地區如淮河流域也是竹產區。晉伏滔《正淮論上》：「龍泉之陂，良疇萬頃，舒六之貢，利盡蠻越，金石皮革之具萃焉，苞木箭竹之族生焉，山湖藪澤之隈，水旱之所不害，土產草滋之實，荒年之所取給。」〔註 34〕

不僅限於自然分佈，古代人工植竹也非常普遍，又分鄉村種植和園林種植等不同情況。漢代的人工竹林已有不少。文煥然在《二千多年來華北西部經濟栽培竹林之北界》一文中列舉多則材料：

> 漢代文獻，諸如《史記》中司馬相如稱宜春宮（在今西安市南）「覽竹林之榛榛」；《漢書》中揚（引者按，原作「楊」）雄曰：「望平樂（原注：館名，在當時上林苑中，約今西安市西），徑竹林」；《後漢書》中班固道「商、洛緣其隈，鄠、杜濱其足，源泉灌注，坡地交屬，竹林、果園、芳草、甘木」；《文選》有張衡《西京賦》吟：「編町成篁」等，描繪了當時這一帶竹林。〔註35〕

文先生所舉這幾例都是人工栽植竹子。還可補充幾則材料。《東觀漢記》曰：「（樊重）治家產業，起廬舍，高樓連閣，陂池灌注，竹木成林，閉門成市。」〔註 36〕《太平御覽》卷三十七引《三輔舊事》曰：「成帝作延陵及起廟，竇將軍有青竹田在廟南，恐犯蹈之，言作陵不便，乃徙作昌陵，取土十餘里，土與粟同價。」〔註 37〕此兩例中竹林可能都是產業之一。作為園林產業的竹漢代以後多有。如石崇《金谷詩序》：「余以元康六年，從太僕卿出為使持節、監青徐諸軍事、征虜將軍，有別廬在河南縣界金谷澗中，去城十里，或高或下，有清泉茂林、眾果竹柏、藥草之屬，金田十頃、羊二百口，雞豬鵝鴨之類，莫不畢備。」〔註 38〕

像上面所舉例子是園林或產業中的竹林，古代更為普遍的還是鄉村植

〔註33〕 〔唐〕李嘉祐《登楚州城望驛路十餘里山村竹林相次交映》，《全唐詩》卷二〇六，第 6 冊第 2156 頁。

〔註34〕 《全上古三代秦漢三國六朝文・全晉文卷一三三》，第 3 冊第 2226 頁下欄左。

〔註35〕 文煥然《二千多年來華北西部經濟栽培竹林之北界》，載《歷史地理》第十一輯，上海人民出版社，1993 年，第 248 頁。

〔註36〕 〔漢〕班固等撰《東觀漢記》卷一二，北京：中華書局，1985 年，第 88 頁。

〔註37〕 《太平御覽》卷三七，《四庫全書》第 893 冊第 447 頁。

〔註38〕 《全上古三代秦漢三國六朝文・全晉文卷三三》，第 2 冊第 1651 頁上欄右。

竹。「竹木叢生，珍果駢羅」（王粲《七釋》）、「竹木蓊藹，靈果參差」（潘岳
《閑居賦》）〔註39〕，竹子與果樹並稱，可見是重要的經濟作物。不管出於
經濟考慮還是其他目的，客觀上具有長久的經濟與美感雙重效應，所謂「一
寸二寸之魚，三竿兩竿之竹」（庾信《小園賦》）〔註40〕、「橘則園植萬株，
竹則家封千戶」（庾信《哀江南賦》）。古人也有屋前舍後植竹的意識。如徐
勉《爲書誡子崧》：「由吾經始歷年，粗已成立，桃李茂密，桐竹成陰，塍陌
交通，渠畎相屬，華樓迴謝，頗有臨眺之美，孤峰叢薄，不無糾紛之興。」
〔註41〕蕭子範《家園三月三日賦》：「庭散花蕊，傍插筠篁。」〔註42〕葉夢得
《避暑錄話》：「竹凡見隙地皆植之。……與此山竹無慮增數千竿。」〔註43〕
都可見植竹的意識。周朗《上書獻讜言》：「蔭巷緣藩，必樹桑柘，列庭接宇，
唯植竹栗。若此令既行，而善其事者，庶民則敘之以爵，有司亦從而加賞。」
〔註44〕這是建議政府扶持種植經濟林木。政府一般也鼓勵種植。如南朝宋
羊希《刊革山澤舊科議》：「凡是山澤，先常燒燫種養竹木雜果爲林芿，及陂
湖江海魚梁鰍鮆場，常加功修作者，聽不追奪。」〔註45〕

我們再看古代人工植竹的規模，試看以下各例：

> 嚴秦修此驛，兼漲驛前池。
>
> 已種千竿竹，又栽千樹梨。（元稹《褒城驛》）
>
> 瀟灑城東樓，繞樓多修竹。
>
> 森然一萬竿，白粉封青玉。（白居易《東樓竹》）
>
> 小書樓下千竿竹，深火爐前一盞燈。（白居易《竹樓宿》）
>
> 萬竿交已聳，千畝蔚何富。（歐陽修《初夏劉氏竹林小飲》）

〔註46〕

村前屋後植竹，就形成「竹繞山下村」（顏眞卿《登峴山觀李左相石尊聯句》）、

〔註39〕《晉書》卷五五《潘岳傳》，第 5 冊第 1505～1506 頁。
〔註40〕《全上古三代秦漢三國六朝文・全後周文卷八》，第 4 冊第 3921 頁下欄左。
〔註41〕《全上古三代秦漢三國六朝文・全梁文卷五〇》，第 4 冊第 3239 頁上欄右。
〔註42〕《全上古三代秦漢三國六朝文・全梁文卷二三》，第 3 冊第 3084 頁上欄左。
〔註43〕〔宋〕葉夢得撰、徐時儀整理《避暑錄話》卷下，朱易安、傅璇琮等主編《全
　　　　宋筆記》第二編，鄭州：大象出版社，2006 年，第 10 冊第 337 頁。
〔註44〕《全上古三代秦漢三國六朝文・全宋文卷四八》，第 3 冊第 2696 頁下欄右。
〔註45〕《全上古三代秦漢三國六朝文・全宋文卷二二》，第 3 冊第 2555～2556 頁。
〔註46〕《全宋詩》第 6 冊第 3758 頁。

「竹深村路遠」（張籍《夜到漁家》）等景象的鄉村竹林。園林別業植竹，如「溝池環匝，竹木周布」（仲長統《昌言下》）〔註47〕，也多連片成林。《舊五代史》卷一三二《世襲列傳》載，鳳翔節度使「（李）從儼，茂貞之長子也。……先人汧、隴之間，有田千頃，竹千畝」〔註48〕，可見五代時北方私人竹林的規模。寺院道觀也多植竹成林，形成「青翠拂仙壇」（王維《沈十四拾遺新竹生讀經處同諸公之作》）、「竹徑通幽處，禪房花木深」（常建《題破山寺後禪院》）的竹林景觀。劉峻《東陽金華山棲志》：「寺觀之前，皆植修竹，檀欒蕭瑟，被陵緣皐。竹外則有良田，區畛通接。」〔註49〕可見寺觀植竹的規模也很大。其他如驛亭官署等處也常栽種，如元稹《題褒城驛》：「已種萬竿竹，又栽千樹梨。」一言以蔽之，我國古代竹林資源非常豐富，自然分佈廣泛，人工栽植普遍。

二、竹林題材文學的發展

古代竹林資源豐富，加上竹子頗具觀賞性，因此很容易進入文人視野成為文學表現題材。竹子不同於一般樹木，它能自動引根繁殖，一旦種下，幾年即可繁衍成林。竹子易於繁衍成林，一般情況下文學作品中提到竹子多指竹林。就文學體裁而言，竹林題材與意象在各種文體中都有不同程度的表現。詩歌表現竹林的歷史最為悠久，先秦文學中已有竹林意象如「瞻彼淇奧，綠竹青青」（《詩經·淇奧》）與「余處幽篁兮不見天」（《楚辭·山鬼》），到南朝謝朓《詠竹詩》、《秋竹曲》始有意詠竹，唐前共有竹子相關題材詩作18首，《全唐詩》則多達三百餘首，重要詩人多有詠竹之作。辭賦中的竹林意象，漢賦鋪陳物產已排列不少，至晉代江逌《竹賦》始以竹為題，唐前相關竹賦多達12篇，唐代竹子題材賦作與散文將近20篇，這還不包括篇章中零星出現的眾多竹林意象。宋代以後竹林題材詩文數量更多。詞為艷科，內容多表現女性生活與情愛，也有相關竹林意象如湘妃竹、臨窗竹等。經蘇、辛等突破藩籬、擴大表現範圍，詞中又多表現隱逸內涵的竹林意象如松窗竹戶、竹籬茅舍等。其他文體如小說、戲曲等也多有竹林意象。

〔註47〕《全上古三代秦漢三國六朝文·全後漢文卷八九》，第1冊第956頁上欄。
〔註48〕〔宋〕薛居正等撰《舊五代史》卷一三二，北京：中華書局，1976年，第6冊第1742頁。
〔註49〕《全上古三代秦漢三國六朝文·全梁文卷五七》，第4冊第3290頁下欄右。

　　竹林意象涉及山水、田園、園林等相關文學題材。就竹林題材的歷史發展而言，各時期文學呈現不同傾向。先秦文學如《山海經・大荒北經》「帝俊竹林」與《穆天子傳》樹於樂池的竹林，是神話傳說而非現實竹林。《詩經・淇奧》「綠竹猗猗」、「綠竹青青」、「綠竹如簀」可算從顏色到形態進行表現的竹林意象。秦世不文，降至兩漢，竹林形象漸趨豐富，主要表現於賦中，稍具美感表現的，如「觀眾樹之塕薆兮，覽竹林之榛榛」（司馬相如《哀二世賦》）、「竹木叢生，珍果駢羅。青蔥幽藹，含實吐華」（王粲《七釋》）。「榛榛」的整體形象，「青蔥」的視覺美感，還是模糊印象和籠統表述。竹林意象在文學中出現次數少、形象單薄等特點在晉代以後得到改觀。南朝文學中竹林意象更為豐富、刻畫更為細緻，既有野生竹林意象如江邊竹（虞羲《見江邊竹詩》），也有人居竹林意象如堂前竹（江洪《和新浦侯齋前竹詩》）、園林竹（任昉《靜思堂秋竹應詔》）等。唐宋文學中竹林題材作品量多質高，竹林意象則有特殊品種如慈竹（王勃《慈竹賦》）、紫竹（蔡襄《紫竹賦》），特殊形態如新竹、雪竹、怪竹、紆竹等，成為詩賦中新的竹林意象。元明清文學中，不同品種竹林意象如元貢師泰《小篔簹賦》、楊維楨《方竹賦》、蘇伯衡《鈎勒竹賦》，園林庭院竹林意象如明何喬新《歲寒高節亭記》、王世貞《萬玉山房記》、清劉鳳誥《个園記》、王國維《此君軒記》等。唐宋以後文學中的竹林意象多具人格象徵意蘊，不是單純的風景審美。

三、竹林的美感特色

　　竹林題材與意象在不同文學體裁中都有表現，作品數量繁多，美感意蘊豐富，既有竹林風景物色的客觀美，也積累了關於竹林的審美認識或欣賞體驗，是竹林客觀美與主觀美的統一。以下試從親近人居、整體形態、修竹為美等方面略述古代文學中所表現的竹林美感特色。

　　竹林也屬森林。竹林的美感特色在與森林的比較中可以看得更為明顯。竹林主要在面積，無論叢生散生，竹子一旦成林很少雜有其他樹種，林中甚至沒有灌木，加以株體修長，因而顯得雅潔清爽。一般樹木即使成林也多雜有其他樹種或灌木，顯得蕪亂陰翳。因而森林多是幽暗深邃之地，如「深林杳以冥冥兮」（《楚辭・九章》）、「叢薄深林兮人上慄」（淮南小山《招隱士》），灌木之林尤其蒙籠蕭森，如「蕭森灌木上，迢遞孤烟生」（李百藥《秋晚登古城》），一般都是不宜人居的淒清險惡之境。因此森林在中外文學中有陰森黑

暗、險惡恐怖的象徵意蘊。竹林雖也與愁情相關，如「幽篁愁暮見」（鮑照《自
礪山東望震澤詩》）、「嵐氣暗兮幽篁難」（江淹《山中楚辭六首》其四），但那
是暮景與愁緒的同構共生。人們的審美印象中，竹林一般相對明亮疏朗、嬋
娟可賞，如「槭槭林已成，熒熒玉相似」（劉禹錫《令狐相公見示贈竹二十韵
仍命繼和》）、「既修竦而便娟，亦蕭森而蓊蔚」（謝靈運《山居賦》）。中國古
代屬於農耕爲主的農業社會，森林離人居越來越遠，竹林雖多野生，也多傍
村鄰舍成林。古人「種竹愛庭際，亦以資玩賞」（姚合《垣竹》），房前屋後茂
林修竹的環境裏，竹林之景觸目可賞。無論是審美體驗還是種植情況，都可
見竹林親近人居的特點。古代有竹林隱士如魏晉竹林七賢、唐代竹溪六逸等，
佛教觀音菩薩有紫竹林道場，《紅樓夢》中林黛玉居處瀟湘館也有竹林，拋開
比德與宗教等因素不論，這些其實都是竹林適宜人居特點的反映。

　　竹林有叢生林與散生林，分別呈現不同景觀形態。叢竹不是竹林，多生
連片即成林。叢竹早在先秦即進入文學表現。《詩經・斯干》「如竹苞矣」即
是叢生竹。叢生竹的生長特點是結叢而生，「大小相依，高下叢茂」（劉寬夫
《劚竹記》）〔註50〕，如慈竹「生必向內，示不離本，修莖巨葉，攢根沓柢。
叢之大者，或至百千株焉」（王勃《慈竹賦》）〔註51〕，棕櫚竹「性亦叢產」，
「族生不蔓」（宋祁《棕櫚竹贊》）〔註52〕。較早進入審美視野的是野外叢
生竹，如「杏篠叢生於水澤，疾風時紛紛蕭颯」（班固《竹扇賦》）〔註53〕、
「有便娟之茂筱，寄江上而叢生」（蕭綱《修竹賦》）〔註54〕。南朝文學中
開始出現栽植的叢生竹意象，如「窗前一叢竹，青翠獨言奇」（謝朓《咏竹
詩》）、「洞戶臨松徑，虛窗隱竹叢」（劉孝先《和亡名法師秋夜草堂寺禪房月
下詩》）。唐代，不少叢生竹品種進入文學表現，如王勃、喬琳都作有《慈竹
賦》，對慈竹「如受制於籬界，不旁侵於土壤」（喬琳《慈竹賦》）〔註55〕的
形態多有描繪。

　　竹林多爲散生竹，文學表現也以散生竹林爲主。與叢生竹結叢而生的形
態不同，散生竹林有上合下疏的特點，古人概括爲「上密防露，下疏來風」（戴

〔註50〕《全唐文》卷七四○，第 8 冊第 7650 頁下欄右。
〔註51〕《全唐文》卷一七七，第 2 冊第 1806 頁下欄左。
〔註52〕《全宋文》第 25 冊第 34 頁。
〔註53〕《全漢賦校注》上冊第 533 頁。
〔註54〕《全上古三代秦漢三國六朝文・全梁文卷八》，第 3 冊第 2998 頁上欄左。
〔註55〕《全唐文》卷三五六，第 4 冊第 3614 頁上欄左。

凱之《竹譜》）。竹林上部枝葉連接，故能防露，如「竹深蓋雨，石暗迎曛」
（江總《永陽王齋後山亭銘》）、「晞朝陽之素輝，羨綠竹之茂陰」（孫楚《登
樓賦》）〔註 56〕，可見竹林遮雨遮陰的功能，因此防露是散生竹林區別於叢
生竹林及其他樹林的重要特點。「下疏來風」指林中下部環境。竹林下部較
少枝葉和灌木的阻擋，風能吹進林間，如「交松上連霧，修竹下來風」（北
周李昶《陪駕幸終南山詩》）〔註 57〕、「上葳蕤而防露兮，下泠泠而來風」（東
方朔《七諫‧初放》）〔註 58〕，故稱「清風在竹林」（孟浩然《洗然弟竹亭》），
即使無風也有涼颼颼的感覺。散生竹林還能延生他處，所謂「竹迸別成林」
（許棠《冬杪歸陵陽別業五首》其一）。

　　古來竹以修長為美，漢晉以降此風尤甚，故稱「修竹茂林」。如枚乘《梁
王菟園賦》「修竹檀欒夾池水」、王羲之《蘭亭集序》「此地有崇山峻嶺，茂林
修竹」。南朝出現「梢雲」一詞及相關意象，如「竹生荒野外，梢雲聳百尋」
（劉孝先《咏竹詩》）、「高筱低雲蓋，風枝響和鐘」（薛道衡《展敬上鳳林寺
詩》），也都是修竹為美觀念的反映。後代如「坐修竹，臨清池，忘今語古，
何其樂也」（梁武帝蕭衍《與何點手詔》），仍可見對修竹茂林之境的陶醉。竹
林的整體美感還有新篁與舊林的不同，如「望初篁之傍嶺」（蕭綱《晚春賦》）、
「竹緣嶺而負筠」（蕭子良《賓寮七要》）。竹林整體美感特色還有不少，如幽
靜、雅潔、閒適等，不能盡述。

四、不同季節、氣候條件下的竹林美

　　以上所論是竹林整體美感特色，在不同季節、氣候與地形環境等條件
下，竹林景觀又各有不同。竹林不同季節皆可賞，所謂「青林翠竹，四時俱
備」（陶弘景《答謝中書書》）。如果僅是四季青翠，則顯得單調，竹林還有
物色形態的變化，如「春而萌芽，夏而解弛，散柯布葉，逮冬而遂」（蘇轍
《墨竹賦》），因而四季有值得欣賞的不同景象，如春之新秀，夏可致蔭，秋
冬之蕭森。春天，嫩筍構成竹林新景，如「筍林次第添斑竹」（〔唐〕曹松《桂
江》）、「深園竹綠齊抽筍」（徐夤《鬢髮》）。春夏之交，新竹以生命之美、物
色之新與花卉媲美，如「半山寒色與春爭」（裴說《春日山中竹》）、「貞色奪

〔註 56〕《全上古三代秦漢三國六朝文‧全晉文卷六〇》，第 2 冊第 1800 頁下欄左。
〔註 57〕《先秦漢魏晉南北朝詩‧北周詩卷一》，下冊第 2325 頁。
〔註 58〕《全上古三代秦漢三國六朝文‧全漢文卷二五》，第 1 冊第 262 頁上欄。

春媚」（韓愈《新竹》）。炎夏則有竹林蔭涼，如「東南舊美淩霜操，五月凝陰入坐寒」（李紳《南庭竹》）、「人間赤日迥不到，著我六月秋泠然」（〔元〕吳鎮《竹窩》）。秋冬之季，一般花樹都凋殘枯萎，只有竹子與松柏等常青植物可供欣賞，居處竹林如「庭前有竹三冬秀」（《景德傳燈錄》卷二三《興元府普通封和尚》）、「永安離宮，修竹冬青」（張衡《東京賦》），野外竹林如「竹則填彼山垠，陂彌阪域；蒙雪含霜，不渝其色」（劉楨《魯都賦》），在肅殺寥落的環境中，青林翠竹的美感格外顯眼而珍貴。故許敬宗《竹賦》云：「雖復嚴霜曉結，驚飆夕扇。雪覆層臺，寒生複殿。惟貞心與勁節，隨春冬而不變。考眾卉而為言，常最高於歷選。」

　　竹林在風雨霜雪等環境下可形成不同景致。風竹的姿態，如「竹枝任風轉」（吳均《詣周承不值因贈此詩》）、「竹得風，其體夭屈，如人之笑」（唐李陽冰語），其瀟灑形象有如君子，故有「松竹合封瀟灑侯」（陸龜蒙）之說。雨竹之美，其顏色如「雨洗涓涓淨」（杜甫《嚴鄭公宅同詠竹得香字》）、姿態如「滿庭風雨竹蕭騷」（韋莊《南省伴直》）。前已略述秋冬竹林之景，霜雪之下的竹林風景又有不同，如「藉堅冰，負雪霜。振葳蕤，扇芬芳」（江逌《竹賦》）、「翠葉與飛雪爭采，貞柯與曾冰競鮮」（王儉《靈丘竹賦應詔》）〔註59〕，在霜雪的映襯對比之下，竹林更顯青蔥。風雨霜雪環境下的竹林還會形成不同的聲音意境。風雨下的竹林，如「一頃含秋綠，森風十萬竿」（李群玉《題竹》）、「風吹千畝迎雨嘯」（李賀《昌谷北園新筍》四首其四），令人想像萬竿交鳴、類似松濤的意境。竹林與梧桐、枯荷等一樣可以聽秋聲，但意境並不淒清落寞，如「敧枕韵寒宜雨聲」（秦韜玉《題竹》）、「滴瀝空庭，竹響共雨聲相亂」（駱賓王《冒雨尋菊序》）。竹林落雪則又是一種境界，如「冬宜密雪，有碎玉聲」（王禹偁《黃州新建小竹樓記》）。

五、不同地理環境的竹林美

　　竹林還可與環境形成不同景觀，如「竹映風窗數陣斜」（唐彥謙《竹風》）的臨窗之景、「林斷山明竹隱墻」（蘇軾《鷓鴣天》）的出墻之景等。以下略說竹塢等不同地形條件下的竹林景觀。

（一）竹　塢

　　唐代文學中已有桃塢、梅塢等花塢，也有茶塢、松塢、竹塢等景觀。既

〔註59〕《全上古三代秦漢三國六朝文・全齊文卷九》，第 3 冊第 2840 頁上欄左。

稱「塢」，應是成片或有一定規模，但又不至過於廣袤。稱「塢」而不稱「林」，給人蒙籠深密的感覺，如「竹覆青城合，江從灌口來」（杜甫《野望因過常少仙》）。竹塢一般是村居或郊居所在，如「庸書酬萬債，竹塢問樊村」（杜牧《奉送中丞姊夫儔自大理卿出鎮江西敍事書懷因成十二韵》）。因此有時又稱竹莊、竹村。僧院道觀多植竹，也會形成竹塢，如「城隅竹塢近，梵刹開嚴閣」（晁補之《次韵錢濟明贈感慈長老》）。竹塢也可能指野外竹林，如「夜月松江戍，秋風竹塢亭」（錢起《賦得綿綿思遠道送岑判官入嶺》）。宋代及以後竹塢更多的是指園林中的竹子造景，如沈括《夢溪園自記》所記園景「竹塢」，「有竹萬箇，環以激波」。人造景點的竹塢常象徵性地植竹數竿，可謂有名無實，如「（亭）東隙地植竹數挺，曰竹塢」（程敏政《月河梵院記》）〔註60〕。

　　竹塢風景與花塢的鮮艷耀眼不同，而是青翠清幽，如「竹塢藹青葱，花岩被紅素」（張耒《春遊昌谷訪李長吉故居》）〔註61〕；竹塢也不像松塢、茶塢那樣遠離人居，而是與村舍融為一體，如「竹塢幽深雞犬聲」（韓偓《秋村》）。竹塢內景象豐富、境界層深，如「柳溪能作暝，竹塢別供涼」（宋庠《次韵和吳侍郎自號樂城居士》）〔註62〕、「石門路險交遊少，竹塢雲深笋蕨多」（釋清止《詩一首》）〔註63〕，烟雲深邃，其境清幽。所以錢起說：「映竹疑村好，穿蘆覺渚幽。」（《江行無題一百首》）因為境界幽深，村居竹塢甚至有「竹巷」之稱，如「竹巷溪橋天氣涼」（鄭谷《郊野戲題》）。

（二）竹　坡

　　竹塢多近人居，竹坡則多是山野竹林，如「邛竹緣嶺」（左思《蜀都賦》）、「望初篁之傍嶺」（蕭綱《晚春賦》）。因為緣坡臨水的生長習性，竹林一般是有山坡有溪水的景致，如「緣崇嶺，帶回川」（江逌《竹賦》）、「檀欒被層阜，蕭瑟蔭清渠」（李德裕《春暮思平泉雜咏二十首·竹徑》）。有意提出「竹坡」、「竹溪」等名目，體現了不同的視角選擇和審美趣味。緣坡竹林一般是遠望所見，如「竹緣嶺而負筠」（蕭子良《賓寮七要》）、「綠筠繞岫，翠篁綿嶺」（江淹《靈丘竹賦》）。觀賞緣坡竹林會形成不同的視覺效果，如「繚繞青翠，若

〔註60〕〔明〕程敏政撰《篁墩文集》卷一三，《四庫全書》第 1252 冊第 222 頁上欄左。

〔註61〕《全宋詩》第 20 冊第 13338 頁。

〔註62〕《全宋詩》第 4 冊第 2231 頁。

〔註63〕《全宋詩》第 33 冊第 20914 頁。

近復遠」（江淹《學梁王兔園賦》），這是形態層次的感受；「參差黛色，陸離紺影」（江淹《靈丘竹賦》），這是顏色深淺的感受。

　　竹林緣坡而生的特點，還被用以譬喻鬍鬚。王褒《僮約》以「離離若緣坡之竹」形容髯奴的鬍鬚，黃庭堅《次韵王炳之惠玉版紙》「王侯須若緣坡竹，哦詩清，起空谷」進一步以緣坡竹與空谷風形容只聞聲不見嘴的大鬍子。這類比喻雖是妙於形容鬍鬚，其前提則是緣坡竹林已成為人們普遍熟悉的景致。

（三）竹　溪

　　竹子臨水生長的特點早在《詩經・淇奧》中已有表現。但有意拈出「竹溪」之景，還是唐人的功勞。沈佺期《從崇山向越常》：「西從杉谷度，北上竹溪深。」這是野外竹溪。儲光羲《同武平一員外遊湖五首時武貶金壇令》：「花潭竹嶼傍幽蹊，畫楫浮空入夜溪。」這是湖中竹嶼。竹溪在農村是尋常之景，如「雨裏雞鳴一兩家，竹溪村路板橋斜」（王建《雨過山村》）、「候吏立沙際，田家連竹溪」（劉禹錫《秋日送客至潛水驛》）。唐代園林別業和寺院道觀也有竹溪之景，如「園廬二友接，水竹數家連」（孟浩然《冬至後過吳、張二子檀溪別業》）、「沓嶂圍蘭若，回溪抱竹庭」（宋之問《遊雲門寺》）。其他如竹澗、竹沼、竹潭、竹浦、竹灣、竹洲、竹島等，也是有竹有水的地方，而景觀稍有不同，如澗、沼、潭等是較為靜止的水面，但生長於水邊緩坡的竹林一般都會形成「竹水俱蔥翠」（蕭綱《和湘東王首夏詩》）的意境。

　　竹溪的境界有點像蘆葦蕩，如「只載一船離恨、向西州。竹溪花浦曾同醉」（蘇軾《虞美人》）、「凝望處，見桑村麥隴，竹溪烟浦」（曹冠《喜遷鶯》）。竹溪風景因為有了溪水與月色，又有風雨助陣，就不僅是視覺上的相映成趣，也有聽覺的點滴成韵，如「昨宵夢裏還，雲弄竹溪月」（李白《送韓準、裴政、孔巢父還山》）、「一溪雲母間靈花，似到封侯逸士家」（陳陶《竹》十一首其七），以月色與倒影突出視覺感受；「舊溪千萬竿，風雨夜珊珊」（齊己《移竹》）、「春風花嶼酒，秋雨竹溪燈」（李群玉《杜門》），以風雨和秋燈營造可視化音響效果。

（四）竹　徑

　　竹徑是竹林中的小徑。竹子生長形態繚亂無次，所謂「旅竹本無行」（江總《侍宴瑤泉殿詩》）。竹笋竹枝都會侵徑，如「暗竹侵山徑」（宋之問《春日

鄭協律山亭陪宴餞鄭卿同用樓字》）、「竹近交枝亂」（江總《經始興廣果寺題
愷法師山房詩》），甚至使小路迷不可見，如「竹重先藏路」（方干《雪中寄李
知誨判官》），竹徑因此有別於其他樹林中的小徑。

　　竹徑可賞之處在於小徑兩旁的竹子，如「徑竹扶疏，直上青霄，玉立萬
竿」（無名氏《沁園春》）〔註 64〕，也在於竹子與小徑的組合意境，如「山前
無數碧琅玕，一徑清森五月寒」（陸希聲《陽羨雜咏十九首‧苦竹徑》）、「縈
紆一道貫檀欒，入翠穿斜步履慳」（韋驤《竹徑》）〔註 65〕。竹徑之能成為一
景，還在於其他景物的加盟進而形成不同景觀，如「迹深苔長處，步狹筍生
時」（姚合《陝下厲玄侍御宅五題‧竹裏徑》）、「幽徑行迹稀，清陰苔色古」（司
空曙《竹裏徑》）、「尋多苔色古，踏碎籜聲微」（薛能《竹徑》），藤花、蒼苔、
筍籜等共同營造了竹徑氛圍。

　　竹林的美感特色受季節、氣候、環境等條件的影響很小，真可謂「宜烟
宜雨又宜風，拂水藏村復間松」（鄭谷《竹》），這種隨時隨地成景的特點使得
古代文學中相關表現非常豐富。以上僅是對古代文學竹林意象掛一漏萬的匆
匆巡視，竹林的美感特色和典型景致還有待更多的關注和進一步的研究。

第二節　新竹的美感與象徵意義

　　唐前文學中新竹多是作為詩文中的意象偶而出現，如「紫籜開綠筱，白
鳥映青疇」（沈約《休沐寄懷詩》）〔註 66〕等。唐代文學中新竹開始作為詩歌
題材正式出現，詩題中含「新竹」的有十六首之多。《全宋詩》詩題含「新竹」
的有 39 首。新竹在竹子題材文學中佔有重要比重。傳統觀點傾向於認為，竹
子的美感特點不及花卉，雖然凌寒不凋，但四季一色缺少變化；雖然開花結
實，但是時間間隔是六十年甚至更長。這些確實是竹子物色美感的不足之處，
但這是自其「不變」的方面觀察所得。如果從竹子「變化」的方面去觀察，
可能會得出不同的結論。至少竹筍和新竹都有物候特徵，體現了竹子美感形
態的變化。如果說「櫻筍」代表竹筍食用方面的節令內涵，那麼筍成新竹則
可代表竹子物色美感的季節特點。

〔註 64〕《全宋詞》第 5 冊第 3781 頁。
〔註 65〕《全宋詩》第 13 冊第 8527 頁。
〔註 66〕《先秦漢魏晉南北朝詩‧梁詩卷六》，中冊第 1641 頁。

一、新竹的物色美感

新竹在文人心目中的位置，從一些詩句中可見一斑，如「不有小園新竹色，君來那肯暫淹留」（崔道融《郊居友人相訪》）、「閒吟倚新竹，筍粉污朱衣」（白居易《晚興》）、「停車欲去繞叢竹，偏愛新筍十數竿」（韋應物《將往滁城戀新竹，簡崔都水示端》）、「引杖試荒泉，解帶圍新竹」（柳宗元《夏初雨後尋愚溪》）、「數竿新竹當軒上，不羨侯家立戟門」（司空圖《澗戶》），可見新竹有吸引人的特殊魅力。

新竹的生長過程也是其物色之美的變化過程，新竹的物色美感既不同於舊竹和新筍，又同時具有舊竹和新筍的特點。我們將這一過程概括為「棄舊圖新」的過程：

一方面，新竹漸漸脫去筍的痕跡，去掉籜的束縛。畢竟是「筍牙成竹冒霜雪」（元稹《有酒十章》），帶有新筍的痕跡和氣息，如「新綠苞初解，嫩氣筍猶香」（韋應物《對新篁》）、「綠竹含新粉，紅蓮落故衣」（王維《山居即事》）、「細看枝上蟬吟處，猶是筍時蟲蝕痕」（方干《越州使院竹》）。新竹自籜中長出，到筍籜垂落，解籜是筍成竹過程中的典型景象，如「野筍成竹，長風隕籜」（竇泉《述書賦上》）〔註67〕、「解籜娟娟新竹長，弄香細細雜花開」（李處端《深靜堂》）〔註68〕、「半脫錦衣猶半著，籜龍未信沒春寒」（楊萬里《新竹》）〔註69〕，這種狀態是新竹特有的，具有一定的美感價值。

另一方面，新竹自身的特點逐漸呈現，如新綠、霜粉、枝葉離披等。筍籜張開新竿抽出，如「筍竿抽玉管」〔註70〕、「碧聳新生竹」（齊己《晚夏金江寓居答友生》）、「戢戢初成茁，毿毿漸可竿」（趙蕃《題新竹示韋德卿》）〔註71〕；竹秆呈現新綠，新竹之美呈露，如「嬋娟碧鮮淨」（杜甫《法鏡寺》）、「細碧竿排鬱眼鮮」（方干《題新竹》），叢竹則是「琅玕新脫筍，綠叢叢」（沈蔚《小重山》）。新竹之美還在於含粉，如「新竹開粉奩」（劉禹錫《牛相公林亭雨後偶成》）、「節環膩色端勻粉」（方干《題新竹》）、「青蒼才映粉，蒙密正含春」（朱慶餘《震為蒼筤竹》）、「籜幹猶抱翠，粉膩若塗妝」（李建勳《新竹》），有粉白黛綠之美。故白居易《題小橋前新竹招客》云：「皮開

〔註67〕《全唐文》卷四四七，第5冊第4570頁下欄左。
〔註68〕《全宋詩》第50冊第31489頁。
〔註69〕《全宋詩》第42冊第26243頁。
〔註70〕元晦殘句，《全唐詩》卷五四七，第16冊第6316頁。
〔註71〕《全宋詩》第49冊第30532頁。

坼褐錦，節露抽青玉。筠翠如可餐，粉霜不忍觸。」真是秀色可餐，令人倍
加愛惜。新竹之美也在枝葉的變化，「新竹日以密，竹葉日以繁」（鄭剛中《大
暑竹下獨酌》）〔註72〕，先是解籜放梢，如「小鳳凰聲吹嫩葉，短蛟龍尾裊
輕烟」（方干《題新竹》）、「解籜時聞聲籔籔，放梢初見葉離離」（陸游《東
湖新竹》），到枝葉漸盛，如「含露漸舒葉，抽叢稍自長」（韋應物《對新篁》）、
「垂梢叢上出，柔葉籜間成」（張蠙《新竹》），再到綠烟蒙密，如「墻頭枝
壓和烟綠，枕上風來送夜寒」（李遠《鄰人自金仙觀移竹》）、「直上心終勁，
四垂烟漸寬」（齊己《新笋》），我們不難感受到新竹枝葉由少到多、由簡趨
繁的形態變化。

　　笋成新竹的美感特點在於「層層離錦籜，節節露琅玕」（齊己《新笋》）
的新舊交替過程，還未全脫笋籜，而又已具備老竹的植物特性。因此不少詩
作著意表現其變化過程，如：

　　　　新篁才解籜，寒色已青葱。冉冉偏凝粉，蕭蕭漸引風。

　　　　扶疏多透日，寥落未成叢。惟有團團節，堅貞大小同。

　　　（元稹《新竹》）

　　　　籜粉飄零幹拂檐，午陰比似舊時添。

　　　　棲留薄霧生秋意，勾引清風滌夏炎。

　　　　弱質自同詩骨瘦，新竿也學舞腰纖。

　　　　丁寧養就化龍杖，休劈輕絲織繡簾。

　　　（万俟紹之《次新竹韵》）〔註73〕

無論是顏色青葱的變化，日影濃淡的添加，還是籜粉飄零、新竿纖纖，都是
新竹物色之美的變化。新竹的特點還在於改變了環境，呈現出新的視覺趣味
和美感境界，如「映水如爭立，當軒自著行」（李建勛《新竹》），無論映水照
影還是并立成行，都透著新竹對環境的美感滲透。再如「東風弄巧補殘山，
一夜吹添玉數竿」（楊萬里《新竹》）〔註74〕，新竹與殘山互補而組成新的風
景。善於表現新竹情態的要數韓愈，其《新竹》詩云：「笋添南階竹，日日成
清閟。鏢節已儲霜，黃苞猶掩翠。出欄抽五六，當戶羅三四。高標陵秋嚴，
貞色奪春媚。稀生巧補林，并出疑爭地。縱橫乍依行，爛熳忽無次。風枝未

〔註72〕《全宋詩》第 30 冊第 19131 頁。
〔註73〕《全宋詩》第 49 冊第 30963 頁。
〔註74〕《全宋詩》第 42 冊第 26243 頁。

飄吹，露粉先涵泪。何人可携玩，清景空瞪視。」欄外戶前羅列的幾株新竹就構成了新風景，稀生補林、并出爭地，或者縱橫依行、爛熳無次，新竹形象在韓愈筆下顯得鮮活生動。

新竹的物色美感雖然沒有花卉艷麗，却也能以其新鮮嫩澤吸引人們審美的眼光，如「不有小園新竹色，君來那肯暫淹留」（崔道融《郊居友人相訪》）。除了視覺美感，新竹在文人那裡也有聽覺感受，如「西齋新竹兩三莖，也有風敲碎玉聲」（劉兼《西齋》）、「幽禽囀新竹，孤蓮落靜池」（劉禹錫《酬樂天小臺晚坐見憶》）。新竹之新還表現在一些幽微的方面，如「早蟬聲寂寞，新竹氣清涼」（張籍《夏日閒居》）、「要引好風清戶牖，旋栽新竹滿庭除」（李中《書郭判官幽齋壁》）、「新竹脩脩韵曉風，隔窗依砌尚蒙籠」（劉禹錫《和宣武令狐相公郡齋對新竹》）、「心覺清涼體似吹，滿風輕撼葉垂垂」（薛能《螯屋官舍新竹》），這種清風帶來的新竹氣息是視覺和聽覺所無法感受到的。

二、新竹的物候象徵內涵

詩人應物有感，發爲吟咏，因此文學中有一類自然物候意象。鍾嶸《詩品序》云：「若乃春風春鳥，秋月秋蟬，夏雲暑雨，冬月祁寒，斯四候之感諸詩者也。」文學中四季物候風景遠不僅鍾嶸所列幾種。竹笋出土、解籜是春季的典型物事，因此與其他花樹一起成爲春天的象徵，如「春笋方解籜，弱柳向低風」（蕭琛《餞謝文學》）〔註75〕，即以春笋解籜與弱柳向風並舉爲春季風景，「青苔已生路，綠筠始分籜」（韋應物《閒居贈友》）則以笋籜與青苔共同構成春景。

竹笋又與其他風物組成夏季景象，如「墙根新笋看成竹，青梅老盡櫻桃熟」（韓元吉《菩薩蠻》）、「見笋成新竹，燕教雛飛，畫堂清畫」（無名氏《醉蓬萊》）〔註76〕、「槐夏陰濃，笋成竿、紅榴正堪攀折」（史浩《花心動》），分別以笋成竹與梅老櫻熟、燕教雛飛、槐陰紅榴等爲夏季特徵，以見春盡夏來。春笋飄籜類似花兒凋零，也能引起物候之感，如「風吹笋籜飄紅砌，雨打桐花盡綠莎」（元稹《和樂天題王家亭子》）、「竹粉翻新籜，荷花拭靚妝」（程垓《望秦川》），笋籜與青苔、桐花、荷花等一起構成春盡夏來之景。

竹笋雖然在時間上關聯著春夏兩季，其情感意蘊却多牽繫於春天。詩詞

〔註75〕《先秦漢魏晉南北朝詩·梁詩卷一五》，中冊第 1804 頁。
〔註76〕《全宋詞》第 5 冊第 3690 頁。

中的相關意象多表達傷春去、恨夏來的情感，如「可堪春事已無多，新笋遮牆苔滿院」（毛开《玉樓春》）、「花事闌珊竹事初，一番風味殿春蔬」（曾幾《食笋》）〔註77〕、「待得來時春盡也，梅著子，笋成竿」（辛棄疾《江神子》）等。竹笋既是春季物事，笋是否已成新竹也就指示是否已經春去。敏感的詩人甚至於笋生時已預感春日無多，如「紅紫飄零笋蕨抽，一年芳事又成休」（衛宗武《山行》其八）〔註78〕、「薦笋同時，歎故園春事，已無多了」（王沂孫《三姝媚》）。因此竹笋已然成了時令的象徵，「一年春事，柳飛輕絮，笋添新竹」（曾紆《品令》），故稱「笋令」，如「情縱在，歡難更。滿身香猶是，舊時笋令」（袁去華《滿江紅》）。較早表達竹笋物候內涵的，如鮑照《採桑》：「季春梅始落，女工事蠶作。採桑淇洧間，還戲上宮閣。早蒲時結陰，晚箽初解籜。」〔註79〕笋籜與早蒲構成初夏之景。笋成新竹既然能象徵春去，進一步泛化也就可以象徵時間流逝，如「已聞成竹木，更道長兒童」（皇甫冉《送王緒剡中》）。

　　古代傷春者典型的莫過於思婦，故新笋成竹意象多見於閨怨題材詩詞中。孫擢《答何郎詩》：「幽居少怡樂，坐靜對嘉林。晚花猶結子，新竹未成陰。夫君阻清切，可望不可尋。處處多萱草，賴此慰人心。」〔註80〕「新竹未成陰」與「晚花猶結子」組成晚春風景，主人公對此思春懷人。再如王僧孺《春怨詩》：

> 四時如湍水，飛奔競回復。夜鳥響嚶嚶，朝光照煜煜。
> 厭見花成子，多看笋爲竹。萬里斷音書，十載異棲宿。
> 積愁落芳鬢，長啼壞美目。君去在榆關，妾留住函谷。
> 惟對昔邪房，如愧蜘蛛屋。獨喚響相酬，還將影自逐。
> 象床易甔簟，羅衣變單複。幾過度風霜，猶能保煢獨。〔註81〕

詩寫征人之婦思夫念舊的怨情。詩中「厭見花成子，多看笋爲竹」既表示時間流逝，也暗含「煢獨」無子的處境。後代「新笋已成堂下竹」（周邦彥《浣溪沙》）等富於創意的句子可溯源自此。笋成竹與花結子一樣，都是閨怨女性怕見的物象，因其暗示春天已去，也喻示女人生子、子女長成，以此暗示時

〔註77〕　《全宋詩》第 29 冊第 18572 頁。
〔註78〕　《全宋詩》第 63 冊第 39491 頁。
〔註79〕　《先秦漢魏晉南北朝詩・宋詩卷七》，中冊第 1257 頁。
〔註80〕　《先秦漢魏晉南北朝詩・梁詩卷九》，中冊第 1715 頁。
〔註81〕　《先秦漢魏晉南北朝詩・梁詩卷一二》，中冊第 1770 頁。

間流逝、青春老去，阻隔不偶的感情因此得到強烈渲染。敦煌曲子詞《菩薩蠻》：「朱明時節櫻桃熟，捲簾嫩笋初成竹。小玉莫添香。正嫌紅日長。　四支無氣力。鵲語虛消息。愁對牡丹花。不曾君在家。」〔註82〕崔曙《古意》：「綠笋總成竹，紅花亦成子。能當此時好，獨自幽閨裏。夜夜苦更長，愁來不如死。」都寫閨中女子看見笋變琅玕的景象而引發懷春之思。

詩人詞客也每每感慨於新笋成竹，以寄託青春倏去、歲華難留之感，如「幾見林抽笋，頻驚燕引雛」〔註83〕、「看盡好花成子，暗驚新笋抽林」（利登《風入松》）、「新笋旋成林，梅子枝頭雨更深」（韓元吉《南鄉子》）、「但恐春將老，青青獨爾為」（李頎《籬笋》）、「青春又歸何處，新笋綠成行」（沈蔚《訴衷情》），新笋成林也就意味著春事已去、韶華難留。

三、笋成新竹的成材之喻

俗語云：「笋因落選才成竹。」其實是誤解。據學者研究，開始出土的笋和後出的笋應全部挖掉，理由是：「挖除全部早期笋，破壞了竹林的頂端優勢，有利於誘使更多的笋芽萌發出笋，若在出笋初期留養新竹，則由於母竹所提供的營養物質大部被新竹所吸收，其他笋芽發育則受抑制，減少了出笋量。在出笋末期留笋養竹，則新竹長勢不好。因此，笋用林應在出笋高峰期間逐日留足所需留養的母竹。」〔註84〕古人對此也有認識，如「晚笋難成竹，秋花不滿叢」（李端《題山中別業》）。可見成材是笋的目的，但並非因為落選才成材。

因為笋的目標是成竹成材，所以笋成新竹就有了成材的象徵內涵，表現在：

其一，玉笋比喻人才。《新唐書・李宗閔傳》：「俄復為中書舍人，典貢舉，所取多知名士，若唐沖、薛庠、袁都等，世謂之玉笋。」〔註85〕這是玉笋比喻人才之始。其後玉笋比喻人才非常流行。如《雞跖集》：「李相知舉

〔註82〕《全唐五代詞》，下冊第 906 頁。
〔註83〕白居易《東南行一百韻寄通州元九侍御澧州李十一舍人果州崔二十二使君開州韋大員外庾三十二補闕杜十四拾遺李二十助教員外寶七校書》，《全唐詩》卷四三九，第 13 冊 4878 頁。
〔註84〕黃伯惠、華錫奇、陳伯翔《不同笋用竹種笋期生長規律觀察》，《竹子研究彙刊》1994 年第 3 期，第 33 頁。
〔註85〕《新唐書》卷一七四，第 5235 頁。

門生多清秀，謂之玉笋生。」〔註 86〕劉弇《贈饒倅陳伯模朝奉二首郡事》其二：「宜有璽書旌治狀，飽聞玉笋數門生。」〔註 87〕人才可喻為玉笋，因此「玉笋班」也可比喻朝班英才濟濟，如「渾無酒泛金英菊，漫道官趨玉笋班」（鄭谷《九日偶懷寄左省張起居》）、「迹去金鑾殿，官移玉笋班」（王禹偁《滁上謫居》其一）〔註 88〕。

其二，笋成竹，喻人成材。笋成竹的過程是才美不斷外現的過程。初生之時，「笋在苞兮高不見節」（元稹《古決絕詞》三首其二），隨著新笋拔節，「籜落長竿削玉開」（李賀《昌谷北園新笋》四首其一），美感逐漸呈露。戴叔倫《女耕田行》：「乳燕入巢笋成竹，誰家二女種新穀。」此兩句在全詩開頭，比興意味很濃，既指節令，也喻指二女成人。黃庭堅《元師自榮州來追送余於瀘之江安綿水驛因復用舊所賦此君軒詩韵贈之并簡元師法弟周彥公》：「籜龍森森新間舊，父翁老蒼孫子秀。」〔註 89〕也以舊竹新笋比擬翁孫。

其三，笋高於竹，喻人才青出於藍。新笋的長勢令人驚訝，所謂「更容一夜抽千尺，別却園池數寸埃」（李賀《昌谷北園新笋》四首其一）。故新笋常常高於舊林，如「常羨庭邊竹，生笋高於林」（曹鄴《四怨三愁五情詩十二首·四情》），可用以譬喻新人勝舊。

笋成新竹比喻人成材，當源自兩方面：一是從形象美感的角度以竹喻人，一是從經濟價值的角度以竹喻才。對新竹經濟價值的思考，如李涉《頭陀寺看竹》：「寺前新笋已成竿，策馬重來獨自看。可惜班皮空滿地，無人解取作頭冠。」說的是笋籜，而一般對新竹價值的理解主要在於竹子主幹的利用。笋成新竹的材美象徵內涵的形成，與笋喻稚子、竹喻佳人或君子也可能有關。李翱《來南錄》：「（元和四年六月）戊寅，入東蔭山，看大竹笋如嬰兒，過湞陽峽。」〔註 90〕以新笋比喻嬰兒。新竹也常被與人比高，如「遊歸笋長齊童子，病起巢成露鶴兒」（李洞《贈三惠大師》）、「笋蹊已長過人竹，藤徑從添拂面絲」（曹松《李郎中林亭》），這可能也對笋成新竹的材美之喻

〔註 86〕〔宋〕楊伯嵒撰《六帖補》卷七「門生」條引，《四庫全書》第 948 冊第 771 頁下欄左。
〔註 87〕《全宋詩》第 18 冊第 12028 頁。
〔註 88〕《全宋詩》第 2 冊第 754 頁。
〔註 89〕《全宋詩》第 17 冊第 11600 頁。
〔註 90〕《全唐文》卷六三八，第 7 冊第 6443 頁上欄右。

有所影響。

黃庭堅《劉明仲墨竹賦》：

> 子劉子山川之英，骨毛粹清。用意風塵之表，如秋高月明。遊
> 戲翰墨，龍蛇起陸。嘗其餘巧，顧作二竹。其一枝葉條達，惠風舉
> 之。瘦地笋筍，夏篁解衣。三河少年，稟生勁剛，春服楚楚，俠遊
> 專場。王謝子弟，生長見聞，文獻不足，猶超人群。其一折幹偃寒，
> 斫頭不屈，枝老葉硬，強項風雪。廉、藺之骨成塵，凜凜猶有生氣。
> 雖汲黯之不學，挫淮南之鋒於千里之外。子劉子陵雲自許，按劍者
> 多，故以歸我，請觀謂何。〔註91〕

文中黃庭堅形容畫上兩枝竹子，也是以人喻之，這種思路緣於自古以來竹喻
君子的傳統，是兼美感與氣質而言。

四、笋成新竹的淩雲之志象徵意義

竹笋出土雖短小，終能長成高竹，蘊蓄著向上之勢、淩雲之心。唐前文
學詠竹，言其高大多說「梢雲」，如「竹生荒野外，梢雲聳百尋」（劉孝先《詠
竹詩》）〔註92〕、「徒嗟今麗飾，豈念昔淩雲」（沈滿願《詠五彩竹火籠詩》）
〔註93〕，還較少關注新笋的這種動態生長之勢。唐詩中就多有相關詩句，
如「出來似有淩雲勢」（徐光溥《同劉侍郎詠笋》）、「淩虛勢欲齊金刹」（陸
龜蒙《奉和襲美聞開元寺開笋園寄章上人》），或直接描寫其長勢，或借金刹
烘託其高大，重心都在竹笋的長勢，甚至詠竹也描繪其淩雲之勢，如「龍鍾
負烟雪，自有淩雲心」（袁邕《東峰亭各賦一物得陰崖竹》）。將新笋淩雲之
勢應用於人格比德也始於唐代，茲舉三首代表性詩作如下：

> 綠竹半含籜，新梢才出墻。色侵書帙晚，陰過酒樽涼。
>
> 雨洗娟娟淨，風吹細細香。但令無剪伐，會見拂雲長。
>
> （杜甫《嚴鄭公宅同詠竹得香字》）
>
> 嫩籜香苞初出林，五陵論價重如金。
>
> 皇都陸海應無數，忍剪淩雲一寸心。（李商隱《初食笋呈座中》）
>
> 籜落長竿削玉開，君看母竹是龍材。

〔註91〕《全宋文》第 104 冊第 244 頁。

〔註92〕《先秦漢魏晉南北朝詩·梁詩卷二六》，下冊第 2066 頁。

〔註93〕《先秦漢魏晉南北朝詩·梁詩卷二八》，下冊第 2135 頁。

更容一夜抽千尺，別却圍池數寸埃。

（李賀《昌谷北園新筍》四首其一）

以上三詩雖都是突出竹筍凌雲之志，但各有側重，前兩詩都有愛材護才之意，末詩則偏於材質身世而有自負之意。新筍凌雲之志的象徵意義多為後代文人所繼承，如「孤生崖谷間，有此凌雲氣」（〔元〕楊載《題墨竹》）、「竹林早識青雲器，茂苑爭傳白苧詞」（徐中行《贈梁伯龍》）〔註94〕。

第三節　竹林隱逸內涵研究

據現代學者研究，「士人好竹最早是從東晉開始」〔註95〕，「與漢魏人在詩文中提到『竹』（曹植《節遊賦》「竹林青葱」）的氣氛大不一樣」〔註96〕。到底怎麼不一樣，學者並未細究。大致說來，除物色美感之外，人格象徵、隱逸內涵等方面因素應該起到重要作用，而竹林隱逸內涵的形成，無疑豐富了竹林的想像空間。

一、竹子隱逸文化內涵的形成

竹子隱逸內涵起源甚早，一是來自夷齊首陽孤竹，二是來自鳳與竹的聯繫，三是漁父與作為釣竿之竹的聯繫。這三者其實是相通的，既有對現實世界的不滿和對清明之世的期待，又有對自己獨立人格的堅持。

（一）孤竹與隱逸內涵

先秦時期孤竹既指製作樂器的材料，也指國名。《周禮・春官・大司樂》：「孤竹之管，雲和之琴瑟，雲門之舞，冬日至，於地上圜丘奏之。」鄭玄注：「孤竹，竹特生者。」〔註97〕可見孤竹指材質的孤生特生，也與孤獨、孤貞等品格有聯繫，也就易於形成不合時宜與難諧流俗的內涵。孤竹雖為良材，但生於深山，材難為用，也易於附會士人不遇的遭遇而形成隱逸內涵。

孤竹也指北方小國。《史記・周本紀》：「伯夷、叔齊在孤竹，聞西伯善養

〔註94〕〔明〕梁辰魚集撰《梁辰魚集・附錄》，上海古籍出版社，1998年，第614頁。
〔註95〕胡俊《〈南朝〉畫像磚〈竹林七賢與榮啓期〉何以無竹》，《南京藝術學院學報》2007年第3期，第130頁右。
〔註96〕劉康德《「竹林七賢」之有無與中古文化精神》，《復旦學報（社會科學版）》1991年第5期，第107頁。
〔註97〕《周禮注疏》卷二二，第587頁。

老，盍往歸之。」《集解》引應劭曰：「在遼西令支。」《正義》引《括地志》
云：「孤竹故城在平州盧龍縣南十二里，殷時諸侯孤竹國也，姓墨胎氏也。」
〔註98〕《莊子‧讓王》：

> 昔周之興，有士二人，處於孤竹，曰伯夷、叔齊。二人相謂曰：
> 「吾聞西方有人，似有道者，試往觀焉。」至於岐陽，武王聞之，
> 使叔旦往見之，與盟曰：「加富二等，就官一列。」血牲而埋之。二
> 人相視而笑曰：「嘻！異哉！此非吾所謂道也。昔者神農之有天下
> 也，時祀盡敬而不祈喜；其於人也，忠信盡治而無求焉。樂與政為
> 政，樂與治為治，不以人之壞自成也，不以人之卑自高也，不以遭
> 時自利也。今周見殷之亂而遽為政，上謀而下行貨，阻兵而保威，
> 割牲而盟以為信，揚行以說眾，殺伐以要利，是推亂以易暴也。吾
> 聞古之士，遭治世不避其任，遇亂世不為苟存。今天下闇，周德衰，
> 其并乎周以塗吾身也，不如避之以潔吾行。」二子北至於首陽之山，
> 遂餓而死焉。若伯夷、叔齊者，其於富貴也，苟可得已，則必不賴。
> 高節戾行，獨樂其志，不事於世，此二士之節也。

後遂用「孤竹」借指伯夷、叔齊，也稱孤竹二子。伯夷、叔齊可稱隱士，「孤
竹」因此具有隱逸內涵。晉以前詩文中詠孤竹已很普遍，如：

> 窮隱處兮窟穴自藏。與其隨佞而得志兮。不若從孤竹於首陽。
> （東方朔《嗟伯夷》）〔註99〕

> 誓將去汝，適彼首陽。孤竹二子，與我連行。
> （揚雄《逐貧賦》）〔註100〕

> 覽首陽於東隅，見孤竹之遺靈。心於悒而感懷，意惆悵而不平。
> 望壇宇而遙弔，抑悲古之幽情。（王粲《弔夷齊文》）〔註101〕

> 原思悅於蓬戶兮，孤竹欣於首陽。（陸雲《喜霽賦》）〔註102〕

無論是憑弔歌頌，還是感慨自比，都可見對孤竹二子孤高品格和隱逸行為的
仰慕。晉葛洪《抱朴子‧博喻》：「孤竹不以絕粒，易鹿臺之富；子廉不以困

〔註98〕《史記》卷四，第1冊第116頁。
〔註99〕《先秦漢魏晉南北朝詩‧漢詩卷一》，上冊第101頁。
〔註100〕《全上古三代秦漢三國六朝文‧全漢文卷五二》，第1冊第408頁下欄左。
〔註101〕《全上古三代秦漢三國六朝文‧全後漢文卷九一》，第1冊第966頁上欄左。
〔註102〕《全上古三代秦漢三國六朝文‧全晉文卷一○○》，第2冊第2032頁下欄右。

匱，貿銅山之豐。」〔註103〕闕名《邑主造像碑》:「蒲車岩阿，訪逸求賢。孤竹舍薇，黃綺執鞭。」〔註104〕南朝宋范曄《逸民傳論》:「武盡美矣，終全孤竹之絜。」唐李德裕《贈右衛將軍李安制》:「往者，產祿擅朝，充躬交亂，每念王室，殆於阽危，不憚芳蘭之焚，竟全孤竹之志。」從這些材料可以看出，孤竹已經成爲伯夷、叔齊隱逸之志的代名詞。《易·坤·文言》:「天地變化，草木蕃；天地閉，賢人隱。」隱士多爲賢人，由此又衍生出孤竹象徵賢人的意蘊。

孤竹是國名，是否與竹子有關，學界迄無定論。但至少可以引發聯想，從而將隱逸內涵附會於竹子〔註105〕。較早產生這種聯想的是唐人，如張祜《首陽竹》:「首陽山下路，孤竹節長存。」楊萬里《清虛子此君軒賦》:「蓋君子於竹比德焉。汝視其節凜然而孤也，所謂直哉史魚邦有道如矢者歟？汝視其貌頎然而臞也，所謂伯夷叔齊餓於首陽之下民到於今稱之者歟？汝視其中洞然而虛也，所謂回也其庶乎屢空有若無者歟？」清代符曾說:「竹非曉人，不足與論。其清修高韵，離去塵垢，風節要在首陽之間。下此難與言扳躋矣。」又說:「余性愛竹，寤寐不忘，孤竹君遂見夢於余日:子亦知有墨臺氏乎，吾即其二子也；賴子虛心，表余苦節，無以報子，報子以渭川千畝，子亦可以自豪矣。醒而詫於人日:竹靈矣哉，富錫侯封，保貲余之厚也。」〔註106〕竹笋也被附會說成孤竹子，如「笋如滕薛爭長，竹似夷齊獨清」(楊萬里《看笋六言》)〔註107〕、「定應孤竹子，未脫老萊衣」(蔣華子《笋》)〔註108〕、「自

〔註103〕〔晉〕葛洪撰、楊明照校箋《抱朴子外篇校箋》卷三八《博喻》，北京:中華書局，1997 年，下冊第 277 頁。

〔註104〕《全上古三代秦漢三國六朝文·全後魏文卷五八》，第 4 冊第 3807 頁下欄左。

〔註105〕成書於戰國時期的《爾雅·釋地》云:「觚竹、北户、西王母、日下，謂之四荒。」郝懿行《爾雅義疏》解釋說:「觚竹即孤竹。《齊語》云『北伐山戎，制令支，斬孤竹』。漢《地理志》:『遼西郡令支有孤竹城。』按其地在今永平府也。」孤竹國地理範圍的南限，一般根據《史記·周本紀》正義引《括地志》「孤竹故城在平州盧龍縣南十二里，殷時諸侯孤竹國也」。按照竺可楨的觀點，古代氣候比現在溫暖，孤竹國生長竹子不是沒有可能。《述異記》載東海畔有孤竹，「斬而復生，中有管，周武王時，孤竹之國獻瑞笋一株」。此傳說反映了古人將孤竹國與竹子聯繫起來的觀念。

〔註106〕〔清〕符曾《評竹四十則》，轉引自范景中《竹譜》，載范景中、曹意強主編《美術史與觀念史》第Ⅶ輯，南京師範大學出版社，2009 年，第 300、302 頁。

〔註107〕《全宋詩》第 42 冊第 26158 頁。

〔註108〕《全宋詩》第 72 冊第 45282 頁。

從孤竹夷齊死，清節何人萃一門」（姜特立《啖筍》）〔註109〕。

（二）鳳棲食於竹與隱逸內涵

竹子與鳳凰的聯繫較古。《莊子・秋水》：「南方有鳥，其名鵷鶵，子知之乎？夫鵷鶵，發於南海而飛於北海，非梧桐不止，非練實不食，非醴泉不飲。」後代遂形成鳳凰又非竹實不食的觀念，如「翠實離離，鳳皇攸食」（劉楨《魯都賦》）〔註110〕，又附會出竹林是鳳凰棲息之處的說法，如「來風韵晚徑，集鳳動春枝」（賀循《賦得夾池修竹詩》）〔註111〕。竹實是鳳凰的食物，成爲吸引它降落棲息的重要因素，如「知爾結根香實在，鳳皇終擬下雲端」（李紳《新樓詩二十首・南庭竹》），沒有竹實或竹花，鳳凰也就離去，如「甘泉無竹花，鵷鶵欲還海」（吳均《周承未還重贈詩》）〔註112〕、「雲生龍未上，花落鳳將移」（張正見《賦得山中翠竹詩》）〔註113〕。鳳凰「匪桐不棲，匪竹不食」（劉琨《答盧諶詩》八章其六）〔註114〕，成爲其高潔品性的象徵。因此竹子與鳳凰結緣也有著隱逸內涵。莊子以「非梧桐不止，非練實不食，非醴泉不飲」的鵷鶵自比，表現出對獨立高潔人格的追求。

除了這種高潔人格的象徵外，鳳凰出現還是治世之象。《韓詩外傳》謂：「黃帝時，鳳凰棲帝梧桐，食帝竹實，沒身不去。」〔註115〕崔駰《七言詩》：「鸞鳥高翔時來儀。應治歸德合望規。啄食楝實飲華池。」〔註116〕楝實即竹食。可見鳳凰應治歸德，只出現於治世。則養竹待鳳也就具有隱逸待時的意義。劉楨《贈從弟詩三首》其三：「鳳皇集南嶽，徘徊孤竹根。於心有不厭，奮翅凌紫氛。豈不常勤苦，羞與黃雀群。何時當來儀，將須聖明君。」〔註117〕此詩「孤竹」也可能暗喻自己如伯夷、叔齊一樣的處境與節操。但此詩主要是以鳳凰自比，表達隱逸期時的願望。

竹林是鳳凰遊食之地，就鳳凰而言，是擇林而棲。如劉善明《答釋僧岩書》：「度君齒德，方享元吉，未能俯志者，正當遊翔擇木，待椅桐竹實耳。」

〔註109〕《全宋詩》第38冊第24159頁。
〔註110〕《全漢賦校注》下冊第1121頁。
〔註111〕《先秦漢魏晉南北朝詩・陳詩卷六》，下冊第2554～2555頁。
〔註112〕《先秦漢魏晉南北朝詩・梁詩卷一一》，中冊第1742頁。
〔註113〕《先秦漢魏晉南北朝詩・陳詩卷三》，下冊第2495～2496頁。
〔註114〕《先秦漢魏晉南北朝詩・晉詩卷一一》，中冊第852頁。
〔註115〕《先秦漢魏晉南北朝詩・晉詩卷一一》，中冊第852頁
〔註116〕《先秦漢魏晉南北朝詩・漢詩卷五》，上冊第171頁。
〔註117〕《先秦漢魏晉南北朝詩・魏詩卷三》，上冊第371頁。

〔註118〕就竹林而言，是待鳳引鳳，如「抱節不爲霜霰改，成林終與鳳凰期」（羅鄴《竹》）。鳳凰不至也就意味著世無知音，如宋之問《琴曲歌辭·綠竹引》：「青溪綠潭潭水側，修竹嬋娟同一色。徒生仙實鳳不遊，老死空山人詎識。妙年秉願逃俗紛，歸臥嵩丘弄白雲。」人們因此也以竹林爲隱士高蹈之地，如謝靈運《山居賦》云：「蔑上林與淇澳，驗東南之所遺。企山陽之遊踐，遲鸞鷺之棲託。」〔註119〕

（三）竹子材美與隱逸內涵

竹子擬喻人才的思想淵源較早，如「其在人也，如竹箭之有筠也」（《禮記·禮器》），到魏晉時代成爲普遍意識。阮籍《咏懷詩八十二首》其四十五：「幽蘭不可佩，朱草爲誰榮。脩竹隱山陰，射干臨增城。葛藟延幽谷，綿綿瓜瓞生。樂極消靈神，哀深傷人情。竟知憂無益，豈若歸太清。」〔註120〕「脩竹隱山陰」本於《呂氏春秋·古樂》。曾國藩說：「『幽蘭』四句，喻當時之賢士。『葛藟』二句，喻當時之在勢者。」〔註121〕此說稍有不當，脩竹與射干是對比而言〔註122〕。阮籍此詩所用脩竹之典值得仔細體味，脩竹生於嶰谷，比喻隱逸處境，未爲世用，其材質比喻人才，爲伶倫所識比喻爲世所用。張正見《賦得山中翠竹詩》：「脩竹映巖垂，來風異夾池。複澗藏高節，重林隱勁枝。雲生龍未上，花落鳳將移。莫言棲嶰谷，伶倫不復吹。」〔註123〕詩咏山中翠竹，也有懷才不遇之歎，「龍未上」、「鳳將移」以及「伶倫不復吹」都透露著這一信息。再如袁宏《三國名臣頌》：「赫赫三雄，并回乾軸。競收杞梓，爭採松竹。鳳不及棲，龍不暇伏。谷無幽蘭，嶺無停菊。」〔註124〕也是以「松竹」比喻人才。《漢魏南北朝墓誌彙編》載《魏故處士元

〔註118〕《全上古三代秦漢三國六朝文·全齊文卷一八》，第 3 冊第 2894 頁下欄右。

〔註119〕《全上古三代秦漢三國六朝文·全宋文卷三一》，第 3 冊第 2606 頁上欄右。

〔註120〕《先秦漢魏晉南北朝詩·魏詩卷一〇》，上冊第 505 頁。

〔註121〕陳伯君校注《阮籍集校注》，北京：中華書局，1987 年，第 337 頁。

〔註122〕射干一爲獸名，一爲草名。此處指多年生草本植物，葉劍形排成兩行，夏季開花，花被橘紅色，有深紅斑點。根可入藥。《廣雅·釋草》：「鳶尾、烏蓬，射干也。」而增城爲神話中地名，亦作「增成」。《楚辭·天問》：「增城九重，其高幾里？」《淮南子·墜形訓》：「掘崑崙虛以下地，中有增城九重，其高萬一千里百一十四步二尺六寸。」可見增城是極高之地的代表。射干爲矮草，卻生於高處。故《荀子·勸學》云：「西方有木焉，名曰射干，莖長四寸，生於高山之上，而臨百仞之淵。」

〔註123〕《先秦漢魏晉南北朝詩·陳詩卷三》，下冊第 2495～2496 頁。

〔註124〕《晉書》卷九二《袁宏傳》，第 8 冊第 2394 頁。

君墓誌》:「君資性夙靈,神儀卓爾,少玩之奇,琴書逸影。雖曾閔淳孝,無以加其前;顏子餐道,亦莫邁其後。日就月將,若望舒蕩魄;年成歲秀,若騰曦潔草。松鄰竹侶,孰不仰歎矣。」〔註125〕「松鄰竹侶」是形容其材如松如竹。

　　竹子雖然極具材美,功用廣泛,但是處境幽隱,多生長崖下澗底,如「修竹鬱兮翳崖趾」(夏侯湛《江上泛歌》)〔註126〕、「清冷澗下瀨,歷落松竹林」(王羲之《答許詢詩》)〔註127〕,類似「澗底松」的處境。因為「澗底松」的不得意和「修竹隱山陰」的隱逸內涵,所以松竹並稱也就具有山野隱逸、不為世用的意蘊,如「琴尊野尚,松竹山情」(楊炯《原州百泉縣令李君神道碑》)〔註128〕、「但對松與竹,如在山中時」(白居易《夏日獨直寄蕭侍御》)。辛棄疾《賀新郎・題趙兼善龍圖東山小魯亭》:「快滿眼,松篁千畝。把似渠垂功名淚,算何如、且作溪山主。」也是表現不得志的隱逸處境。

(四)竹子淩寒之性與隱逸內涵

　　對竹子淩寒之性的認識早在先秦時代已有。《禮記・禮器》:「其在人也,如竹箭之有筠也,如松柏之有心也。二者居天下之大端矣,故貫四時而不改柯易葉。」此處松竹的共同特質在於雖處寒多而不改柯易葉。淩寒修竹既具生命美感又有生命活力,魏晉以來重生意識勃發,修竹因此倍受青睞。晉人印象中的竹子是帶霜的,如「蘭棲湛露,竹帶素霜」(謝安《與王胡之詩》六章其五)〔註129〕。再如張協《雜詩十首》其二:

> 大火流坤維,白日馳西陸。浮陽映翠林,迴颷扇綠竹。
> 飛雨灑朝蘭,輕露棲叢菊。龍蟄暄氣凝,天高萬物肅。
> 弱條不重結,芳蕤豈再馥。人生瀛海內,忽如鳥過目。
> 川上之歎逝,前修以自勖。〔註130〕

詩中人生歎逝的感慨是魏晉時代的普遍意識,作者用以表現生命美好之象的有翠林、綠竹、朝蘭、叢菊等,這些意象同時也是生命貞固的象徵。竹林之

〔註125〕趙超著《漢魏南北朝墓誌彙編・北魏・魏故處士元君墓誌》,天津古籍出版社,2008年,第68頁。
〔註126〕《先秦漢魏晉南北朝詩・晉詩卷二》,上冊第594頁。
〔註127〕《先秦漢魏晉南北朝詩・晉詩卷一三》,中冊第896頁。
〔註128〕《全唐文》卷一九四,第2冊第1967頁下欄右。
〔註129〕《先秦漢魏晉南北朝詩・晉詩卷一三》,中冊第905頁。
〔註130〕《先秦漢魏晉南北朝詩・晉詩卷七》,上冊第745頁。

景，如「幽意歲寒多」（張紘《和呂御史咏院中叢竹》）、「十畝琅玕寒照座」（蘇
過《從范信中覓竹》）〔註131〕，其環境之清幽實在令人嚮往。在各種植物耐寒
性的比較中，竹子最終進入先進行列，與松柏等成為世俗意識中耐寒植物的
代表。後代以松竹、竹柏并提，既比喻淩寒堅貞品格，也用以比喻隱逸處境，
如「峭蒨青葱間，竹柏得其眞」（左思《招隱詩二首》其二）〔註132〕，竹柏淩
寒青葱，環境清幽。再如戴逵《閒遊贊》：「故蔭映岩流之際，偃息琴書之側，
寄心松竹，取樂魚鳥，則澹泊之願，於是畢矣。」〔註133〕「寄心松竹」也是
表達隱逸願望。

（五）竹子的道教利用與隱逸內涵

很多植物都與道教有密切關係，其中一部分又形成隱逸內涵，松、竹是
較為突出的。如陶弘景辭官，自稱「滅影桂庭，神交松友」（陶弘景《解官表》）
〔註134〕。道教徒常常「松子為餐，蒲根是服」（蕭繹《與劉智藏書》）〔註135〕，
竹實、竹筍也是常食之物。簫笛等樂器有助於成仙，也成為道教尊崇之物，
如「王子好簫管，世世相追尋」（阮籍《咏懷》）。竹子淩寒不凋之性在道教徒
看來也是長生成仙的象徵。如郭元祖《列仙傳贊》云：「若夫草木，皆春生秋
落必矣。而木有松柏檉檀之倫百八十餘種，草有芝英萍實靈沼黃精白符竹翠
戒火長生不死者萬數，盛多之時，經霜歷雪，蔚而不凋。見斯其類也，何怪
於有仙邪？」〔註136〕竹子的這些道教功能使得修煉的道教徒常隱居深山竹
林，竹林也因此染上隱逸內涵。竹子隱逸內涵還體現於帶有神怪色彩的傳說。
如《四川志》：「漢竇誼居蜀之峨眉，放浪不羈。月夜子規啼竹上，誼曰：『竹
裂，吾可歸峨峰。』是夕竹裂，黎明遁於峨峰。武帝三徵，不起。」〔註137〕
以竹裂預示并堅定其歸隱之志。

由以上分析可知，竹子隱逸內涵有多方面的表現形式，涉及竹子植物特
性、材質功用、神話傳說與道教利用等不同方面。這表明竹子隱逸內涵具有
明顯而豐富的存在，在象徵隱逸的眾多植物中特別突出，值得我們重視。

〔註131〕《全宋詩》第 23 冊第 15489 頁。
〔註132〕《先秦漢魏晉南北朝詩·晉詩卷七》，上冊第 735 頁。
〔註133〕《全上古三代秦漢三國六朝文·全晉文卷一三七》，第 3 冊第 2250 頁下欄右。
〔註134〕《全上古三代秦漢三國六朝文·全梁文卷四六》，第 4 冊第 3214 頁上欄左。
〔註135〕《全上古三代秦漢三國六朝文·全梁文卷一七》，第 3 冊第 3049 頁上欄右。
〔註136〕《全上古三代秦漢三國六朝文·全晉文卷一三九》，第 3 冊第 2262 頁上欄左。
〔註137〕《廣群芳譜》卷八二，《四庫全書》第 847 冊第 276 頁下欄左。

二、竹子與隱逸生活方式

竹子與古代隱逸文化淵源頗深，隱逸文化各方面都滲透著竹子的影響，漁隱釣以竹竿，林隱隱於竹林，市隱也植竹寄情，都與竹子有關。本節根據傳統所理解的隱居方式，及其與竹林的關係，分爲漁隱、林隱、市朝之隱三種。

（一）漁　隱

先秦隱者似乎多是漁父，如《莊子・漁父》、《楚辭・漁父》等無名漁父，有名姓的漁父，早期較爲著名的有呂尚、嚴光等。《史記・齊太公世家》：「呂尚蓋嘗窮困，年老矣，以漁釣奸周西伯。」〔註138〕呂尚釣於渭水，遇周文王，後輔佐武王伐紂滅殷。《後漢書・嚴光傳》：「（嚴光）少有高名，與光武同游學。及光武即位，乃變名姓，隱身不見。帝思其賢，乃令以物色訪之。後齊國上言：『有一男子，披羊裘釣澤中。』帝疑其光，乃備安車玄纁，遣使聘之。三反而後至。」呂尚是先隱後仕，嚴光是不慕榮利，其目的雖稍有不同，隱爲漁父的經歷則一致。

漁釣既是一種職業或謀生手段，也反映了適意安閒的心境和材不爲用的避世狀態。《莊子・刻意》云：「就藪澤，處閒曠，釣魚閒處，無爲而已矣。此江海之士，避世之人，閒暇者之所好也。」即是避世的漁釣形象。漁父形象多持竿垂釣，如「莊子釣於濮水，楚王使大夫二人往先焉，曰：『願以境內累矣！』莊子持竿不顧」（《莊子・秋水》）。文獻記載隱者未及漁釣的，好事者也要附會上去，可見漁隱之深入人心。《國語・越語》：「反至五湖，范蠡辭於王……遂乘輕舟以浮於五湖，莫知其所終極。」因范蠡「泛舟五湖」，故後世文人也將他附會於漁釣，如「一船明月一竿竹，家住五湖歸去來」（羅隱《曲江春感》）。

有的漁父生活在竹林，如「漁釣未歸深竹裏，琴壺猶戀落花邊」（曹松《羅浮山下書逸人壁》）、「乍似秋江上，漁家半掩扉」（崔元翰《雨中對後檐叢竹》）、「野寺山邊斜有徑，漁家竹裏半開門」（李嘉祐《送朱中舍遊江東》），這也是漁父與竹子結緣的因素。甚至垂釣之臺也就竹而壘，如「垂釣石臺依竹壘」（杜荀鶴《山居寄同志》）。竹子與漁父的聯繫雖說還有竹葉之舟、吹竹而歌等可聯想之處，如「竹葉舟中漁父」（史浩《瓜州渡頭六言》）〔註139〕、

「竹聲漁父歌」（釋清江《湘川懷古》），但主要還是源於釣竿。竹子是天然合適的釣竿，如「左援修竹，右縱飛綸」（潘尼《釣賦》）〔註140〕、「竹竿籊籊，河水泱泱」（南朝宋漁父《答孫緬歌》）〔註141〕、「竹竿橫翡翠，桂髓擲黃金」（張正見《釣竿篇》）〔註142〕，都可見竹子的釣竿之用。因此人們見竹、種竹便思作釣竿之用，如「養一箔蠶供釣線，種千莖竹作漁竿」（杜荀鶴《戲贈漁家》）、「滿眼塵埃馳騖去，獨尋烟竹剪漁竿」（鄭谷《宣義里舍冬暮自貽》）、「石徑可行苔色厚，釣竿時斫竹叢疏」（杜荀鶴《戲題王處士書齋》）。再如「第一莫教漁父見，且從蕭颯滿朱欄」（李遠《鄰人自金仙觀移竹》），從反面著筆，也是以釣竿用竹爲前提。竹子既作釣竿之用，便成爲漁隱形象的核心元素之一，如「數尺寒絲一竿竹，豈知浮世有猜嫌」（李洞《曲江漁父》）、「一葉一竿竹，眉鬚雪欲零」（貫休《漁父》）、「此去行持一竿竹，等閒將狎釣漁翁」（劉長卿《避地江東，留別淮南使院諸公》）、「一竿青竹老江隈，荷葉衣裳可自裁」（秦韜玉《釣翁》）、「畢竟輸他老漁叟，綠蓑青竹釣濃藍」（齊己《瀟湘》）。發展到後來，竹子就成爲漁竿、漁父的象徵物，如「渭濱若更徵賢相，好作漁竿繫釣絲」（羅鄴《竹》）、「吾家釣臺畔，似此兩三莖」（方干《方著作畫竹》）、「只緣五斗米，辜負一漁竿」（岑參《初授官題高冠草堂》）。

（二）林　隱

漁父之外，隱者大多棲隱山林，又多依竹林而居。竹間能遂隱逸之志，其意已見於漢代馬融的表述。其《與謝伯世書》云：「憒憒愁思，猶不解懷。思在竹間，放狗逐麛，晚秋涉冬，大蒼出籠，黃棘下菟，筆以乾葵，以送餘日，茲樂而已。」〔註143〕東漢仲長統自敘志向時也表達歸隱田園的願望：「居有良田廣宅，背山臨流，溝池環匝，竹木周布，場圃築前，果園樹後。」〔註144〕這些還只是對竹林間生活的嚮往，到魏晉時代已被大量實踐。如：

　　　（郭文）恒著鹿裘葛巾，不飲酒食肉，區種菽麥，採竹葉木實，

　貿鹽以自供。（《晉書‧郭文傳》）〔註145〕

〔註140〕《全上古三代秦漢三國六朝文‧全晉文卷九四》，第 2 冊第 1999 頁下欄左。
〔註141〕《先秦漢魏晉南北朝詩‧宋詩卷一〇》，中冊第 1327 頁。
〔註142〕《先秦漢魏晉南北朝詩‧陳詩卷二》，下冊第 2471 頁。
〔註143〕《全上古三代秦漢三國六朝文‧全後漢文卷一八》，第 1 冊第 569 頁上欄右。
〔註144〕《後漢書》卷四九《仲長統傳》，第 6 冊第 1644 頁。
〔註145〕《晉書》卷九四，第 8 冊第 2440 頁。

（董京）於其所寢處惟有一石竹子及詩二篇。其一曰：「乾道剛簡，坤體敦密，茫茫太素，是則是述。末世流奔，以文代質，悠悠世目，孰知其實！逝將去此至虛，歸我自然之室。」又曰：「孔子不遇，時彼感麟。麟乎麟！胡不遁世以存眞？」（《晉書·董京傳》）〔註146〕

前兩例或食竹實，或採竹葉，後一例居處有竹子，可見隱於竹林或於居處栽竹已成隱士的典型行爲。「竹林七賢」名號的出現與流行，其實也是基於這種隱逸風氣。

盛唐時期有「竹溪六逸」。《舊唐書》卷一百五十四載：「孔巢父，冀州人，字弱翁。父如珪，海州司戶參軍，以巢父贈工部郎中。巢父早勤文史，少時與韓準、裴政、李白、張叔明、陶沔隱於徂來山，時號『竹溪六逸』。」《新唐書》卷二百二《李白傳》也載。徂徠山位於泰山南側、汶水上游。比兩《唐書》更早的關於李白史料中不見「竹溪六逸」的提法。李白《送韓準裴政孔巢父還山》是關於「竹溪六逸」的較有力的旁證，詩中有「時宵夢裏還，雲弄竹溪月」之句。

「晉人遁竹林，所以避亂世。唐士隱竹溪，所以養高致。」〔註147〕其動機容或不同，其隱居竹林則一。隱士選擇竹林隱居，竹子在其生活中的作用表現在三方面：

首先，竹林是隱士棲息之處。既然選擇遠離人世、隱居山林，就得有個棲息之處。竹林適宜居處，是隱者與修竹結緣的重要原因。謝靈運《山居賦》描述山居生活：「比至外溪，封墱十數里，皆飛流迅激，左右岩壁緣竹。」〔註148〕《山居賦》也有「陟嶺刊木，除榛伐竹。抽笋自篁，摘箬於縠」〔註149〕的描寫。他又有《石門新營所住四面高山迴溪石瀨茂林修竹》詩，可見其隱居生活在居住與衣食等多方面依賴於竹林。南朝梁代，劉峻（孝標）棲隱金華山，自云：「爰泊二毛，得居岩穴，所居東陽郡金華山。東陽實會稽西部，是生竹箭。」（《東陽金華山棲志》）〔註150〕其《始居山營室詩》也

〔註146〕《晉書》卷九四，第 8 冊第 2427 頁。
〔註147〕〔宋〕陳景沂編輯《全芳備祖》後集卷一六引富文忠詩，北京：農業出版社，1982 年，第 1202 頁。
〔註148〕《全上古三代秦漢三國六朝文·全宋文卷三一》，第 3 冊第 2604～2605 頁。
〔註149〕《全上古三代秦漢三國六朝文·全宋文卷三一》，第 3 冊第 2607 頁上欄左。
〔註150〕《全上古三代秦漢三國六朝文·全梁文卷五七》，第 4 冊第 3290 頁上欄右。

云：「激水檐前溜，修竹堂陰植。」〔註151〕像他這樣建堂築室畢竟需要相當經濟實力，一般隱士沒有這麼闊氣，如南朝陳代馬樞「於竹林間自營茅茨而居」〔註152〕。竹林作爲隱士的居處環境或生活背景，在南朝已深入人心。如范縝《擬招隱士》云：「修竹苞生兮山之嶺，繽紛葳蕤兮下交陰。」〔註153〕徐陵《奉和簡文帝山齋詩》：「竹密山齋冷，荷開水殿香。」〔註154〕竹林隱者給人的印象是活動居住竹林之中，如「隱士竹林限」（劉希夷《琴》）、「仙隱深深竹徑中」（林季仲《次韵苗彥先題薛獻可新居四首》其一）〔註155〕，甚至出現「入戶竹生床下葉」（李洞《春日隱居官舍感懷》）的荒涼景象。其居處雖神龍見首不見尾，但一般都被想像成竹籬茅舍的簡陋居所，如「剪竹製山扉」（吳均《王侍中夜禁》）。竹籬茅舍因此成爲隱居地的象徵。

其次，竹子在隱居生活中的經濟價值。竹實、竹笋可充食物〔註156〕。眞正遁世的隱者多食竹實。如《三國志》引《魏氏春秋》：「（阮）籍少時嘗遊蘇門山，蘇門山有隱者，莫知名姓，有竹實數斛、臼杵而已。」〔註157〕有竹實，還有臼杵，可見以竹實爲食。再如吳均《與顧章書》：「既素重幽居，遂葺宇其上（引者按，指石門山），幸富菊華，偏饒竹實，山谷所資，於斯已辦，仁智所樂，豈徒語哉！」〔註158〕云「山谷所資」，是指食物之資，可見以菊花、竹實爲食物。吳均曾言「綠竹可充食」（吳均《山中雜詩三首》其二）〔註159〕，當指竹笋。竹笋是隱士的重要食物，所謂「只逢笋蕨杯盤日，便是山林富貴天」（楊萬里《初食笋蕨》）〔註160〕。陶淵明《桃花源詩》云：「桑竹垂餘蔭，菽稷隨時藝。」詩序也云：「有良田美池桑竹之屬。」竹子可能是作爲一種經濟作物被寫入《桃花源詩》，却進一步強化了隱逸色彩。

〔註151〕《先秦漢魏晉南北朝詩·梁詩卷一二》，中冊第 1758 頁。
〔註152〕〔唐〕姚思廉撰《陳書》卷一九《馬樞傳》，北京：中華書局，1972 年，第265 頁。
〔註153〕《先秦漢魏晉南北朝詩·梁詩卷八》，中冊第 1678 頁。
〔註154〕《先秦漢魏晉南北朝詩·陳詩卷五》，下冊第 2534 頁。
〔註155〕《全宋詩》第 31 冊第 19969 頁。
〔註156〕隱士食竹笋，可參看下編第一章第三節《竹笋的食用事象及相關文化意蘊》的相關論述。
〔註157〕〔晉〕陳壽撰、〔南朝宋〕裴松之注，吳金華標點《三國志》，長沙：嶽麓書社，1990 年，上冊第 486 頁。
〔註158〕《全上古三代秦漢三國六朝文·全梁文卷六〇》，第 4 冊第 3306 頁上欄右。
〔註159〕《先秦漢魏晉南北朝詩·梁詩卷一一》，中冊第 1752 頁。
〔註160〕《全宋詩》第 42 冊第 26282 頁。

　　最後，竹子也能為枯寂的隱逸生活提供精神之娛。竹林可居、竹實可食都是物質層面的需求，竹林還能為隱士提供精神養料。梁元帝蕭繹《與劉智藏書》：「山間芳杜，自有松竹之娛；岩穴鳴琴，非無薜蘿之致。」〔註161〕「松竹之娛」其內涵如何？王維《輞川集・斤竹嶺》云：「檀欒映空曲，青翠漾漣漪。暗入商山路，樵人不可知。」竹林為山居提供悅目的美感享受。其《山居秋暝》所言「王孫自可留」的隱居環境也有竹子。在「綠竹猗猗，紅桃夭夭」（蕭衍《贈逸民詩》其九）〔註162〕的環境中獲得身心愉悅，是隱者所追求的情趣。悅目之外，隱者更重視悅心。莊子曾說：「我寧遊戲污瀆之中自快，無為有國者所羈，終身不仕，以快吾志焉。」〔註163〕葛洪《抱朴子・明本》稱：「山林之中非有道也，而為道者必入山林，誠欲遠彼腥膻，而即此清淨也。」〔註164〕隱居本是以求快意適志。宋之問《綠竹引》云：「青溪綠潭潭水側，修竹嬋娟同一色。徒生仙實鳳不遊，老死空山人詎識。妙年秉願逃俗紛，歸臥嵩丘弄白雲。含情傲睨慰心目，何可一日無此君。」嬋娟之色可賞之外，「含情傲睨慰心目」的心理認同也是隱居竹林的重要因素。

　　竹林既與隱士有如此深的聯繫，遂逐漸超邁眾多植物而成為林隱的代稱。孟浩然《盧明府九日峴山宴袁使君、張郎中、崔員外》：「獻壽先浮菊，尋幽或藉蘭。烟虹鋪藻翰，松竹掛衣冠。」菊、蘭、松、竹這幾種植物各有不同的文化功能和象徵意義，在這裡都具有明確的隱逸內涵。松竹之林被視為隱處之地，可能緣於對人類精神棲息之地的森林的懷想，所謂「翼翼歸鳥，載翔載飛。雖不懷遊，見林情依」（陶淵明《歸鳥》其二）。松竹雖同具淩寒之性，但松樹形象多蒼髯虯勁，松林較為陰暗幽深，故有「鬼燈如漆點松花」（李賀《南山田中行》）之喻。而竹林相對疏朗明亮、嬋娟可愛，更易親近，如「檀欒映空曲，青翠漾漣漪。暗入商山路，樵人不可知」（王維《斤竹嶺》）。釋慧琳《龍光寺竺道生法師誄》：「默蔭去大，弭此騰口，增棲成英，敻逸篁藪。遁思泉源，無閡川皋，庶乘間託，曰仁曰壽。」〔註165〕北魏貴族「（拓跋延明）惟與故任城王澄、中山王熙、東平王略，竹林為志，藝尚相歡」〔註166〕，都是以竹林為隱逸之地的代稱。竹林儼然成為隱逸文

〔註161〕《全上古三代秦漢三國六朝文・全梁文卷一七》，第3冊第3049頁上欄右。
〔註162〕《先秦漢魏晉南北朝詩・梁詩卷一》，中冊第1527頁。
〔註163〕《史記》卷六三《老子韓非列傳》，第7冊第2145頁。
〔註164〕《抱朴子內篇校釋》卷一〇，第170頁。
〔註165〕《全上古三代秦漢三國六朝文・全宋文卷六三》，第3冊第2781頁上欄右。
〔註166〕《漢魏南北朝墓誌彙編・北魏・魏故侍中太保特進使持節都督雍華岐三州諸

化符號，因此人們一見竹林馬上想到隱逸，如「偶逢池竹處，便會江湖心」
〔註167〕、「竹林茅宇，自冥棲隱之心」〔註168〕。

（三）市朝之隱

如果說漁隱、林隱都是遠離人世之「隱」，那麼「朝隱」並非眞實之「隱」，
而是處「顯」示「隱」。「隱」相對於「顯」而言，是退與進、處與出、藏與
行、窮與通的處世態度或命運狀態的二維表述。《論語・泰伯》：「天下有道
則見，無道則隱。」士登於朝，是治世盛世之象，所謂野無遺賢；士退於野，
是衰世亂世之象，所謂全身遠禍。這樣，出與處、仕與隱也就有了品格象徵
內涵。但古來有一種以隱而不顯爲高尚的傳統。晉皇甫謐《高士傳》載，堯
聞許由之名而欲致天下，許由不欲聞之，洗耳於穎水濱。巢父曰：「子若處
高岸深谷，人道不通，誰能見子？子故浮游，欲聞求其名譽。」〔註169〕巢
父、許由二人置隱逸操守於世俗君權之上，表現了超塵逸俗的品格，巢父更
爲徹底。陸游曾說：「志士山棲恨不深，人知己是負初心。不須先說嚴光輩，
直自巢由錯到今。」（《雜感十首》其一）〔註170〕眞正徹底的隱士，世人怎
會知其名姓和踪迹？從這個意義上說，眞正隱士是無人知曉的，既爲人所
知，也就不是眞正隱士。現實中富貴榮祿的誘惑、高壓專制的威懾，都使得
人們尋求新的隱逸方式。故東方朔云：「天子轂下，可以隱居，何自苦於首
陽乎？」〔註171〕晉代夏侯湛《東方朔畫贊》也云：「染迹朝隱，和而不同。」
〔註172〕東晉王康琚《反招隱》詩有「小隱隱陵藪，大隱隱朝市」〔註173〕之
句，明哲保身的市朝之隱既得高名，又得實利，逐漸成爲隱逸文化的主流。
失意文人也常借竹子自比。如元載《別妻王韞秀》：「年來誰不厭龍鍾，雖在

軍事大將軍雍州刺史安豐王謚曰文宣元王墓誌銘》，第289頁。

〔註167〕張九齡《嘗與大理丞袁公太府丞田公偶詣一所林沼尤勝因并坐其次相得甚歡
　　　　遂賦詩焉以咏其事》，《全唐詩》卷四九，第2冊第604頁。

〔註168〕宋之問《奉敕從太平公主遊九龍潭尋安平王宴別序》，《全唐文》卷二四一，
　　　　第3冊第2435頁上欄左。

〔註169〕〔晉〕皇甫謐撰《高士傳》卷上「許由」條，北京：中華書局，1985年，第
　　　　14頁。

〔註170〕《全宋詩》第40冊第24972頁。

〔註171〕〔南朝梁〕殷芸編纂、周楞伽輯注《殷芸小說》卷二，上海古籍出版社，1994
　　　　年，第62頁。

〔註172〕《全上古三代秦漢三國六朝文・全晉文卷六九》，第2冊第1857頁下欄右。

〔註173〕《先秦漢魏晉南北朝詩・晉詩卷一五》，中冊第953頁。

侯門似不容。看取海山寒翠樹，苦遭霜霰到秦封。」元載因見輕於王之親屬，游學之前作此詩別妻。詩以竹子（龍鍾）自比，與受到秦封的松樹進行對比，借竹子比喻現實處境，借松樹寄託理想。

　　朝隱者一方面優游竹林，寄託山林之志。古代竹林的自然分佈廣泛，為士人的隱逸情懷提供了寄託之所，如「蔭綠竹以淹留，藉幽蘭而容與」（謝朓《杜若賦奉隋王教於坐獻》）〔註174〕、「五月休沐歸，相携竹林下」（孟浩然《宴包二融宅》）、「朝携蘭省步，夕退竹林期」（張說《酬崔光祿冬日述懷贈答》），都可見遊於竹林之下以契幽懷的風氣。遊於竹林，同時不廢仕宦，可謂一舉兩得。王泠然《汝州薛家竹亭賦》：「夫其禮樂成器，清明在躬，官非稱才，吾不謂之仕宦，人非克己，吾不謂之交通。處未全隱，和而莫同，且欲墀岵，崿苑蒙籠，閒亭一所，修竹一叢，蕭然物外，樂自其中。」〔註175〕既然身處廟堂，畢竟身不由己，除了偶而淹留竹林身遊其地，主要還是心嚮往之以寄託幽情。如戴逵《閒遊贊》：「故蔭映岩流之際，偃息琴書之側，寄心松竹，取樂魚鳥，則澹泊之願，於是畢矣。」〔註176〕「寄心松竹」就是不必身遊林下，只要心動即可。所以詩人多標榜竹林歸隱以高其志。

　　另一方面則是庭院植竹寄情，也能體現隱逸高閒的趣味追求。梁元帝蕭繹《全德志論》：「但使良園廣宅，面水帶山，饒甘果而足花卉，葆筠篁而玩魚鳥。」〔註177〕畢竟隱居山林非一般人所能承受，而植竹寄情是對竹林隱逸進行廉價盜版的最佳方式，至少在形式上如同棲隱山林的效果，所謂「結茅竹裏似岩棲」（徐庸《題姜舜民竹深處次蘇雪溪韵》）、「叢竹想幽居」（韋應物《酬閭員外陟》）、「但對松與竹，如在山中時」（白居易《夏日獨值，寄蕭侍御》），可見堂前植竹是市隱的方便法門。所以南朝以來無論真隱假隱，多於居處植竹，「高竹林居接翠微」（司空曙《早夏寄元校書》）。《梁書·阮孝緒傳》載：「義師圍京城，家貧無以爨，僮妾竊鄰人樵以繼火。孝緒知之，乃不食，更令撤屋而炊。所居室唯有一鹿床，竹樹環繞。〔註178〕阮孝緒屢徵不就，可謂高潔不染，有如竹樹。《舊唐書·牛僧孺傳》：「館宇清華，竹木幽邃。常與詩人白居易吟咏其間，無復進取之懷。」〔註179〕牛僧孺也借竹樹寄託幽懷。

〔註174〕《全上古三代秦漢三國六朝文·全齊文卷二三》，第3冊第2920頁下欄右。
〔註175〕《全唐文》卷二九四，第3冊第2977頁下欄右。
〔註176〕《全上古三代秦漢三國六朝文·全晉文卷一三七》，第3冊第2250頁下欄右。
〔註177〕《全上古三代秦漢三國六朝文·全梁文卷一七》，第3冊第3049頁下欄右。
〔註178〕〔唐〕姚思廉撰《梁書》卷五一，北京：中華書局，1973年，第740頁。
〔註179〕《舊唐書》卷一七二，第14冊第4472頁。

　　朝隱者「形雖廟堂，心猶江海」〔註 180〕，「身處朱門，而情遊江海，形入紫闥，而意在青雲」〔註 181〕。他們寄託隱逸情趣的物象有松、菊等，竹子也廁身其列。這既因為竹林分佈廣泛，可以優游其下以代竹林居處；竹子易栽易活，可以庭院植竹以象山野隱居；也由於竹子的美感特點老少咸宜、四季皆可，當然還因為竹子逐漸形成的隱逸內涵。因為隱於竹林，難免「竹下朝衣露滴新」（皮日休《陪江西裴公遊襄州延慶寺》），故掛冠於竹枝成為方便的隱逸象徵，如「借地結茅棟，橫竹掛朝衣」（韋應物《題鄭拾遺草堂》）、「薜蘿通驛騎，山竹掛朝衣」（張謂《道林寺送莫侍御》）。

三、竹子隱逸內涵的影響

　　竹子隱逸內涵既通過孤竹二子、鳳凰棲食等表現出來，也表現於竹子的凌寒之性、材美功用以及道家利用等，因此人們面對竹林時易於引發隱逸內涵的聯想。竹子隱逸內涵使人們形成這樣的觀念：竹子是隱者之象，竹林是隱逸之地。

（一）竹子與隱士形象

　　竹子隱逸內涵首先影響到人們心目中的隱士形象。具有隱逸傳統的植物如松、蘭、菊等，都是隱士形象的物化形式，松樹高大挺直，蘭菊芬芳馥鬱，各有優勝之處。竹子的形象美感絲毫不輸於這些「隱士」植物。撇開極高大與極細小的特殊品種不論，竹子具有較為合適得體的形象與秀外慧中的內涵，易於用來比附隱士形象。竹子與幽人的聯繫南朝已有，如「幽人住山北，月上照山東。洞戶臨松徑，虛窗隱竹叢」（劉孝先《和亡名法師秋夜草堂寺禪房月下詩》）〔註 182〕，該幽人形象可理解為出世之人，但竹子還僅僅是其居處環境的一部分，沒有與其隱逸形象相結合。到唐代，杜甫《苦竹》詩讚美苦竹，也含自喻的成分，如末兩句「幸近幽人屋，霜根結在茲」，已經以竹擬人，其野處寒守的境況也近似隱居生活。白居易《題盧秘書夏日新栽竹二十韻》：「湘竹初封植，盧生此考盤。久持霜節苦，新託露根難。」也以竹子比擬隱

〔註180〕沈約《司徒謝朓墓誌銘》，《全上古三代秦漢三國六朝文・全梁文卷三〇》，第
　　　　 3 冊第 3129 頁上欄右。
〔註181〕《南史・齊衡陽王鈞傳》載南齊宗室衡陽王蕭鈞巧妙回答孔珪之問，見《南
　　　　 史》卷四一，第 1038 頁。
〔註182〕《先秦漢魏晉南北朝詩・梁詩卷二六》，下冊第 2065 頁。

士。到宋代，竹比幽人的譬喻非常流行，如「瘦竹如幽人，幽花如處女」（蘇軾《書鄢陵王主簿所畫折枝二首》其二）〔註183〕、「居士竹，故侯瓜」（朱敦儒《訴衷情》），而且竹又與松一起形成隱逸組合，如「松竹隱君子，別來安穩不」（楊冠卿《秋日懷松竹舊友》其一）〔註184〕、「伴蒼松、修竹似幽人，相尋覓」（呂勝己《滿江紅》）。

除了形象氣質上類似幽人，竹子還被隱士引為知音同道，如「恨幽客之方賞，嗟君侯之不知」（王勃《慈竹賦》）〔註185〕，為竹子未受知於君侯而不平，為竹子受知於幽人隱士而遺憾。再如「無端種在幽閒地，眾鳥嫌寒鳳未知」（薛能《螫屋官舍新竹》）、「嘗聞幽士愛風竹，忍噉其子吾何觀」（謝薖《許巨源送笋》）〔註186〕，對幽竹的愛賞都有引為同道的意思。而護竹也體現了寄託幽情的願望，如「莫遣兒童觸瓊粉，留待幽人回日看」（韋應物《將往滁城戀新竹，簡崔都水示端》）。竹子也被附會於隱士形象。如黃滔《嚴陵釣臺》：「終向烟霞作野夫，一竿竹不換簪裾。直鉤猶逐熊羆起，獨是先生真釣魚。」詩中想像嚴子陵的漁隱生活，竹子作為隱逸的象徵。

竹子雖被視為隱士的知音，還未具備人性。後代又以竹擬人，形成修竹有情的意蘊。如沈約《詠檐前竹詩》：「萌開籜已垂，結葉始成枝。繁蔭上蓊茸，促節下離離。風動露滴瀝，月照影參差。得生君戶牖，不願夾華池。」〔註187〕此詩是代言口氣，竹子願與人同氣相求，似通人性。關於這種植物親人的意識，我們可以溯源到南朝。《世說新語‧德行》：「簡文帝入華林園，顧謂左右曰：『會心處不必在遠，翳然林水，便有濠濮間想也，覺鳥、獸、禽、魚，自來親人。』」借動物有情而自來親人的主動行為表達隱逸情懷。唐宋時代許多詩人都表達過相似的意思：

> 杳杳東山携漢妓，泠泠修竹待王歸。（杜甫《戲作寄上漢中王二首》其二）

> 欲去公門返野扉，預思泉竹已依依。（白居易《將歸一絕》）

> 窗前故栽竹，與君為主人。（白居易《招王質夫》）

〔註183〕《全宋詩》第 14 冊第 9395 頁。
〔註184〕《全宋詩》第 47 冊第 29645 頁。
〔註185〕《全唐文》卷一七七，第 2 冊第 1806 頁下欄左。
〔註186〕《全宋詩》第 24 冊第 15770 頁。
〔註187〕《先秦漢魏晉南北朝詩‧梁詩卷七》，中冊第 1651 頁。

始憐幽竹山窗下，不改清陰待我歸。（劉長卿《晚春歸山居題
窗前竹》，一作錢起《暮春歸故山草堂》）

異鄉流落誰相識，惟有叢篁似主人。（韋莊《新栽竹》）

今當捨竹去作吏，竹爲嘿嘿如抱辱。（趙蕃《同成父過章泉，
用前韵示之》）〔註188〕

以上各例或言竹子有情有義，或言竹子幽隱之情，對於竹子幽人形象的形成
都有促進作用。隱逸內涵的形成促使竹子成爲隱逸形象的象徵，如古代夢書
云「竹爲處士田居。夢見竹者，憂處士也」〔註189〕，孟浩然詩云「林棲居士
竹，池養右軍鵝」（《晚春題遠上人南亭》），都可見竹子象徵隱士的明確內涵。

（二）竹林與隱逸之地

隱士生活與竹子的關係體現於吟賞、食物、棲息等實用價值或物質層
面，也體現於青翠幽靜、清虛雅潔的精神享受或遠離塵世的象徵意蘊。以竹
子比擬幽人隱士當與竹林清幽之境有關，如「清晨止亭下，獨愛此幽篁」（韋
應物《對新篁》）、「一溪雲母間靈花，似到封侯逸士家」（陳陶《竹十一首》
其七）。竹子生長於山野，是竹林成爲隱逸之地的重要原因，所謂「山人愛
竹林」（王勃《贈李十四四首》其一），也是突出其山野隱逸的象徵意義。高
清逸致之士多選擇竹林而居，如《舊五代史》卷六十九《崔貽孫傳》載：「（崔）
貽孫以門族登進士第，以監察升朝，歷清資美職。及爲省郎，使於江南回，
以橐裝營別墅於漢上之穀城，退居自奉。清江之上，綠竹遍野，狹徑濃密，
維舟曲岸，人莫造焉，時人甚高之。」庭院植竹也是取其野趣幽情，如「繞
屋扶疏聳翠莖，苔滋粉漾有幽情」（劉言史《題十三弟竹園》）、「蕙草出籬外，
花枝寄竹幽」（錢起《晚春永寧墅小園獨坐，寄上王相公》）。很多情況下，
士人是因爲仕途失意而寄情竹林。如白居易《新栽竹》云：「佐邑意不適，
閉門秋草生。何以娛野性，種竹百餘莖。見此溪上色，憶得山中情。」他在
《長安閒居》中說得更爲明白：「風竹松烟晝掩關，意中長似在深山。」居
處植竹能營造竹林幽境，唐宋時代已形成普遍風氣，如「檻下疏篁十二莖，
襄陽從事寄幽情」（柳宗元《清水驛叢竹天水趙雲餘手植一十二莖》）、「竹窗

〔註188〕《全宋詩》第49冊第30518頁。
〔註189〕《太平御覽》卷九六二，轉引自劉文英編《中國古代的夢書》，北京：中華書
　　　　局，1990年，第20頁。周宣等撰《占夢書》殘卷云：「竹爲處士，夢者當歸
　　　　隱也。」見《中國古代的夢書》第22頁。

幽，茅屋小，個中眞樂莫向人間道」（〔宋〕披雲眞人《迎仙客》）〔註190〕、
「石笋埋雲，風篁嘯晚，翠微高處幽居」（李彭老《高陽臺》），可對竹林而
興隱逸之懷。士人表達隱逸情懷也總是說：「欲掛衣冠神武門，先尋水竹渭
南村。」（王嗣宗《題關右寺壁》）〔註191〕明代袁宏道《瓶史》說：「夫幽人
韵士，摒絕聲色，其嗜好不得不鍾於山水花竹，夫山水花竹者，名者所不在，
奔競所不主也。天下之士，棲止於囂崖利藪，目迷塵沙，心疲計算，欲有之
而有所不暇，故幽人韵士得以乘間而踞爲一目之有。夫幽人韵士者，處於不
爭之地，而以一切讓天下之人也。惟夫山水花竹，欲以讓人，而人未必樂受，
故居之也安，而踞之也無禍。」〔註192〕竹林之能契合隱者之懷，正由於其
山野無爭的環境，故云「良辰美景，必躬於樂事；茂林修竹，每葉於高情」
（楊炯《爲薛令祭劉少監文》）〔註193〕。

　　竹林爲隱逸之地成爲集體無意識以後，就會輻射影響到具體隱士與其他
隱逸意象。竹子還被附會於具體的隱士如袁安、「竹林七賢」等，成爲其隱逸
形象的重要背景，如「湘浦何年變，山陽幾處殘。不知軒屏側，歲晚對袁安」
（劉長卿《同郭參謀咏崔僕射淮南節度使廳前竹》）。再如諸葛亮，《三國志》
及《諸葛亮集》中都未提及他隱居竹林，到《三國演義》裏，諸葛亮已儼然
竹林隱者，其居處是「修竹交加列翠屏，四時籬落野花馨」〔註194〕。再如具
有隱逸內涵的「三徑」最初未及竹子。晉趙岐《三輔決錄》云：「蔣詡字元卿，
隱於杜陵，舍中三徑，惟羊仲、求仲從之遊。」〔註195〕後因以「三徑」指歸
隱者的家園。陶淵明《歸去來兮辭》：「三徑就荒，松菊猶存。」將「三徑」
與松菊並舉，也還未及竹子。唐代詩文中「三徑」始與竹子相連，如「亂竹
開三徑，飛花滿四鄰」（王勃《贈李十四四首》其三）、「三徑荒涼迷竹樹，四
鄰凋謝變桑田」（韋莊《過渼陂懷舊》）。竹徑也就具有隱逸內涵，如「到君棲
迹所，竹徑與衡門」（黃滔《題友人山居》）。松竹形成共同的隱逸內涵，如「晚

〔註190〕胡孚琛著《道教與仙學》，太原：新華出版社，1991年，第127頁。
〔註191〕《全宋詩》第1冊第508頁。
〔註192〕〔明〕袁宏道著、錢伯誠箋校《袁宏道集箋校》卷二四，上海古籍出版社，
　　　　　1981年，第817頁。
〔註193〕《全唐文》卷一九六，第2冊第1990頁下欄右。
〔註194〕〔明〕羅貫中著《三國演義》第三十七回《司馬徽再薦名士，劉玄德三顧草
　　　　　廬》，上海古籍出版社，2004年，第220頁。
〔註195〕《文選注》卷三○謝靈運《田南樹園激流植援一首》李善注引，《四庫全書》
　　　　　第1329冊第527頁上欄左。

松寒竹新昌第，職居密近門多閉」（白居易《醉後走筆酬劉五主簿長句之贈兼簡張大賈二十四先輩昆季》），因此產生了一些相關隱逸意象如「竹籬茅舍」、「松窗竹戶」等，都可見隱逸情懷的投射。

竹林既成爲隱居之處的象徵，隱士在竹林間的活動也值得一說。竹林彈琴最能表現隱士高潔品格，著名的如陶淵明、王維。陶淵明《時運》：「斯晨斯夕，言息其廬。花藥分列，林竹翳如。清琴橫床，濁酒半壺。黃唐莫逮，慷獨在余。」王維《竹里館》：「獨坐幽篁裏，彈琴復長嘯。深林人不知，明月來相照。」陶淵明與王維都有隱居經歷，他們詩中寫到竹林彈琴，強化了竹林隱士的高雅生活氣質。詩人寫到隱士多表現其倚竹橫琴之狀，如「湖邊倚竹寒吟苦，石上橫琴夜醉多」（方干《題桐廬謝逸人江居》）。此風又蔓延到文人士大夫，如「提琴就竹筱，酌酒勸梧桐」（徐陵《內園逐涼》）〔註196〕、「交橫碧流上，竹映琴書床」（杜牧《郡齋獨酌》）。幽靜清淨的竹林環境，被認爲與高雅脫俗的琴聲正相契合，如劉禹錫《和遊房公舊竹亭聞琴絕句》：「尚有竹間路，永無縶下塵。一聞流水曲，重憶餐霞人。」

還有竹間飲宴。較早的竹林宴集如蘭亭集會，王羲之《蘭亭集序》所謂「此地有崇山峻嶺，茂林修竹」，可見是在竹林或其附近。後代遂稱竹林歡會，如「蘭亭有昔時之會，竹林無今日之歡」（王勃《秋日宴季處士宅序》）〔註197〕、「帝京形勝，借上林而入遊；戚里池臺，就修竹而開宴」（張說《季春下旬詔宴薛王山池序》）〔註198〕。竹林飲宴成爲文人采風流與隱逸情懷的表達形式，如「琴樽方待興，竹樹已迎曛」（王勃《山居晚眺贈王道士》）、「復如竹林下，而陪芳宴初」（李白《江夏使君叔席上贈史部》）、「雪過雲寺宿，酒向竹園期」（司空曙《贈庾侍御》）。白居易《常樂里閑居偶題十六韵兼寄劉十五公輿王十一起呂二炅呂四穎崔十八玄亮元九積劉三十二敦質張十五仲元時爲校書郎》：「窗前有竹玩，門處有酒酤。何以待君子，數竿對一壺。」竹林甚至成爲勸酒的理由，如「今朝竹林下，莫使桂尊空」（錢起《九日寄侄姪等》）。《舊五代史》卷九十《張筠傳》：「（張筠）及罷歸之後，第宅宏敞，花竹深邃，聲樂飲膳，恣其所欲，十年之內，人謂『地仙』。」像這種花天酒地的生活與隱逸情趣毫不相干，已是附庸風雅。

〔註196〕《先秦漢魏晉南北朝詩·陳詩卷五》，下冊第 2533 頁。
〔註197〕《全唐文》卷一八一，第 2 冊第 1843 頁上欄左。
〔註198〕《全唐文》卷二二五，第 3 冊第 2271 頁下欄。

　　還有竹裏煎茶。唐人好飲茶，竹裏煎茶始於唐人，如「花醸和松屑，茶香透竹叢」（王維《河南嚴尹弟見宿敝廬訪別人賦十韵》）、「甌香茶色嫩，窗冷竹聲乾」（岑參《暮秋會嚴京兆後廳竹齋》）。《南部新書・張志和碑銘》：「肅宗嘗賜奴婢各一，玄眞配爲夫妻，名夫曰漁童、妻曰樵青。人問其故，曰：漁童使捧釣收綸，蘆中鼓枻；樵青使蘇蘭薪桂，竹裏煎茶。」以漁童、樵青同言，蘆中鼓枻與竹裏煎茶并提，隱逸情趣較爲明顯。朱翌《猗覺僚雜記》卷上則云：

> 唐造茶與今不同。今採茶者，得芽即蒸熟焙乾。唐則旋摘旋炒。劉夢得《試茶歌》：「自傍芳叢摘鷹嘴，斯須炒成滿室香。」又云：「陽崖陰嶺各殊氣，未若竹下莓苔地。」竹間茶最佳，今亦如此。唐未有碾磨，止用臼，多是煎茶，故張志和婢樵青使竹裏煎茶。柳子厚云：「日午獨覺無餘聲，山童隔竹敲茶臼。」〔註199〕

他指的是竹間莓苔地面所生之茶最佳。竹間煎茶之受推崇，可能因爲居處植竹普遍，竹林上密遮陰、下疏來風的清幽氛圍，爲文人士大夫所喜愛，如「對雨思君子，嘗茶近竹幽」（賈島《雨中懷友人》）。後來遂附會比德意義，使竹間煎茶多了一層高雅品格的寄託。

第四節　「竹林七賢」與竹文化

　　「竹林七賢」名號有「竹林」二字，晉代及以後文獻又多載七賢遊於竹林的活動，不少學者理解爲七賢遊於竹林之地，認爲「竹林七賢」稱名體現的是竹文化的物質層面。陳寅恪提出「竹林七賢」稱名來自佛教格義而非遊於竹林，也有學者認爲源自本土竹文化，這些觀點強調的都是「竹林七賢」名號體現了竹文化的精神層面。本文贊同「竹林七賢」稱名與竹文化精神層面相關的觀點，對「竹林七賢」稱名的背景與細節試作探索。

一、「竹林七賢」稱名並非源於「竹林之遊」

　　「竹林七賢」稱名是否與竹林之地有關，歷史上也曾引起過懷疑〔註200〕。

〔註199〕〔宋〕朱翌撰《猗覺僚雜記》卷上，北京：中華書局，1985年，第16頁。
〔註200〕如明代顏文選注駱賓王《餞駱四得鍾字》其二「人追竹林會」句曾注云：「晉嵇康、阮籍、阮咸、山濤、向秀、王戎、劉伶相與爲友，號竹林七賢。佛國五精舍，一給孤園，二靈鷲山，三彌侯江，四菴羅樹，五竹林園，即竹林非

但眞正進行深入研究的是陳寅恪。他指出：「大概言之，所謂『竹林七賢』者，先有『七賢』，即取《論語》『作者七人』之事數，實與東漢末『三君』、『八廚』、『八及』等名目同爲標榜之義。迨西晉之末，僧徒比附內典、外書之『格義』風氣盛行，東晉初年乃取天竺『竹林』之名加於『七賢』之上，至東晉中葉以後江左名士孫盛、袁宏、戴逵輩遂著之於書，而河北民間亦以其說附會。」〔註201〕《寒柳堂集》復云：「寅恪嘗謂外來之故事名詞，比附於本國人物事實，有似通天老狐，醉則見尾。如袁宏《竹林名士傳》，戴逵《竹林七賢論》，孫盛《魏氏春秋》，臧榮緒《晉書》及唐修《晉書》等所載嵇康等七人，固皆支那歷史上之人物也。獨七賢所遊之『竹林』，則爲假託佛教名詞，即『velu』或『veluvana』之譯語，乃釋迦牟尼說法處，歷代所譯經典皆有記載，而法顯、玄奘所親歷之地。此因名詞之沿襲，而推知事實之依託，亦審查史料眞僞之一例也。」〔註202〕在萬繩楠記錄整理的《魏晉南北朝史講演錄》中，更提出「『竹林』則非地名，亦非眞有什麼『竹林』」〔註203〕的觀點。由陳先生所論，可知「竹林七賢」取釋迦牟尼說法的「竹林精舍」之名，附會《論語》「作者七人」之事數而成，並非歷史實錄。

　　陳寅恪提到的兩條質疑「竹林七賢」名號及事迹的材料都出自《世說新語》。《世說新語·傷逝類》「王浚沖爲尙書令」條云：

　　　　王浚沖（王戎）爲尚書令，著公服，乘軺車經黃公酒壚下過，顧謂後車客：「吾昔與嵇叔夜、阮嗣宗共酣飲於此壚，竹林之遊亦預其末。自嵇生天、阮公亡以來，便爲時所羈紲。今日視此雖近，邈若山河。」

而劉孝標注引戴逵《竹林七賢論》曰：

　　　　俗傳若此，潁川庾爰之嘗以問其伯文康（庾亮），文康云：「中朝所不聞，江左忽有此論，皆好事者爲之也。」

《世說新語·文學類》「袁彥伯作《名士傳》成」條又云：

止以竹名也。」以爲「竹林非止以竹名」似謂竹林非地名、七賢稱名與佛教有關，可惜未展開討論。

〔註201〕陳寅恪《陶淵明之思想與清談之關係》，見氏著《金明館叢稿初編》，第181頁。

〔註202〕陳寅恪《〈三國志·曹沖華佗傳〉與佛教故事》，見氏著《寒柳堂集》，北京：生活·讀書·新知三聯書店，2001年，第180頁。

〔註203〕萬繩楠整理《陳寅恪魏晉南北朝史講演錄》，合肥：黃山書社，2000年，第50頁。

　　　　袁彥伯（袁宏）作《名士傳》成，（劉注：宏以夏侯太初、何
　　平叔、王輔嗣爲正始名士，阮嗣宗、嵇叔夜、山巨源、向子期、
　　劉伯倫、阮仲容、王浚沖爲竹林名士，裴叔則、樂彥輔、王夷甫、
　　庾子嵩、王安期、阮千里、衛叔寶、謝幼輿爲中朝名士。）見謝
　　公（謝安），公笑曰：「我嘗與諸人道江北事，特作狡獪耳，彥伯
　　遂以著書。」

陳寅恪由此得出結論：

　　　　王戎與嵇康、阮籍飲於黃公酒壚，共作「竹林之遊」，都是東
　　晉好事者捏造出來的。「竹林」並無其處。

所謂正始、竹林、中朝名士，即袁宏著之於書的，是從謝安處聽來。而謝安
自己却說他與諸人「道江北事，特作狡獪」，初不料袁宏著之於書。〔註204〕

　　　限於文獻材料，陳先生僅是作了大判斷，未進行細緻論證。爲了證明「竹
林之遊」確實存在，有人彌合各種疑問，提出：「『竹林之遊』既非一時，也
非一地，甚至也不是七個人常聚在一起活動，相反，倒是在不同地點以分散
活動的方式較多。」〔註205〕也有人試圖確定「竹林之遊」的時間、成員及竹
林位置〔註206〕。但這些觀點大多得自推測，還缺乏直接證據。嵇、阮及其同
時代的人都未提及「竹林之遊」或「竹林七賢」，後人却認爲當時存在「竹林
之遊」，未免唐突古人。與其推測想像「竹林之遊」的具體情況，不如對「竹
林七賢」名號產生的時代背景與可能原因作一些研究。

二、「竹林七賢」稱名的初期情況：多人同稱、多名流行

　　　自陳寅恪主張「竹林」並非實有、「竹林之遊」也屬附會的觀點之後，「竹
林七賢」名號何時首次出現、稱名「竹林」有何意義等便成爲重要問題。周
鳳章詳細論證「竹林七賢」稱名始於東晉謝安〔註207〕，《世說新語》雖有多則
材料涉及謝安稱「竹林七賢」，但這些材料的傳說傾向較爲明顯。馬鵬翔就提

〔註204〕萬繩楠整理《陳寅恪魏晉南北朝史講演錄》，合肥：黃山書社，2000 年，第
　　　　50～51 頁。
〔註205〕高晨陽著《阮籍評傳》，南京：南京大學出版社，1994 年，第 28 頁。
〔註206〕如衛紹生《竹林七賢若干問題考辨》，《中州學刊》1999 年 5 期；李中華《「竹
　　　　林之遊」事迹考辨》，《江漢論壇》2001 年 1 期；王曉毅《「竹林七賢」考》，
　　　　《歷史研究》2001 年 5 期。
〔註207〕周鳳章《「竹林七賢」稱名始於東晉謝安說》，《學術研究》1996 年 6 期。

出懷疑：「談論過『七賢』故事的庾亮（生於 289 年）、記錄過『七賢』名號的孫盛（大約生於 300 年）、在《弔嵇中散》一文中有『取樂竹林，尚想蒙莊』之語的王導丞相揆李充年齡也遠大於謝安（生於 320 年），因此說『竹林七賢』的名號出自謝安的推論很難讓人信服。」〔註 208〕所以一般認爲最早記載「竹林七賢」名號的文獻是東晉孫盛所著《魏氏春秋》和《晉陽秋》〔註 209〕。《三國志・魏志・王粲傳》附《嵇康傳》裴松之注引《魏氏春秋》云：「（嵇）康寓居河內之山陽縣，與之遊者，未嘗見其喜慍之色。與陳留阮籍、河內山濤、河南向秀、籍兄子咸、琅邪王戎、沛人劉伶相與友善，遊於竹林，號爲七賢。」〔註 210〕《世說新語・任誕》「竹林七賢」條，劉孝標注引《晉陽秋》曰：「於時風譽扇於海內，至於今咏之。」這兩條材料至多說明兩點：一、東晉時代「七賢」們被推崇的接受情況；二、出現「竹林七賢」名號及「遊於竹林」的傳說。

　　「竹林七賢」稱名不見於七賢別集與同時代文獻，見於文獻的最早時間距離七賢中最年輕的王戎（234～305）逝世也將近半個世紀。韓格平指出：「就目前掌握的材料看，『竹林七賢』一詞較早見於東晉中期的孫盛、袁宏、孫綽、戴逵等人的著作，至遲不應晚於孫綽逝世的咸安七年（371）。此後，『竹林七賢』的稱呼與『竹林七賢』的高行在士人中廣爲流傳。」〔註 211〕這樣限定一個時間表未免過於牽強，但所概括的「竹林七賢」名號的出現時間及流行情況大致可信。〔註 212〕所以，「竹林七賢」稱名出現初期是多人同

〔註 208〕馬鵬翔《「竹林七賢」名號之流傳與東晉中前期政局》，《中國哲學史》2008 年第 2 期，第 118～119 頁。

〔註 209〕此從沈玉成說。他說：「《晉書・孫盛傳》記孫盛十歲時避難渡江，即避永嘉五年（311）石勒南侵之難，以此推算，當生於惠帝永寧二年（302），卒於孝武帝寧康元年（373）。傳又記『盛篤學不倦，自少至老，手不釋卷。著《魏氏春秋》、《晉陽秋》。』《世說新語・排調》記褚裒曾經問孫盛『卿國史何當成』，國史即指《晉陽秋》。褚裒卒於永和五年（349），其時《晉陽秋》已著手撰寫，《魏氏春秋》則應該已經完稿。而這個時候謝安尚高臥東山，袁宏僅二十一歲。顯然，《魏氏春秋》中的『遊於竹林』和謝安了無干涉。」見沈玉成《「竹林七賢」與「二十四友」》，《遼寧大學學報》1990 年第 6 期，第 41 頁。

〔註 210〕《三國志》，長沙：嶽麓書社，1990 年，上冊第 486 頁。

〔註 211〕韓格平《竹林七賢名義考辨》，《文學遺產》2003 年 2 期，第 28 頁。

〔註 212〕馬鵬翔以爲「竹林七賢」之說始於晉陰淡《魏紀》，該書成於兩晉之際（馬鵬翔《「竹林七賢」名號之流傳與東晉中前期政局》，《中國哲學史》2008 年第 2

稱七賢，所稱名號也不盡相同，如袁宏《名士傳》稱「竹林名士」，戴逵稱「竹林七賢」也稱「竹林諸賢」等。這種稱名不統一的情況說明「竹林七賢」名號的流行是後人追憶緬懷前輩的結果，其統一於「竹林七賢」名號又表明是歷史淘汰的結果。「竹林七賢」名號東晉以後的流行情況，正如周鳳章所言：「孫綽從宣揚佛道出發，以七僧和七賢相提並論，作《道賢論》；袁宏將『江北』名士析而爲三，作《名士傳》；戴逵爲隱逸者張目，爲七賢『辨迹』、『達旨』，作《竹林七賢論》；王洵採之作賦、裴啓輯之《語林》……而作爲史學家的孫盛，採時賢之談、眾書之名以爲大成。」〔註213〕

三、「竹林七賢」名號與竹子的比德、隱逸內涵

　　既然「竹林之遊」屬於附會，「竹林七賢」名號是多人稱說的歷史選擇，那麼「竹林七賢」稱名中「竹林」二字具有何種意義，就成了重要問題。范子燁提出「竹林七賢」稱名爲天竺文化與儒學文化的合成品，韓格平主張與晉代崇竹文化有關，其後胡海義也持類似主張〔註214〕。他們主要還是以晉代竹文化爲「竹林七賢」稱名的一般背景，未能細緻探討二者之間在何種意義上產生了密切聯繫。如范子燁指出，「『竹林』固然取義於內典，但謝安偏偏擷此二字，也體現了晉人對竹所特有的耽愛之情」〔註215〕，并從竹子體現自然之美、是晉人性情的歸託、是幽人逸士避俗的處所等方面論述了晉代竹文化內涵，即是以竹文化作爲一般背景泛論的。

　　在晉人的崇竹氛圍裏，拈出「竹林」冠於「七賢」頭上，不僅出於一般背景，應當有特定象徵內涵。本文主張，佛教格義、儒家比德、道家隱逸等

期，第117頁）。所據爲《事文類聚別集·禮樂部》引《魏記》：「譙郡嵇康，與阮籍、阮咸、山濤、向秀、王戎、劉伶友善，號竹林七賢，皆豪尚虛無，輕蔑禮法，縱酒昏酣，遺落世事。」按，馬先生改《魏記》作《魏紀》，也未考辨《魏紀》引文眞實出處，就以爲是晉陰澹所撰。據查，《事文類聚別集》所引文字出於《資治通鑒》卷七八《魏紀十》。所以馬先生之說不足爲據。

〔註213〕周鳳章《「竹林七賢」稱名始於東晉謝安說》，《學術研究》1996年6期，第106頁。

〔註214〕參考范子燁《論異型文化之合成品：「竹林七賢」的意蘊與背景》，《學習與探索》1997年第2期（又見氏著《〈世說新語〉研究》相關章節）；韓格平《竹林七賢名義考辨》，《文學遺產》2003年2期；胡海義《關於「竹林七賢」名義的思考》，《貴州文史叢刊》2005年第2期，第9頁。

〔註215〕范子燁《論異型文化之合成品：「竹林七賢」的意蘊與背景》，《學習與探索》1997年第2期，第118頁。

方面分別代表竹文化與佛、儒、道三教的結合，體現了竹文化的主要方面。
關於「竹林七賢」名號與佛教格義之間的關係，陳寅恪與范子燁有詳細論述，
此不贅言。陳寅恪對「竹林七賢」的形成過程推測如下：

> 「竹林七賢」是先有「七賢」而後有「竹林」。「七賢」所取爲
> 《論語》「作者七人」的事數，意義與東漢末年的「三君」、「八俊」
> 等名稱相同，即爲標榜之義。西晉末年，僧徒比附内典、外書的「格
> 義」風氣盛行，東晉之初，乃取天竺「竹林」之名，加於「七賢」
> 之上，成爲「竹林七賢」。東晉中葉以後，江左名士孫盛、袁宏、戴
> 逵等遂著之於書（原注：《魏氏春秋》、《竹林名士傳》、《竹林七賢
> 論》）。〔註216〕

「作者七人」事數，語見《論語‧憲問》，孔子原意是避世、避地、避色者有
七個人，「作者七人」之稱部分地具有隱逸内涵。東晉謝萬「敘漁父、屈原、
季主、賈誼、楚老、龔勝、孫登、嵇康四隱四顯爲《八賢論》，其旨以處者爲
優，出者爲劣，以示孫綽。綽與往反，以體公識遠者則出處同歸」〔註217〕。
「以處者爲優，出者爲劣」，反映了崇尚自然、注重隱逸的輿論風氣。「竹林
七賢」名號應該包含了「賢」與「隱」兩方面内涵，分別代表儒、道思想。

首先，竹子在人物品藻風氣中被用以比附人物形象與品格。東晉士人稱
賞七賢的如謝安、孫綽等，同時也在其作品中稱美竹子，如「蘭棲湛露，竹
帶素霜」（謝安《與王胡之詩》六章其五）〔註218〕、「竹柏以蒙霜保榮，故見
殊列樹」（孫綽《司空庾冰碑》）〔註219〕。對魏末名士之賢與竹子之美都很愛
賞，就很容易將兩者結合起來進行比配類聚。人物品評風氣對個性、氣質與
風度等内在因素的重視，往往超過學問、道德、功名等外因素。對内在氣
質的把握往往較爲籠統概括，也較易於與當時流行的植物比人意識相結合，
如「嵇叔夜之爲人也，岩岩如孤松之獨立」（《世說新語‧容止》）。再如袁宏
《七賢序》：

> 阮公瑰杰之量，不移於俗，然獲免者，豈不以虛中舉節，動無

〔註216〕萬繩楠整理《陳寅恪魏晉南北朝史講演錄》，合肥：黃山書社，2000 年，第
　　　　49 頁。
〔註217〕《晉書》卷七九《謝萬傳》，第 7 冊第 2086 頁。《世說新語‧文學》91 條也
　　　　載。
〔註218〕《先秦漢魏晉南北朝詩‧晉詩卷一三》，中冊第 905 頁。
〔註219〕《全上古三代秦漢三國六朝文‧全晉文卷六二》，第 2 冊第 1814 頁下欄左。

過則乎？中散遺外之情，最爲高絕，不免世禍，將舉體秀異，直致
自高，故傷之者也。山公中懷體默，易可因任，平施不撓，在眾樂
同，遊刃一世，不亦可乎！〔註220〕

這則材料的意義不可低估，惜乎僅存殘帙，無法窺其全貌。袁宏是最早提出
「竹林七賢」名號的人之一，此處可見其稱名緣由，是以竹子比附阮籍、嵇
康、山濤三人性情氣質（引文加著重號處）。所論三人可謂七賢領袖，且《七
賢序》描敘三人時都借竹子比其德。《晉書・嵇康傳》：「以高契難期，每思郢
質，所與神交者唯陳留阮籍、河內山濤、豫其流者河內向秀、沛國劉伶、籍
兄子咸、琅琊王戎，遂爲竹林之遊，世所謂『竹林七賢』也。戎自言與康居
山陽二十年，未嘗見其喜慍之色。」如果將嵇康比爲竹子，僅是林中一株，
而其所思「郢質」則可與他一起形成「竹林」。這又體現了以竹子比擬人才的
意識，同樣見於後代，如「阮籍蓬池上，孤韵竹林才」（李嶷《使至汴州喜逢
宋之問》）。

其次，竹林名士主張自然、高隱避世，這種性格氣質與竹子隱逸內涵相
符合。《晉書・阮籍傳》云：「魏晉之際，天下多故，名士少有全者。」在這
種極端的政治恐怖氛圍裏，動輒得禍，如履薄冰，士人或清談玄理，或放浪
形骸。據陳寅恪研究，「可見自然與名教不同，本不能合一。魏末名士其初
原爲主張自然、高隱避世的人，至少對於司馬氏的創業，不是積極讚助。然
其中如山濤、王氏戎、衍兄弟，又自不同」，「兼尊顯的達官與清高的名士於
一身，既享朝端的富貴，仍存林下的風流，而無所慚忌」〔註221〕，名利雙
收。無論是嵇康、阮籍等越名教而任自然，還是山濤等人兼名教與自然，雖
出處殊途，但其形象都與自然玄談、林泉隱逸相關，所謂氣類相近。在晉人
看來，七賢是自然放達的群體。嵇康等竹林名士崇尚自然，「或率爾相携，
觀原野，極遊浪之勢，亦不計遠近，或經日乃歸」〔註222〕。戴逵在《放達
爲非道論》中說：「竹林之爲放，有疾而爲顰者也，元康之爲放，無德而折
巾者也。」〔註223〕又在《竹林七賢論》中說：「是時竹林諸賢之風雖高，而
禮教尙峻。」〔註224〕以竹林諸賢的放達與矯情、禮教對比，突出其自然之

〔註220〕《全上古三代秦漢三國六朝文・全晉文卷五七》，第 2 冊第 1786 頁上欄。
〔註221〕萬繩楠整理《陳寅恪魏晉南北朝史講演錄》，合肥：黃山書社，2000 年，第
　　　　 57、58 頁。
〔註222〕《太平御覽》卷四〇九引《向秀別傳》，《四庫全書》第 896 冊第 680 頁下欄右。
〔註223〕《晉書》卷九四《戴逵傳》，第 8 冊第 2457～2458 頁。
〔註224〕《全上古三代秦漢三國六朝文・全晉文卷一三七》，第 3 冊第 2252～2253 頁。

性。「定名『竹林七賢』在相當長的時間裏，也被稱爲『竹林名士』、『竹林諸人』、『竹林諸賢』、『林下諸賢』……稱名雖別，關鍵詞『竹林』（「林」）則是共有的。」〔註225〕由這種稱名可見崇尚自然的傾向。

　　「竹林七賢」稱名突出「賢」，而實際處境却是優游林下，這既是一種對比，也反映了隱者爲高的思想傾向。竹子既可用以比喻賢才，如「赫赫三雄，并回乾軸。競收杞梓，爭採松竹」（袁宏《三國名臣頌》），「今?吾子之治《易》，乃知東南之美者，非但會稽之竹箭焉」（孔融《答虞仲翔書》）〔註226〕，也可用以比擬隱士，如阮籍《咏懷詩》「修竹隱山陰」之句。就「世胄躡高位，英俊沉下僚」（左思《咏史》其二）的現實處境而言，「修竹隱山陰」如同「郁郁澗底松」一樣，是遺世獨立的。在名僧比名士的人物品評中，也多以隱者爲高。《高僧傳》載：「孫綽製《道賢論》，以天竺七僧，方竹林七賢，以護匹山巨源。論云：『護公德居物宗，巨源位登論道。二公風德高遠，足爲流輩矣。』」〔註227〕孫綽將天竺七僧與竹林七賢相比附，試圖找出其間共同點：「帛祖（遠）釁起於管蕃，中散（嵇康）禍作於鍾會。二賢並以俊邁之氣，昧其圖身之慮，棲心事外，輕世招患，殆不異也。」（《道賢論》）〔註228〕除「輕世招患」的經歷外，「棲心事外」的高情也是備受推賞的重要因素，可見「竹林七賢」名號風行背後的世俗好尚。葉夢得《避暑錄話》卷上對此也有認識：「晉人貴竹林七賢，竹林在今懷州修武縣。初若欲避世遠禍者，然反由此得名。」〔註229〕因此，「以天竺之『竹林』加於外典《論語》『作者七人』之上」〔註230〕，不僅關合「遊於竹林」的群體活動情況，也凸顯賢者避世隱逸的內涵。

四、「竹林七賢」名號與「遊於竹林」傳說的形成

　　「竹林之遊」的相關傳說幾乎與「竹林七賢」名號同時流傳。孫盛《魏

〔註225〕滕福海《「竹林七賢」稱名依託佛書說質疑》，《溫州師範學院學報（哲學社會科學版）》2002年第2期，第22頁右。

〔註226〕《全上古三代秦漢三國六朝文·全後漢文卷八三》，第1冊第921頁下欄左。

〔註227〕〔梁〕釋慧皎撰、湯用彤校注《高僧傳》卷一「晉長安竺曇摩羅刹」條，北京：中華書局，1992年，第24頁。

〔註228〕《全上古三代秦漢三國六朝文·全晉文卷六二》，第2冊第1813頁上欄右。

〔註229〕〔宋〕葉夢得撰、徐時儀整理《避暑錄話》卷上，朱易安、傅璇琮等主編《全宋筆記》第二編，鄭州：大象出版社，2006年，第10冊第249頁。

〔註230〕湯用彤著《理學·佛學·玄學》，北京大學出版社，1991年，第283頁。

氏春秋》已云「游於竹林，號爲七賢」。晉人李充《弔嵇中散》也云：「寄欣孤松，取樂竹林。尙想蒙莊，聊與抽簪。」〔註231〕抽簪意謂棄官引退。言松、竹是取其隱逸內涵，松言孤，竹稱林，又是就其生長形態而言。謝靈運《山居賦》云：「蔑上林與淇澳，驗東南之所遺。企山陽之遊踐，遲鸑鷟之棲託。」自注：「上林，關中之禁苑。淇澳，衛地之竹園，方此皆不如。東南會稽之竹箭，唯此地最富焉。山陽，竹林之遊；鸑鷟，棲食之所。」〔註232〕謝靈運自己就有竹林隱逸的經歷，從《山居賦》的表述依稀可見鳳凰棲食竹林的比德內涵。鳳棲竹林、眾木成林的比德意識，以及遊於竹林的隱逸內涵，這些中土竹文化都可能促成七賢「遊於竹林」傳說的形成。

其中最值得一提的是東晉士人遊於竹林的普遍風氣，與傳說中七賢的「竹林之遊」非常相似，我們可以列舉若干材料加以對比。言及諸賢遊於竹林的材料如：

> 劉伶與阮籍、嵇康相遇，忻然神解，便攜手入林。(《太平御覽》卷五七引無名氏《晉書》)〔註233〕

> 阮咸與籍爲竹林之遊，太原郭奕高爽，爲眾所推，見咸而心醉，不覺歎焉。(《太平御覽》卷三七六引無名氏《晉書》)〔註234〕

> (王)戎每與籍爲竹林之遊，戎嘗後至。籍曰：「俗物已復來敗人意。」戎笑曰：「卿輩意亦復易敗耳。」(《晉書・王戎傳》)〔註235〕

> 王戎少阮籍二十餘年，相得如時輩，遂爲竹林之遊。(《太平御覽》卷五七引南齊臧榮緒《晉書》)〔註236〕

> 山濤……與嵇康、呂安善，後遇阮籍，便爲竹林之交，著忘言之契。(《晉書・山濤傳》)〔註237〕

> (阮)咸任達不拘，與叔父籍爲竹林之遊，當世禮法者譏其所

〔註231〕《全上古三代秦漢三國六朝文・全晉文卷五三》，第2冊第1766～1767頁。
〔註232〕《全上古三代秦漢三國六朝文・全宋文卷三一》，第3冊第2606頁上欄。
〔註233〕此爲《四部叢刊》本，轉引自童強著《嵇康評傳》，南京：南京大學出版社，2006年，第122頁。
〔註234〕轉引自童強著《嵇康評傳》，南京：南京大學出版社，2006年，第122頁。
〔註235〕《晉書》卷四三《王戎傳》，第4冊1232頁。
〔註236〕轉引自童強著《嵇康評傳》，南京：南京大學出版社，2006年，第127頁。
〔註237〕《晉書》卷四三《山濤傳》，第4冊1223頁。

爲。(《晉書·阮咸傳》)〔註238〕

所有例子幾乎都是籠統說七賢游於竹林，時間、地點及情境都很模糊。只有
《晉書·王戎傳》載有對話，似具特定情境，但這很可能是唐人以唐代流行
的觀念寫入史書〔註239〕。而東晉士人遊於竹林的情況就具體多了，如：

> 館宇崇麗，園池竹木，有足玩賞焉。(《晉書·紀瞻傳》)〔註240〕

> (謝安)於土山營墅，樓館林竹甚盛，每携中外子侄往來遊集。
> (《晉書·謝安傳》)〔註241〕

> 時吳中一士大夫家有好竹，欲觀之，便出坐輿造竹下，諷嘯良
> 久。主人灑掃請坐，徽之不顧。將出，主人乃閉門，徽之便以此賞
> 之，盡歡而去。嘗寄居空宅中，便令種竹。或問其故，徽之但嘯咏，
> 指竹曰：「何可一日無此君邪！」(《晉書·王徽之傳》)〔註242〕

> (翟矯)好種竹，辟命屢至，歎曰：「吾焉能易吾種竹之心，
> 以從事於籠鳥盆魚之間哉？」竟不就。(晉鄧德明《南康記》)
> 〔註243〕

> 樂城張薦隱居頤志，家有苦竹數十頃。在竹中爲屋，常居其
> 中。王右軍聞而造之，薦逃避林中，不與相見。一郡號爲竹中高士。
> (南朝宋鄭緝之《永嘉郡記》)

前兩例是園林有竹可供遊賞，第三例是竹林嘯咏，第四例是愛好種竹，第五
例是隱於竹林，都或有細緻情節，或有具體情境。所以晉庾闡《揚都賦》說：
「竹則篠風箘簵，筱蕩林篠。單棘箜莎，蕎蔚蕭疏。貞筱捎風，勁節集霧。望
之猗猗，即之倩倩。蒼浪之竿，東南之箭。其林可遊，其芳可薦。」〔註244〕
因此我們推測：一方面，嵇、阮諸人多有清談遊賞活動，另一方面，東晉士
人喜愛遊於竹下，遂稱七賢也有「竹林之遊」。促使東晉士人作這種附會的動
力則是他們對魏末名士的仰慕，這種仰慕是一時普遍風氣，如王導見周顗風

〔註238〕《晉書》卷四九《阮咸傳》，第 5 冊第 1362 頁。
〔註239〕竹子「不俗」的觀念出現并風行於唐代，參見下編第三章第一節《君子與小
　　　　人：竹子的人格象徵內涵》的相關論述。
〔註240〕《晉書》卷六八，第 6 冊第 1824 頁。
〔註241〕《晉書》卷七九，第 7 冊第 2075 頁。
〔註242〕《晉書》卷八〇，第 7 冊第 2103 頁。
〔註243〕周光培編《歷代筆記小說集成》，石家莊：河北教育出版社，1994 年，第 1
　　　　冊第 605 頁。
〔註244〕《全上古三代秦漢三國六朝文·全晉文卷三八》，第 2 冊第 1678 頁下欄左。

度翩然，稱其「欲希嵇、阮」（《世說新語・言語》第 40 條）。

　　我們的結論是，「竹林之遊」並未眞正存在，竹林之地也屬烏有，「竹林七賢」稱名當源自竹文化的精神層面。在東晉崇竹的氛圍裏，士人以竹子比德、隱逸等內涵附會魏末名士，形成「竹林名士」、「竹林七賢」等名號。後又以佛教「竹林精舍」借用爲中土竹林寺之名（東晉時建康、荊州、江陵等地都有竹林寺），以名僧比名士的人物品藻、以天竺名僧遊於竹林比附魏末名士的竹林玄談，也可能對「竹林七賢」名號的形成產生過影響。而晉人「遊於竹林」的風氣對於形成七賢「竹林之遊」的傳說也有直接影響。總之，「竹林之遊」可能取意於兩方面：竹喻人才與竹林爲隱逸之地。

五、「竹林七賢」名號及相關傳說對竹文化的影響

　　無論得名的具體原因是什麼，「竹林七賢」名號及相關傳說自東晉開始就與竹文化結下不解之緣。出於對竹林七賢的仰慕，後人不斷附會七賢「竹林之遊」的相關情事。竹子也被稱做「嵇竹」，說成「七賢寧占竹」（李商隱《垂柳》），所謂「竹林文酒此攀嵇」（胡宿《趙宗道歸輦下》），帶上了濃厚的人文色彩與歷史內涵。竹子還被附會於名勝遺迹。如《藝文類聚》卷六十四引《述征記》曰：「山陽縣城東北二十里，魏中散大夫嵇康園宅，今悉爲田墟，而父老猶謂嵇公竹林地，以時有遺竹也。」〔註245〕《水經注》卷九也云：

　　　　又徑七賢祠東，左右筠篁列植，冬夏不變貞萋。魏步兵校尉陳留阮籍，中散大夫譙國嵇康，晉司徒河內山濤，司徒琅邪王戎，黃門郎河內向秀，建威參軍沛國劉伶，始平太守阮咸等，同居山陽，結自得之遊，時人號之爲竹林七賢。向子期所謂山陽舊居也，後人立廟於其處。廟南又有一泉，東南流注於長泉水。郭緣生《述征記》所云，白鹿山東南二十五里有嵇公故居，以居時有遺竹焉，蓋謂此也。〔註246〕

可見傳說在層層累積，不斷增加竹林七賢與竹文化的聯繫。文學作品中也進一步附會，如「疏葉臨嵇竹，輕鱗入鄭船」（張正見《賦得白雲臨酒詩》）〔註247〕、「萬頃歌王子，千竿伴阮公」（賈島《題鄭常侍廳前竹》），是附會

〔註245〕《藝文類聚》卷六四，下冊第 1144 頁。
〔註246〕《水經注校證》卷九「清水」，第 225 頁。
〔註247〕《先秦漢魏晉南北朝詩・陳詩卷三》，下冊第 2492 頁。

七賢之名；如「渭川千畝，山陽數林」（吳筠《竹賦》）〔註248〕、「獨題內史琅玕塢，幾醉山陽瑟瑟村」（陳陶《咏竹》十首其六），是附會山陽之地。甚至還想像七賢竹林遊賞的高情，如「多留晉賢醉，早伴舜妃悲」（薛濤《酬人雨後玩竹》）、「削玉森森幽思清，阮家高興尚分明」（秦韜玉《題竹》）。人們想像七賢的竹林歡會，如「山公弘識量，早廁竹林歡」（蕭統《咏山濤王戎詩二首》其一）〔註249〕；借七賢竹林歡會表達隱逸情懷，如「偶隨香署客，來訪竹林賢」（韋應物《陪王郎中尋孔徵君》）；更多地是以竹林之期比擬朋友歡會，如「遙思竹林友，前窗夜夜開」（祖孫登《宮殿名登高臺詩》）〔註250〕、「何言蒿里別，非復竹林期」（江總《在陳且解醒共哭顧舍人詩》）〔註251〕。

　　除了竹意象被附會上「竹林七賢」的活動印記及精神象徵，後代文人還想像「竹林之遊」的相關活動，主要內容有飲酒、彈琴、歌嘯、玄談、服食等。《世說新語‧任誕》云：

陳留阮籍、譙國嵇康、河內山濤，三人年皆相比，康年少亞之，預此契者：沛國劉伶、陳留阮咸、河內向秀、琅玡王戎，七人常集於竹林之下，肆意酣暢，故世謂之「竹林七賢」。

此處云「肆意酣暢」，可能不限於飲酒，也包括清談、彈琴等其他酣情暢志的行為。七賢中有人後來出仕，並不妨礙共同的興趣愛好，所謂「雖出處殊途，而歡愛不衰也」（嵇康《與呂長悌絕交書》）。故後人多說「竹林之樂」、「竹林之歡」、「竹林之期」等，如「阮家今夜樂，應在竹林間」（李端《送張淑歸覲叔父》）、「阮公留客竹林晚，田氏到家荊樹春」（許渾《與鄭秀才叔侄會送楊秀才昆仲東歸》）。再如岑參《送李別將攝伊吾令充使赴武威，便寄崔員外》：「詞賦滿書囊，胡為在戰場。行間脫寶劍，邑里掛銅章。馬疾飛千里，鳧飛向五涼。遙知竹林下，星使對星郎。」所謂「遙知竹林下」是想像武威相見的情景，可見竹林相會已經成為高情嘉會的符號。竹林既是相會之地，也就與離別相關，如「終悲去國遠，泪盡竹林前」（盧綸《送從叔士準赴任潤州司士》）。

〔註248〕《全唐文》卷九二五，第 10 冊第 9643 頁下欄右。
〔註249〕《先秦漢魏晉南北朝詩‧梁詩卷一四》，中冊第 1795 頁。
〔註250〕《先秦漢魏晉南北朝詩‧陳詩卷六》，下冊第 2543 頁。
〔註251〕《先秦漢魏晉南北朝詩‧陳詩卷八》，下冊第 2588 頁。

關於七賢飲酒於竹林的最早材料出自《世說新語》。《世說新語·排調》載：「嵇、阮、山、劉在竹林酣飲，王戎後往。步兵曰：『俗物已復來敗人意！』」《世說新語·傷逝》「王浚沖爲尚書令」條也載：

> 王浚沖（王戎）爲尚書令，著公服，乘軺車經黃公酒壚下過，
> 顧謂後車客：「吾昔與嵇叔夜（嵇康）、阮嗣宗（阮籍）共酣飲於此
> 壚，竹林之游，亦預其末。自嵇生夭、阮公亡以來，便爲時所羈紲。
> 今日視此雖近，邈若山河。」

劉孝標注引《竹林七賢論》：「俗傳若此。潁川庾爰之嘗以問其伯文康，文康云：『中朝所不聞，江左忽有此論，皆好事者爲之也』。」可知是好事者踵事增華所爲。一方面，七賢多好飲，如「（阮）籍放誕有傲世情，不樂世宦。……後聞步兵廚中有酒三百石，忻然求爲校尉。於是入府舍，與劉伶酣飲」（《世說·任誕》注引《文士傳》）。另一方面，晉人好酒的同時又愛竹，如：「（辛宣仲）春月鬻筍充腸，酌，截竹爲罌，用充盛置。人問其故，宣仲曰：『我惟愛竹好酒，欲令二物常相幷耳。』」（晉王韶《南雍州記》）〔註252〕七賢愛竹好飲的這些傳說成了詩文中的常用典故，如「黃公酒壚處，青眼竹林前」（盧照鄰《哭明堂裴主簿》）。唐人又將朋友聚會比爲七賢的竹林之遊，以寄託懷古之情或自擡身價，如「聞道今宵阮家會，竹林明月七人同」（武元衡《聞嚴秘書與正字及諸客夜會因寄》）、「謬入阮家逢慶樂，竹林因得奉壺觴」（盧綸《酬趙少尹戲示諸姪元陽等因以見贈》）、「竹林一自王戎去，嵇阮雖貧興未衰」（劉禹錫《和陳許王尚書酬白少傅侍郎長句因通簡汝洛舊遊之什》）。

竹林彈琴的傳說始自向秀《思舊賦序》：「余與嵇康、呂安，居止接近；其人並有不羈之才。然嵇志遠而疏，呂心曠而放，其後各以事見法。嵇博綜技藝，於絲竹特妙。臨當就命，顧視日影，索琴而彈之。余逝將西邁，經其舊廬。於時日薄虞淵，寒冰淒然。鄰人有吹笛者，發聲寥亮；追思曩昔遊宴之好，感音而歎，故作賦云。」因爲嵇康善彈琴，向秀又曾預「竹林之遊」，故作賦懷舊。劉禹錫《傷愚溪三首》其三：「縱有鄰人解吹笛，山陽舊侶更誰過。」即是用此典故。後人根據《思舊賦序》附會出竹林彈琴取樂的活動，如庾信《暮秋野興賦得傾壺酒詩》：「劉伶正捉酒，中散欲彈琴。但使逢秋菊，

〔註252〕《歷代筆記小說集成》，石家莊：河北教育出版社，1994 年，第 1 冊第 606 頁。

何須就竹林。」〔註253〕想像嵇康在竹林中彈琴的風雅行爲。後人又加進阮籍。如李嶠《琴》：「名士竹林隈，鳴琴寶匣開。風前中散至，月下步兵來。」孟浩然《聽鄭五愔彈琴》：「阮籍推名飲，清風滿竹林。半酣下衫袖，拂拭龍唇琴。一杯彈一曲，不覺夕陽沈。予意在山水，聞之諧夙心。」此兩詩都想像阮籍竹林彈琴的情境。由七賢竹林彈琴推而廣之，竹林彈琴成了文人高雅生活的代稱，如「鳥咮花間曲，人彈竹裏琴」（李端《題從叔沆林園》）。

〔註253〕《先秦漢魏晉南北朝詩・北周詩卷四》，下冊第 2405 頁。

第三章　竹子象徵意義研究

　　一種植物為人所欣賞，必有其獨特的美感。但僅有物色美感而缺乏象徵意義，又未免底蘊不厚、內涵空虛。古來文人士大夫喜歡竹子，不僅因其自然外觀之美，更由於它豐富的比德意義。竹子比德象徵意義是在竹子與人之間架設譬喻比擬的橋梁，體現了物為我用、取其類似之處的思維方式。其中由竹子植物特點、成材及材用等所引發的比德意義最為豐富。竹子的植物特性如凌寒不凋、虛心有節、剛直堅韌等都在文學中形成相應的象徵內涵。竹子品種如方竹、慈竹等也被依其形體或生長特點而附會了品格方正、慈孝相依等人類品德。筍成新竹是一種動態生長過程，也被附會上成材與凌雲之志等象徵意義。竹子材用廣泛，又形成秋竹、竹筠、竹材、竹箭等不同的詞彙意象與取譬角度。竹子與其他花木的比德組合較多，本章選取松竹、竹柏、梅竹等予以考察。

　　竹子比德意義的形成是由實用到審美、由零散到系統逐漸豐富的過程。先秦時期人們已注意到竹子的植物特性與材質功用并應用於比德。如《禮記·禮器》：「其在人也，如竹箭之有筠也，如松柏之有心也。二者居天下之大端矣，故貫四時而不改柯易葉。」竹箭有筠是取其材用，凌寒不凋則取其植物特性。竹子比德意義在唐前不斷豐富，但主要還是限於材質功用與植物特性兩方面。唐代尤其中唐以來，文學中對竹子比德意義的貢獻至少體現在三方面：系統闡發竹子的比德意義、出現與竹子品種相關的比德意義、出現貶竹內涵。宋代以後竹子比德意義雖漸趨豐富與細化，要之不出唐代範圍。

第一節　君子與小人：竹子的人格象徵內涵

　　竹子與其他花木及物品相比，形象美感上的優勢並不明顯，其得歷代文人士大夫的喜愛，主要還是因為附著積澱於竹子的象徵意義。正如何喬新《竹坡記》所云：「陶元亮之好菊，宋廣平之好梅，牛奇章公之好石，彼豈有聲色臭味之可好哉？蓋有所取焉耳。竹之為物，非有梅菊之芳，亦非若石有瑰奇之觀。今吾種竹如是之多，而且以自號者，心與之契而有所取爾。」可見竹子已成品格象徵的符號，滿足了人們的心靈需求。這是一種普遍意識，如「惟修竹之勁節，偉聖賢之留賞」（許敬宗《竹賦》）〔註1〕、「高人必愛竹，寄興良有以。峻節可臨戎，虛心宜待士」（劉禹錫《令狐相公見示贈竹二十韻仍命繼和》），從中我們不難感受到古人見竹思賢、寄興比德的賞竹風氣與思維習慣。古人心目中飛潛動植既有善類也有惡類，竹子比德意義也體現了這種思維特點。

一、竹子的君子象徵內涵

　　古有所謂君子樹。《藝文類聚》卷八十九引《晉宮閣記》曰：「華林園中有君子樹三株。」梁元帝《芳樹》也云：「芬芳君子樹，交柯御宿園。」這些文獻都未明言君子樹是何樹種。《升菴集》卷八十「君子樹」條：

　　　　《太平御覽》引《廣志》曰：「君子樹似欏松，曹爽樹之於庭。」

　　　　戴嵩詩：「接櫢稱交讓，連樹名君子。」江總詩：「連楹君子樹，對幌女貞枝。」皆用此事。〔註2〕

《廣志》只是說君子樹似松，後代遂以松樹附會為君子樹。如左芬《松柏賦》：「若君子之順時，又似乎真人之抗貞。」蕭統《錦帶書十二月啟・夾鍾二月》：「尋五柳之先生，琴尊雅興；謁孤松之君子，鸞鳳騰翩。」〔註3〕唐李嶠《松》：「鶴棲君子樹，風拂大夫枝。」范仲淹《歲寒堂三題》：「松曰君子樹。」都是松樹君子之喻的一脈相承。

　　竹子被喻為君子也有悠久傳統。《詩經・淇奧》：「瞻彼淇奧，綠竹猗猗。有匪君子，如切如磋，如琢如磨。」毛《傳》：「治骨曰切，象曰磋，玉曰琢，

〔註1〕　《全唐文》卷一五一，第2冊第1537頁下欄左。

〔註2〕　〔明〕楊慎撰《升菴集》卷八〇「君子樹」條，《四庫全書》第1270冊第804頁。

〔註3〕　《全上古三代秦漢三國六朝文・全梁文卷一九》，第3冊第3062頁上欄左。

石曰磨。道其學而成也。聽其規諫以自修，如玉石之見琢磨也。」〔註4〕這是竹喻君子之始，主要是取竹子的形象美感與生殖崇拜內涵。清代高朝瓔《詩經體注圖考大全》：「竹虛中勵節，清修有文，乃植物中之君子，故詩人藉以起興。」〔註5〕「虛中勵節，清修有文」的品格附會是後起的，高朝瓔以後起之義解釋，混淆了竹子比德內涵的時間順序。「清修有文」在時間上還稍爲久遠，因爲《禮記·禮器》已說「其在人也，如竹箭之有筠也」，至於「虛中勵節」的比德意義，是魏晉南朝以來漸起的。東晉王徽之說「何可一日無此君」〔註6〕，在歷史上產生深遠影響。但是除此句之外，他並未留下關於竹子比德的片言隻語。王徽之的思想不純粹是儒家，也有道家成分。他稱竹子爲「此君」，還不是以竹比德，而是當作朋友，將竹子作爲自己人格的外化與對象化，作爲自我形象的對照物與體現物。至中唐以前，竹生殖崇拜仍占重要地位，竹比情人與竹擬君子並行不悖，中唐文人尤其是白居易的吟咏讚美，竹子的比德含義漸趨豐富，逐漸形成松竹梅「歲寒三友」的比德組合〔註7〕。

　　唐代，竹子比德內涵更爲豐富而系統。白居易在其《養竹記》中說：「竹似賢。何哉？竹本固，固以樹德，君子見其本，則思善建不拔者；竹性直，直以立身，君子見其性，則思中立不倚者；竹心空，空以體道，君子見其心，則思應用虛受者；竹節貞，貞以立志，君子見其節，則思砥礪名行夷險一致者。夫如是，故君子人多樹之，爲庭實焉。」將竹子「本固」、「性直」、「心空」、「節貞」等特點，比擬君子的品德修養。唐劉岩夫《植竹記》也云：「君子比德於竹焉，原夫勁本堅節，不受霜雪，剛也；綠葉凄凄，翠筠浮浮，柔也；虛心而直，無所隱蔽，忠也；不孤根以挺聳，必相依以林秀，義也；雖春陽氣王，終不與眾木鬥榮，謙也；四時一貫，榮衰不殊，恒也。垂蕡實以遲鳳，樂賢也；歲擢笋以成幹，進德也。」也依竹子形體美感、生長特性及相關傳說而附會君子所具有的各種品德。可見唐代文學中對竹子的君子比德意義進行系統總結的迹象，可見竹子比德意識的增強，這有別於唐前竹子象徵意義的零見散出。

　　宋代文學中進一步豐富了竹子的君子象徵意義。如鄭剛中《感雪竹賦》：

〔註4〕　《毛詩正義》卷三之二，第216頁。
〔註5〕　轉引自張樹波編著《國風集說》，石家莊：河北人民出版社，1993年，上冊第504頁。
〔註6〕　《晉書》卷八〇，第7冊第2103頁。
〔註7〕　參見程杰《歲寒三友緣起考》，《中國典籍與文化》2000年第3期，第32頁。

「蓋其與蒲柳異類，松柏同條，遭玄冥之強梁兮，雖抑遏而謾屈，分巇谷之餘暖兮，終櫹蠹而不凋。故積累之勢暫可枉其直，復還舊觀則又吟風而飄搖也。其在人也，初如蔽欺之隔君子，權勢之折忠臣，其窘迫而寒冷，則夫子之被圍、原憲之居貧也，終則如浸潤決去、朋黨遽消，其氣舒而體閒，則二疏之高引、淵明之不復折其腰也。雖然，雲兮正同，雪兮未止，勿抉濂濂之勢，孰見猗猗之高。在物猶然，人奚不爾。亦有窮臥偃蹇於環堵之間者，誰其引之使幡然而起？」主要從雪竹意象引申出比德意義，突出剛直不屈的節操。王炎《竹賦》：「其偃蹇挫折者，如忠臣節士，赴患難而不辭；其嬋娟蕭爽者，如慈孫孝子，侍父祖而不違；其挺拔雄勁者，氣毅色嚴，又如俠客與勇夫；其孤高介特者，格清貌古，又如騷人與臞儒。」由竹子各種形象美感譬喻不同身份者的品德節操。其他著名的文賦如黃庭堅《對青竹賦》、楊萬里《清虛子此君軒賦》等。

　　元代李衎《紆竹圖》跋云：

> 東嘉之野人，編竹爲虎落以護蔬果。既殞獲則捨而弗顧。予過其旁，憐無罪而就桎梏者，乃命從者釋其縛而扶植之，不勝困悴。再閱月而視之，則芃芃然有生意矣。噫，當其長養之時，橫遭屈抑，盤擗已久，傴僂者卒不能伸，傴頹者卒不能起，蕭條寂寞，見棄於時。雖外若不堪其憂，而霜筠雪色，勁節虛心，存諸內者，固不少衰也。猗與，偉與！此君之盛德也！貧賤不移，威武不屈，有大丈夫之操；富貴不驕，阨窮不憫，有古君子之風。憶繪而傳之好事，抑可化強梁於委順之境，拯懦弱於卓爾之途，其於世教或有助云。

〔註8〕

將竹子的勁節虛心置於屈抑編籬的境遇中，以突出其貧賤不移、威武不屈的品格，這無疑是竹子君子比德意義的進一步發展，類似清龔自珍的《病梅館記》，其源頭則在南朝。蕭正德《咏竹火籠詩》：「楨幹屈曲盡，蘭麝氛氳消。欲知懷炭日，正是履霜朝。」〔註9〕楨幹屈曲、良材懷炭，咏竹製器物的同時寄託對人才遭屈處境的同情。張潮《幽夢影》卷下：「植物中有三教焉：竹梧蘭蕙之屬，近於儒者也；蟠桃老桂之屬，近於仙者也。」稱竹子「近儒」，也

〔註8〕 轉引自范景中《竹譜》，載范景中、曹意強主編《美術史與觀念史》第Ⅶ輯，南京師範大學出版社，2009年，第304頁。

〔註9〕 《先秦漢魏晉南北朝詩·梁詩卷二五》，下冊第2061頁。

是就竹子的君子之喻而言。明代韓雍《竹坡記》：「見其心之空，思慮以受善也；見其節之貞，思砥礪名行也；見其性之直，思中立而不倚也；見其本堅勁而葉萋依，思剛柔之相濟也；見其獨淩霜雪歲寒不變，思夷險之一致也；見其裂而爲簡可書、鏃而爲矢可射，思文武之兼用也。」〔註10〕在竹子植物特性之外還列出其材用的象徵意義。桑悅《竹賦》：「直而不窒，圓而不倚，節操如是，可謂君子。」王陽明作君子亭，有《君子亭記》。王國維《此君軒記》說：「竹之爲物，草木中之有特操者與？群居而不倚，虛中而多節。可折而不可曲，淩霜而不渝其色。……其超世之致與不可屈之節，與君子爲近，是以君子取焉。」〔註11〕對竹子君子象徵內涵作了進一步闡發，強調「其超世之致與不可屈之節」。可見竹子已逐漸濃縮包含了古代士大夫理想中主要的品德象徵內涵，而成爲君子的代稱。

　　以上所論竹子比德內涵多依附竹子植物特性，因爲以竹比擬君子，又發展出「清」與不俗等內涵。高潔與俗氣相對，唐代出現竹子「不俗」的象徵內涵。楊炯《竹》：「森然幾竿竹，密密茂成林。半室生清興，一窗餘午陰。俗物不到眼，好書還上心。底事忘羈旅，此君同此襟。」在詩中，竹子與俗物相對而言。竹子不俗還表現在其爲良材，與俗材相區別，如「難將混俗材」（元稹《山竹枝》）；也由於與鳳凰結緣而具有高潔不俗的內涵，如「聊將儀鳳質，暫與俗人諧」（盧照鄰《臨階竹》）；竹林清音與俗聲相區別，如「交戛敲欹無俗聲，滿林風曳刀槍橫」（無名氏《斑竹》）〔註12〕。更爲重要的是，竹子作爲自然物沒有機心，對人不離不棄，也是其不俗之處，所謂「看竹暫忘機」（溫庭筠《題僧泰恭院二首》其二）說的就是這個道理。竹子還能去俗。一方面是俗客不來，如「竹洞何年有，公初斫竹開。洞門無鎖鑰，俗客不曾來」（韓愈《奉和虢州劉給事使君三堂新題二十一咏‧竹洞》），一方面是袪除俗念，如「窗竹多好風，檐松有嘉色。幽懷一以合，俗念隨緣息」（白居易《玩松竹二首》其二）、「剩養萬莖將掃俗，莫教凡鳥鬧雲門」（陳陶《竹十一首》其六）。蘇軾說海棠「嫣然一笑竹籬間，桃李漫山總粗俗」

〔註10〕〔明〕韓雍撰《襄毅文集》卷九，《四庫全書》第 1245 冊第 725 頁下欄。
〔註11〕〔清〕王國維著《王國維文集》第一卷，北京：中國文史出版社，1997 年，第 132 頁。
〔註12〕《全唐詩》卷七八五，第 22 冊第 8859～8860 頁。

〔註 13〕，是以竹籬爲背景襯托海棠花的不俗。其《於潛僧綠筠軒》云：「可使食無肉，不可使居無竹。無肉令人瘦，無竹令人俗。」〔註 14〕也以居有竹爲氣質不俗。

竹子「清」的特點當來自竹林的蔭涼清風與四季青翠的物色等所形成清雅形象，如「何妨積雪凌，但爲清風動」（李咸用《題友生叢竹》）、「清光溢空曲，茂色臨水澈」（李益《竹碪》）。曾參《范公叢竹歌（并序）》將這種比德聯繫表現得更爲明顯：

> 職方郎中兼侍御史范公，乃於陝西使院內種竹，新製叢竹詩以見示，美范公之清致雅操，遂爲歌以和之。

> 世人見竹不解愛，知君種竹府庭內。此君託根幸得地，種來幾時聞已大。盛暑脩脩叢色寒，閒宵槭槭葉聲乾。能清案牘簾下見，宜對琴書窗外看。爲君成陰將蔽日，逆筍穿階踏還出。守節偏凌御史霜，虛心願比郎官筆。君莫愛，南山松，樹枝竹色四時也不移，寒天草木黃落盡，猶自青青君始知。

詩中讚美范公「清致雅操」，其與竹林清風、翠色、凌寒不凋等形象美感與比德意義的聯繫較爲明顯。鄭板橋題畫竹：「一節復一節，千枝攢萬葉。我自不開花，免撩蜂與蝶。」則從另一側面表現竹子「清」的象徵意義。竹子凌寒之性要到秋冬才能顯現。如蘇軾《和文與可洋川園池三十首・霜筠亭》：「解籜新篁不自持，嬋娟已有歲寒姿。要看凜凜霜前意，須待秋風粉落時。」〔註 15〕新篁雖有歲寒姿，也要等到秋風之時，故稱「濯如春柳，勁逾霜竹」〔註 16〕。但是古人並不局限於此，甚至竹子的耐暑也成了君子品格的象徵。謝肇淛《五雜俎》云：「移花木，江南多用臘月，因其歸根不知搖動也。《洛陽花木記》則謂秋社後九月以前栽之，蓋過此沍寒。亦地氣不同耳。獨竹於盛暑烈日中移，得其法，無不成長。蓋其堅貞之性，不獨耐寒，亦足敵暑。如有德之士，貧賤不移，富貴不淫也。」〔註 17〕則有點愛屋及烏的味道了。

〔註 13〕 蘇軾《寓居定惠院之東雜花滿山有海棠一株土人不知貴也》，《全宋詩》第 14 冊，第 9301 頁。
〔註 14〕 《全宋詩》第 14 冊第 9176 頁。
〔註 15〕 《全宋詩》第 14 冊第 9223 頁。
〔註 16〕 〔唐〕婁師德《鎮軍大將軍行左鷹揚衛大將軍兼賀蘭州都督上柱國涼國公契苾府君碑銘》，《全唐文》卷一八七，第 2 冊第 1898 頁上欄右。
〔註 17〕 〔明〕謝肇淛著《五雜俎》卷一〇「物部二」，北京：中華書局，1959 年，第

二、君子的對立面：歷代貶竹文學

　　花木的象徵意義，因其顏色、形態、天然習性與物性特徵的不同而大異其趣。如幽蘭生於窮山僻野，甘於寂寞；蓮花出污泥而不染，秀而不妖；梅花不畏嚴寒，俏不爭春；菊花傲迎西風、鐵骨霜姿，高潔雋逸，這些花木的比德意義多是單向的。像桃花，既燦爛繁盛、妖艷美麗，如「桃之夭夭」（《詩經・桃夭》），也有輕佻浮薄的意蘊，如「顛狂柳絮隨風舞，輕薄桃花逐水流」（杜甫《絕句漫興九首》之五），以至於作爲厭惡與批評的對象。李商隱也有「寒梅最堪恨，常作去年花」（《憶梅》）之句。這種君子與小人的象徵意義同聚於一物的比德思想，源於善人與惡類共處的現實處境。劉向《說苑・雜言》云：「君子上比，所以廣德也，下比，所以挾行也。比於善，自進之階也；比於惡，自退之原也。」〔註18〕認爲君子比德的目的是爲了廣德自進或挾行自退，在師法自然的過程中提升品德、遠離惡行。《晉書・張天錫傳》載前涼後主張天錫云：「觀朝榮則敬朝秀之士，玩芝蘭則愛德行之臣，睹松竹則思貞操之賢，臨清流則貴廉潔之行，覽蔓草則賤貪穢之吏，逢飈風則惡凶狡之徒。」〔註19〕以比德眼光視之，植物中有德行高尚者，也有蕪穢凶狡者。竹子在人們心目中具有多方面的比德意義，竹子中的敗類或惡流就是君子的對立面，因此形成了貶竹文學，如惡竹、妒母草等說法。

　　最早表達惡竹意象的是杜甫。他的《將赴成都草堂，途中有作，先寄嚴鄭公》詩云：「新松恨不高千尺，惡竹應須斬萬竿。」以惡竹與新松對舉，「言君子之孤難扶植，小人之多難驅除也」〔註20〕。所說惡竹當是不成材的蒙籠細竹，這種竹子多在洗竹時被砍伐，所謂「先除老且病，次去纖而曲」（白居易《洗竹》）。所除的是不成材的老病或細小者，因此說「洗竹年年斬惡竿」（何耕《寒碧亭》）〔註21〕、「洗竹可留三數竿」（胡仲弓《竹塢》）〔註22〕。惡竹也會被用於補籬笆，如「補籬去惡竹，修徑護幽草」（韓淲《補籬》）〔註23〕，可見其不成材。惡竹形象不具美感，如「惡竹莽連雲，古樹橫帶沙」（劉攽《自

　　　284頁。
〔註18〕〔漢〕劉向撰《說苑》卷一七，《四庫全書》第696冊，第154頁。
〔註19〕《晉書》卷八六，第7冊第2250頁。
〔註20〕《鶴林玉露》丙編卷之二「松竹句」條，第272頁。
〔註21〕《全宋詩》第43冊第26846頁。
〔註22〕《全宋詩》第63冊第39802頁。
〔註23〕《全宋詩》第52冊第32410頁。

舒城南至九并并舒河行水竹甚有佳致馬上成五首》其三）〔註24〕。明代曾朝節《萬玉山房說》：「君子植德，其身培厚之以基，滋息之以時，兢兢乎恐其戕之者自外也，何以異於種竹乎？」〔註25〕可見古人植竹以寄情比德。在以高大修竹為美的審美觀念和材用為貴的實用觀念觀照下，惡竹無論美感還是材用都難稱人意，故後代多以惡竹象徵小人。

毛主席在《改造我們的學習》中批評黨內一些不學無術的同志，引用對聯「墙上蘆葦，頭重腳輕根底淺；山間竹笋，嘴尖皮厚腹中空」，山中竹笋和那些誇誇其談並無實學的虛偽者聯繫在一起，其形象是猥瑣的。竹子本以直節的比德意義為人讚頌，但是至遲唐代已出現折節的象徵內涵，如「一夜風欺竹，連江雨送秋」（杜牧《憶齊安郡》）、「竹垂哀折節，蓮敗惜空房」（元稹《景申秋八首》其六）。再如對聯：「竹被雪欺，倒地拜天求日救；花遭雨打，垂頭滴淚欲人憐。」此聯見吳恭亨著《對聯話》。聯中竹子已完全喪失氣節，凌辱於雪的淫威。崇禎初年小說《龍陽逸史》第七回：「那杭州正是作興小官時節，那些阿呆真叫是眼孔裏著不得垃圾，見了個小官，只要未戴網巾，便是竹竿樣的身子，笋殼樣的臉皮，身上有幾件華麗衣服，走去就是一把現鈔。」以竹竿形容身材、以笋殼譬喻臉皮，形象猥瑣。新笋穿苔可被視為凌雲之志的象徵，如「競將頭角向青雲，不管階前綠苔破」（〔明〕岳岱《新笋歌》）〔註26〕在貶竹者看來，竹笋就扮演了破壞美景的惡者形象，如「界開日影憐窗紙，穿破苔痕惡笋芽」（錢俶《宮中作》）。

竹子還有「妒母」的惡諡。竹笋由徑寸微物長成參天修竹，容易使人想到母竹的讓賢與新笋的妒母。就老竹而言，新笋新竹的成長全憑它的扶持保護。鄭燮《題畫竹》：「新竹高於舊竹枝，全憑老幹為扶持。明年再有新生者，十丈龍孫繞鳳池。」這其實也是母竹虛心品格的體現。《啓顏錄》載：

> 溫彥博、杜如晦同為僕射，有裴略者訴事，二公久不答。略自陳通言語，工嘲戲。彥博使嘲庭中竹，略曰：「竹，竹，青簇簇，凌寒葉不凋，經夏子不熟。虛心未能待國士，皮上何須生節目？」又令傳語，屏墻即走。至墻下曰：「方今聖明主，闢四門以待士，君是

〔註24〕《全宋詩》第 11 冊第 7116 頁。

〔註25〕〔清〕邁柱等監修、夏力恕等編纂《湖廣通志》卷九八，《四庫全書》第 534 冊第 537 頁。

〔註26〕《廣群芳譜》卷八六，《四庫全書》第 847 冊第 349 頁上欄左。

何物，敢妨賢路？」〔註27〕

這是借竹子虛心的象徵內涵以嘲戲諷諫。就新笋而言，它生長迅速，所謂「更容一夜抽千尺，別却池園數寸泥」（李賀《昌谷北園新笋四首》），其比德意義有兩方面內涵，一是體現淩雲之志的美德，爲其他植物所羨慕，如「常羨庭邊竹，生笋高於林」（曹鄴《四怨三愁五情詩十二首・四情》）；二是體現妒母的惡德，爲人所不齒。「俗呼竹名妒母草，言笋生旬有六日而齊母也」〔註28〕，是說竹笋生長速度快，急於趕上母笋，揭示其不知謙讓的心態。《五雜俎》也云：「竹名妒母，後笋之生必高前笋。竹初出土時，極難長，累旬不盈尺。逮至五六尺時，潛記其處，一夜輒尺許矣。」〔註29〕後笋高於前笋，似乎不應指同一年出土的竹笋，不然何以稱「母」？故而此處「妒母」指新笋高於舊笋而言，側重於其高過母笋的結果。

第二節　竹子的植物特性與比德意義

竹子何以能從眾多植物中脫穎而出，成爲眾多品格德操的寄託物？這與竹子的植物特性、品種等都有關係。竹子的植物特點很多，如：形體上非草非木，具有地上莖（竹杆）和地下莖（竹鞭）。竹杆多爲圓筒形，極少爲四角形。竹杆空心有節，節上分枝。竹子也會開花結果，竹花由鱗被、雄蕊和雌蕊組成，果實多爲穎果。竹類一旦開花結實，全部根株即枯死而完成一次生命周期。竹子品種繁多，古代竹譜笋譜所記有百種左右。竹子植物特性如淩寒不凋的形象、虛心有節的形體、剛直堅韌的質性等，其品種如方竹、慈竹等，都能引起相關品格的聯想與附會。

一、淩寒不凋

竹子是經冬不凋的常綠植物之一，相比其他落葉植物顯得非常可貴。謝肇淛《五雜俎》云：「夫子稱松柏後凋，蓋中原之地，無不凋之木也。若江南樹木花卉，淩冬不凋者，多矣。如荔支、龍目、桂檜、榕栝、山茶之屬，皆經霜逾翠，蓋亦其性耐寒，非南方不寒也。至於蘭、菊、水仙，皆草本萎恭，

〔註27〕《類說校注》卷一四引《啓顏錄》「嘲庭中竹」條，上冊第 428 頁。
〔註28〕《山堂肆考》卷二〇二「妒母」條，《四庫全書》第 978 冊第 162 頁上欄左。
〔註29〕〔明〕謝肇淛著《五雜俎》卷一〇「物部二」，北京：中華書局，1959 年，第 284 頁。

當隕霜殺菽、萬木黃落之時，而色澤益媚，非性使然耶？」〔註30〕說的是其他花木，也未盡恰當，但對於我們理解竹子比德意義不無啓發意義。竹子地域分佈廣泛，南方北方皆有，尤其在北方的冬季更爲顯眼。竹子又多成林連片，秋冬季節依然青翠，所謂「綠竹經寒在」（劉長卿《使回次楊柳過元八所居》），與其他植物的枯萎凋落景象對比明顯。朱翌《猗覺僚雜記》卷上云：

> 《語》云：「松柏後凋。」松柏未嘗不凋，特歲寒時不凋，凋時後眾木耳。《記》云：「貫四時而不改柯易葉。」柯不改是也，葉未嘗不易也。松竹皆於雪霏之際不凋，至春秋則換葉。《記》雜漢儒之言，與聖人之言迥然不同。〔註31〕

又指出竹子換葉與不凋的關係，可見竹子「不改柯易葉」是古人一廂情願地美化竹子。

這些求眞求實的言論，對於瞭解竹子植物特性很有幫助，但是對於理解竹子比德意義却無助益，因爲比德體現的是類比思維，是取其主要方面而不及其餘。竹柏以秋冬不死的形象得到道家的推崇。《金樓子》即云：「謂夏必長，而薺麥枯焉；謂冬必死，而竹柏茂焉。」〔註32〕儒家心目中的祥瑞植物「靈草冬榮，神木叢生」（班固《西都賦》），竹子也被儒家看作祥瑞植物。《鶴林玉露》云：「松柏之貫四時，傲雪霜，皆自拱把以至合抱。惟竹生長於旬日之間，而干霄入雲，其挺特堅貞，乃與松柏等。此草木靈異之尤者也。白樂天、東坡、穎濱與近時劉子翬論竹甚詳，皆未及此。杜陵詩云：『平生憩息地，必種數竿竹。』梅聖俞云：『買山須買泉，種樹須種竹。』信哉！」〔註33〕再如「永安離宮，修竹冬青」（張衡《東京賦》）〔註34〕、「竹柏以蒙霜保榮，故見殊列樹」（孫綽《司空庾冰碑》）〔註35〕、「竹枝不改茂」（范泰《九月九日詩》）〔註36〕、「人天解種不秋草」〔註37〕等說法，都無非突出竹子沒有秋天

〔註30〕　〔明〕謝肇淛著《五雜俎》卷一〇「物部二」，北京：中華書局，1959年，第279頁。
〔註31〕　〔宋〕朱翌撰《猗覺僚雜記》卷上，北京：中華書局，1985年，第32頁。
〔註32〕　〔梁〕蕭繹撰《金樓子》卷五《志怪篇十二》，北京：中華書局，1985年，第89頁。
〔註33〕　《鶴林玉露》乙編卷之四「竹」條，第184頁。
〔註34〕　《全漢賦校注》下冊第679頁。
〔註35〕　《全上古三代秦漢三國六朝文‧全晉文卷六二》，第2冊第1814頁下欄左。
〔註36〕　《先秦漢魏晉南北朝詩‧宋詩卷一》，中冊第1144頁。
〔註37〕　〔金〕馬天來句，見〔金〕元好問編《中州集》卷七，北京：中華書局，1959

和冬天、四季青翠的植物特性。故許敬宗《竹賦》云：「惟貞心與勁節，隨春冬而不變。考眾卉而爲言，常最高於歷選。」〔註38〕在植物耐寒性的評比中，竹子最終與松柏等脫穎而出，成爲耐寒植物的代表。以致後代形容嚴寒常說松竹枯死，如「松隕葉於翠條，竹摧柯於綠竿」（夏侯湛《寒苦謠》）〔註39〕，意思是像松竹這樣耐寒的植物都被凍死，其嚴寒自不待言。形容其他植物耐寒也會以松竹爲衡量標尺，如夏侯湛《薺賦》「齊精氣於款冬，均貞固乎松竹」〔註40〕、周祗《枇杷賦》「名同音器，質貞松竹」〔註41〕。

　　竹子凌寒不凋，因此被稱爲「青士」。唐代樊宗師《絳守居園池記》「有柏、蒼官、青士擁列」注：「蒼官，松也。青士，竹也。言亭邊有柏有松有竹也。」〔註42〕這是「青士」一詞的最早出處〔註43〕。「青士」取名之由，即是因其凌寒不凋，所謂「言其勁正，則蒼官青士共傲歲寒也」（宋濂《王氏樂善集序》）〔註44〕。其他稱賞竹子凌寒之性的詞語還有貞心、勁節等，如「無人賞高節，徒自抱貞心」（沈約《咏竹詩》）〔註45〕、「非君多愛賞，誰貴此貞心」（明克讓《咏修竹詩》）〔註46〕。

　　竹子凌寒之性較早就應用於比德。《禮記・禮器》：「其在人也，如竹箭之有筠也，如松柏之有心也。二者居天下之大端矣，故貫四時而不改柯易葉。」竹子凌寒之性成爲取譬對象，從而形成松竹連譽的傳統。宋玉《諷賦》：「臣復援琴而鼓之，爲《秋竹》、《積雪》之曲。」以「秋竹」爲曲名，也是取其堅貞耐寒之意。晉代無疑是松竹比德風氣較爲普遍的時代，如「貞人在冬則

　　　　年，第 361 頁。
〔註38〕《全唐文》卷一五一，第 2 冊第 1538 頁上欄右。
〔註39〕《先秦漢魏晉南北朝詩・晉詩卷二》，上冊第 595 頁。
〔註40〕《全上古三代秦漢三國六朝文・全晉文卷六八》，第 2 冊第 1852 頁上欄右。
〔註41〕《全上古三代秦漢三國六朝文・全晉文卷一四二》，第 3 冊第 2277 頁上欄右。
〔註42〕〔唐〕樊宗師撰，〔元〕趙仁舉注、吳師道許謙補正《絳守居園池記》，《四庫全書》第 1078 冊第 563 頁下欄右。有誤以柏爲蒼官者，如宋朱勝非撰《紺珠集》卷十三「青士」條：「樊宗師絳守居園記柏曰蒼官竹曰青士。」也有以爲出自《三水小牘》者，如宋潘自牧撰《記纂淵海》卷九六。
〔註43〕《世說新語・言語》注引《滔集》：「此皆青士，有才德者也。」是伏滔與習鑿齒論青楚人物時所言，「青」、「楚」皆指地名，與竹子無關。
〔註44〕〔明〕宋濂撰《文憲集》卷六，《四庫全書》第 1223 冊第 407 頁上欄右。
〔註45〕《先秦漢魏晉南北朝詩・梁詩卷七》，中冊第 1662 頁。梁劉孝先《咏竹詩》中也有此二句，見《先秦漢魏晉南北朝詩・梁詩卷二六》，下冊第 2066 頁。
〔註46〕《先秦漢魏晉南北朝詩・隋詩卷二》，下冊第 2646 頁。

松竹，在火則玉英」（孫綽《孫子》）〔註47〕、「推誠歲寒，功標松竹」（周祗《執友箴》）〔註48〕、「睹松竹，則思貞操之賢」（《晉書‧張天錫傳》）〔註49〕，都將竹子秋冬不凋的堅貞之性用於比擬譬喻人物品格。凌寒之竹具有物色美感。如張仲方《賦得竹箭有筠》：「東南生綠竹，獨美有筠箭。枝葉詎曾凋，風霜孰云變。偏宜林表秀，多向歲寒見。碧色乍葱蘢，清光常藹練。皮開鳳彩出，節勁龍文現。愛此守堅貞，含歌屬時彥。」此詩所云「碧色」、「清光」、勁節、枝葉等物色之美，主要還是就其凌寒之性而言。凌寒之竹有時也被用以比譬人物材美，如「魏世重雙丁，晉朝稱二陸。何如今兩到，復似凌寒竹」（梁元帝蕭繹《贈到溉到洽詩》）〔註50〕、「於穆吾子，含貞藉茂。如彼松竹，陵霜擢秀」（宗欽《贈高允詩》十二章其二）〔註51〕，此二詩都以凌寒竹讚美所欣賞的人物，主要都是因為其形象美感。

嚴寒處境是凌寒竹與人格品德發生聯想比附的重要著眼點。庾信《擬詠懷詩二十七首》其一：「步兵未飲酒，中散未彈琴。索索無真氣，昏昏有俗心。涸鮒常思水，驚飛每失林。風雲能變色，松竹且悲吟。由來不得意，何必往長岑。」〔註52〕可見無論身在山林草野，還是身在仕途，都會有不得意的時候，都會有考驗堅貞與否的處境。李程《賦得竹箭有筠》：「常愛凌寒竹，堅貞可喻人。能將先進禮，義與後凋鄰。冉冉猶全節，青青尚有筠。陶鈞二儀內，柯葉四時春。待鳳花仍吐，停霜色更新。方持不易操，對此欲觀身。」可見「不易操」是竹子與人在嚴寒處境時所表現出來的共同品節。經冬不凋、耐寒常青，是意志堅定、堅貞不渝的表徵。正如蘇軾《御史臺榆槐竹柏四首‧竹》詩所說的「蕭然風雪意，可折不可辱」〔註53〕。

在與其他植物的比較中也可見竹子比德意義。籠統地與花卉進行比較，如「千花百草凋零後，留向紛紛雪裏看」（白居易《題李次雲窗竹》），與具體花木的比較，如「不學蒲柳凋，貞心常自保」（李白《姑孰十咏‧慈姥竹》）、「君莫愛，南山松，樹枝竹色四時也不移，寒天草木黃落盡，猶自青青君始

〔註47〕《全上古三代秦漢三國六朝文‧全晉文卷六二》，第2冊第1815頁下欄右。
〔註48〕《全上古三代秦漢三國六朝文‧全晉文卷一四二》，第3冊第2277頁下欄右。
〔註49〕《晉書》卷八六，第7冊第2250頁。
〔註50〕《先秦漢魏晉南北朝詩‧梁詩卷二五》，下冊第2055頁。
〔註51〕《先秦漢魏晉南北朝詩‧北魏詩卷一》，下冊第2198頁。
〔註52〕《先秦漢魏晉南北朝詩‧北周詩卷三》，下冊第2367頁。
〔註53〕《全宋詩》第14冊第9294頁。

知」（曾參《范公叢竹歌》）、「君不見桃李花，隨風飄宕落誰家，又不見君子
竹，葉葉冰霜守寒綠」（朱樸《沈列女》）〔註54〕，都是貶抑其他植物的經寒
凋零，而以竹子不凋爲高。這些植物是作爲對立面反襯竹子的，以其他植物
的堅貞正面烘託竹子，就形成了比德組合，如「金石爲節，松竹表貞」〔註55〕，
著名的如「歲寒三友」等。非生物如金石等也有堅貞不渝的象徵意義，因此
也常與竹子形成比德組合。如陳子昂《與東方左史虯修竹篇》：「歲寒霜雪苦，
含彩獨青青。豈不厭凝冽，羞比春木榮。春木有榮歇，此節無凋零。始願與
金石，終古保堅貞。」石頭千年不變，竹子淩寒不凋，都表堅貞，因爲意蘊
相近而成爲比德組合。

二、虛心與氣節

竹杆的節間中空，形成「竹節幾重虛」（楊炯《和石侍御山莊》）的特點。
竹子中空最初是作爲無心、空虛等缺點爲人所詬病的。如《史記》引孔子語：
「神龜知吉凶，而骨直空枯。日爲德而君於天下，辱於三足之烏。月爲刑而
相佐，見食於蝦蟆。猬辱於鵲，騰蛇之神而殆於即且。竹外有節理，中直空
虛；松柏爲百木長，而守門閭。日辰不全，故有孤虛。黃金有疵，白玉有瑕。
事有所疾，亦有所徐。物有所拘，亦有所據。罔有所數，亦有所疏。人有所
貴，亦有所不如。何可而適乎？物安可全乎？」〔註56〕空心即是作爲竹子的
缺點被提出來。這種觀念在後代也有延續，如「香蘭愧傷暮，碧竹慚空中」（李
商隱《李肱所遺畫松詩書兩紙得四十韵》）。南朝以來虛心成爲竹子的美德，
如「含虛中以象道」（江逌《竹賦》）〔註57〕、「渭南千畝之竹，更懼盈滿」（庾
信《周大將軍司馬裔碑》）〔註58〕，前者指竹子空心而言，後者則指竹子成林
而言。到唐代，竹子虛心的象徵意義已較爲普遍，如「水能性淡爲吾友，竹
解心虛即我師」（白居易《池上竹下作》）、「眾類亦云茂，虛心寧自持」（薛濤
《酬人雨後玩竹》）等。

竹節由籜環和杆環構成，每節上分枝。有節是竹子較爲顯著的植物特性

〔註54〕　〔明〕朱樸撰《西村詩集》卷下，《四庫全書》第 1273 冊第 428 頁下欄右。

〔註55〕　闕名《唐貝州永濟縣故馬公郝氏二夫人墓誌銘》，《全唐文》卷九九六，第 10
　　　　　冊第 10318 頁下欄左。

〔註56〕　《史記》卷一二八，第 10 冊第 3237 頁。

〔註57〕　《全上古三代秦漢三國六朝文・全晉文卷一○七》，第 2 冊第 2073 頁上欄右。

〔註58〕　《全上古三代秦漢三國六朝文・全後周文卷一三》，第 4 冊第 3948 頁上欄左。

之一，因此其他植物有節也常借竹子來形容，如檳榔樹「其皮似桐而厚，其節似竹而概」（喻希《林邑有鳥名歸飛》）〔註59〕。像《北戶錄》所載「溱川通竹，直上無節」〔註60〕的情況畢竟極爲罕見。古代使臣出使在外用竹符，即所謂「符節」。顏師古《漢書注》：「節以毛爲之，上下相重，取象竹節，因以爲名。」〔註61〕《說文解字》：「節，竹約也。」〔註62〕有節，是堅貞不屈的標誌，竹子也是因爲有節才不至過於柔弱。竹筍出土已有節，所謂「自憐孤生竹，出土便有節」（曹鄴《成名後獻恩門》），不過是「筍在苞兮高不見節」（元稹《決絕詞三首》其二）。竹梢拔高則竹節必露，比喻高節，如「峻節高轉露，貞筠寒更佳」（元稹《和東川李相公慈竹十二韵》）。竹節本身頗具美感，如「更得錦苞零落後，粉環高下搁烟寒」（陸龜蒙《奉和襲美聞開元寺開筍園寄章上人》）。但古人不愛以審美眼光欣賞，多以比德思維寄託人格情趣，如「竹死不變節，花落有餘香」（邵謁《金谷園懷古》）、「玉可碎而不能改其白，竹可焚而不可毀其節」，用以象徵士人守節。因爲竹子有節的自然特性與品格氣節的附會聯想，最初用以象徵節操的旄節隨著外交場合漸少使用而淡出，因竹子分佈廣泛而使得「竹節」漸漸成了象徵氣節的最爲普遍的物象。相應地，苦竹也就具有苦節的象徵意義，如「迸籜分苦節，輕筠抱虛心」（柳宗元《巽公院五咏·苦竹橋》）。

「高節」是部分品種竹子的植物特徵之一。左思《蜀都賦》：「於是乎邛竹緣嶺，菌桂臨崖。旁挺龍目，側生荔枝。布綠葉之萋萋，結朱實之離離。迎隆冬而不凋，常曄曄以猗猗。」劉淵林注：「邛竹出興古盤江以南，竹中實而高節，可以作杖。」〔註63〕晉代以後，竹子高節的內涵得到進一步闡發，如「勁直條暢，節高質貞」（蘇彥《邛竹杖銘》）〔註64〕、「嘉茲奇竹，質勁體直。立比高節，示世矜式」（傅咸《邛竹杖銘》）〔註65〕、「嬋娟高節」（庾

〔註59〕《全上古三代秦漢三國六朝文·全晉文卷一三三》，第3冊第2225頁下欄左。
〔註60〕〔唐〕段公路撰《北戶錄》卷三「方竹杖」條，《四庫全書》第589冊第57頁下欄左。
〔註61〕《漢書》卷一上顏師古注，第1冊第23頁注釋〔五〕。
〔註62〕王紹峰以爲後世詞義演變的重要支點是「約」。見氏著《初唐佛典詞彙研究》，合肥：安徽教育出版社，2004年，第260～261頁。
〔註63〕〔梁〕蕭統編、〔唐〕李善注《文選注》卷四，《四庫全書》第1329冊第74頁上欄右。
〔註64〕《全上古三代秦漢三國六朝文·全晉文卷一三八》，第3冊第2255頁下欄右。
〔註65〕《全上古三代秦漢三國六朝文·全晉文卷五二》，第2冊第1761頁下欄右。

信《邛竹杖賦》）〔註66〕等，無不是欣賞竹子高節貞質的物色美感及象徵意義。很早的時候人們就以「高節」一詞來形容君子高尚的節操。《莊子・讓王》：「若伯夷、叔齊者，其於富貴也，苟可得而己，則不必賴，高節決行，獨樂其志，不事於世，此二士之節也。」《史記・魯仲連鄒陽列傳》：「（魯仲連）不肯仕宦任職，好持高節。」到唐宋時代，竹子高節的象徵內涵更爲普遍，如「虛心高節依然在，幾見繁英落又開」（韓琦《次韵和方謹言郎中再觀省中手植竹》）。明代何喬新作《歲寒高節亭記》，以比守道君子、忠臣烈士。

高節之外，又衍生出直節、貞節、勁節、瘦節等比德意義，稱名不同，內涵也各有側重。直節指竹竿形直與有節，取其剛直與有節操，似起於唐代，較早的如「多節本懷端直性，露青猶有歲寒心」（劉禹錫《酬元九侍御贈璧竹鞭長句》）、「緘書取直節，君子知虛心」（錢起《裴侍郎湘川回以青竹筒相遺因而贈之》）、「愛竹只應憐直節，書裙多是爲奇童」（徐夤《山陰故事》）。清代彭玉麟家訓說：「或則栽竹數畦，一以期氣象蔥鬱，一以其直節取警身心。」〔註67〕可見栽竹的目的，是爲獲得竹子的美感價值與直節象徵意義。勁節、貞節云云，加上了淩寒不凋的品格因素，如「朗勁節以立質」（傅玄《團扇賦》）〔註68〕、「陪嘉宴於秋夕，等貞節之歲寒」（顧野王《拂崖筱賦》）〔註69〕、「蓊鬱新栽四五行，常將勁節負秋霜」（薛濤《竹離亭》）。多爲歲末，故竹節又稱歲暮之節，如「採摘愧芳鮮，奉君歲暮節」（李益《竹磎》）、「晚歲君能賞，蒼蒼勁節奇」（薛濤《酬人雨後玩竹》）。晚唐以來以瘦硬爲美的觀念盛行，出現瘦節意象，如「虛心高自擢，勁節晚愈瘦」（歐陽修《初夏劉氏竹林小飲》）〔註70〕。虛心與氣節常常并提對舉，如「高節人相重，虛心世所知」（張九齡《和黃門盧侍郎咏竹》）、「虛心如待物，勁節自留春」（席夔《賦得竹箭有筠》）、「爲重淩霜節，能虛應物心」（盧象《和徐侍郎叢筱咏》）。

竹子虛心、氣節之受推崇，是儒家人格比德觀念的投射，也可能與道教有關。《眞誥》云：「且竹虛素而內白，桃即却邪而折穢，故用此二物，以消形中之滓濁也。」〔註71〕所謂「虛素而內白」、「清素而內虛」等，都是強調

〔註66〕《全上古三代秦漢三國六朝文・全後周文卷九》，第 4 冊第 3926 頁下欄右。
〔註67〕成曉軍主編《名臣家訓》，武漢：湖北人民出版社，1995 年，第 308 頁。
〔註68〕《全上古三代秦漢三國六朝文・全晉文卷四五》，第 2 冊第 1716 頁上欄右。
〔註69〕《全上古三代秦漢三國六朝文・全陳文卷一三》，第 4 冊第 3474 頁下欄左。
〔註70〕《全宋詩》第 6 冊第 3758 頁。
〔註71〕《眞誥校注》卷九《協昌期第一》，第 290 頁。

潔淨與內虛的特點。庾信《道士步虛詞十首》其十:「成丹須竹節,刻髓用蘆刀。」〔註72〕可見竹節的道教用途。

三、性直與堅韌

前已述竹子杆直的形體特點與直節的象徵意義。竹子材質的紋路也是直的,如「破松見眞心,裂竹見直紋」(孟郊《大隱咏崔從事鄭以正隳官》)。杆直與紋直是形體或材質的表象美,古人早有認識并形諸文字,如「南山有竹,不柔自直」(《孔子家語》)〔註73〕、「青青之竹形兆直」(班固《竹扇賦》)〔註74〕。更爲人稱道的還是由杆直與紋直等表象延伸出來的竹子性直的象徵意義。《雲笈七籤》卷一百「軒轅本紀」條:「時有瑞草生帝庭,名屈軼,佞人入則指之,是以佞人不敢進。時外國有以神獸來進,名獬豸,如鹿,一角,置於朝,不直之臣獸即觸之。帝問:『食何物?』對曰:『春夏處水澤,秋冬處松竹。』此獸兩目似熊。」〔註75〕神獸獬豸能辨曲直,由其秋冬處松竹的特性可知人們意識中竹子已是代表性的形直植物。古人稱像竹子那樣正直之心爲「筠心」。《晉書‧虞潭顧實等傳贊》:「顧實南金,虞惟東箭。銑質無改,筠心不變。」〔註76〕江淹《知己賦》:「我筠心而松性,君金采而玉相。」挺直是立身的榜樣、百折不撓的象徵。如白居易《酬元九對新栽竹有懷見寄》:「昔我十年前,與君始相識。曾將秋竹竿,比君孤且直。」劉子翬《此君傳》云:「此君性強項,未嘗折節下人。」曾協則以竹子直節名其堂,曰「直節堂」,並爲作《直節堂記》。

竹子枝幹又較柔弱,不像松樹那樣挺直堅勁,尤其在風雪天氣更能見出這種區別。竹子材質柔韌,所謂「束物體柔,殆同麻枲」(戴凱之《竹譜》)〔註77〕,這種特點使其應用非常廣泛,如「梢風有勁質,柔用道非一。平織方以文,穹成圓且密」(沈約《咏竹檳榔盤詩》)〔註78〕。古人雖有因此

〔註72〕《先秦漢魏晉南北朝詩‧北周詩卷二》,下冊第 2351 頁。
〔註73〕楊朝明注說《孔子家語》卷五《子路初見第十九》,開封:河南大學出版社,2008 年,第 200 頁。
〔註74〕《全漢賦校注》上冊第 533 頁。
〔註75〕《雲笈七籤》卷一○○「軒轅本紀」條,《四庫全書》第 1061 冊第 162 頁。
〔註76〕《晉書》卷七六,第 7 冊第 2019 頁。
〔註77〕〔晉〕戴凱之撰《竹譜》,《四庫全書》第 845 冊第 176 頁下欄左。
〔註78〕《先秦漢魏晉南北朝詩‧梁詩卷七》,中冊第 1651 頁。

而貶竹者，更多的則是附會出新的比德意義，如「瞻彼中唐，綠竹猗猗。貞而不介，弱而不虧。杳裊人表，蕭瑟雲崖」（謝莊《竹贊》）〔註79〕、「千磨萬擊還堅勁，任爾東西南北風」（鄭板橋《竹石》），弱而不虧、能屈能伸的比德意義都是就竹枝柔韌的特點而言。《抱朴子》云：「金以剛折，水以柔全，山以高移，谷以卑安。是以執雌節者，無爭雄之禍；多尚人者，有召怨之患。」〔註80〕竹子柔弱堅韌的特點與其虛心謙卑的形象是一致的。至於比德意義如「蕭然風雪意，可折不可辱」（蘇軾《御史臺榆槐竹柏四首・竹》）〔註81〕，似乎與竹子的植物特性不太吻合，已有強加之嫌。紆竹、風竹、雪竹等意象等能較好地表達竹子堅韌的象徵意義。如蘇軾《跋與可紆竹》：「紆竹生於陵陽守居之北崖，蓋岐竹也。其一未脫籜，爲蝎所傷；其一困於嵌嵓，是以爲此狀也。吾亡友文與可爲陵陽守，見而異之，以墨圖其形，余得其摹本，以遺玉冊宮祁永，使刻之石，以爲好事者動心駭目詭特之觀，且以想見亡友之風節，其屈而不撓者，蓋如此云。」將紆竹意象與文同的曲折遭遇之間作了恰當的比擬。

第三節　竹子的品種與比德意義

竹子品種繁多，不同品種有不同的形象特點，或體現於竹杆、竹葉，或體現於叢生、散生的群體形態。竹子品種特異者不下幾十種，但形成比德意義的不多，僅方竹、慈竹等少數幾種。

一、方　竹

竹子形體「示圓於外，而抱虛於中」（〔明〕金寔《方竹軒賦》）〔註82〕，體圓是竹子的重要形體特徵，但是相關象徵意義却較少，也不夠深刻，可能與古人重方輕圓的比德思維有關。關於竹子體圓的象徵意義，有的較爲籠統抽象，如「體圓質以儀天」（江逌《竹賦》）〔註83〕，有的則以其他比德意

〔註79〕《全上古三代秦漢三國六朝文・全宋文卷三五》，第 3 冊第 2631 頁上欄左。
〔註80〕《抱朴子外篇校箋》卷三九《廣譬》，下冊第 360 頁。
〔註81〕《全宋詩》第 14 冊第 9294 頁。
〔註82〕〔清〕陳元龍編《御定歷代賦彙》卷八一，《四庫全書》第 1420 冊第 766 頁上欄左。
〔註83〕《全上古三代秦漢三國六朝文・全晉文卷一〇七》，第 2 冊第 2073 頁上欄右。

義予以補充，如「圓以應物，直以居當」（蘇彥《邛竹杖銘》）〔註84〕。體圓的特徵在佛教裏則受到推崇。佛教稱成就圓滿、功德圓成，如「胡僧論的旨，物物唱圓成」（〔唐〕常達《山居八咏》之七），故而竹子體圓的形象得到僧人喜愛，如「一條青竹杖，操節無比樣。心空裏外通，身直圓成相」（楚圓編集《汾陽無德禪師歌頌》卷下）〔註85〕，但這種竹子體圓譬喻功德圓成的影響較小。雖然人們實際行動上喜圓惡方，但在言論或觀念上卻是喜方惡圓，認定「立意詭隨者，推圓機之士」（〔明〕張秉犰《龍泉寺方竹說》），「擢圓質以象智」（慕容彥逢《岩竹賦》）〔註86〕，故而關於竹子體圓所形成的象徵意義如「圓以智行兮，方以義守，智或有窮，義則可久」（金崒《方竹軒賦》）〔註87〕，或「直而不窒，圓而不倚，節操如是，可謂君子」（〔明〕桑悅《竹賦》），「圓」都並未作爲正面道德的最高境界提出來。也有以體圓爲竹子不足者，如「所不足者，其形乃圓。……既方既勁，斯爲全德」（徐鉉《方竹杖贊》）〔註88〕，還出現插竹而竹子「易圓而方」（〔明〕張秉犰《龍泉寺方竹說》）的傳說。所以古代關於竹子體圓的比德意義較少。

方竹見於文獻記載較遲〔註89〕。唐段公路《北戶錄》卷三「方竹杖」條：「澄州產方竹，體如削成，勁挺堪爲杖。」澄州在今廣東。這是今見較早的記載方竹的文獻。方竹實心性堅。如贊寧《笋譜》云：「其笋（引者按，即方竹笋）硬，不堪食；其竹節平，其性堅，其心實。」又云：「唐僖宗朝陸龜蒙處士隱蘇臺甫里村，亦號甫里先生，著《笋賦》云：『洪殺靡定，方圓不均。』自注曰：『南方有方竹，今澧州游川鐵冶多方竹。竹內實，微通心，若釵股許。笋可食，亦實。湘川人取竹作床椅，有四棱，上穿孔入當耳。』」〔註90〕則方竹笋有可食、不可食兩種。宋祁《方竹贊》云「大葉而實中」、「厚倍於竅，

〔註84〕《全上古三代秦漢三國六朝文·全晉文卷一三八》，第 3 冊第 2255 頁下欄。
〔註85〕《大正藏》第 47 冊，627b。
〔註86〕《全宋文》第 135 冊第 290 頁。
〔註87〕《御定歷代賦彙》卷八一，《四庫全書》第 1420 冊第 766 頁下欄左。
〔註88〕《全宋文》第 2 冊第 255 頁。
〔註89〕如班固《竹扇賦》：「削爲扇翣成器美，託御君王供時有，度量異好有圓方。」曹操《內戒令》：「孤不好作鮮飾嚴具，所用雜新皮韋笥，以黃韋緣中。遇亂無韋笥，乃作方竹嚴具，以皁韋衣之，粗布作裏，此孤之平常所用者也。」曹植《九華扇賦》序云：「昔吾先君常侍得幸漢桓帝，帝賜尚方竹扇，不方不圓，其中結成文，名曰九華。」賦云：「方不應矩，圓不中規。」說的都是竹製器具，還不能確定是方竹品種。
〔註90〕〔宋〕贊寧撰《笋譜》「四之事」，《四庫全書》第 845 冊第 202 頁下欄左。

絪節棱棱」〔註91〕。知方竹並非完全實心，不過是孔徑較厚而已。這些都是方竹區別於一般竹子的重要特點，但最爲顯著的還是其方正的外形。宋祁《方竹贊》：「圓眾方寡，取貴以名。」〔註92〕可見體形端方是其得名之由。

　　方竹的比德意義基於其竹杆的方形。唐代是形成方竹比德意義的初期，有一則關於李德裕的著名傳說。《桂苑叢談》載：「李德裕鎮浙右，遊甘露寺，贈老僧笻竹杖，公云：『是大宛國人所遺竹，惟此一莖而方者也。』後數年，再領朱方，到院，問柱杖何在，僧曰：『至今寶之。』公請出觀，則規圓而漆之也。公自此不復目其僧。」〔註93〕李德裕失望於老僧，是因爲該僧將方竹杖削圓，可見李德裕看重的不是方竹的珍稀，而是其方正品格的象徵意義。此傳說成爲關於方竹比德意義的著名典故，如「欲理瘦節尋五柳，摩挲方竹已成規」（徐瑞《王子賢疲于役移家彭澤示詩索和》）〔註94〕，後句即是咏此事。「多病扶節老自便，得君方竹更輕堅。平生正以方爲累，擬付山僧任削圓」（張守《人惠方竹杖》）〔註95〕，則是從反面咏此事。明代也有關於方竹的故事。黃佐《賜御製詩文》：「洪武六年五月戊辰，上御武樓，學士承旨詹同備顧問，因及於竹，同謂晉戴凱之所譜至五十餘種，惟吳越山中有方竹，可爲笻，若有廉隅不可犯之色，因以一枝進。於是親御翰墨，草《方竹記》一通。始言品物之夥，中序格致之難，及其末也，謂同爲人俊偉氣象，且以豪俊稱之。」〔註96〕詹同也是取方竹四棱廉隅的比德意義。這些都基於竹子體形端方與方正品德的比附。樓鑰《戲答益老寄方竹杖》云：「家家竹杖只圓光，此竹如何得許方。削得團欒無可笑，驀然奪去亦何妨。咄哉，得力處不在這箇。」〔註97〕此詩強調品德在人而不在物，但所針對的也是方竹的比德意義。方竹逐漸形成品行端正的比德意義，如「方竹同吾操，端然直物間」（王安國殘句）〔註98〕，以方竹自勵。「爲報世間邪佞者，如何不似竹枝賢」（張咏《方竹》其一）〔註99〕，則是以方竹與邪佞對比。袁枚《隨園

〔註91〕　《全宋文》第 25 冊第 35 頁。
〔註92〕　《全宋文》第 25 冊第 35 頁。
〔註93〕　《類說校注》卷五二引《桂苑叢談》「規圓方竹杖」條，下冊第 1546 頁。
〔註94〕　《全宋詩》第 71 冊第 44710 頁。
〔註95〕　《全宋詩》第 28 冊第 18030 頁。
〔註96〕　〔明〕黃佐撰《翰林記》卷一六，《四庫全書》第 596 冊第 1034 頁上欄左。
〔註97〕　《全宋詩》第 47 冊第 29542 頁。
〔註98〕　《全宋詩》第 11 冊第 7540 頁。
〔註99〕　《全宋詩》第 1 冊第 548 頁。

詩話》卷六：「紫峰與客觀方竹，客戲云：『世有方竹無方人。』」〔註100〕也是感慨方正品德的可貴。

二、慈　竹

慈竹叢生，一叢或多至數十百竿，根窠盤結，四時出笋。竹高至二丈許。新竹舊竹密結，高低相倚，若老少相依，故名慈竹，又稱義竹、慈孝竹、子母竹。宋祁《慈竹贊》：「別有數種，節間容八九寸者曰籠竹，二尺者曰苦竹，弱梢垂地者曰釣絲竹。」〔註101〕是慈竹有籠竹、苦竹、釣絲竹數種。慈竹之名初唐已有，王勃有《慈竹賦》。《浙江通志》云：「慈竹，弘治《紹興府志》，即桃枝竹，又名四季竹，作篋柔韌，堪爲籑，越人多植之爲籬。」〔註102〕知慈竹又名桃枝竹。先秦已有桃枝，如《山海經》即載有桃枝竹。慈竹在南方分佈較爲廣泛。《竹譜詳錄》云：「慈竹，又名義竹，又名孝竹。兩浙江廣處處有之。」〔註103〕慈竹的分佈不僅限於兩浙江廣，四川也有。樂史《慈竹》：「蜀中何物靈？有竹慈爲名。」〔註104〕

慈竹是叢生竹，其生長形態有別於散生竹。《竹譜詳錄》云：「（慈竹）高者至二丈許，叢生。一叢多至數十百竿，根窠盤結，不引他處。」〔註105〕宋祁《慈竹贊》也云：「性叢產，根不外引，其密間不容笴。……根不它引，是得慈名。」〔註106〕慈竹叢生，前抱後引，故形成「慈竹春陰覆」（杜甫《假山》）、「慈竹笋如編」（〔唐〕賈弇《孟夏》）、「矛攢有森束」（元稹《和東川李相公慈竹十二韵》）的景觀。

慈竹別名較多，大多與其生長形態及相關比德意義有關。任昉《述異記》云：「南中生子母竹，今慈竹是也。漢章帝三年，子母竹笋生白虎殿前，謂之孝竹，群臣作《孝竹頌》。」故知「孝竹」之名是因子竹而得。清代符曾說：「有名慈竹者，冬月竿從中出，枝向外，餘月竿從外出，枝向內，若母之撫

〔註100〕〔清〕袁枚撰《隨園詩話》卷六第九一則，人民文學出版社，1982年，上冊第201頁。
〔註101〕《全宋文》第25冊第34頁。
〔註102〕《浙江通志》卷一〇四「物產四·紹興府」，《四庫全書》第521冊第631頁下欄左。
〔註103〕《竹譜詳錄》卷三《全德品》，第56頁。
〔註104〕《全宋詩》第1冊第228頁。
〔註105〕《竹譜詳錄》卷三《全德品》，第56頁。
〔註106〕《全宋文》第25冊第34頁。

其子者，故名。」〔註107〕則「慈竹」之名是因母竹而得。故王勃《慈竹賦》云：「如母子之鉤帶。」其他如慈孝竹、子母竹等名稱，也是因其生長形態的比德意義而得。慈竹又名「義竹」、「兄弟竹」。《竹譜詳錄》載：「《晉安海物記》云：『義竹亦曰兄弟竹，秋叢生曰秋竹。』注云：『其筍叢生，俗謂之兄弟竹，筍味不中食也。』」〔註108〕五代王仁裕《開元天寶遺事》卷下「竹義」條：「太液池岸有竹數十叢，牙筍未嘗相離，密密如栽也。帝因與諸王閒步於竹間，帝謂諸王曰：『人世父子兄弟，尚有離心離意，此竹宗本不相疏，人有生貳心懷離間之意，睹此可以爲鑒。』諸勛王皆唯唯，帝呼爲竹義。」〔註109〕可見「義竹」、「兄弟竹」之名是取譬兄弟之情。「類宗族之親比，同朋友之造膝」（喬琳《慈竹賦》），也是比擬宗族、朋友等人倫之情。總之，慈竹以相守不渝的群體形態爲特徵，并構成相應的象徵意義。對於慈竹的象徵意義，王勃《慈竹賦》概括道：「不背仁以貪地，不藏節以遁時。故其貞不自炫，用不見疑。」〔註110〕

第四節　竹筍的食用、竹子的材用及其象徵內涵

竹子、竹筍經濟用途很多，因此相關象徵意義也較豐富。同時也形成諫食竹筍、護竹愛材等象徵內涵。

一、諫食、護筍及相關意蘊

自然環境會妨礙竹筍生長，如「欄摧新竹少，池淺故蓮疏」（許渾《經倪處士舊居》）。還有動物進行破壞，如「林藏狒狒多殘筍，樹過猩猩少落花」（許渾《送黃隱居歸南海》）、「見他桃李憶故園，饞獠應殘繞窗竹」（黃庭堅《謝景叔惠多筍雍酥水梨三物》）〔註111〕。當然，更大的危險還是來自人類，如兒童戲折、行路踐踏、修路開渠、斧斤斫取等，都會損傷或妨礙竹筍生長。路邊竹筍容易侵入路中，如「山階筍屢侵」（楊師道《春朝閒步》）、「竹牙生

〔註107〕〔清〕符曾《評竹四十則》，轉引自范景中《竹譜》，載范景中、曹意強主
　　　　編《美術史與觀念史》第VII輯，南京師範大學出版社，2009年，第303頁。
〔註108〕《竹譜詳錄》卷三《全德品》，第56頁。
〔註109〕〔五代〕王仁裕等撰、丁如明輯校《開元天寶遺事》卷下「竹義」條，上海
　　　　古籍出版社，1985年，第107頁。
〔註110〕《全唐文》卷一七七，第2冊第1807頁上欄右。
〔註111〕《全宋詩》第17冊第11374頁。

礙路」（裴說《訪道士》），也就容易受到踩踏。尤爲令人擔心的是人們的口腹之欲。還有偷笋者。《華陽國志》卷十一：「（何）隨家養竹園，人盜其笋。」〔註112〕《宋書》卷九十一：「（郭原平）宅上種少竹，春月夜有盜其笋者，原平偶起見之，盜者奔走墜溝。」〔註113〕《南史》記沈道虔：「人又拔其屋後大笋，令人止之，曰：『惜此笋欲令成林，更有佳者相與。』乃令人買大笋送與之，盜者慚不取，道虔使置其門內而還。」〔註114〕可見偷笋之風。更有善偷者。《岳陽風土記》載：「閭閻偷笋，隔籬埋（原注：闕）於墙下，其笋自迸出。」〔註115〕這些偷笋者多是爲滿足口腹之欲。

因此涉及到竹笋的保護。護笋成了愛笋者心頭揮之不去的想法。首先是保護擋路竹笋，如「養竹不除當路笋，愛松留得礙人枝」（貫休《山居詩二十四首》）、「笋頭齊欲出，更不許人登」（張籍《和韋開州盛山十二首‧竹岩》）。再如「新徑通村避笋開」（方干《許員外新陽別業》）、「堂西長笋別開門」（杜甫《絕句四首》其一），修路、開門都因爲護笋而改變計劃。杜甫《三絕句》其三：「無數春笋滿林生，柴門密掩斷行人。會須上番看成竹，客至從嗔不出迎。」姚培謙《松桂讀書堂詩話》：「杜詩《三絕句》……第三首是惡客也。」〔註116〕「惡客」倒未必，「柴門密掩」或許正是突出護竹之意。《杜詩詳注》解釋：「此咏春笋也，杜門謝人，護笋成竹，有聖人對時育物意。《杜臆》：『種竹家，初番出者壯大，養以成竹。後出漸小，則取食之。』」〔註117〕口腹之欲無疑是竹笋面臨的最大危險。白居易《食笋》：「且食勿踟躕，南風吹作竹。」盧仝《寄男抱孫》：「籜龍正稱冤，莫殺入汝口。」白居易勸食、盧仝諫食，此後勸食與諫食成了對立雙方的共同話題。穆修《友人燒笋之約未赴》：「久約燒林笋，何時會勝園。未嘗清氣味，每厭俗盤飧。漸痛烟犀老，方憐露錦繁。如何玉川子，苦惜籜龍冤。」〔註118〕以食笋爲願，不顧籜龍稱冤之說。袁說友《野堂惠老惠笋》：「春來不訟籜龍冤，每誦坡仙食無肉。」

〔註112〕《華陽國志校注》卷一一，第846頁。
〔註113〕《宋書》卷九一，第8冊第2245頁。
〔註114〕《南史》卷七五《沈道虔傳》，第1863頁。
〔註115〕〔宋〕曾慥編纂《類說》卷四三引《岳陽風土記》「竹生日」條，《四庫全書》第873冊第759頁上欄左。按，王汝濤等校注《類說校注》卷四三以爲引自《文心雕龍》（福建人民出版社，1996年，下冊第1323頁），誤。
〔註116〕〔清〕姚培謙撰、王雨霖整理《松桂讀書堂詩話》，蔣寅、張伯偉主編《中國詩學》第十二輯，北京：人民文學出版社，2008年，第293頁。
〔註117〕《杜詩詳注》卷一一，第897頁。
〔註118〕《全宋詩》第3冊第1615頁。

〔註119〕也是嗜食竹笋者的託詞。李光《憶笋》：「鄉味不可忘，坐想空涎流。人生各有適，勿語王子猷。」〔註120〕則借王子猷表達了對鄉味竹笋的掛念。

古代很早就形成蔬果被食比喻人才得用的象徵內涵。如古詩《橘柚有華實》云：「橘柚有華實，乃在深山側。聞君好我甘，竊獨自雕飾。委身玉盤中，歷年冀見食。芳菲不相投，青黃忽改色。人倘欲我知，因君爲羽翼。」詩人自比橘柚，希望委身玉盤，得到賞識。竹笋這方面的象徵意義較少。無論諫食還是護笋，首先出於愛材的考慮。竹笋成材，用途多多，如「護笋冀成筒」（元稹《春六十韵》）、「我欲添清閟，殷勤護籜龍」（王十朋《州宅雜咏·竹》）〔註121〕、「丁寧下番須留取，障日遮風却要渠」（曾幾《食笋》）〔註122〕。護竹除因爲其經濟價值外，更多的還是出於愛材和愛德的考慮。盧仝言籜龍稱冤，即是表達愛材之意。籜龍之材與口腹之欲相比，前者更爲重要，因此才有籜龍稱冤之說。護笋即是愛材，如「見竹不敢穿，生怕傷籜龍」（朱澳《入山二首·其一》）〔註123〕。諫食新笋也有愛材之意，如「高人愛笋如愛玉，忍口不餐要添竹」（楊萬里《謝唐德明惠笋》）〔註124〕、「丁寧莫採籜龍兒，造物成材各有時」（方一夔《看笋》）〔註125〕。陳造《愛笋》：「少忍充庖得補林，主人爲目不爲腹。論材似也子勝人，終竟鼻祖與膏馥。」〔註126〕「主人爲目不爲腹」顯然出於材美象徵的考慮。韓駒《答蔡伯世食笋》：「吾寧飽甘肥，憤咤那忍咽。請歸謂主孟，廚人後當諫。苦筥雜嘉蔬，沉香和甲煎。柯亭既誤椽，畫障或遭練。古來可歎事，千載寄明辨。作詩弔籜龍，助子當食歎。」〔註127〕用柯亭竹被誤用爲椽之典，發出誤才之歎。

其次，護笋也因爲竹笋的比德意義，所謂「他日要令高士愛，不應常共宰夫供」〔註128〕。新笋還具有淩雲之志等象徵內涵。如李商隱《初食笋呈座

〔註119〕《全宋詩》第48冊第29901頁。
〔註120〕《全宋詩》第25冊第16389頁。
〔註121〕《全宋詩》第36冊第22844頁。
〔註122〕《全宋詩》第29冊第18572頁。
〔註123〕《全宋詩》第47冊第29018頁。
〔註124〕《全宋詩》第42冊第26073頁。
〔註125〕《全宋詩》第67冊第42279頁。
〔註126〕《全宋詩》第45冊第28062頁。
〔註127〕《全宋詩》第25冊第16588頁。
〔註128〕李廌《友人董耘饋長沙貓笋廌以享太史公太史公輒作詩爲貺因笋寓意且以爲贈耳廌即和之亦以寓自興之意且述前相知之情焉》，《全宋詩》第20冊第13629頁。

中》云：「嫩籜香苞初出林，五陵論價重如金。皇都陸海應無數，忍剪凌雲一寸心。」借諫食新笋表達了對新笋凌雲之志的珍愛。蘇軾多次表達愛笋護竹之意。其《於潛僧綠筠軒》：「可使食無肉，不可使居無竹。無肉令人瘦，無竹令人俗。人瘦尚可肥，俗士不可醫。旁人笑此言，似高還似痴。若對此君仍大嚼，世間那有揚州鶴。」〔註129〕李俊民《一字百題示商君祥・竹》：「瀟灑能醫俗，檀欒看上番。我寧負此腹，忍使籜龍寃。」〔註130〕都可見護笋諫食的目的是爲了有竹「醫俗」。諫食護笋還爲了竹笋的凌寒堅貞之性。蘇軾《和黃魯直食笋》：「蕭然映樽俎，未肯雜菘芥。君看霜雪姿，童稚已耿介。胡爲遭暴橫，三嗅不忍嘬。」〔註131〕再如「籜龍似欲號無罪，食客安知惜後凋」（蘇轍《食櫻笋二首》其二）〔註132〕、「著庭謹護籜龍兒，養就堅高抗雪姿」（程大昌殘句）〔註133〕、「斧斤幸貸凌雲姿，留以觀渠歲寒操」（元李孝光《笋》），也都表達了同樣的意識。愛笋也爲了待鳳，待鳳有等待成材的意蘊，如「憑師養取成修竹，截管終令作鳳吟」（強至《若師院咏笋》）〔註134〕。鳳凰象徵祥瑞，鳳至是治世之象，也有實現理想的意蘊，如「諸兒莫拗成蹊笋，從結高籠養鳳凰」（陳陶《竹》十一首之八）、「養就翠梢如結實，來儀當有鳳師師」（王炎《將使送玉堂春花江南竹笋次韵二絕》其二）〔註135〕。

二、竹子材用及其比德內涵

竹子本是極具觀賞價值的植物。單以美感而言，也不輸於一般植物，因此常以其美感譬喻人才，如「士實塗泥，美非竹箭」（何遜《爲孔導辭建安王箋》）〔註136〕。吳均《贈周興嗣詩四首》其三：「與君初相知，不言異一宿。意欲襄衣裳，陰雲亂人目。之子伏高臥，伊予空杼軸。無因渡淇水，見此猗猗竹。」〔註137〕所言「猗猗竹」雖有隱逸內涵，也是以竹子之美比喻人才之美。

〔註129〕《全宋詩》第 14 冊第 9176 頁。

〔註130〕〔金〕李俊民撰《莊靖集》卷三，《四庫全書》第 1190 冊第 561 頁上欄右。

〔註131〕《全宋詩》第 14 冊第 9329 頁。

〔註132〕《全宋詩》第 15 冊第 10144 頁。

〔註133〕《全宋詩》第 38 冊第 24017 頁。

〔註134〕《全宋詩》第 10 冊第 6964 頁。

〔註135〕《全宋詩》第 48 冊第 29807 頁。

〔註136〕《全上古三代秦漢三國六朝文・全梁文卷五九》，第 4 冊第 3303 頁下欄左。

〔註137〕《先秦漢魏晉南北朝詩・梁詩卷一一》，中冊第 1740 頁。

就竹子譬喻人才這一象喻角度而言，材質功用是取譬的重要因素。明代
張寧《方洲雜言》：

> 草木中耐寒者極多，素馨、車前、鳳尾、治薔、薜荔、石菖蒲、
> 冬青、木犀、山梔、黃楊、石楠、山茶，不可勝紀。然惟松柏梅竹
> 獨擅晚節之名，豈以其材能適用，不專取其耐寒耶？人有偏長之德，
> 而無所取材，亦不足稱矣。〔註138〕

草木之受重視與否，其比德意義豐富與否，可能有多種原因，但材用確實是
重要因素之一。竹子經濟價值體現在編製竹器的細微方面，如「製以靈木，
絡以奇竹」（孫惠《維車賦》）〔註139〕、「天恩罔極，特賜纖絺細竹」（諸葛
恢《表》）〔註140〕，甚至竹頭木屑也有重要用途〔註141〕。竹子更是關乎國
計民生的重要植物，我們可以從正反兩方面舉例說明。如《後漢書‧公孫述
傳》：「蜀地沃野千里，土壤膏腴，果實所生，無穀而飽。女工之業，覆衣天
下。名材竹幹，器械之饒，不可勝用。」〔註142〕《陳書‧華皎傳》：「皎起
自下吏，善營產業，湘川地多所出，所得併入朝廷，糧運竹木，委輸甚眾；
至於油蜜脯荼之屬，莫不營辦。」〔註143〕虞玩之《陳時事表》：「備豫都庫，
材竹俱盡。」〔註144〕稱「名材竹幹」、「竹木」、「材竹」，可見竹子經濟價值；
竹子經濟價值的收入與損失關乎國家經濟命脈，可見其重要性。伏滔《正淮
論》：「龍泉之陂，良疇萬頃，舒六之貢，利盡蠻越，金石皮革之具萃焉，苞
木箭竹之族生焉，山湖藪澤之隈，水旱之所不害，土產草滋之實，荒年之所
取給。此則繫乎地利者也。」〔註145〕《晉書‧姚興傳下》：「（姚）興以國用
不足，增關津之稅，鹽竹山木皆有賦焉。」〔註146〕從這些例子都可見竹子

〔註138〕〔明〕張寧撰《方洲雜言》，北京：中華書局，1985年，第2頁。
〔註139〕《全上古三代秦漢三國六朝文‧全晉文卷一一五》，第2冊第2119頁下欄左。
〔註140〕《全上古三代秦漢三國六朝文‧全晉文卷一一六》，第2冊第2123頁下欄右。
〔註141〕《晉書‧陶侃傳》載：「時造船，木屑及竹頭悉令舉掌之，咸不解所以。後
　　　　正會，積雪始晴，聽事前餘雪猶濕，於是以屑布地。及桓溫伐蜀，又以侃
　　　　所貯竹頭作丁裝船。其綜理微密，皆此類也。」見《晉書》卷六六，第6
　　　　冊第1774頁。
〔註142〕《後漢書》卷一三，第2冊第535頁。
〔註143〕〔唐〕姚思廉撰《陳書》卷二○《華皎傳》，北京：中華書局，1972年，第2
　　　　冊第272頁。
〔註144〕《全上古三代秦漢三國六朝文‧全齊文卷一八》，第3冊第2890頁上欄右。
〔註145〕《晉書》卷九二《伏滔傳》，第8冊第2400頁。
〔註146〕《晉書》卷一一八，第10冊第2994頁。

給國家帶來的經濟收益，故稱「信竹箭之爲珍，何玨玞之罕値」（江總《修心賦》）〔註147〕。《史記‧貨殖列傳》說：「渭川千畝竹，……此其人皆與千戶侯等。」〔註148〕這本是就竹子的經濟價值而言，後來卻演變成封侯加官的爵位分封，在官本位的封建社會，這表達了崇高的敬意。

竹子經濟價值很高、材用廣泛，故常以之譬喻人才。袁宏《三國名臣頌》：「赫赫三雄，并回乾軸。競收杞梓，爭採松竹。鳳不及棲，龍不暇伏。谷無幽蘭，嶺無停菊。」〔註149〕即以「松竹」與「杞梓」並列，譬喻人才。《隋書‧經籍志四》：「訖於有隋，四海一統，採荊南之杞梓，收會稽之箭竹，辭人才士，總萃京師。」雖加進地名，也是同樣的意思。再如晚唐司空圖《詩品‧典雅》曰：「坐中佳士，左右修竹。」〔註150〕以「修竹」比喻人才其實是兼取其美感與材用而言。當竹子比喻人才成爲普遍意識時，人才亡故也就被說成竹枯林殘。如晉桓玄《王孝伯誄》：「川岳降神，哲人是育。既爽其靈，不貽其福。天道茫昧，孰測倚伏？犬馬反噬，豺狼翹陸。嶺摧高梧，林殘故竹。人之云亡，邦國喪牧。於以誄之，爰旌芳鬱。」〔註151〕

以上是籠統而言，如就產竹地域而言，江南最多。如釋智顗《與晉王書論毀寺》：「若須營造治葺城隍，江南竹木之鄉，採伐彌易。」〔註152〕故有「北獻氈裘，南貢金竹」（謝靈運《武帝誄》）〔註153〕之說。其中東南又是最爲引人矚目的地區之一。《爾雅‧釋地》：「東南之美者，有會稽之竹箭焉。」東南之地自古產竹箭，也盛產人才，尤其晉室南渡以後成爲人才薈萃之地，因此以會稽竹箭比喻人才就帶上了濃厚的地域文化色彩。我們可以從歷代文獻中感受其情形：

> 曩聞延陵之理樂，今睹吾子之治《易》，乃知東南之美者，非但會稽之竹箭焉。（孔融《答虞仲翔書》）〔註154〕

> 早棄幼志，夙耽強學。唯道是修，何土不樂。將英竹箭，聊遊

〔註147〕《陳書》卷二七《江總傳》，第 2 冊第 344 頁。
〔註148〕《史記》卷一二九《貨殖列傳》，第 10 冊第 3272 頁。
〔註149〕《晉書》卷九二《袁宏傳》，第 8 冊第 2394 頁。
〔註150〕〔唐〕司空圖著、郭紹虞集解《詩品集解》，北京：人民文學出版社，1963 年，第 12 頁。
〔註151〕《全上古三代秦漢三國六朝文‧全晉文卷一一九》，第 3 冊第 2145 頁上欄左。
〔註152〕《全上古三代秦漢三國六朝文‧全隋文卷三二》，第 4 冊第 4204 頁下欄右。
〔註153〕《全上古三代秦漢三國六朝文‧全宋文卷三三》，第 3 冊第 2618 頁下欄左。
〔註154〕《全上古三代秦漢三國六朝文‧全後漢文卷八三》，第 1 冊第 921 頁下欄左。

稽嶽。容止可觀，進退可度。（虞義《贈何錄事諲之詩十章》其三）
〔註155〕

　　東南季子，上國賈生。會稽竹箭，嶧陽孤莖。物產因地，品賦斯徵。孰若兼美，羽儀上京。（到洽《答秘書丞張率詩》八章其一）
〔註156〕

　　況才非會稽之竹，質謝昆吾之金。（溫子升《爲安豐王延明讓國子祭酒表》）〔註157〕

　　足下泰山竹箭，浙水明珠，海內風流，江南獨步。（李昶《答徐陵書》）〔註158〕

　　開府漢南杞梓，每軫虛衿，江東竹箭，亟疲延首，故束帛聘申，蒲輪徵伏。（後周武帝《優詔答沉重》）〔註159〕

　　至若桃花水上，佩蘭若而續魂；竹箭山陰，坐蘭亭而開宴。（楊炯《幽蘭賦》）〔註160〕

竹材之美者多出東南，因此「會稽竹箭」成爲熟語。稱美竹箭之才有時也會涉及其他地域。如「無因渡淇水，見此猗猗竹」（吳均《贈周興嗣詩四首》其三）〔註161〕，是因《詩經·淇奧》「綠竹猗猗」而來，地屬北方。

　　以竹材喻人才有多方面內涵，形成秋竹、竹筠、竹材、竹箭等不同的詞彙意象與取譬角度。《禮記·月令第六》：「（仲冬）日短至，則伐木，取竹箭。」漢鄭玄注：「此其堅成之極時。」竹子秋季堅成，故古以秋竹爲美。《抱朴子·附錄》：「雲母芝生於名山之陰，青蓋赤莖。味甘，以季秋竹刀採之，陰乾治食，使人身光，壽千萬歲。」〔註162〕用季秋竹刀是因其質堅。宋玉《諷賦》：「（主人之女）爲臣炊雕胡之飯，烹露葵之羹，來勸臣食。以其翡翠之釵，掛臣冠纓，臣不忍仰視。爲臣歌曰：『歲將暮兮日已寒，中心亂兮勿多言。』臣復援琴而鼓之，爲《秋竹》、《積雪》之曲。」〔註163〕《秋竹》之曲名也

〔註155〕《先秦漢魏晉南北朝詩·梁詩卷五》，中冊第1607頁。
〔註156〕《先秦漢魏晉南北朝詩·梁詩卷一三》，中冊第1787頁。
〔註157〕《全上古三代秦漢三國六朝文·全後魏文卷五一》，第4冊第3764頁下欄右。
〔註158〕《全上古三代秦漢三國六朝文·全後周文卷六》，第4冊第3913頁上欄左。
〔註159〕《全上古三代秦漢三國六朝文·全後周文卷三》，第4冊第3896頁上欄右。
〔註160〕《全唐文》卷一九〇，第2冊第1920頁下欄左。
〔註161〕《先秦漢魏晉南北朝詩·梁詩卷一一》，中冊第1740頁。
〔註162〕《抱朴子內篇校釋》附錄一，第330頁。
〔註163〕曹文心《宋玉辭賦》，合肥：安徽大學出版社，2006年，第248頁。

是取意於其堅貞之性。秋竹堅貞之性還來自傲霜淩雪，如「但能淩白雪，貞心蔭曲池」（謝朓《秋竹曲》）〔註164〕。因此常以秋竹比人才之美，如「若乃智是童子，措志雕蟲，藻思內流，英華外發。葳蕤秋竹，照曜春松」（劉峻《與舉法師書》）〔註165〕。秋竹喻人堅貞在唐代更爲普遍。白居易曾以「有節秋竹竿」（《贈元稹》）比元稹。元稹《種竹》也云：「昔公憐我直，比之秋竹竿。」白居易取象於秋竹竿，不僅因其剛直、有節，更因其堅貞之性。白居易《酬元九對新栽竹有懷見寄》對此說得更爲明白：「昔我十年前，與君始相識。曾將秋竹竿，比君孤且直。中心一以合，外事紛無極。共保秋竹心，風霜侵不得。」

　　竹筠是竹子外在美的體現。《禮記・禮器》：「其在人也，如竹箭之有筠也，如松柏之有心也。」鄭玄注：「筠，竹之青皮也。」以竹箭之筠比人之操守。《文選・江淹〈雜體詩・效謝惠連「贈別」〉》：「靈芝望三秀，孤筠情所託。」李善注引韋昭《漢書》注：「竹皮，筠也。」由竹筠也可見竹子淩寒堅貞之性，如「特達圭無玷，堅貞竹有筠」（劉禹錫《許給事見示哭工部劉尚書詩因命同作》）。更多情況下，竹筠體現的還是竹子材用。清洪頤煊《讀書叢錄》卷四：「《說文》無筠字。《說文》：『篔，竹膚也。從竹民聲。』『筹，析竹篔也。』是析竹皮黃者爲筹，皮青者爲篔。篔即筠字。」竹子青皮是上等編織材料，優於黃篾。即使單純作爲審美對象，竹筠也具有美感，所以也以之譬喻人才。

　　竹子材用體現於很多方面。如高無際《大明西垣竹賦》云：「若夫製爲用也，則笙可以下鳳凰，笛可以奏宮商，筆可以播文章，管可以調陰陽，信無施而不可，若有待而韜光。」〔註166〕所言樂器、筆等，僅是竹製品的極小部分。再如「織可承香汗，裁堪釣錦鱗。三梁曾入用，一節奉王孫」（李賀《竹》），是簟席、釣竿與冠冕。竹子材用中形成人才象喻的如竹杖等。馮植《竹杖銘》：「杖必取材，不必用味。相必取賢，不必所愛。都蔗雖甘，猶不可杖。佞人悅己，亦不可相。」〔註167〕此云爲杖選材的標準，其實也隱寓爲國選才的標準。蘇彥《邛竹杖銘》：「安不忘危，任在所杖。秀矣雲材，勁直條暢。節高質貞，霜雪彌亮。圓以應物，直以居當。妙巧無功，奇不待

〔註164〕《先秦漢魏晉南北朝詩・齊詩卷三》，中冊第1418頁。
〔註165〕《全上古三代秦漢三國六朝文・全梁文卷五七》，第4冊第3287頁上欄右。
〔註166〕《全唐文》卷九五〇，第10冊第9863頁下欄左。
〔註167〕《全上古三代秦漢三國六朝文》，第4冊第4242頁。

匠。君子是扶，逍遙神王。」〔註168〕所云勁直條暢、節高質貞、圓、直等，雙關了竹杖與人才的品格特點。

　　弓箭也是竹子材用的重要方面。《說文・竹部》：「箭，矢竹也。」王筠句讀：「《眾經音義》：箭，矢竹也。大身小葉曰竹，小身大葉曰箭。」沈括說：「東南之美，有會稽之竹箭。竹爲竹，箭爲箭，蓋二物也。今採箭以爲矢，而通謂矢爲箭者，因其材名之也。至於用木爲笴，而謂之箭，則謬矣。」〔註169〕箭由竹子名稱而成軍事器具名稱，進而成爲人才象徵，可見其軍事價值的影響。竹箭軍事用途主要是竹矢。如江統《弧矢銘》：「幽都筋角，會稽竹矢，率土名珍，東南之美，易以獲隼，詩以殣兕，伐叛柔服，用威不韙。」〔註170〕冷兵器時代的戰爭中，竹箭的需求量很大，如「箭擁淇園竹，劍聚若溪銅」（蕭繹《藩難未靜述懷詩》）〔註171〕、「河內供軍，豈但淇園之竹」（庾信《周太子太保步陸逞神道碑》）〔註172〕，可見竹箭之需。這種重要而普遍的軍事用途成就了竹箭的人才之喻，如「有才稱竹箭，無用忝絲綸」（裴讓之《公館燕酬南使徐陵詩》）〔註173〕。《陳書・留異傳》：「緝邦膏腴，稽南殷曠，永割王賦，長壅國民，竹箭良材，絕望京輦，萑蒲小盜，共肆貪殘，念彼餘甿，兼其慨息。」〔註174〕竹箭也稱良材。「竹待羽栝，木資剞劂」（到洽《答秘書丞張率詩》八章其二）〔註175〕，比喻才待磨礪。王融《爲王儉讓國子祭酒表》：「況臣仁慚富侶，德謝潤身，識陋令經，器非匣重。何以升墜道於殊身，反斯文於遙日，將使良機修竹，無增瑩羽，敬遜務時，遂騫星歲。」〔註176〕以「良機修竹」比喻人才，「良機修竹，無增瑩羽」謙稱自己不能使人才得到美飾。「竹箭」成詞，可見其早期軍事用途。人才遭厄因此稱竹箭摧殘。如杜弼《檄梁文》：「但恐兵車之所轔轢，劍騎之所蹂踐，杞梓於焉傾折，竹箭以此摧殘，若吳之王孫，蜀之公子，順時以動，見機而作，面縛銜璧，肉袒牽羊，歸款軍門，委命下吏，當使焚櫬而出，拂席相待，必

〔註168〕　《全上古三代秦漢三國六朝文・全晉文卷一三八》，第 3 冊第 2255 頁下欄。
〔註169〕　《新校正夢溪筆談》卷二二，第 222 頁。
〔註170〕　《全上古三代秦漢三國六朝文・全晉文卷一〇六》，第 2 冊第 2070 頁下欄右。
〔註171〕　《先秦漢魏晉南北朝詩・梁詩卷二五》，下冊第 2037 頁。
〔註172〕　《全上古三代秦漢三國六朝文・全後周文卷一三》，第 4 冊第 3945 頁上欄右。
〔註173〕　《先秦漢魏晉南北朝詩・北齊詩卷一》，下冊第 2262 頁。
〔註174〕　《陳書》卷三五，第 2 冊第 485 頁。
〔註175〕　《先秦漢魏晉南北朝詩・梁詩卷一三》，中冊第 1787 頁。
〔註176〕　《全上古三代秦漢三國六朝文・全齊文卷一二》，第 3 冊第 2855 頁下欄左。

以楚材，將爲晉用。」〔註177〕

三、護竹與識才、賞竹與愛德

借竹子表達人才不爲世用的意蘊，有很多典故詞彙，如「修竹隱山陰」（阮籍《咏懷詩八十二首》其四十五）等。漁父用作漁竿也表示材非所用，如「第一莫教漁父見，且從蕭颯滿朱欄」（李遠《鄰人自金仙觀移竹》）、「愛從抽馬策，惜未截魚竿」（白居易《題盧秘書夏日新栽竹二十韵》）。鳳凰不至也可譬喻世無知音，如「孤鳳竟不至，坐傷時節闌」（元稹《種竹》）。待鳳有期盼知音之意，如「盡待花開添鳳食」（殷文圭《題友人庭竹》）、「願抽一莖實，試看翔鳳來」（江洪《和新浦侯齋前竹詩》）〔註178〕。費長房「仙竹成龍」的典故也可藉以表達人才得用的願望，如「欲知抱節成龍處，當於山路葛陂中」（張正見《賦得階前嫩竹》）〔註179〕、「法堂猶集雁，仙竹幾成龍」（江總《入龍丘岩精舍詩》）〔註180〕、「莫恨成龍晚，成龍自有時」（許晝《江南竹》）。

相對而言，竹子被製成樂器就意味著材質得到利用，從象徵意義上說，也就是蒙恩見用。如西漢王褒《洞簫賦》云：「幸得謚爲洞簫兮，蒙聖主之渥恩。」這與他「夫賢者，國家之器用也」（《聖主得賢臣頌》）的觀點也相一致。歷史上的竹子知音多是這一類識材識器者。龔斆《跋竹坪圖》云：

> 嘗思古人好物者多矣，皆一見而不再聞，豈物遇各有其時，抑亦人有古今之不相逮與？如菊之見知於陶潛，潛以下未見其人也；梅之見重於林逋，逋以下未見其人也；蓮之見愛於茂叔，茂叔以下未見其人也。豈果無其人哉？特後之好者不逮於古人，似若物不再遇焉耳。惟竹之遇爲不類焉，嶰谷之管，伶倫取之；《淇澳》之什，詩人咏之；竹林由晉之七賢而名彰，竹溪由唐之六逸而迹著，如子猷之居蔣詡之徑，胡可悉數？〔註181〕

在與其他花木的比較中可見有影響的竹子知音之多，這些知音愛賞竹子的原因不限於某一方面，而涉及樂器、隱逸等不同內涵。

〔註177〕《全上古三代秦漢三國六朝文‧全北齊文卷五》，第4冊第3855頁下欄左。
〔註178〕《先秦漢魏晉南北朝詩‧梁詩卷二六》，下冊第2074頁。
〔註179〕《先秦漢魏晉南北朝詩‧陳詩卷三》，下冊第2499頁。
〔註180〕《先秦漢魏晉南北朝詩‧陳詩卷八》，下冊第2582頁。
〔註181〕〔明〕龔斆撰《鵝湖集》卷六，《四庫全書》第1233冊第683頁。

　　竹子可製樂律與樂器。《晉書‧律曆志》:「金質從革，侈弇無方；竹體圓虛，修短利製。是以神瞽作律，用寫鐘聲。」〔註182〕這是竹子用於樂律。竹子還可用於製作樂器，如簫、笛、笙等。首先要選擇良材。曹植《與吳季重書》:「伐雲夢之竹以爲笛。」〔註183〕夏侯淳《笙賦》:「爾乃採桐竹，剪朱密。摘長松之流肥，咸崑崙之所出。」〔註184〕庾信《角調曲二首》其二:「尋芳者追深徑之蘭，識韻者探窮山之竹。」〔註185〕可見良材多在深山或特定地域，良材需要識者。劉孝先《咏竹詩》:「竹生荒野外，梢雲聳百尋。無人賞高節，徒自抱貞心。恥染湘妃淚，羞入上宮琴。誰能製長笛，當爲吐龍吟。」〔註186〕製成長笛也就意味著材得所用。明代謝肅《竹梧深記》云:「子知竹梧爲簫笙琴瑟之材，又知簫笙琴瑟爲羲農虞周之樂，則不可不知天地正聲，無古無今，未嘗不在也，獨竹梧乎？獨簫笙琴瑟乎？雖然，夫審聲以知音，審音以知樂，審樂以知政，此聖賢之學在隱人所當勉焉以盡力者也。」又從竹子材用的角度引出爲政的道理。清代鄭板橋《濰縣署中畫竹呈年伯包大中丞括》:云「衙齋臥聽蕭蕭竹，疑是民間疾苦聲。些小吾曹州縣吏，一枝一葉總關情。」與此一脈相承。在竹材比喻人才的意識觀照下，古代傳說中與竹子相關的識才知音者著名的有伶倫、蔡邕、王徽之等人。

　　伶倫，傳說中爲黃帝時樂官，樂律的創始者。《呂氏春秋‧古樂》載:「昔黃帝令伶倫作爲律，伶倫自大夏之西，乃之阮隃之陰，取竹於嶰谿之谷，以生空竅厚鈞者，斷兩節間——其長三寸九分——而吹之，以爲黃鍾之宮，吹曰舍少，次制十二筒，以之阮隃之下，聽鳳皇之鳴，以別十二律。其雄鳴爲六，雌鳴亦六，以比黃鍾之宮，適合；黃鍾之宮皆可以生之。」〔註187〕此後伶倫成爲知音識材者的代稱。「但恨非嶰谷，伶倫未見知」(虞羲《見江邊竹詩》)〔註188〕、「莫言棲嶰谷，伶倫不復吹」(張正見《賦得山中翠竹詩》)〔註189〕、「所欣高蹈客，未待伶倫吹」(賀循《賦得夾池修竹詩》)〔註190〕，

〔註182〕《晉書》卷一六，第2冊第473頁。
〔註183〕《全上古三代秦漢三國六朝文‧全三國文卷一六》，第2冊第1140頁上欄右。
〔註184〕《全上古三代秦漢三國六朝文‧全晉文卷六九》，第2冊第1859頁。
〔註185〕《先秦漢魏晉南北朝詩‧北周詩卷五》，下冊第2429頁。
〔註186〕《先秦漢魏晉南北朝詩‧梁詩卷二六》，下冊第2066頁。
〔註187〕張雙棣等譯注《呂氏春秋譯注》，長春:吉林文史出版社，1987年，第140頁。
〔註188〕《先秦漢魏晉南北朝詩‧梁詩卷五》，中冊第1608頁。
〔註189〕《先秦漢魏晉南北朝詩‧陳詩卷三》，下冊第2496頁。
〔註190〕《先秦漢魏晉南北朝詩‧陳詩卷六》，下冊第2554頁。

南朝的這些詩句都基於這樣的前提：伶倫是識才者。王績《古意》則表達了
另一種憂慮：

> 竹生大夏谿，蒼蒼富奇質。綠葉吟風勁，翠莖犯霄密。
> 霜霰封其柯，鸞鷟食其實。寧知軒轅後，更有伶倫出。
> 刀斧俄見尋，根株坐相失。裁爲十二管，吹作雄雌律。
> 有用雖自傷，無心復招疾。不如山下草，離離保終吉。

用莊子之意，表達材者見伐、不材者得保天年的主旨，可見對黑暗社會的憤
憤不平。清陳夢雷《題友人墨竹》詩：「伶倫已往嶰谷空，對此令人空歎息。」
是悲歎既無人才亦無知音的社會環境。如果說伶倫是慧眼識才，那麼蔡邕是
慧眼救材。晉伏滔《長笛賦》序云：

> 余同僚桓子野，有故長笛，傳之耆老，云蔡邕之所作也。初邕
> 避難江南，宿於柯亭，柯亭之觀，以竹爲椽。邕仰而眄之曰：「良竹
> 也。」取以爲笛，奇聲獨絕。歷代傳之，以至於今。〔註191〕

《搜神記》則記載另一民間流傳的版本：「一云邕告吳人日：『吾昔嘗經會稽
高遷亭，見屋東間第十六竹椽，可爲笛。取用，果有異聲。』」〔註192〕蔡邕
精於音律，關於他的知音故事還有「焦尾琴」的傳說。吳人燒桐以爨，邕聞
火烈之聲而知爲良木，因請裁爲琴，果有美音，而其尾猶焦，故呼日「焦尾
琴」。也是慧眼救良材於厄運。庾信《擬連珠四十四首》其三十四：「若賞其
聲，吳亭有已枯之竹。」即詠此事。琴材「半死半生」，可追溯到枚乘《七
發》龍門之桐「其根半死半生」。枚乘《七發》及眾多仿作都突出琴材得自
自然環境之氣，爲悲情哀感所聚集，因而製成琴後其琴聲才悲切感人。這種思
維方式本質上屬於天人感應觀念。竹子既是製作樂器的良材，老死深山或架
爲屋椽都可比爲人才的不遇於時，所謂「不逢仁人，永爲枯木」（劉安《屏
風賦》）；其得遇徵錄，製爲良器，又可象徵人才「列在左右，近君頭足」（劉
安《屏風賦》）。

　　王徽之也是竹子的知音，他的好竹不同于伶倫、蔡邕等人，他不是識材，
而是賞美，這就開拓了竹子的精神象徵意義。《晉書》本傳載：「時吳中一士
大夫家有好竹，欲觀之，便出坐輿造竹下，諷嘯良久。主人灑掃請坐，徽之

〔註191〕《全上古三代秦漢三國六朝文・全晉文卷一三三》，第 3 冊第 2226 頁上欄
　　　　左。
〔註192〕《搜神記》卷一三，第 167 頁。

不顧。將出，主人乃閉門，徽之便以此賞之，盡歡而去。嘗寄居空宅中，便令種竹。或問其故，徽之但嘯咏，指竹曰：『何可一日無此君邪！』」〔註193〕王徽之直接以竹子爲審美對象，愛竹成癖，因他的愛賞，竹子遂有「此君」之名。後人遂想像竹子的諸多象徵意義，繫於王子猷以表達知音之遇的感慨，如「不是山陰客，何人愛此君」（杜牧《題劉秀才新竹》），「山陰客」即指王徽之，其他如「自是子猷偏愛爾，虛心高節雪霜中」（劉兼《新竹》）、「子猷歿後知音少，粉節霜筠謾歲寒」（羅隱《竹》）、「歲寒高節誰能識，獨有王猷愛此君」（牟融《題陳侯竹亭》），也都附會王子猷愛竹的各種比德內涵，可見王子猷雖與伶倫、蔡邕同爲竹子的知音，卻又與他們不同。如果說識材是基於良材見用、君臣遇合的象徵，那麼王徽之的賞竹更大程度上是因爲氣類相近而以竹爲友、引爲同調。這種以竹爲友的意識在唐代更多地表現爲竹子的比德內涵，如呂溫《合江亭檻前多高竹不見遠岸花客命剪之感而成咏》：「吉凶豈前卜，人事何翻覆。緣看數日花，卻剪凌霜竹。常言契君操，今乃妨眾目。自古病當門，誰言出幽獨。」所謂「君操」、「幽獨」，實際是就竹子的比德與隱逸內涵而言。

第五節　竹子與其他花木的比德組合

竹子的人格比德內涵是多方面的，還可與其他植物形成比德組合，如虛心可配梧桐，凌寒可配松柏，清瘦可擬梅花，這是同氣相求，也是異類互補。著名的比德組合，如歲寒三友松竹梅、四君子梅蘭竹菊等。松、竹、梅雖隸屬不同屬科，卻都不畏嚴寒，逐漸被文人們譽爲「歲寒三友」，賦予理想人格和精神訴求。後代還形成一些較爲大型的物物組合，如明代駱文盛（1497～1554）山寺十友爲：蒼髯翁松、抱節君竹、冰雪主人梅、晚香居士菊、懷素子水仙、碧萊道人菖蒲、秋江逸客木芙蓉、月露主人梧桐、幽芳處士蘭、雲華仙蓮。錢士升（？～1651）十友則曰：茶醒友、鷗閒友、雪潔友、菊貞友、石介友、松高友、蘭芳友、香清友、竹篆友、楓葉紅友。〔註194〕以下選取松竹、竹柏、梅竹三種組合，探討其比德意義。

〔註193〕《晉書》卷八〇，第 7 冊第 2103 頁。
〔註194〕參考范景中《竹譜》，載范景中、曹意強主編《美術史與觀念史》第Ⅶ輯，南京師範大學出版社，2009 年，第 264 頁。

一、松 竹

　　松竹合咏，始見於《詩經・小雅・斯干》「如竹苞矣，如松茂矣」，雖讚揚貴族宮室，也是松竹并譽。毛傳：「苞，本也。」箋：「以竹言苞，而松言茂，明各取一喻。以竹笋叢生而本概，松葉隆多而不凋，故以爲喻。其實竹葉亦多青。《禮器》曰：『如竹箭之有筠，如松柏之有心，故貫四時而不改柯易葉。』是也。」〔註195〕可見說「竹苞」、「松茂」都有取其四季不凋的用意。松柏淩寒不凋進入人們視野較早。《論語・子罕》：「歲寒，然後知松柏之後凋也。」其後松柏的比德意義在漢代得到進一步發展〔註196〕，松竹連譽的大量出現則要到晉代。

　　松竹具有相近的美感特色。如「松篁日月長，蓬麻歲時密」（周舍《還田舍詩》）〔註197〕，這是茂密。「猗歟松竹，獨蔚山皐。肅肅修竿，森森長條」（戴逵《松竹贊》）〔註198〕，這是株體修長。「簹竹既大，薄且空中，節長一丈，其直如松」（沈懷遠《博羅縣簹竹銘》）〔註199〕，這是說形直。「喬松翠竹絕纖埃」（張宗永《題陳相別業》）〔註200〕，是說其高潔。松竹在顏色美感、形態氣質等方面也有互補，如「窗竹多好風，檐松有嘉色」（白居易《玩松竹二首》其二）、「白雲入窗牖，野翠生松竹」（李赤《姑熟雜咏・淩歊臺》）、「松氣清耳目，竹氛碧衣襟」（孟郊《陪侍御叔遊城南山墅》）。因爲美感氣質接近，松竹常常被同時提及，具有共同的象徵意義，如「人亦有言，松竹有林，及爾臭味，異苔同岑」（郭璞《贈溫嶠詩》）〔註201〕。

　　由於美感和質性有相近之處，故而松竹并提較爲常見。有人刻意將松竹互比或與其他植物評比高下。如王貞白《述松》：「歲寒虛勝竹，功績不如桑。」

〔註195〕《毛詩正義》卷十一之二，第 682 頁。

〔註196〕周均平《「比德」「比情」「暢神」——論漢代自然審美觀的發展和突破》：「對《論語・子罕》孔子『歲寒然後知松柏之後凋也』的以松柏比德的命題，漢代闡釋發揮者更多。劉安《淮南子・俶眞訓》、司馬遷《史記・伯夷列傳》、王符《潛夫論・交際》、應劭《風俗通義・窮通》，都曾引用和發揮了這一命題，或以歲寒比喻亂世，或以歲寒比喻事難，或以歲寒比喻勢衰，無不以松柏比君子遇難臨厄而不失堅貞的品德。」見山東師大文藝學網頁　　網址：http://www.sdnuwyx.com/newest/shownews.asp 抬 newsid=1212。

〔註197〕《先秦漢魏晉南北朝詩・梁詩卷一三》，中冊第 1774 頁。

〔註198〕《全上古三代秦漢三國六朝文・全晉文卷一三七》，第 3 冊第 2250 頁下欄左。

〔註199〕《全上古三代秦漢三國六朝文・全宋文卷四五》，第 3 冊第 2685 頁上欄左。

〔註200〕《全宋詩》第 7 冊第 4395 頁。

〔註201〕《先秦漢魏晉南北朝詩・晉詩卷一一》，中冊第 864 頁。

李山甫《松》：「桃李傍他眞是佞，藤蘿攀爾亦非群。平生相愛應相識，誰道修篁勝此君。」其實松竹的形象美感因素中「同」要多於「異」，松竹都以株體修長高大偉岸爲美，故多松竹並舉，稱爲喬松修竹。如郭璞《贈溫嶠詩》五章其三：「人亦有言，松竹有林。及爾臭味，異苕同岑。義結在昔，分涉於今。我懷惟永，載咏載吟。」〔註202〕以「松竹有林」喻氣味相投，所謂「義結在昔，分涉於今」，指昔「合」今「分」。這說的是友情。《漢魏南北朝墓誌彙編》載《魏故處士元君墓誌》云：「君資性夙靈，神儀卓爾，少玩之奇，琴書逸影。雖曾閔淳孝，無以加其前；顏子餐道，亦莫邁其後。日就月將，若望舒蕩魄；年成歲秀，若騰曦潔草。松鄰竹侶，熟不仰歎矣。」〔註203〕庾信《周兖州刺史廣饒公宇文公神道碑》：「如松之茂，如竹之筠。」〔註204〕都是取松竹形象之美。因此裁松植竹以形成松竹成陰之景，還是遊於松竹之林以寄傲舒嘯，士大夫在松竹間的活動較多，如蕭統《錦帶書十二月啓·蕤賓五月》：「追涼竹徑，託蔭松閒。彈伯雅之素琴，酌嵇康之綠酒。縱橫流水，酩酊頹山。實君子之佳遊，乃王孫之雅事。」〔註205〕

松竹並舉，更主要的是因爲它們共同具有的比德內涵，如有節與凌寒不凋等。竹子之節既指圓環，也指生長枝杈之處，松樹則有節無環。松樹之節應用於人格比德，可能是松竹并提的原因之一，如「蓋隱約而得道兮，羌窮悟而入術。離塵垢之窈冥兮，配喬松之妙節」（馮衍《顯志賦》）〔註206〕、「森森如千丈松，雖磊砢有節目，施之大厦，有棟梁之用」（《世說新語·賞譽》）。秋冬季節突顯松竹的堅貞，人們言及松竹，總以霜雪爲背景，如「寧知霜雪後，獨見松竹心」（江淹《效阮公詩十五首》其一）〔註207〕、「修竹貞松，含霜抱雪」（江總《梁故度支尙書陸君誄》）〔註208〕，故稱「若似松篁須帶雪」（司空圖《楊柳枝壽杯詞》其十五）〔註209〕。形容嚴寒則稱松竹凋傷。張天錫云：「睹松竹，則思貞操之賢。」〔註210〕宗欽《贈高允詩》十二章其

〔註202〕　《先秦漢魏晉南北朝詩·晉詩卷一一》，中冊第864頁。
〔註203〕　《漢魏南北朝墓誌彙編·北魏·魏故處士元君墓誌》，第68頁。
〔註204〕　《全上古三代秦漢三國六朝文·全後周文卷一五》，第4冊第3958頁上欄左。
〔註205〕　《全上古三代秦漢三國六朝文·全梁文卷一九》，第3冊第3062頁下欄左。
〔註206〕　《全上古三代秦漢三國六朝文·全後漢文卷二〇》，第1冊第579頁下欄左。
〔註207〕　《先秦漢魏晉南北朝詩·梁詩卷四》，中冊第1581頁。
〔註208〕　《全上古三代秦漢三國六朝文·全隋文卷一一》，第4冊第4074頁下欄左。
〔註209〕　《全唐五代詞》，下冊第1052頁。
〔註210〕　《晉書》卷八六，第7冊第2250頁。

二：「於穆吾子，含貞藉茂。如彼松竹，陵霜擢秀。」〔註211〕都是取譬松竹堅貞淩寒之操。

嚴寒季節與世亂、事難、勢衰等處境也易於發生附會類比，形成松竹悲吟比喻不得志的意義。如左思以「郁郁澗底松」自喻，抒發懷才不遇的苦悶，控訴門閥制度的不合理。庾信《擬詠懷詩二十七首》其一：「步兵未飲酒，中散未彈琴。索索無眞氣，昏昏有俗心。涸鮒常思水，驚飛每失林。風雲能變色，松竹且悲吟。由來不得意，何必往長岑。」〔註212〕松竹悲吟實是因爲不得意。元結《丐論》提出古人「里無君子，則與松竹爲友」，也是「松竹悲吟」情懷的一脈相承。所以人們說「忠貫昊天，操逾松竹」〔註213〕、「芳同蘭蕙，勁逾松竹」〔註214〕，也是在歌頌不屈服於逆境的節操。有時又以石頭來強化堅貞形象，如「根爲石所蟠，枝爲風所碎。賴我有貞心，終淩細草輩」（吳均《咏慈姥磯石上松詩》）〔註215〕。松竹因淩寒之性而與隱士結下不解之緣，如「幽人愛松竹」（元結《石宮四咏》）。

由淩寒堅貞之性又發展出節操不變的意蘊。唐中宗李顯《冊崔元暐博陵郡王文》：「是用命爾爲博陵郡王，用旌誠效，宣其忠節，松竹無渝。」〔註216〕借松竹表達不變節、忠貞的象徵意義。其他如「烟霞春旦賞，松竹故年心」（王勃《郊園即事》）、「松竹堅貞，霜霰難毀」（李大亮《昭慶令王璠清德頌碑》）〔註217〕、「寒暑有遷，松竹之性如一」（張說《鄎國長公主神道碑銘》）〔註218〕，從這些表述中，我們可以讀出松竹所共同具有的堅貞如一、節操不變的象徵意義。這種意義早在南朝即已形成，如「義高松竹，價重璠璵」（王僧孺《從子永寧令謙誄》）〔註219〕。《梁書》元法僧等傳論云：「（羊）侃則臨危不撓，（羊）鴉仁守義殞命，可謂志等松筠，心同鐵石。」〔註220〕由其人「臨危不撓」、「守義殞命」的表現，可見「松筠」的堅貞不渝的象徵意義。

〔註211〕《先秦漢魏晉南北朝詩・北魏詩卷一》，下冊第 2198 頁。
〔註212〕《先秦漢魏晉南北朝詩・北周詩卷三》，下冊第 2367 頁。
〔註213〕《南齊書》卷四九《張沖傳》，第 3 冊第 855 頁。
〔註214〕《漢魏南北朝墓誌彙編・北齊・齊故開府儀同三司尚書左僕射雲州刺史暴公墓誌銘》，第 443 頁。
〔註215〕《先秦漢魏晉南北朝詩・梁詩卷一一》，中冊第 1752 頁。
〔註216〕《全唐文》卷一七，第 1 冊第 205 頁。
〔註217〕《全唐文》卷一三三，第 2 冊第 1342 頁下欄右。
〔註218〕《全唐文》卷二三〇，第 3 冊第 2331 頁上欄右。
〔註219〕《全上古三代秦漢三國六朝文・全梁文卷五二》，第 4 冊第 3250 頁下欄右。
〔註220〕《梁書》卷三九，第 2 冊第 564 頁。

二、竹　柏

　　竹柏並舉，是因為共同具有的淩寒不凋的植物特性。竹柏因為淩寒的特性而被並舉，始於漢代。《後漢書·襄楷傳》載襄楷上疏：「前七年十二月，熒惑與歲星俱入軒轅，逆行四十餘日，而鄧皇后誅。其多大寒，殺鳥獸，害魚鱉，城傍竹柏之葉有傷枯者。臣聞於師曰：『柏傷竹枯，不出三年，天子當之。』今洛陽城中人夜無故叫呼，云有火光，人聲正喧，於占亦與竹柏枯同。」〔註221〕以「柏傷竹枯」為災異，可見其時人們意識中竹柏已成為植物中淩寒不凋的代表。竹柏淩寒堅貞之性通常體現於霜雪嚴寒的環境，如「如彼竹柏，負雪懷霜」（顏延之《陽給事誄》）〔註222〕。也體現在與其他花木的比較中。陶弘景《答朝士訪仙佛兩法體相書》：「若直推竹柏之匹桐柳者，此本性有殊。」〔註223〕傅亮《九月九日登陵囂館賦》：「旌竹柏之勁心，謝梧楸之零脆。」〔註224〕以竹柏與桐柳、梧楸等植物對舉，突出其經寒不凋。有別於其他植物秋冬凋枯，「竹柏以蒙霜保榮，故見殊列樹」（孫綽《司空庾冰碑》）〔註225〕。所以竹柏連稱主要是因為同具堅貞淩寒之性。湛方生《風賦》：「若乃春惠始和，重褐初釋。邀步蘭皋，遊眄平陌。響咏空嶺，朗吟竹柏。穆開林以流惠，疏神襟以清滌。軒濠梁之逸興，暢方外之冥適。」〔註226〕像這種出現於春季的竹柏意象，在古人詩文中是非常少見的。

　　竹柏、松竹都是道教崇拜的植物，同具淩寒不凋的特性，能成為并美連譽的意象組合，與道教的宣揚分不開，但後代更多地附會了儒家比德內涵。《抱朴子》云：「夫入虎狼之群，後知賁、育之壯勇；處禮廢之俗，乃知雅人之不渝。道化淩遲，遁迹遂往，賢士儒者，所宜共惜。法當扣心同慨，矯而正之。若力之不能，末如之何，當竹柏其行，使歲寒而無改也。」〔註227〕竹柏經冬不凋，因此比喻堅貞不渝的品格，如「非分之達，猶林卉之多華也；守道之窮，猶竹柏之履霜也」〔註228〕、「峻節所標，共竹柏而俱茂」〔註229〕。竹柏

〔註221〕《後漢書》卷三〇下，第4冊第1076頁。
〔註222〕《全上古三代秦漢三國六朝文·全宋文卷三八》，第3冊第2647頁下欄右。
〔註223〕《全上古三代秦漢三國六朝文·全梁文卷四六》，第4冊第3216頁上欄左。
〔註224〕《全上古三代秦漢三國六朝文·全宋文卷二六》，第3冊第2574頁下欄右。
〔註225〕《全上古三代秦漢三國六朝文·全晉文卷六二》，第2冊第1814頁下欄左。
〔註226〕《全上古三代秦漢三國六朝文·全晉文卷一四〇》，第3冊第2268頁。
〔註227〕《抱朴子外篇校箋》卷二七《刺驕》，下冊第38頁。
〔註228〕《抱朴子外篇校箋》卷三九《廣譬》，下冊第368頁。
〔註229〕〔唐〕李延壽撰《北史》卷八五，北京：中華書局，1974年，第9冊第2862

所具有的這種堅貞不渝的象徵內涵類似松竹，與松竹象徵內涵不同的是，竹柏又多用於男女之情。因「竹柏異心而同貞」(《文心雕龍・才略》)，用於男女之情時會突出堅貞的內涵，如《朝野僉載》記載：「滄州弓高鄧廉妻李氏女，嫁未週年而廉卒。李年十八守志，設靈幾，每日三上食臨哭，布衣蔬食六七年。忽夜夢一男子，容止甚都，欲求李氏為偶，李氏睡中不許之。自後每夜夢見，李氏竟不受。以為精魅，書符呪禁，終莫能絕。李氏歎曰：『吾誓不移節，而為此所撓，蓋吾容貌未衰故也。』乃拔刀截髮，麻衣不濯，蓬鬢不理，垢面灰身。其鬼又謝李氏曰：『夫人竹柏之操，不可奪也。』自是不復夢見。郡守旌其門閭，至今尚有節婦里。」〔註230〕但更多情況下「竹柏」是用以形容男女情離。東方朔《七諫・初放》云：「便娟之修竹兮，寄生乎江潭。上葳蕤而防露兮，下泠泠而來風。孰知其不合兮，若竹柏之異心。」後遂以竹柏異心比喻男女情離。表示男女變心時一般取其異心情離的象徵內涵。如蕭子雲《春思詩》：「春風蕩羅帳，餘花落鏡奩。池荷正卷葉，庭柳復垂檐。竹柏君自改，團扇妾方嫌。誰能憐故素，終為泣新縑。」〔註231〕「竹柏君自改」借用《初放》「竹柏異心」之典。再如杜甫《佳人》：「摘花不插髮，採柏動盈掬。天寒翠袖薄，日暮倚修竹。」可能兼用凌寒堅貞與竹柏異心兩層意義。

　　古人為了表示對松柏和竹子的尊崇，分別附會以高貴爵位。王安石《字說》云：「松為百木之長，猶公也。故字從公。」又云：「柏猶伯也，故字從白。」松為「公」，柏為「伯」，都位列「公侯伯子男」五爵中。有人拆「松」字為十八公，元代馮子振有《十八公賦》。史載秦始皇巡遊泰山，風雨驟至，避雨松下，後封此樹為「五大夫」，因稱「五大夫松」。竹子也被稱為「君子」。《史記・貨殖列傳》說：「渭川千畝竹，……此其人皆與千戶侯等。」〔註232〕所以松竹、竹柏並稱就有了身份高貴的內涵。在官本位和儒家文化為主導的古代社會，松竹、竹柏受封爵位也是儒者之象在人們心理上的投射。

三、梅竹雙清

　　梅竹合稱雖然不如松竹合稱歷史悠久，但中唐以來也較為普遍。程杰先

　　　　頁。

〔註230〕〔唐〕張鷟撰、趙守儼點校《朝野僉載》卷三，北京：中華書局，1979年，第58頁。

〔註231〕《先秦漢魏晉南北朝詩・梁詩卷一九》，下冊第1886～1887頁。

〔註232〕《史記》卷一二九《貨殖列傳》，第10冊第3272頁。

生論述「歲寒三友」緣起時曾對梅竹組合的美感特色進行了系統闡述〔註233〕。植物比德組合意義的形成一般晚於其風景組合的形成，梅竹的比德組合也是如此。

　　梅竹比德組合的結合點是「清」。「清」是視覺的，也是氣質的。在眾多植物中，竹能與梅走到一起，有物色美感相近的因素，所謂「柳碧桃紅，梅清竹素，各有固然」〔註234〕。梅花雖也給人明艷俏麗的印象，畢竟是就花朵或單枝而言，整株梅樹常是虬幹老枝點綴花苞，而竹子或竹笋青翠幽靄，視覺上屬於顏色淡雅風格清秀的一類，故文學中多二者並舉成景，如「窗梅落晚花，池竹開初笋」（蕭愨《春庭晚望詩》）〔註235〕、「玩竹春前笋，驚花雪後梅」（江總《歲暮還宅詩》）〔註236〕。竹子多臨水夾池生長，其清瘦身姿與水中疏影所形成的視覺形象，如「水影搖藂竹，林香動落梅」（庾信《咏畫屏風詩二十五首》其二十五）〔註237〕、「清光溢空曲，茂色臨水澈」（李益《竹磎》），在境界與感受上與梅花的暗香清氣相通。詩人多擷取霜雪氣候下的梅竹之景，如「竹開霜後翠，梅動雪前香」（虞世南《侍宴歸雁堂》）、「雪梅初度臘，烟竹稍迎曛」（孫逖《宴越府陳法曹西亭》），也是取其清冷絕俗的境界，竹取青翠，梅取清香。葛立方《十一月十日酒散已二鼓與千里步月因至水堂》其二：「溪山渾著月，梅竹半封霜。」〔註238〕在月、霜的環境氛圍裏，取其「清」境。就物色美感而言，梅竹組合逐漸形成清妍、清秀的內涵，如「疏梅修竹兩清妍」（向子諲《鷓鴣天·老妻生日》）、「萬卷詩書眞活計，一山梅竹自清風」（何基《寬兒輩》）〔註239〕。

　　無論視覺、嗅覺還是整體形象，梅竹組合都以「清」爲重要的美感特色，在比德意義上也是如此，故稱「梅竹雙清」。「雙清」語出杜甫《屏迹》詩之二：「杖藜從白首，心迹喜雙清。」仇兆鰲注引楊守址曰：「心迹雙清，言無塵俗氣也。」「雙清」本指思想及行事皆無塵俗氣，宋人遂用以指稱梅、竹的象徵意義。「清」的比德意義可以有許多方面，如清（青）白、清介、清潔、

〔註233〕程杰《「歲寒三友」緣起考》，《中國典籍與文化》2000年第3期。
〔註234〕〔明〕陸時雍《詩鏡總論》，見周維德集校《全明詩話》，濟南：齊魯書社，2005年，第5111頁。
〔註235〕《先秦漢魏晉南北朝詩·北齊詩卷二》，下冊第2279頁。
〔註236〕《先秦漢魏晉南北朝詩·陳詩卷八》，下冊第2590頁。
〔註237〕《先秦漢魏晉南北朝詩·北周詩卷四》，下冊第2398頁。
〔註238〕《全宋詩》第34冊第21800頁。
〔註239〕《全宋詩》第59冊第36840頁。

清奇、清新、清修、清秀、清妍、清幽、清貞、清正、清直等。詩詞中常梅竹合稱，以「清」相聯繫。梅、竹還因爲「清」、「瘦」的特質而與鶴等其他物事相聯繫，如「鶴舞梅開總有情，小園方喜得雙清」（吳芾《飯客看鶴賞梅遇雨有作》）〔註240〕。再如錢惟演《對竹思鶴》：「瘦玉蕭蕭伊水頭，風宜清夜露宜秋。更教仙驥傍邊立，盡是人間第一流。」鶴與竹并立，也是取其形象美感的相近。明代何喬新更作《竹鶴軒記》，云：「夫竹之爲物，疏簡抗勁，不以春陽而榮，不以秋霜而悴，君子比節焉。鶴之爲物，清遠閒放，潔而不可污，介而不可狎，君子比德焉。」取竹、鶴清潔堅貞的比德意義。「歲寒三友」有松，而梅竹雙清排除了松，原因可能是松號大夫，有「十八公」之稱，其隱逸內涵讓位於仕宦形象〔註241〕，故云「松號大夫交可絕，梅爲清客志相同」（鄭清之《安晚軒竹》）〔註242〕。

　　梅竹雙清先是形諸詩文歌咏，後來才進入繪畫領域。「竹外一枝斜更好，自有此詩無此畫」（張雨《梅竹雙清圖》）〔註243〕，即是說這種詩先畫後的情況。梅竹雙清應用於繪畫有《梅竹雙清圖》，較早的是世傳王冕梅、吳鎮竹合爲一卷的畫作。王世貞《梅竹雙清卷》云：「梅獨爲百花魁，而竹能離卉木而別自成高品者，以其精得天地間一種清眞氣故也。」〔註244〕指出梅竹同具清眞之氣，這是梅竹比德意義趨同求近而逐漸形成的共同風格氣質。胡布《梅竹雙清圖》：「二士處幽谷，邈焉遺世氛。逍遙寄膺期，雅植藹素芬。有德此有鄰，艷冶非所文。而我敝逸節，友之爲三君。虛心彌道義，同氣交蒸熏。時暘起眾芳，負耻羅繁殷。卓絕隕墜下，豈伊弱卉群。力幹表穹壤，介焉清白分。根株既得所，霜雪徒紜紜。傲世知寡儔，凡材尙希聞。」〔註245〕可見梅竹氣質的接近。梅竹雙清也附會相關歷史人物的形象與品質，如「孤山不見林君復，借宅空懷王子猷。愛爾雙清須賦咏，令人千古想風流」（金西白《題

〔註240〕《全宋詩》第 35 冊第 21996 頁。
〔註241〕古人拆「松」爲「十八公」三字，因以爲別稱。《三國志・吳志・孫皓傳》「以左右御史大夫丁固、孟仁爲司徒、司空」斐松之注引《吳書》：「初，固爲尙書，夢松樹生其腹上，謂人曰：『松字十八公也，後十八歲，吾其爲公乎？』」蘇軾《和張未高麗松扇》：「可憐堂堂十八公，老死不入明光宮。」其稱松樹爲「十八公」，也是指入朝爲官的象徵意義而言。
〔註242〕《全宋詩》第 55 冊第 34631 頁。
〔註243〕〔元〕顧瑛編《草堂雅集》卷五，《四庫全書》第 1369 冊第 275 頁上欄左。
〔註244〕〔明〕王世貞撰《弇州續稿》卷一六八，《四庫全書》第 1284 冊第 436 頁上欄。
〔註245〕〔元〕胡布撰《元音遺響》卷二，《四庫全書》第 1369 冊第 619 頁上欄左。

梅竹雙清》）〔註246〕。

第六節　竹意象的離別內涵與性別象徵

　　古代離別主題詩文中經常出現的意象有楊柳、芳草、明月、南浦、孤鶯離鶴等〔註247〕。竹子也是表達離情別緒的常見意象，湘妃竹是其中影響較大的特殊竹意象。湘妃竹將另作探討，此處試論一般竹意象的別離內涵與性別象徵。當庭院植竹成為普遍風氣之後，竹意象就逐漸成為相思題材文學中的常見意象，負載著離別、無心以及無情等情愛象徵意義。

　　竹子與離別、無心及情變等情愛內涵相聯繫早在先秦時代。如《詩經‧淇奧》「瞻彼淇奧，綠竹猗猗」是對綠竹而思念君子，《詩經‧竹竿》「籊籊竹竿，以釣於淇。豈不爾思，遠莫致之」，也是對竹思遠，此兩例都在男女愛情意義上與離別懷人有關。與《詩經‧竹竿》不同，漢樂府《白頭吟》中「竹竿何嫋嫋，魚尾何簁簁」似已含有情變的象徵意義。離別與離心本質上不同，但離別也會演變為離心。《楚辭‧山鬼》及其擬作中的竹意象也有用於愛情離別象徵的。《山鬼》云「余處幽篁兮終不見天，路險難兮獨後來」，是處幽篁而情人不至，作為背景植物的竹子有暗示情變的傾向。范縝《擬招隱士》云：

> 修竹苞生兮山之嶺，繽紛葳蕤兮下交陰。木龍叢兮巍峨，川澤
> 泱漭兮雲霧多。悲猨鳴噪兮嘯儔侶，攀折芳條兮聊停佇。夫君兮不
> 還，蕙華兮彫殘。歲晏兮憂未開，草蟲鳴兮淒淒。蕭兮森兮玄硐深，
> 悵徬徨兮沉吟。紛紛兮菴薆，窮岩穴兮熊窟幽林。杳冥兮吁可畏，
> 嶔崟兮傾欹。飛泉兮激沫，散漫兮淋漓。弱籬兮脩葛，互蔓兮長枝。
> 綠林兮被崖，隨風兮紛披。猛獸兮封狐，眈眈兮視余。扶藤兮直上，
> 巖巖兮嶷嶷。霏霏兮敷敷，赤豹兮文貍。攀騰兮相追，思慕公子兮
> 心遲遲。寒風厲兮鴟梟吟，鳥悲鳴兮離其群。公子去兮親與親，行
> 露厭浥兮似中人。〔註248〕

此詩模仿《山鬼》的痕跡比較明顯，「夫君兮不還」、「思慕公子兮心遲遲」等

〔註246〕〔明〕曹學佺編《石倉歷代詩選》卷三六六，《四庫全書》第 1391 冊第 951
　　　　頁下欄左。
〔註247〕張福勛、程郁綴還指出梅、瑤花、水、雲、夕陽、鼓角、長亭、短亭、陽關、
　　　　古道等。見張福勛《送別寄物詩雜談》，《名作欣賞》1998 年第 6 期；程郁綴
　　　　《古代送別詩中主要意象小議》，《名作欣賞》2003 年第 4 期。
〔註248〕《先秦漢魏晉南北朝詩‧梁詩卷八》，中冊第 1678 頁。

句可見夫妻離居別處的境況，首句「修竹苞生兮山之嶺」描述作為背景植物的竹子，襲自《山鬼》「余處幽篁兮不見天」。詩題為《擬招隱士》，借夫婦情離象徵君臣不合，因此詩中竹意象兼具愛情與隱逸的內涵。

以上所舉竹（或竹竿）象徵離別或情變的意義，主要是先秦以及魏晉以前文學作品，可見竹子形成離別內涵有著悠久的傳統。後代文學中繼承這一內涵的竹意象主要是湘妃竹與臨窗竹。最早出現臨窗竹意象的是鮑令輝《擬青青河畔草詩》。詩云：「裊裊臨窗竹，藹藹垂門桐。灼灼青軒女，泠泠高堂中。明志逸秋霜，玉顏艷春紅。人生誰不別，恨君早從戎。鳴弦慚夜月，紺黛羞春風。」〔註249〕此詩擬古詩十九首《青青河畔草》。原詩以「河畔草」、「園中柳」表示春天盛景與離別處境，鮑詩則以「臨窗竹」、「垂門桐」形容孤獨與寂寞。自此以後，臨窗竹與湘妃竹一起承載著愛情離別的象徵內涵。

一、竹子的離別內涵及其變異：離別、無心與情離

由眼前之物引起疑似情人到來的聯想，這種表現手法在民歌中多有表現，一者見癡情之深、思念之切，以至產生錯覺，二者見曾經有過的幽會之境與眼前的現實之境有某種契合。心有所思，便意有所感，所謂「引一息於魂內，擾百緒於眼前」（江淹《悅曲池》）〔註250〕，這就是「疑」所以產生的心理基礎。臨窗竹常被疑做情人，意象中佳人的情感類似「過盡千帆皆不是，斜輝脈脈水悠悠，腸斷白蘋洲」（溫庭筠《憶江南》），其渴望相聚如同「月解團圓星解聚，如何不見人歸」（朱敦儒《臨江仙》）。在經歷「疑」的心理期待之後，緊接著的往往是「恨」，如「夜深風竹敲秋韵，萬葉千聲皆是恨。故欹單枕夢中尋，夢又不成燈又燼」（歐陽修《玉樓春》）〔註251〕。「恨」其實是「疑」的延伸和深化，所謂由愛轉恨，其前提還是愛。曾經有過的經歷一旦被「風敲竹」所激活，便會情不自禁，如「憑闌半日獨無言，依舊竹聲新月似當年」（李煜《虞美人》）。所以竹子是回憶過去生活的觸媒。臨窗竹意象構成了詩詞中閨怨女子心靈的象徵物，是其起伏難平、懷猜多疑的心理流露。

青草遠接天涯，引起對遠方之人的思念。折柳寓意留客，也容易觸動別

〔註249〕〔南朝宋〕鮑照著、錢仲聯校《鮑參軍集注》，上海古籍出版社，1980 年，第 199 頁。

〔註250〕《先秦漢魏晉南北朝詩・梁詩卷四》，中冊第 1589 頁。

〔註251〕《全宋詞》第 1 冊第 133 頁。

離情緒。牽牛織女星則以遠隔銀河相望比附夫妻離居。竹子何以會形成男女
離別、無心乃至情離異心的象徵意蘊？換言之，古代文學作品中是如何將別
離、無心乃至變心的情感意蘊附會於竹意象的？其結合點主要有以下幾方面：

（一）竹子離情別緒的象徵意義緣於其生長形態。竹子有散生、叢生的
不同種類。叢生竹的生長特點是聚集一處、根不他引，散生竹則是一株遠離
一株、離而不集的狀態，所以「人云竹祖孫不相見」〔註252〕。陸路所見竹子
形態，如「密竹行已遠，子規啼更深」（韋應物《與盧陟同遊永定寺北池僧齋》）、
「楚竹青陽路，吳江赤馬船」（韓翃《贈別韋兵曹歸池州》）。如果是生於水邊
的竹子，則是「翠竹引舟行」（韓翃《送鄆州郎使君》），也是離離遠去。可見
竹子被附會上別離、情離等情感象徵內涵，當與散生竹的疏離阻隔的生長狀
態有密切關係。春筍解籜意味著籜、筍從此別離，如「舊筍方辭籜」（李端《宿
薦福寺東池有懷故園因寄元校書》），因此也逐漸形成離別的象徵內涵。如：

窗前一叢竹，青翠獨言奇。南條交北葉，新筍離故枝。月光疏
已密，風來起復垂。青扈飛不礙，黃口得相窺。但恨從風籜，根株
長別離。（謝朓《咏竹詩》）〔註253〕

行樂出南皮，燕餞臨華池。籜解篁開節，花暗鳥迷枝。窗陰隨
影度，水色帶風移。徒命銜杯酒，終成悵別離。（蕭綱《餞別詩》）
〔註254〕

蕭蕭藂竹映，淡淡平湖淨。葉倒漣漪文，水漾檀欒影。相思不
會面，相望空延頸。遠天去浮雲，長墟斜落景。幽痾與歲積，賞心
隨事屏。鄉念一遄回，白髮生俄頃。（何遜《望廨前水竹答崔錄事詩》）
〔註255〕

執手無還顧，別渚有西東。荊吳眇何際，烟波千里通。春筍方
解籜，弱柳向低風。相思將安寄，悵望南飛鴻。（蕭琛《餞謝文學詩》）
〔註256〕

以上四例皆為南朝齊梁間詩作，可見離別意蘊在竹子題材文學中形成較早。

〔註252〕〔明〕王世貞撰《弇州續稿》卷一七○《為章仲玉題保竹卷》，《四庫全書》
　　　　第1284冊第455頁上欄左。
〔註253〕《先秦漢魏晉南北朝詩・齊詩卷三》，中冊第1436頁。
〔註254〕《先秦漢魏晉南北朝詩・梁詩卷二二》，下冊第1952頁。
〔註255〕《先秦漢魏晉南北朝詩・梁詩卷八》，中冊第1682頁。
〔註256〕《先秦漢魏晉南北朝詩・梁詩卷十五》，中冊第1804頁。

這些詩或咏竹，或餞別，所選擇的竹意象都具有象徵離情別意的形象特徵，如「新笋離故枝」、「相思不會面，相望空延頸」取意於竹竿離立的形態，「但恨從風籜，根株長別離」、「籜解篁開節」、「春笋方解籜」則取意於籜皮離笋。所以竹子離別象徵意義源於兩方面，一是株體離而不集的生長形態，二是籜皮離笋而去的生長過程，這兩方面總而言之，即所謂「鈿竿離立霜文靜，錦籜飄零粉節深」（殷文圭《題友人庭竹》）。

因此，面對竹子容易興起相思之情，是切合竹林情境的，如「橘下凝情香染巾，竹邊留思露搖身」（陸龜蒙《新秋雜題六首·倚》）、「暫別愁花老，相思倚竹陰」（朱慶餘《酬於欣校書見貽》）、「行色回燈曉，離聲滿竹秋」（鄭谷《贈別》）。再如李商隱《無題二首》其二：「幽人不倦賞，秋暑貴招邀。竹碧轉悵望，池清尤寂寥。露花終裛濕，風蝶強嬌饒。此地如携手，兼君不自聊。」不能「招邀」、「携手」，因而對竹悵望，表達的也是別情。竹杆離立既可象徵別離，也就具有盼歸待歸的內涵，如「苦竹嶺無歸去日，海棠花落舊棲枝」（鄭谷《侯家鷓鴣》）、「沙上未聞鴻雁信，竹間時聽鷓鴣啼」（李璟《浣溪紗》）。樂曲離聲也能引發竹意象別離內涵的相關聯想，如「楚竹離聲爲君變」（王昌齡《送萬大歸長沙》）、「唯愁吹作別離聲」（韋式《一字至七字詩·竹》）。

竹子的離別相思意蘊也可能緣於湘妃竹傳說，斑竹意象包含著遠遊不歸的故事，體現并傳播著離別內涵。湘妃竹傳說產生不久，文學中即以之爲別情的象徵。如鮑照《登黃鶴磯詩》：「木落江渡寒，雁還風送秋。臨流斷商弦，瞰川悲棹謳。適郢無東轅，還夏有西浮。三崖隱丹磴，九派引滄流。泪竹感湘別，弄珠懷漢遊。豈伊藥餌泰，得奪旅人憂。」〔註257〕可見湘妃竹寄寓著別情。這一意蘊在後代也一直承續下去。如白居易《江上送別》：「杜鵑聲似哭，湘竹斑如血。共是多感人，仍爲此中別。」元稹《斑竹得之湘流》：「一枝斑竹渡湘沅，萬里行人感別魂。知是娥皇廟前物，遠隨風雨送啼痕。」楊凝《送客歸湖南》：「湖南樹色盡，了了辨潭州。雨散今爲別，雲飛何處遊。情來偏似醉，泪迸不成流。那向蕭條路，緣湘篁竹愁。」都可見湘妃竹所蘊含的怨情源於別離、起於相思。

（二）竹子還具有無心的象徵內涵。特殊品種的竹子也可能實心。如《竹

〔註257〕《先秦漢魏晉南北朝詩·宋詩卷八》，中冊第 1284 頁。

譜詳錄》載：「白馬竹，亦有實心者，蓋𥱻之屬，見《湘中賦》。」〔註258〕但
特殊情況不具有典型性與代表性，竹子一般還是以空心爲特徵，如「竹本無
心，外面自生枝節」〔註259〕、「蒼竹無心歲寒色，老松有傲霜雪力」（釋正覺
《禪人并化主寫眞求贊・其一四六》）〔註260〕。幼竹還未空心，也以成竹後空
心爲前提，如「蒲低猶抱節，竹短未空心」（庾信《咏畫屏風詩二十五首》其
九）〔註261〕，都可見空心是竹子區別於其他植物的特徵。竹子空心的植物特
性經過情感色彩的附會，滋生出「無心」、「無情」等象徵內涵，如「寂歷無
心」（庾信《邛竹杖賦》）〔註262〕、「雲起不知山有助，鳥啼爭奈竹無心」（李
新《感事》）〔註263〕。最具感染力的還是用於男女之間的「無情」象徵意義。
如釋懷深《頌古三十首・其一二》：「別面不如花有笑，離情難似竹無心。因
人說著曹家女，引得相思病轉深。」原注：「疏山和尚手握木蛇。有僧問：手
中是什麼？疏山提起云：曹家女。」〔註264〕竹本無心，「離情難似竹無心」是
說竹子無情之甚，什麼樣的離情也難比得上竹子。至今民間情歌還唱「我哭
竹子沒心肝羅」〔註265〕，反映的也是竹子無心的象徵意義。著名的「竹柏異
心」說則是基於竹子無心、柏樹有心的對比。東方朔《七諫・初放》云：「便
娟之修竹兮，寄生乎江潭。上葳蕤而防露兮，下冷冷而來風。孰知其不合兮，
若竹柏之異心。」〔註266〕竹子空心，柏樹實心，「竹柏異心」在後代成爲男女
情離的常用譬喻。如蕭子雲《春思詩》：「春風蕩羅帳，餘花落鏡奩。池荷正
卷葉，庭柳復垂簷。竹柏君自改，團扇妾方嫌。誰能憐故素，終爲泣新縑。」
〔註267〕

　　閨怨詩詞中的竹意象，其表述模式多是先疑窗前之竹爲情人，後知爲竹
而生怨。如「乳燕飛華屋。悄無人、桐陰轉午，晚涼新浴。手弄生綃白團扇，
扇手一時似玉。漸困倚、孤眠清熟。簾外誰來推綉戶，枉教人、夢斷瑤臺曲。

〔註258〕《竹譜詳錄》卷六《異色品》，第111頁。
〔註259〕《輟耕錄》卷二八「淩總管出對」條，第353頁。
〔註260〕《全宋詩》第31冊第19857頁。
〔註261〕《先秦漢魏晉南北朝詩・北周詩卷四》，下冊第2396頁。
〔註262〕《全上古三代秦漢三國六朝文・全後周文卷九》，第4冊第3926頁下欄右。
〔註263〕《全宋詩》第21冊第14198頁。
〔註264〕《全宋詩》第24冊第16157頁。
〔註265〕楊先國《再議巴渝舞》，《民族藝術》1993年第3期，第195頁。
〔註266〕《全上古三代秦漢三國六朝文・全漢文卷二五》，第1冊第262頁上欄。
〔註267〕《先秦漢魏晉南北朝詩・梁詩卷十九》，下冊第1886～1887頁。

又却是，風敲竹」（蘇軾《賀新郎》）〔註268〕。佳人夢斷瑤臺曲，可見是綺夢。原以爲有人推綉戶，却發現是風敲竹聲，未免有些失落。有的作品中佳人整夜聽著風吹竹聲，不言「疑」而「疑」自具其中。如：

> 月照玉樓春漏促。颯颯風搖庭砌竹。夢驚鴛被覺來時，何處管絃聲斷續。惆悵少年遊冶去，枕上兩蛾攢細綠。曉鶯簾外語花枝，背帳猶殘紅蠟燭。（顧夐《玉樓春》）

> 西風稍急喧窗竹，停又續，膩臉懸雙玉。幾回邀約雁來時，違期。雁歸，人不歸。（閻選《河傳》）

> 獨影行歌，驚起雙鸞宿。愁破酒闌閨夢熟。月斜窗外風敲竹。（李冠《蝶戀花・佳人》）

> 春漏促，金爐暗挑殘燭。一夜簾前風撼竹，夢魂相斷續。有個嬌饒如玉。夜夜繡屏孤宿。閒抱琵琶尋舊曲。遠山眉黛綠。（韋莊《謁金門》）

此四例皆未言「疑」，但女主人公都對竹傷情。更多情況下則是以「風動竹」作爲背景環境，而相思之情蘊含其中，如：

> 月色穿簾風入竹，倚屏雙黛愁時。（顧夐《臨江仙》）

> 何處笛，終夜夢魂情脈脈，竹風檐雨寒窗滴。離人數歲無消息。今頭白，不眠特地重相憶。（馮延巳《歸自謠》）

> 不寐倦長更，披衣出戶行。月寒秋竹冷，風切夜窗聲。（韋應物《三臺令》）〔註269〕

「風動竹」可能有聲音，而「風敲竹」更著意突出聲音，都以動寫靜，使意境更顯深邃清幽。多情之風引起竹動或乾脆吹入閨房才引起愁思，如「多事東風入閨闥」（李紳《北樓櫻桃花》）。但臨窗竹意象中「風」顯然不是主要的構成元素，重點還是竹子。臨窗竹經常倒映入戶，如「疏竹映高枕」（劉長卿《惠福寺與陳留諸官茶會》），竹影入床，反襯了人之無情，反不如竹之有情。

（三）竹子四季一色，在愛情詩中成爲冷漠寡情的象徵。竹子四季青翠，易於引起春光先至的錯覺，如「年光竹裏遍，春色杏間遙」（宋之問《春日芙蓉園侍宴應制》）。竹葉經冬不凋，象徵堅貞不渝的品格。如鮑照《中興歌十

〔註268〕《全宋詞》第 1 冊第 297 頁。
〔註269〕《全唐五代詞》下冊第 980 頁。

首》其十：「梅花一時艷，竹葉千年色。願君松柏心，採照無窮極。」〔註270〕
詩以竹葉千年一色象徵對愛情的堅貞不渝。這些都是竹子情愛內涵的正面意
義，其負面內涵則是無情冷漠。因爲懷人念遠的思婦心理是盼望遠方之人早
日歸來，哪怕一年一度也好，所謂「爭得兒夫似春色，一年一度一歸來」（詹
茂光妻《寄遠》）〔註271〕，所以春花秋月、落葉候鳥等帶有季候內涵的物象都
易於激發寄託閨怨女子的情懷。而竹葉竹枝無論春夏秋冬總是毫無感情變化
地保持綠色，在與花草春生秋落、候鳥春來秋往的守信行爲的對比中顯得尤
其突出，於是成爲無動於衷、寡情薄義的象徵。如吳均《登二妃廟詩》：「朝
雲亂入目，帝女湘川宿。折菡巫山下，採荇洞庭腹。故以輕薄好，千里命艫
舳。何事非相思，江上葳蕤竹。」〔註272〕葳蕤綠竹受到詩人責問，就是由於
其多夏一色、無情冷漠。

　　暗示情變也是竹意象情愛象徵意義的重要方面。如薛濤《竹離亭》：「蓊
鬱新栽四五行，常將勁節負秋霜。爲緣春笋鑽墻破，不得垂陰覆玉堂。」這
是一首愛情詩，春笋出墻有情離的意蘊。陳陶《題僧院竹》：「離居鸞節變，
住冷金顏縮。」因與「夫婦之好，終身不離」〔註273〕有違，故成爲夫婦離別
的象徵。再如周邦彥《蕙蘭芳引》：「倦遊厭旅，但夢繞、阿嬌金屋。想故人
別後，盡日空疑風竹。」〔註274〕他又在《浣溪沙》中云：「雨過殘紅濕未飛。
珠簾一行透斜輝。遊蜂釀蜜竊香歸。金屋無人風竹亂，衣篝盡日水沈微。一
春須有憶人時。」〔註275〕將金屋藏嬌之典與臨窗竹結合在一起，也是暗示情
離。

　　總之，竹子（叢生竹）以株體的分散遠離、竹竿的空虛無心、竹葉的四
季一色爲特徵，進而引起別離、無心乃至情變異心的聯想，成爲情感的寄託
物。臨窗竹不過是明確了特定情境的特殊竹意象。臨窗竹意象不同於常見的
相思離別意象如春草、圓月等，這些意象多著眼於相思之情，臨窗竹更偏重
獨居寡處的現實狀態與情人到來的可疑之象。臨窗竹也不同於參辰、河漢等

〔註270〕《先秦漢魏晉南北朝詩・宋詩卷七》，中冊第1272頁。
〔註271〕《全宋詩》第2冊第1261頁。
〔註272〕《先秦漢魏晉南北朝詩・梁詩卷十一》，中冊第1745頁。
〔註273〕班昭《女誡・敬慎第三》，《全上古三代秦漢三國六朝文・全後漢文卷九六》，
　　　　第1冊第989頁上欄右。
〔註274〕《全宋詞》第1冊第605頁。
〔註275〕《全宋詞》第2冊第600頁。

意象，這些意象多象徵分別離居，因為臨窗竹還具有無心乃至變心的象徵內涵。臨窗竹的離別內涵也在逐漸泛化，如「半夜竹窗雨，滿池荷葉聲」（溫庭筠《送人遊淮海》），雖表離別，却是形容友情。再如白居易《池窗》：「池晚蓮芳謝，窗秋竹意深。更無人作伴，唯對一張琴。」則表達孤獨無伴的寂寞之感。

二、竹子的性別象徵與艷情內涵的形成

康正果說：「（明末春冊題辭中）一切挺然翹然的對象全被比為陽具，而嬌嫩的花朵則毫無例外地被想像為陰戶。前者在字面上被描繪為『孤葦』、『玉柄』、『金針』、『紫竹』、『戈戟』、『寶鑰』、『鳳簫』……，後者在字面上被描繪為『扁舟』、『巫峽』、『牡丹』、『紅蓮』、『花房』、『海棠』……，所有這些旁敲側擊的成句和約定俗成的詞彙都被廣泛應用於各類文學作品中間接的性描寫，甚至被用於現代電影中表現性場景的含蓄畫面，從而產生一種言在於此，而意在於彼的效果，使人不會立刻在想像中看到實際發生的事情，却能領會到其中的意味。」〔註276〕竹子及相關物事的性別象徵意蘊豐富，竹子各部分如竹笋、竹竿、竹枝象徵男根，竹葉隱喻女陰，竹製品中漁俱如釣竿、笱、魚籃，樂器簫等等，都有性別喻意。「臨窗竹」是詩詞中帶有艷情內涵的重要竹意象之一，尤其在唐宋詞中較為普遍。風景美感價值之外，其情愛內涵有必要單獨論述，因為似乎不僅僅是詩人詞客「略用情意」、「著些艷語」的結果，而有其文化傳統。

前已述鮑令輝《擬青青河畔草詩》中臨窗竹的離別象徵內涵。其實那個時代有竹生殖崇拜的文化背景。如孫擢《答何郎詩》：「幽居少怡樂，坐靜對嘉林。晚花猶結子，新竹未成陰。夫君阻清切，可望不可尋。處處多護草，賴此慰人心。」〔註277〕此詩表達閨怨之情，初看之下無甚特別。「古人思君懷友，多託男女殷情」〔註278〕，考慮到作者為男性，又題為「答何郎」，我們可以將其理解為借閨怨表友情。詩中「晚花猶結子，新竹未成陰」是寫景，但又不止是景，閨中含顰女子是愁對此景的：晚花結子我獨無，新竹何時能成

〔註276〕康正果著《重審風月鑒：性與中國古典文學》，瀋陽：遼寧教育出版社，1998年，第38頁。
〔註277〕《先秦漢魏晉南北朝詩·梁詩卷九》，中冊第1715頁。
〔註278〕〔清〕章學誠著、葉瑛校注《文史通義校注》卷五《婦學》，北京：中華書局，1985年，第535頁。

陰？新竹成陰是隱語。陶弘景《眞誥》甄命授第四云：「我案《九合內志文》曰：『竹者爲北機上精，受氣於玄軒之宿也。』所以圓虛內鮮，重陰含素，亦皆植根敷實，結繁眾多矣。公（引者按，指晉簡文帝）試可種竹於內北宇之外，使美者遊其下焉。爾乃天感機神，大致繼嗣；孕既保全，誕亦壽考；微著之興，常守利貞。此玄人之秘規，行之者甚驗。」〔註279〕可知庭宇植竹在道教看來有生殖繼嗣功能，因此「種竹比宇，以致繼嗣」〔註280〕在南朝相沿成風。新竹成陰才能竹下相會，未成陰則喻指男女離居分處。王僧孺《春怨詩》：「四時如湍水，飛奔競回覆。夜鳥響嚶嚶，朝光照煜煜。厭見花成子，多看筍爲竹。萬里斷音書，十載異棲宿。積愁落芳鬢，長啼壞美目。君去在榆關，妾留住函谷。惟對昔邪房，如愧蜘蛛屋。獨喚響相酬，還將影自逐。象床易氈簟，羅衣變單複。幾過度風霜，猶能保縈獨。」〔註281〕詩中「厭見花成子，多看筍爲竹」除表示時間流逝外，還有孕育新生命的意蘊，與「十載異棲宿」的境況形成對比。窗前竹影侵床，自會見竹愁思，如「綠陰深到臥帷前」〔註282〕、「每謝侵床影，時回傍枕聲」（齊己《荊州新秋病起雜題一十五首・病起見庭竹》）。因爲竹子的男性象徵意蘊，窗前竹筍也常有艷情附會。如南朝梁江洪《和新浦侯齋前竹詩》：「本生出高嶺，移賞入庭蹊。檀欒拂桂樽，蔘蔥傍朱閨。夜條風析析，曉葉露淒淒。籜紫春鶯思，筠綠寒蛩啼。不惜凌雲茂，遂聽群雀棲。願抽一莖實，試看翔鳳來。」〔註283〕「籜紫春鶯思」的意蘊即與鮑照《採桑》「晚篁初解籜」類似。

　　竹子在南朝文學中的性別象徵意蘊還不明顯，唐代則演變爲主要指男性象徵。如《全唐詩》載，謝生向楊溪越女求婚，其父出女句，令續之。女覽而歡曰：「天生吾夫也。」其詩云：「珠簾半床月，青竹滿林風。（楊女）何事今宵景，無人解語同。（謝生）」〔註284〕楊女所云兩句，實即臨窗竹的意境。謝生的續詩則將前兩句的象徵意義揭示出來。韓愈《題百葉桃花（原注：知制誥時作）》：「百葉雙桃晚更紅，窺窗映竹見玲瓏。應知侍史歸天上，故

〔註279〕《眞誥校注》卷八《甄命授第四》，第259頁。
〔註280〕《眞誥校注》卷十九《翼眞檢第一》，第565頁。
〔註281〕《先秦漢魏晉南北朝詩・梁詩卷十二》，中冊第1770頁。
〔註282〕令狐楚《郡齋左偏栽竹百餘竿，炎涼已周，青翠不改，而爲墻垣所蔽，有乖愛賞，假日命去齋居之東墻，由是俯臨軒階，低映帷戶，日夕相對，頗有翛然之趣》，《全唐詩》卷三三四，第10冊3747頁。
〔註283〕《先秦漢魏晉南北朝詩・梁詩卷二十六》，下冊第2074頁。
〔註284〕《全唐詩》卷八○一，第23冊第9021頁。

伴仙郎宿禁中。」〔註285〕朱翌《猗覺僚雜記》卷上:「退之《百葉緋桃》云:
『應知侍史歸天上,故伴仙郎宿禁中。』《周禮・天官》注:『奚三百人。』
若今之侍史官婢。後漢尚書郎給女侍史二人,皆選端正婉麗,執香爐,護衣
服。」〔註286〕楊慎《丹鉛總錄》卷九「女史」條:「唐尚書郎入直,供青縑
白綾被,或以錦緣爲之,給帷帳通中枕,侍史一人,女侍史二人,皆選端正
妖麗,執香爐香囊,護衣服。唐詩『春風侍女護朝衣』,又『侍女新添五夜
香』,韓退之《紅桃花》詩『應知侍史歸天上,故伴仙郎宿禁中』,皆指此也。」
〔註287〕可見在韓愈詩中「臨窗竹」已明確爲男性象徵。唐宋詞中,臨窗竹
一般出現於閨怨之作,而主人公又多爲女性,不同於「綠窗桃李下,閒坐歎
春芳」〔註288〕的自怨自憐,而多懷人慕思,也可見臨窗竹多爲男性象徵。

　　對竹即會思人,是因爲竹子的男性象徵意蘊。但是如何興發艷情聯想,
則又具有多種比附搏合的途徑。首先,「臨窗竹」意象具有期待情人相會的意
蘊。窗前堂畔是典型的男女幽會情境,如「畫堂南畔見,一晌偎人顫」(李煜
《菩薩蠻》)。再如五代和凝《江城子》:「竹裏風生月上門,理秦箏,對雲屏。
輕撥朱弦,恐亂馬嘶聲。含恨含嬌獨自語,今夜約,太遲生。」竹動人來,
本是曾經經歷、想像或夢見的,現實則是竹動人未至,對比之下產生強烈失
望。李益沿襲竹喻君子的傳統而用於表達友情,霍小玉意想中竹子的男性情
人象徵意蘊則是傳統的一脈相承。後代「風動竹」意象多不離這種疑竹爲人
的象喻模式。如秦觀《滿庭芳》上闋:「碧水驚秋,黃雲凝暮,敗葉零亂空階。
洞房人靜,斜月照徘徊。又是重陽近也,幾處處,砧杵聲催。西窗下,風搖
翠竹,疑是故人來。」〔註289〕刻畫閨怨心理,可見故人曾來,此夜「斜月照
徘徊」,也可能有所盼望或期待。竹子有情人象徵意蘊,詞體文學又以綺艷爲
特徵,因此詞中臨窗竹多有艷情內涵。如:

　　　　苦匆匆。卷上珠簾,依舊半床空。香炧滿爐人未寢,花弄月,

　　竹搖風。(晁端禮《江城子》)〔註290〕

〔註285〕《全唐詩》卷三四三,第10冊第3846頁。
〔註286〕〔宋〕朱翌撰《猗覺僚雜記》卷上,北京:中華書局,1985年,第28頁。
〔註287〕〔明〕楊慎撰《丹鉛總錄》卷九「女史」條,《四庫全書》第855冊,第413
　　　　頁上欄左。
〔註288〕〔唐〕無名氏《一片子》,《全唐詩》卷八九九,第25冊第10162頁。
〔註289〕《全宋詞》第1冊458頁。
〔註290〕《全宋詞》第1冊第430頁。

花樹樹，吹碎胭脂紅雨。將謂郎來推繡戶。暖風搖竹塢。（李
石《出塞‧夜夢一女子引扇求字，爲書小闋》）〔註291〕

此兩詩一云「半床空」，一云「將謂郎來推繡戶」，其艷可見。因此，唐宋詩
詞中「臨窗竹」意象不僅有相思意蘊，也有艷情內涵。因這些詞作多表現閨
怨，情人並未出場，所以其艷是想像中未然之境。我們從筆記小說中也許可
以窺見情人窗前竹間相會的情景。唐盧肇《逸史》載華陽李尉妻貌美，有張
某爲劍南節度使，致李尉死而霸其妻。後面的情節是：

置於州，張寵敬無與倫比。然自此後，亦常彷彿見李尉在於其
側，令術士禳謝，竟不能止。歲餘，李之妻亦卒。數年，張疾病，
見李尉之狀，亦甚分明。忽一日，睹李尉之妻，宛如平生。張驚前
問之，李妻曰：「某感公恩深，思有所報。李某已上訴於帝，期在此
歲，然公亦有人救拔，但過得茲年，必無虞矣。彼已來迎，公若不
出，必不敢升公之堂，慎不可下。」言畢而去。其時華山道士符籙
極高，與張結壇場於宅內，言亦略同。張數月不敢降階，李妻亦同
來，皆教以嚴慎之道。又一日黃昏時，堂下東廂有叢竹，張見一紅
衫子袖，於竹側招己者，以其李妻之來也，都忘前所戒，便下階，
奔往赴之。左右隨後叫呼，止之不得。至則見李尉衣婦人衣，拽張
於林下，毆擊良久，云：「此賊若不著紅衫子招，肯下階耶？」乃執
之出門去。左右如醉，及醒，見張僕於林下矣。眼鼻皆血，唯心上
暖，扶至堂而卒矣。〔註292〕

以臨窗竹叢爲男女幽會情境的點染，隱約可見遠古竹林野合的遺風。再如《談
氏筆乘‧幽冥》「張生」條：

仁和張生□（引者按，原文如此）父玄，有家學，好《牡丹亭》、
《西樓夢》等劇。館橋司鎮尹師東家，嘗外醉歸，聽擊竹聲，啓之，
見艷女攜燈，相狎將曙，珍贈而別。生有詩「半庭新月青燈外，一
種私情翠幕中」，記其實也。後考之，蓋越女停柩其所，贈皆殉具。
〔註293〕

〔註291〕《全宋詞》第 2 冊第 1302 頁。
〔註292〕《太平廣記》卷一二二引，第 3 冊第 860～861 頁。
〔註293〕〔清〕談遷著，羅仲輝、胡明點校《棗林雜俎》，北京：中華書局，2006 年，
　　　　第 522 頁。

越女之魂通過「擊竹聲」來達到與張生相狎的目的，可見其背後的傳統文化因子。

其次，風吹竹聲易與竹製樂器相聯繫，這也是產生艷情內涵的一個途徑。《金樓子》：「齊鬱林王時，有顏氏女，夫嗜酒，父母奪之，入宮爲列職。帝以春夜命後宮司儀韓蘭英爲顏氏賦詩曰：『絲竹猶在御，愁人獨向隅。棄置將已矣，誰憐微薄軀。』帝乃還之。」〔註294〕以絲竹在御與棄置處境構成對比，本是對物傷情。但「御」既指彈奏樂器，也是性行爲隱語。「御」字雙關樂器與情愛的用法，先秦已有，如「琴瑟在御，莫不靜好」（《詩經‧女曰雞鳴》）。緣於「御」字的聯想，更由於宴會調笑的氛圍，竹製樂器也多關涉艷情。南朝梁吳均《綠竹》：「嬋娟鄣綺殿，繞弱拂春漪。何當逢採拾，爲君笙與簾。」〔註295〕此詩表面意思是說，綠竹嬋娟秀美、姿態婀娜，其材質也有重要用途，如逢明主，願爲材用。古代常以男女比擬君臣，二者難以截然分開，所以詩中竹子（或竹製樂器）又是象徵女性的〔註296〕。《紅樓夢》第二十八回雲兒的「女兒」酒令云：「女兒樂，住了簫管弄絃索。」〔註297〕也應從這個意義上理解〔註298〕。明白這一層隱含的象徵意蘊，我們對於不少詩中「風吹竹」意象會獲得更進一步的理解。如元稹《會眞詩三十韻》云：「龍吹過庭竹，鸞歌拂井桐。」〔註299〕由風吹竹響而想到象徵男女私處的樂器，其間情色內涵不言而喻〔註300〕。

再次，除樂器艷情化以外，簟席也可能附會類似的聯想。梁元帝蕭繹《和林下作妓應令詩》：「日斜下北閣，高宴出南榮。歌清隨澗響，舞影向池生。

〔註294〕〔南朝梁〕蕭繹撰《金樓子》卷一《箴戒篇二》，北京：中華書局，1985年，第20頁。

〔註295〕《先秦漢魏晉南北朝詩‧梁詩卷十》，中冊第1727頁。

〔註296〕再如王筠《五日望採拾詩》：「長絲表良節，金縷應嘉辰。結蘆同楚客，採艾異詩人。折花競鮮彩，拭露染芳津。含嬌起斜昤，斂笑動微嚬。獻璫依洛浦，懷佩似江濱。」從詩中「含嬌」、「斂笑」等露骨的描寫可見其艷情，所謂採拾乃是性交合的隱語，如「乳燕逐草蟲，巢蜂拾花萼」（鮑照《採桑》）。

〔註297〕〔清〕曹雪芹、高鶚著《紅樓夢》第二十八回，上海古籍出版社，2004年，第205頁。

〔註298〕該酒令以下云：「豆蔻開花三月三，一個蟲兒往裏鑽。鑽了半日不得進去，爬到花兒上打秋韆。肉兒小心肝，我不開了你怎麼鑽？」可佐證「簫管」、「絃索」的性暗示內涵。

〔註299〕《全唐詩》卷四二二，第12冊第4644頁。

〔註300〕參考李建《「女媧作笙簧」神話的文化解讀》，《南通師範學院學報（哲學社會科學版）》第20卷第1期（2004年3月），第106～109頁。

輕花亂粉色，風筱雜絃聲。獨念陽臺下，願待洛川笙。」〔註301〕「洛川」典
出曹植《洛神賦》：「容與乎陽林，流沔乎洛川。」既與笙無關，也不具情色
內涵。因賦中有對洛神的渴慕，後代一般將其與高唐神女并提，如「洛川昔
云遇，高唐今尚違」（〔唐〕武平一《雜曲歌辭・妾薄命》）。對於「笙」，朱翌
《猗覺僚雜記》云：

> 劉夢得云：「盛時一失難再得，桃笙葵扇安可常。」東坡云：「揚
> 雄《方言》以簟爲笙，則知桃笙者桃竹簟也。《南史・顧憲之傳》：「疾
> 疫死者，裹以笙席。」益知笙即簟也。左太沖《吳都賦》云：「桃笙
> 象簟，韜於筒中。」李善注云：「桃枝簟也。」東坡不喜《文選》，
> 故不用《吳都賦》。嶺外有桃竹，堅韌可作拄杖，善謂是桃枝，則恐
> 桃枝不能爲簟，當從坡爲桃竹。〔註302〕

既然笙指竹席，則「洛川笙」在詩中是妓女自比，充滿色情挑逗意味，似有
自薦枕席之意。詩中「風筱雜絃聲」因此超越一般的風竹意象，不僅具有美
感意義，還具有艷情內涵。沈約《咏笙詩》：「本期王子晉，寧待洛濱吹。」
也是取其艷情內涵。又劉向《列仙傳・王子喬》：「王子喬者，周靈王太子晉
也。好吹笙作鳳凰鳴，遊伊洛之間。」〔註303〕蕭繹之詩有糅合兩典爲一的傾
向。

梁簡文帝蕭綱《修竹賦》也云：「有娟娟之茂筱，寄江上而叢生。玉潤桃
枝之麗，魚腸雲母之名。日映花靡，風動枝輕。陳王歡舊，小堂仁軸。今錢
故人，亦賦修竹。伊嘉賓之獨劭，顧余躬而自惡。」〔註304〕軸是織機上纏經
線的圓筒。《法言・先知》：「田畝荒，杼軸空。」蕭綱賦中當是以軸喻竹。曹
植《節遊賦》云：「覽宮宇之顯麗……亮靈后之所處，非吾人之所廬。於是仲
春之月，百卉叢生。萋萋藹藹，翠葉朱莖。竹林青蔥，珍果含榮。」賦中崇
宮華室的環境裏有竹子，但曹植刻畫時並未流於艷情，該賦結尾云：「念人生
之不永，若春日之微霜。諒遺名之可紀，信天命之無常。愈志蕩以淫遊，非
經國之大綱。罷曲宴而旋服，遂言歸乎舊房。」〔註305〕但是經好事者浮想聯
翩的附會，至遲梁代已附會成竹子與佳人的相關傳說。

〔註301〕《先秦漢魏晉南北朝詩・梁詩卷二五》，下冊第 2051 頁。
〔註302〕〔宋〕朱翌撰《猗覺僚雜記》卷上，北京：中華書局，1985 年，第 12 頁。
〔註303〕《列仙傳・王子喬》，《四庫全書》第 1058 冊第 495 頁上欄左。
〔註304〕《全上古三代秦漢三國六朝文・全梁文卷八》，第 3 冊第 2998 頁上欄左。
〔註305〕《全上古三代秦漢三國六朝文・全三國文卷十三》，第 2 冊第 1124 頁。

　　以上立足竹子探討臨窗竹艷情內涵的形成，但窗前之竹僅是自然物象，要形成一定的象徵意蘊，還需要可以附會聯想的傳說民俗或社會風習等意識形態資源。我們可以竹宮建築爲例窺豹一斑。竹宮本是漢代皇宮建築，由《三輔黃圖》「以竹爲宮」〔註306〕的說法，可知是以竹子爲材料的建築，到南朝便被想像爲竹林中的宮殿，如「時名留於瑞宮」（隋蕭大圜《竹花賦》），又與南朝流行的「竹葉羊車」、高唐神女等傳說摶合一處，如「竹宮豐麗於甘泉之右，竹殿弘敞於神嘉之傍。綠條發丹楹，翠葉映雕梁。入戶掃文石，傍檐拂象床」（任昉《靜思堂秋竹應詔》），這些對於臨窗竹的女性象徵與艷情內涵的形成都有重要影響。《晉書・胡貴嬪傳》及《南史・潘淑妃傳》皆載宮女嬪妃竹葉插窗以吸引帝王羊車的爭寵故事。這當然是傳聞入史，可能起自竹葉的女性象徵。民間既有此傳說，輻射影響到臨窗竹的相思艷情內涵也是可能的。竹葉羊車之典至遲隋代已用於秦樓妓女。盧思道《後園宴詩》：

　　　　常聞昆閬有神仙，雲冠羽佩得長年。秋夕風動三珠樹，春朝露
　　　　濕九芝田。不如鄴城佳麗所，玉樓銀閣與天連。太液回波千丈映，
　　　　上林花樹百枝然。流風續洛渚，行雲在南楚。可憐白水神，可念青
　　　　樓女。便妍不羞澀，妖艷工言語。池苑正芳菲，得戲不知歸。媚眼
　　　　臨歌扇，嬌香出舞衣。纖腰如欲斷，側髻似能飛。南樓日已暮，長
　　　　檐鳥應度。竹殿遙聞鳳管聲，虹橋別有羊車路。攜手傍花叢，徐步
　　　　入房櫳。欲眠衣先解，半醉臉逾紅。日日相看轉難厭，千嬌萬態不
　　　　知窮。欲積妾心無劇已，明月流光滿帳中。〔註307〕

詩中「竹殿」、「羊車」並舉，是說羊車望竹殿而來，以下則轉入情色描寫。竹葉羊車之典比附秦樓之歡並不出格，可見對帝王風流生活的嚮往。附會高唐神女的，如江淹《靈丘竹賦》：「朝雲之館，行雨之宮，窗崢嶸而綠色，戶踟躕而臨空，綺疏蔽而停日，朱簾開而留風。」〔註308〕後代也附會宮中行樂的情事。如李白《宮中行樂詞八首》其四：「玉樹春歸日，金宮樂事多。後庭朝未入，輕輦夜相過。笑出花間語，嬌來竹下歌。莫教明月去，留著醉嫦娥。」可見南朝以來宮中流行的竹下歡會之風的延續。

〔註306〕《三輔黃圖》卷三「甘泉宮」條：「竹宮，甘泉祠宮也，以竹爲宮，天子居中。」
　　　　　見陳直校證《三輔黃圖校證》第 74 頁。
〔註307〕《先秦漢魏晉南北朝詩・隋詩卷一》，下冊第 2636～2637 頁。
〔註308〕《全上古三代秦漢三國六朝文・全梁文卷三四》，第 3 冊第 3149 頁。

　　竹宮的艷情化反映了南朝以來艷情文學創作的聯想比附的思維模式。齊梁以來，文人學士「憐風月，狎池苑，述恩榮，敘酣宴」〔註309〕，宴飲吟詩，歌舞作樂，自然景致與女性之美交融滲透，詩賦中的植物美感往往帶上艷情色彩。例如何遜即將臨窗竹意象引向艷情內涵，其《閨怨詩二首》其一：「竹葉響南窗，月光照東壁。誰知夜獨覺，枕前雙淚滴。」〔註310〕《夜夢故人詩》：「開簾覺水動，映竹見床空。」〔註311〕竹影照映於床以明床空，床上竹影分明令人想起所思之人，將孤處女子的閨怨之情表達得更爲明白，竹子的男性象徵意蘊也更顯露。沈義父《樂府指迷》說：「作詞與作詩不同，縱是花草之類，亦須略用情意，或要入閨房之意。……如只直咏花卉，而不著些艷語，又不似詞家體例。」〔註312〕這說的是詞中艷情內涵的生成問題。其他體裁艷情文學如詩賦也是如此。臨窗竹意象在後代詩詞中不斷出現，既有傳統因素的繼承，也有文人「略用情意」的泛化創作，如韓偓《復偶見三絕》其三：「半身映竹輕聞語，一手揭簾微轉頭。此意別人應未覺，不勝情緒兩風流。」歐陽炯《浣溪沙》：「落絮殘鶯半日天。玉柔花醉只思眠。惹窗映竹滿爐烟。　　獨掩畫屏愁不語，斜欹瑤枕髻鬟偏。此時心在阿誰邊。」〔註313〕都明顯可見何遜詩句的影子，而又融進新的環境描寫。

　　臨窗竹意象在唐宋時代頗爲流行，甚至有詞牌因此得名，如《撼庭竹》。黃庭堅有《撼庭竹》：「嗚咽南樓吹落梅，聞鴉樹驚飛。夢中相見不多時，隔城今夜也應知。坐久水空碧，山月影沈西。　　買個宅兒住著伊，剛不肯相隨，如今却被天嗔你。永落雞群受雞欺，空恁惡憐惜，風日損花枝。」〔註314〕臨窗竹相思艷情意蘊在宋以後似乎不爲人知，可能因爲籠罩於竹子男性象徵意蘊在明清艷情文學中的影響而淹沒無聞。

三、一則文學公案的探討：「開簾風動竹」與情人相會之境

　　我們通過一則文學公案來感知臨窗竹意蘊。唐代李益《竹窗聞風寄苗發

〔註309〕周振甫注《文心雕龍注釋‧明詩第六》，人民文學出版社，1981年，第49頁。
〔註310〕《先秦漢魏晉南北朝詩‧梁詩卷九》，中冊第1709頁。
〔註311〕《先秦漢魏晉南北朝詩‧梁詩卷九》，中冊第1697頁。
〔註312〕〔宋〕沈義父著、蔡嵩雲箋釋《樂府指迷箋釋》，北京：人民文學出版社，1963年，第71頁。
〔註313〕曾昭岷等編著《全唐五代詞》，北京：中華書局，1999年，上冊第448頁。
〔註314〕《全宋詞》第3冊第1491頁。

司空曙》，詩云：「微風驚暮坐，窗牖思悠哉。開門復動竹，疑是故人來。時滴枝上露，稍沾階上苔。幸當一入幌，為拂綠琴埃。」本是吟咏友情，繼承了《詩經・淇奧》以來竹比君子的傳統。在傳奇《霍小玉傳》中，李益以才氣打動霍小玉芳心，其母謂小玉：「汝嘗愛念『開簾風動竹，疑是故人來』。即此十郎詩也。爾終日吟想，何如一見。」〔註315〕霍小玉愛念「開簾風動竹，疑是故人來」，顯然又是作男女之想。

「開簾風動竹」已不同於李益原詩，霍小玉的理解也與原詩顯然不同。卞孝萱從文學與政治的角度論述：

> 元稹《傳奇》（《鶯鶯傳》）云：「（鶯鶯）題其篇曰：《明月三五夜》，其詞曰：『侍（引者按，應作「待」）月西廂下，迎風戶半開。拂墻花影動，疑是玉人來。』」蔣防《霍小玉傳》云：「母謂（小玉）曰：『汝嘗愛念：開簾風動竹，疑是故人來。即此十郎詩也。』」李益的佳句很多，蔣防獨選與「崔鶯鶯」作品相似的兩句，是為了迎合元稹、李紳。（原注：李益《竹窗聞風寄苗發、司空曙》云：「開門復動竹，疑是故人來。」吳曾《能改齋漫錄》卷八、吳开《優古堂詩話》認為蔣防「改一『風』字，遂失詩意」。他們不知道蔣防這樣修改，是為了使這兩句詩與「崔鶯鶯」作品相似。）〔註316〕

卞先生認為李益屬李逢吉、令狐楚集團，與李紳、元稹集團敵對，此處是作為「蔣防迎合元稹、李紳」的證據來論述的。卞先生雖能自成其說，但有一點值得提出：由李益詩「開門復動竹」到傳奇「開簾風動竹」，詩句的側重點發生了位移，由咏風變為言情，竹子也由君子之象變為情人之象。

與卞先生的政治視角不同，宇文所安側重於情節分析：

> 在浪漫背景之中，所謂「故人」即指情人。霍小玉母親有關這兩句詩的言辭，揭示了在事先安排策劃好的相見相遇中浪漫傳奇文化所扮演的角色。詩中的浪漫意象，在霍小玉遇見情人之前，已經抓住了她的想像；她一再誦念這些詩句，想像著它的作者；文本先於性。但是，小玉最喜好的這聯詩，隱約預示了她的命運：長久處於欲望未能實現的期待之中，徒然等待自己舊日情人的歸

〔註315〕張友鶴選注《唐宋傳奇選》，北京：人民文學出版社，1998年，第62頁。
〔註316〕卞孝萱《唐代文史論叢》，太原：山西人民出版社，1986年，第65頁。又見於卞孝萱著《唐人小說與政治》，廈門：鷺江出版社，2003年，第305頁。

來。〔註317〕

宇文先生聯繫小說人物情感命運的分析可謂精到，尤其是關於末句「預示了她的命運」的見解。浪漫意象臨窗竹何以能抓住霍小玉芳心，宇文先生未作進一步論述。幸好不少前輩已經從事於這項工作。清葉廷琯《吹網錄》據《野客叢書》云：

　　《野客叢書》曰：上聯在李君虞集中，此即古詞「風吹窗簾動，疑是所歡來」之意。梁費昶亦曰：「簾動意君來。」柳惲曰：「颯颯秋桂響，非君起夜來。」《麗情集》曰：「待月西廂下，迎風戶半開。拂牆花影動，疑是玉人來。」齊謝朓《懷故人》詩：「離居方歲月，故人不在茲。清風動簾夜，明月照窗時。」皆一意也。〔註318〕

可見李益詩的淵源所自。郭在貽也指出：

　　樂府《華山畿》：「夜相思，風吹窗簾動，言是所歡來。」唐李益《竹窗聞風寄苗發司空曙》詩云：「微風驚暮坐，臨牖思幽哉。開門復動竹，疑是故人來……」至傳奇《霍小玉傳》，則改爲「開簾風動竹」矣。《西廂記》之「隔牆花影動，疑是玉人來」，亦即出此。
　　〔註319〕

又向後推至對《西廂記》的影響。前輩們的梳理工作是有益的，但還嫌不夠細緻，如對於竹子情人象徵意蘊的承受源流未能釐清，又與竹子君子象喻混淆一處未能分別。李益詩中竹子顯係承接《淇奧》及王徽之以來竹喻君子的傳統〔註320〕，而不是情人象徵。儘管等待情人時的「疑情」類似《華山畿》以來的表情傳統，兩者畢竟不是一回事，霍小玉所感念的浪漫竹意象也不同於《淇奧》以來的君子之喻，所以需要單獨梳理竹子情人象徵意蘊的源流。

　　鑒於竹子比擬君子與情人有交叉也有分流的演變軌迹，單獨拈出表達男女之情的臨窗竹意象就很有必要。我們以爲，「風動竹」應是典型的男女相會之境，故霍小玉讀詩而動心懷感。如《直齋書錄解題》卷十九：

〔註317〕〔美〕宇文所安著《中國「中世紀」的終結：中唐文學文化論集》，第112～113頁。
〔註318〕轉引自周紹良著《唐傳奇箋證》，北京：人民文學出版社，2000年，第162～163頁。
〔註319〕郭在貽著《郭在貽文集》第四卷，北京：中華書局，2002年，第32頁。
〔註320〕其實《詩經·淇奧》中竹子也是擬喻情人的，只不過毛傳以來的經學接受不承認這一點。參見本章附錄《〈詩經·淇奧〉性隱語探析》。

舊史本傳稱其少有痴病，防閑妻妾過於苛酷，有散灰扃戶之説
聞於時，故時謂妒痴爲李益疾。按世傳《霍小玉傳》所謂李十郎詩
「開簾風動竹，疑是故人來」者，即益也。舊史所載如此，豈小玉
將死訣絕之言果驗耶？抑好事者因其有此疾，遂爲此説以實之也？
〔註321〕

李益妒痴之説是否實有其事不在本文論列範圍，但可見人們意識中臨窗竹爲
情人幽會之境。古人居處普遍植竹，如「墻頭青玉斾，洗鉛霜都盡，嫩梢相
觸」（周邦彥《大酺·春雨》）、「數竿修竹自橫斜，猶有小窗朱戶，似儂家」（張
元幹《虞美人》）等，所以「隔墻竹影動」作爲情人相會之景完全可能出現。
事實上，不僅竹，花也在情人幽會之境中出現過，如「花動拂墻紅蕚墜，分
明疑是情人至」（趙令畤《蝶戀花》）。李益用來表達友情的兩句詩，霍小玉却
移作男女之想，我們推測其前提是文化傳統和當時民俗中都有竹喻情人的情
況。這個推測可以得到證實。上文已從兩方面進行論述：自先秦以來竹子有
用於表達離情別緒甚至情變異心的傳統，也有用於象徵男性、引起艷情聯想
的傳統。

葉夢得《石林詩話》卷上云：「『開簾風動竹，疑是故人來』與『徘徊花
上月，空度可憐宵』，此兩聯雖見唐人小說中，其實佳句也。鄭谷詩『睡輕可
忍風敲竹，飲散那堪月在花』，意蓋與此同。然論其格力，適堪揭酒家壁，與
市人書扇耳。」〔註322〕從後人愛賞的程度可推知其對唐宋詞臨窗竹意象的影
響當不會小。從藝術創造性來看，沿襲前人意象是沒有創新的，但從文化傳
承來看，却又可見文學文化意象內涵的繼承與積澱，從而爲後人的研究提供
了線索。譬如《鶯鶯傳》中鶯鶯寫給張生的《明月三五夜》，詩云：「待月西
廂下，迎風戶半開。拂墻花影動，疑是玉人來。」〔註323〕此詩源於李益「開
門復動戶，疑是故人來」，李詩本是表現友情，元稹之所以不用「拂墻竹影動」，
就是因爲竹子的男性象徵太明顯，而鶯鶯的穩重性格使她不願直露表達，因

〔註321〕〔宋〕陳振孫撰《直齋書錄解題》，北京：中華書局，1985年，第533頁。
〔註322〕〔宋〕葉夢得撰《葉夢得詩話》，見吳文治主編《宋詩話全編》，南京：江蘇
　　　　古籍出版社，1998年，第3冊第2691頁。萬立方《韻語陽秋》卷二亦云：「（葉）
　　　　少蘊云：李益詩云：『開門風動竹，疑是故人來。』沈亞之詩云：『徘徊花上
　　　　月，虛度可憐宵。』皆佳句也。鄭谷掇取而用之，乃云『睡輕可忍風敲竹，
　　　　飲散那堪月在花』，真可與李、沈作僕奴。由是論之，作詩者興致先自高遠，
　　　　則去非之言可用；倘不然，便與鄭都官無異。」
〔註323〕張友鶴選注《唐宋傳奇選》，北京：人民文學出版社，1998年，第146頁。

而在詩中用了模糊性別的「花影」。也許《鶯鶯傳》情節過於簡單，人物性格不夠豐滿，在《西廂記》中則可看得更爲明顯。鶯鶯《明月三五夜》：「待月西廂下，迎風戶半開。隔墻花影動，疑是玉人來。」〔註324〕描述的似乎是女子在等待情人，又頗像男子等待情人的行爲，因爲其中「月」、「花影」、「玉人」都常常更多地用以形容女性。鶯鶯是否設想張生在盼望她來？還是戲謔張生的相思？或者就是自己相思情懷的變形表達？我們無法揣知。但有一點可以肯定，鶯鶯最不願意將詩寫成女性在等待情人，故有意避開「竹子」、「故人」，而採用「花影」、「玉人」，情人相會意蘊被保留而性別象徵則被模糊。傳統的禮教、少女的羞澀、初識的關係、防閑的處境等等都使她不可能明白地表達愛慕。《西廂記》後來的情節也支持了她這種性格，如鶯鶯的「假意兒」一再出現，這首詩只不過是「假意兒」的預演，而張生從一開始就爲情所困，以「假」當「眞」。

「開簾風動竹」的情境之外，黃昏修竹也是竹子別離情離內涵的常見情境。這種情境首見於杜甫《佳人》詩「天寒翠袖薄，日暮倚修竹」。因爲該詩表達的是佳人遭棄的結局，所以後人詩文中的日暮修竹意象多表達情離內涵。如《嫏嬛記》卷中所載紫竹《生查子》云：「思郎無見期，獨坐離情慘。門戶約花開，花落輕風颭。○生怕是黃昏，庭竹和烟黲。斂翠恨無涯，強把蘭缸點。」〔註325〕

〔註324〕〔元〕王實甫著、王季思校注《西廂記》第三本第二折，上海古籍出版社，1978年，第108頁。

〔註325〕轉引自《全宋詞》第5冊第3882頁。

第四章　竹子相關傳說研究

　　不少竹意象帶有濃厚的宗教文化色彩，如掃壇竹、「翠竹黃花」等，上編已分別結合不同文化背景予以考論。本章所要討論的「竹葉羊車」、孟宗竹、湘妃竹等，則是以傳說為背景逐漸形成的，其產生與傳播也基於不同的文化背景，反映了竹文化的不同內涵，故而需要梳理源流，考辨其象徵內涵的形成過程及其影響。「竹葉羊車」傳說是傳聞入史，羊車並非駕羊，竹葉引羊車的情節反映了民間關於竹葉與羊的生殖崇拜觀念，其附會帝王與宮女，可見在後宮問題上的民間立場。孟宗哭竹生筍故事的產生與流傳都是在孝文化背景下，宣揚孝文化需要離奇與悲苦的情節，冬筍本就稀見，再附會上哭而生筍的情節，增加了打動人心的力量。孟宗哭竹生筍故事後來成為著名的「二十四孝」故事之一。湘妃竹傳說的產生有遠古神話的影子，舜與竹、二妃與鳳凰都有某種隱性聯繫。湘妃竹在接受過程中逐漸成為女性悲情形象的象徵。

第一節　傳聞入史與情愛內涵：「竹葉羊車」考

　　「竹葉羊車」典出《晉書》。《晉書·后妃傳上·胡貴嬪》載：「（武）帝多內寵，平吳之後復納孫皓宮人數千，自此掖庭殆將萬人。而并寵者甚眾，帝莫知所適，常乘羊車，恣其所之，至便宴寢。宮人乃取竹葉插戶，以鹽汁灑地，而引帝車。」〔註 1〕《南史·后妃傳上·潘淑妃》也有類似記載：「潘淑妃者，本以貌進，始未見賞。帝好乘羊車經諸房，淑妃每莊飾褰帷以俟，并密令左右以鹹水灑地。帝每至戶，羊輒舐地不去。帝曰：『羊乃為汝徘徊，

<hr>

〔註 1〕《晉書》卷三一，第 4 冊第 962 頁。

況於人乎。』於此愛傾後宮。」〔註2〕此兩處宮女爭寵故事，因有竹葉和鹽引
羊車，後多用以諷刺帝王荒淫或吟咏宮怨。其被載入史冊，眞實性如何？下
面以晉武帝爲例進行考察。

一、羊車並非駕羊

羊車早載於《周禮》。王恩田先生考證「羊車」有兩種：

> 漢時羊車有兩種，一種雖名「羊車」而不駕羊，(《釋名》) 曰：
> 「羊車，羊，祥。祥，善也。善飾之車，今犢車是也。」這種羊車
> 《周禮・考工記》中也有記載，曰：「羊車二柯有三分柯之一。」注：
> 「鄭司農云：羊車謂車羊門也。玄謂：羊，善也。若今定張車。」
> 《晉書・輿服志》、《齊書・輿服志》、《隋書・禮儀志》以及唐志、
> 宋志中所載的「羊車」，都是這種裝飾華美或以人牽、或駕大如羊的
> 小馬而不駕羊的車。……《釋名・釋車》又說：「贏車，羊車，各以
> 所駕名之也。」畢沅校曰：「《御覽》引曰：『羊車，以羊所駕名車也。』
> 蓋節引此條，非別有一條也。前文雖已有羊馬，前文以祥善爲誼，
> 此則以駕羊爲稱，名同而實不同。」〔註3〕

王先生還舉山東蒼山元嘉元年漢畫像石墓題銘及羊車圖象，證《釋名》「以羊
所駕名車」可信。但王先生以爲晉武帝與衛玠所乘羊車都是以羊駕車〔註4〕，
則混爲一談，不可不辨。

我們先考察衛玠所乘羊車。《晉書・衛玠傳》：「(衛玠) 總角乘羊車入市，
見者皆以爲玉人，觀之者傾都。」〔註5〕觀者甚眾，可見羊車敞篷。衛玠尚在
總角之年，可見車小。故後世詩文常羊車竹馬并提，代指兒時遊戲或稱美少
年。如唐代雙峰和尚「竹馬之年，摘花供佛；羊車之歲，累塔娛情」〔註6〕。
黃庭堅《戲答張秘監饋羊詩》：「細勒柔毛飽臥沙，煩公遣騎送寒家。忍令無
罪充庖宰，留與兒童駕小車。」〔註7〕劉攽《隱語三首呈通判庫部》其一：

〔註2〕〔唐〕李延壽撰《南史》卷一一，北京：中華書局，1975 年，第 2 冊 321 頁。

〔註3〕王恩田《蒼山元嘉元年漢畫像石墓考》，《四川文物》，1989 年第 4 期，第 8
頁左。

〔註4〕王恩田《蒼山元嘉元年漢畫像石墓考》，《四川文物》，1989 年第 4 期，第 8
頁左。

〔註5〕《晉書》卷三六，第 4 冊第 1067 頁。

〔註6〕《祖堂集》，下冊第 782 頁。

〔註7〕《全宋詩》第 17 冊第 11384 頁。

「梧上生枝復來年，白頭傾蓋兩歡然。滿城童子垂髫髮，竹馬羊車戲路邊。」
〔註8〕陳維崧《崑山盛逸齋六十壽序》：「兒扶藤杖，悉屬班香宋艷之才；孫
舁藍輿，都爲竹馬羊車之秀。」〔註9〕這種羊駕之車實用價值並不大，宮中
所乘，取其娛樂消遣之功用，也不太可信。退一步說，即使衛玠所乘羊車爲
大車，以羊體格之小，又怎能拉動？《南齊書·魏虜列傳》：「虜主及后妃常
行，乘銀鏤羊車，不施帷幔，皆偏坐垂腳轅中。」〔註10〕所乘羊車也是形
制小，因車小才「不施帷幔」、「垂腳轅中」。這是北方政權的情況，還不一
定以羊爲駕。

　　晉武帝時羊琇也乘羊車。《晉書·輿服志》載：「武帝時，護軍羊琇輒乘
羊車，司隸劉毅糾劾其罪。」〔註11〕《宋書》、《南齊書》也有記載。羊琇生
活奢靡，「王愷、羊琇之儔，盛致聲色，窮珍極麗」〔註12〕，「（石崇）與貴戚
王愷、羊琇之徒以奢靡相尚」〔註13〕，「琇性豪侈，費用無復齊限」，「又喜遊
燕，以夜續晝，中外五親無男女之別，時人譏之」〔註14〕。如此奢華，難免
儷主僭越之行。《晉書》羊琇本傳載：「放恣犯法，每爲有司所貸。其後司隸
校尉劉毅劾之，應至重刑，武帝以舊恩，直免官而已。」〔註15〕《晉書·程
衛傳》也云：「（劉）毅奏中護軍羊琇犯憲應死。武帝與琇有舊，乃遣齊王攸
喻毅，毅許之。衛正色以爲不可，徑自馳車入護軍營，收琇屬吏，考問陰私，
先奏琇所犯狼籍，然後言於毅。」〔註16〕此兩處都說羊琇受劉毅彈劾，應都
指乘羊車事，既云「應至重刑」、「犯憲應死」，可見情節嚴重，知羊琇所乘羊
車非普通人所能乘。《宋史·儀衛志》：「劉熙《釋名》曰：『騾車、羊車，各
以所駕名之也。』隋禮儀志曰：『漢氏或以人牽，或駕果下馬。』此乃漢代已
有，晉武偶取乘於後宮，非特爲掖庭制也。」〔註17〕如此說法，顯然不能解

〔註8〕　《全宋詩》第 11 冊第 7299 頁。

〔註9〕　〔清〕陳維崧撰《陳檢討四六》卷一三，《四庫全書》第 1322 冊第 180 頁上
　　　　欄右。

〔註10〕　《南齊書》卷五七《魏虜列傳》，第 3 冊第 985～986 頁。

〔註11〕　《晉書》卷二五，第 3 冊第 756 頁。

〔註12〕　《晉書》卷二八《五行志中》，第 3 冊第 837 頁。

〔註13〕　《晉書》卷三三《石苞傳》，第 4 冊第 1007 頁。

〔註14〕　《晉書》卷九三《羊琇傳》，第 8 冊第 2411 頁。

〔註15〕　《晉書》卷九三《羊琇傳》，第 8 冊第 2411 頁。

〔註16〕　《晉書》卷四五《程衛傳》，第 4 冊第 1282 頁。

〔註17〕　〔元〕脫脫等撰《宋史》卷一四五，北京：中華書局，1977 年，第 11 冊第
　　　　3403 頁。

釋羊琇乘羊車「有罪」。羊琇是「景獻皇后之從父弟」〔註18〕，其年早於衛玠，既然連他都因乘坐羊車而被免官，衛玠又怎敢公然「乘羊車入市」？史載羊琇「少與武帝通門，甚相親狎，每接筵同席」，「帝踐阼，累遷中護軍，加散騎常侍。琇在職十三年，典禁兵，豫機密，寵遇甚厚」〔註19〕，如此地位顯赫、深受寵信尚且免官，一般人又怎敢知禁犯禁？可見衛玠與羊琇所乘羊車名同實異。清代俞正燮已認為「小兒別有羊車，非古（考工）之羊車」〔註20〕。

對於宮中羊車，《欽定周官義疏》推測：「晉武非做古羊車之制，或於宮中為兩輪迫地之車，以羊駕而人挽之，以行樂耳。……試思七尺之車，其重幾許？羊雖高大，安能勝此？」〔註21〕羊體格不壯，故云「以羊駕而人挽之」。《南齊書・輿服志》也云：「漆畫牽車，御及皇太子所乘，即古之羊車也。晉泰始中，中護軍羊琇乘羊車，為司隸校尉劉毅所奏。武帝詔曰：『羊車雖無制，非素者所服，免官。』《衛玠傳》云：『總角乘羊車，市人聚觀。』今不駕羊，猶呼牽此車者為羊車云。」〔註22〕云羊車即牽車，為「御及皇太子所乘」，解釋了羊琇受彈劾的原因。但與衛玠所乘普通羊車混同為一，失於細察。《晉書・輿服志》載：「羊車，一名輦車，其上如軺，伏兔箱，漆畫輪軛。武帝時，護軍羊琇輒乘羊車，司隸劉毅糾劾其罪。」〔註23〕以為羊琇所乘羊車即輦車。這種輦車又名牽子。《隋書・禮儀志》：「羊車一名輦，其上如軺，小兒衣青布褲褶，五辮髻，數人引之。時名羊車小史。漢氏或以人牽，或駕果下馬。梁貴賤通得乘之，名曰牽子。」〔註24〕可證羊車、輦車、牽子三者名異實同。《宋書・禮志五》：「晉武帝時，護軍將軍羊琇乘羊車，司隸校尉劉毅奏彈之。詔曰：『羊車雖無制，猶非素者所服。』江左來無禁也。」〔註25〕此處所言「非素者所服」、「江左來無禁」，似指以人牽挽并裝飾華美之車，並非指駕羊之車，因「馭童」及裝飾車馬體現的是禮制等級，而駕羊

〔註18〕《晉書》卷九三《羊琇傳》，第 8 冊第 2410 頁。

〔註19〕《晉書》卷九三《羊琇傳》，第 8 冊第 2410 頁。

〔註20〕〔清〕俞正燮撰，涂小馬、蔡建康、陳松泉校點《癸巳類稿》卷三《羊車說》，瀋陽：遼寧教育出版社，2001 年，上冊第 100 頁。

〔註21〕《欽定周官義疏》卷四四，《四庫全書》第 99 冊第 481 頁。

〔註22〕《南齊書》卷一七，第 2 冊第 338 頁。

〔註23〕《晉書》卷二五，第 3 冊第 756 頁。

〔註24〕〔唐〕魏徵、令狐德棻撰《隋書》卷一○，北京：中華書局，1973 年，第 1 冊第 192 頁。

〔註25〕〔梁〕沈約撰《宋書》卷一八，北京：中華書局，1974 年，第 2 冊第 501 頁。

既不易體現等級，也不便在民間禁止。可見晉武帝所乘之車「名羊而非駕羊」
〔註26〕。事實上，晉代上自王公下至百姓，以牛駕車相當普遍，甚至超過馬
車〔註27〕。俞正燮《癸巳類稿》卷三《羊車說》考定羊車是「以人步挽」的
小車，並非羊駕之車，他認爲「古以羊爲吉祥，故宮中小車謂之羊車，亦曰
定張車也」〔註28〕，「《唐志》云：屬車，三曰白鷺車，七曰羊車。白鷺非駕
鷺，羊車何必定駕羊」〔註29〕。總之，無論民間還是宮中，羊車一般並非駕
羊。

二、傳聞入史與情愛內涵

　　宮中羊車既非駕羊，故「插竹灑鹽殊爲附會」〔註30〕。《晉書》與《南
史》又何以載入史冊？俞正燮認爲：「晉武帝宮中乘羊車，文人不知羊車爲
何等車，《胡貴嬪傳》妄云宮人望幸，爭以竹葉插戶，鹽水灑地，以引帝車，
又誣及宋文帝潘淑妃，謂羊嗜鹽，舐地不去，邀帝住，是不知羊車始末也。」
〔註31〕以爲文人無知「妄云」，則是錯怪。這涉及《晉書》採傳聞小說入史
的體例。唐劉知幾認爲《晉書》「或恢諧小辯，或鬼神怪物」〔註32〕入史，
清代學者也認爲，「其所褒貶，略實行而獎浮華，其所采擇，忽正典而取小
說」，「其所載者，大抵弘獎風流，以資談柄，取劉義慶《世說新語》與劉孝
標所注，一一互勘，幾乎全部收入，是直稗官之體，安得目曰『史傳』乎」
〔註33〕。趙翼也說：「採異聞入史傳，惟《晉書》及南、北史最多。」〔註34〕

〔註26〕〔清〕王先謙撰集《釋名疏證補》引皮錫瑞語，上海古籍出版社，1984年，
　　　　第360頁。

〔註27〕參考劉磐修《魏晉南北朝社會上層乘坐牛車風俗述論》，《中國典籍與文化》
　　　　1998年第4期；高玉國《晉代牛車在社會生活中的作用與地位探析》，《德州
　　　　學院學報》2002年第1期。

〔註28〕〔清〕俞正燮撰，涂小馬、蔡建康、陳松泉校點《癸巳類稿》卷三《羊車説》，
　　　　瀋陽：遼寧教育出版社，2001年，上冊第100頁。

〔註29〕《癸巳類稿》卷三《羊車説》，上冊第100頁。

〔註30〕〔清〕吳景旭撰《歷代詩話》卷七○，《四庫全書》第1483冊，第715頁上欄
　　　　右。

〔註31〕《癸巳類稿》卷三《羊車説》，上冊第100頁。

〔註32〕〔唐〕劉知幾撰、趙呂甫校注《史通·採撰》，重慶出版社，1990年，第287
　　　　頁。

〔註33〕四庫全書研究所整理《欽定四庫全書總目》卷四五《晉書》條，北京：中華
　　　　書局，1997年，上冊第625頁左。

我們既明《晉書》採小說傳聞入史的真相，却不宜像清人那樣採取否定態度。「古人釆擇入史，後人則宜達觀待之，既知其荒誕不經，又解其所以如此之故，明瞭其曲折反映之歷史真相，而不宜簡單否定。」〔註35〕就「竹葉羊車」故事而言，闡明其內涵與產生過程，對於正確理解該故事以及南朝的民間文化都是有幫助的。

（一）竹葉的生殖崇拜內涵

兩晉南北朝是竹生殖崇拜較爲活躍的時期。竹葉是生殖崇拜的象徵物，婦女裙上裝飾竹葉圖案很普遍，如「竹葉裁衣帶」（徐陵《春情詩》）〔註36〕、「帷褰竹葉帶」（蕭綱《冬曉》）〔註37〕、「風吹竹葉袖」（蕭繹《藥名詩》）〔註38〕等，其他器物也有類似裝飾，如「同心竹葉碗，雙去雙來滿」（庾信《夜聽擣衣詩》）〔註39〕，都表明竹葉的女性象徵內涵。竹葉不僅指示性別，還具有象徵內涵。鮑照《中興歌十首》其十：「梅花一時艷，竹葉千年色。願君松柏心，採照無窮極。」〔註40〕「松枝竹葉自青青」〔註41〕，竹葉以其「千年一色」象徵痴情不變。竹葉裝飾衣裙及簾幃成爲時尚，尤其在南朝時期。其深層原因則是竹葉象徵女陰，體現生殖崇拜意蘊。趙國華《生殖崇拜文化論》研究認爲：「從表象來看，花瓣、葉片、某些果實可狀女陰之形；從內涵來說，植物一年一度開花結果，葉片無數，具有無限的繁殖能力。」〔註42〕竹葉也可能因被視爲女陰象徵，而與高禖祭祀結緣，成爲高禖石上的象徵圖案。在表現閨情宮怨的詩作中，生殖崇拜內涵更多地表現爲情愛象徵意義，如徐陵《梅花落》：「對戶一株梅，新花落故栽。燕拾還蓮井，風吹上鏡臺。娼家怨思妾，樓上獨徘徊。啼看竹葉錦，簪罷未能裁。」〔註43〕何

〔註34〕〔清〕趙翼著《廿二史札記》卷八「晉書所記怪異」條，北京：商務印書館，1987年，第142頁。

〔註35〕宋鼎立《〈晉書〉採小說辨》，《史學史研究》2000年第1期，第60頁。

〔註36〕《先秦漢魏晉南北朝詩·陳詩卷五》，下冊第2529頁。

〔註37〕《先秦漢魏晉南北朝詩·梁詩卷二二》，下冊第1963頁。

〔註38〕《先秦漢魏晉南北朝詩·梁詩卷二五》，下冊第2043頁。

〔註39〕《先秦漢魏晉南北朝詩·北周詩卷三》，下冊第2373頁。

〔註40〕《先秦漢魏晉南北朝詩·宋詩卷七》，中冊第1272頁。

〔註41〕〔唐〕權德輿《同陸太祝鴻漸崔法曹載華見蕭侍御留後說得衛撫州報推事使張侍御卻回前刺史戴員外無事喜而有作三首》其三，《全唐詩》卷三二二，第10冊3623頁。

〔註42〕趙國華《生殖崇拜文化論》，北京：中國社會科學出版社，1990年，第215頁。

〔註43〕《先秦漢魏晉南北朝詩·陳詩卷五》，下冊第2526頁。

遜《閨怨詩二首》其一：「竹葉響南窗，月光照東壁。誰知夜獨覺，枕前雙淚滴。」〔註 44〕思婦怨妾見竹葉而有感，對竹葉而啼哭，其原因可能是女性自感「竹葉兒空心自守」〔註 45〕。

　　竹子有男性象徵意義，就一般女性而言，窗前之竹具有期待情人的意味。何遜《夜夢故人詩》：「開簾覺水動，映竹見床空。」〔註 46〕梁簡文帝蕭綱《喜疾瘳詩》：「隔簾陰翠筱，映水含珠榴。」〔註 47〕這些都是「竹葉羊車」被正式載入史冊以前時期的詩作，知南朝曾經流行「臨窗竹」意象，其內涵則直指男女情愛。宋代陳普《咏史》：「君王祖述竹林風，竹葉紛紛插滿宮。禍亂古今惟晉酷，是非憂樂一山公。」〔註 48〕由首句可知，宮中插竹葉源於竹林生殖崇拜。故而宮女窗前插竹枝有期望得寵的象徵意義。

（二）羊的生殖崇拜內涵與帝王象徵

　　羊不僅有吉祥之義，還是仙人坐騎。《列仙傳》有葛由騎羊入蜀的記載。唐代鄭熊《番禺雜記》：「番禺二山名廣州。昔有五仙騎五羊至，遂名。」〔註 49〕但羊的這些內涵都不能合理解釋「羊車竹葉」組合意象的象徵意義，我們需要再作探求。在民間，羊生殖崇拜觀念很早就流行。羊的性活力強大，「僅僅一隻公羊就能給 50 多隻母羊配種」〔註 50〕。《續博物志》云：「淫羊藿一名仙靈脾，淫羊一日百遍，食藿所致。」〔註 51〕《太平御覽》卷九百二引《博物志》曰：「陰夷山有淫羊，一日百遍。脯不可食，但著床席間，已自驚人。又有作淫羊脯法：取羖、羚各一，別繫，令裁相近而不使相接。食之以地黃、竹葉，飲以麥汁、米瀋。百餘日後，解放之，欲交未成，便牽兩羖之，膊以爲脯。男食羖，女食羚，則并如狂，好醜亦無所避，其勢數日乃歇。」〔註 52〕值得注意的是其中竹葉和羊所具有的助性藥力。這些其實

〔註 44〕《先秦漢魏晉南北朝詩・梁詩卷九》，中冊第 1709 頁。
〔註 45〕〔明〕馮夢龍編《掛枝兒》卷八《葉》，〔明〕馮夢龍等編《明清民歌時調集》，上海古籍出版社，1987 年，上冊第 183 頁。
〔註 46〕《先秦漢魏晉南北朝詩・梁詩卷九》，中冊第 1697 頁。
〔註 47〕《先秦漢魏晉南北朝詩・梁詩卷二一》，下冊第 1944 頁。
〔註 48〕《全宋詩》第 69 冊第 43837 頁。
〔註 49〕〔唐〕鄭熊《番禺雜記》「五仙騎五羊」，轉引自祁連休著《中國古代民間故事類型研究》卷上，石家莊：河北教育出版社，2007 年，上冊第 257 頁。
〔註 50〕〔美〕坦娜希爾著、童仁譯《歷史中的性》，北京：光明日報出版社，1989 年，第 43 頁。
〔註 51〕〔宋〕李石撰《續博物志》卷七，《四庫全書》第 1047 冊，第 962 頁上欄右。
〔註 52〕〔宋〕李昉等撰《太平御覽》卷九〇二，北京：中華書局，1960 年，第四冊

都緣於古人很早就有的「羊性淫」〔註53〕的觀念。羊性淫，在漢字中也有體現，如「羴」的甲骨文字形，「下部是一個『羊』字，上部是一個表示雄性生殖器的圖形，本義爲一群羊中領頭的大公羊，即『種羊』，俗稱『羊公子』」，「在上古時代的牧羊人看來，『羊公子』十分淫蕩，總是在母羊的背上不停地跨上爬下；嘴唇上翻，不停地發出淫欲的叫聲，不斷地用角觸趕其他想靠近母羊的公羊；因此，『羴』字有強迫的意義，也有古人稱之爲『敦倫』、今人稱之爲『交配』的意思」〔註54〕。《齊民要術·養羊》：「（羊群）大率十口二羝。」注：「羝少則不孕，羝多則亂群。」〔註55〕《漢書·景十三王傳》載，武帝時江都王劉建「欲令人與禽獸交而生子，強令宮人裸而四據，與羝羊及狗交」〔註56〕，雖是違背人倫的行爲，却也是羊、狗性淫的世俗觀念的反映。羊這種性淫的特點，在唐五代房中書《洞玄子》中被用於形容性交動作，第二十三式曰：「山羊對樹（原注：男箕坐，令女背面，坐男上，女自低頭視內玉莖，男急抱女腰磋勒也）。」〔註57〕對於鹽引羊車，林維迪《漫話鹹水歌》以爲是將《易經》「咸卦」化爲故事記述〔註58〕。而「咸卦」也有生殖崇拜內涵。

　　羊又與婚配事象有關。《晉書》云：「王肅納徵辭云：『玄纁束帛，儷皮雁羊。』前漢聘後，黃金二百斤，馬十二匹，亦無用羊之旨。鄭氏《婚物贊》云『羊者祥也』，然則婚之有羊，自漢末始也。王者六禮，尚未用焉。是故太康中有司奏：『太子婚，納徵用玄纁束帛，加羊馬二駟。』」〔註59〕雖說太子納徵用羊較遲，畢竟西晉已有，而民間婚禮用羊漢末已有。羊的婚配內涵在夢書中有反映，如敦煌遺書《周公解夢書·雜事（牛馬）章第十五》：「夢見

第 4003 頁上欄左。

〔註53〕　《南齊書·卞彬傳》云：「羊性淫而狠。」羊性淫，世界各地先民都有認識，古希臘的潘（Pan，牧人之神）是一頭淫蕩的羊，古代亞述人將羊當做生殖神崇拜（見王立、劉衛英著《紅豆：女性情愛文學的文化心理透視》，人民文學出版社，2002 年，第 256、178 頁）。

〔註54〕　唐漢著《漢字密碼》，上海：學林出版社，2002 年，上冊第 8 頁、9 頁。

〔註55〕　《齊民要術校釋》卷六，第 312 頁。

〔註56〕　《漢書》卷五三，第 8 冊第 2416 頁。

〔註57〕　李零著《中國方術正考》，北京：中華書局，2006 年，第 413 頁。

〔註58〕　林維迪《漫話鹹水歌》，《羊城古今》1997 年第 2 期第 50 頁，轉引自何薇《珠江三角洲鹹水歌的起源與發展》，《廣州大學學報》（社會科學版）2007 年第 1 期，第 3 頁左。

〔註59〕　《晉書》卷二一，第 6 冊第 669 頁。

騎羊，得好婦。」〔註60〕敦煌遺書《新集周公解夢書・六畜禽獸章第十一》：
「夢見羊者，主得好妻。」〔註61〕夢見羊與得好妻之間的關係，恐不完全是
由羊通祥的聯想，因為吉祥之事很多，不必單單與好妻相關。民間風俗也有
反映，如《南史・孔淳之傳》：「敬弘以女適淳之子尚，遂以烏羊繫所乘車轅，
提壺為禮……或怪其如此，答曰：『固亦農夫田父之禮也。』」〔註62〕婚禮迎
娶時男家所送的羊，亦借指迎親禮物。後來成為典故，如元戴善夫《風光好》
第二折：「我等駟馬車為把定物，五花誥是撞門羊。」

　　至於羊象徵帝王，在古代占卜文化中也有留存。《玉芝堂談薈》引《塵
談》：「沛公（漢高祖劉邦）始為亭長，夢逐一羊，拔角尾，皆落。占曰：『羊
無角尾，王也。』」〔註63〕再如《遼史・耶律乙辛傳》：「乙辛母方娠，夜夢
手搏殺羊，拔其角尾。既寤占之，術者曰：『此吉兆也。羊去角尾為王字，
汝後有子當王。』」〔註64〕皆是後代測字占卜的附會，其源頭當推比喻治民
的「驅羊」之典。語出《史記・五帝本紀》：「舉風后、力牧、常先、大鴻以
治民。」唐張守節正義引《帝王世紀》云：「黃帝夢大風吹天下之塵垢皆去，
又夢人執千鈞之弩，驅羊萬群。帝寤而歎曰：『風為號令，執政者也。垢去
土，後在也。天下豈有姓風名後者哉？夫千鈞之弩，異力者也。驅羊數萬群，
能牧民為善者也。天下豈有姓力名牧者哉？』於是依二占而求之，得風后於
海隅，登以為相。得力牧於大澤，進以為將。」〔註65〕

　　異域文化中也有類似例證，如王立先生《佛經文學與古代小說母題比較
研究》中引述的佛本生故事：

　　　　早在公元前3世紀就開始流傳的印度佛本生故事，寫蛇王為了
　　　報答波羅奈國國王救命之恩，教給他通曉一切語言的咒語，但禁忌
　　　是若將咒語告訴別人，就會被火燒死。眾神之王帝釋天化作山羊來

〔註60〕劉文英編《中國古代的夢書》，北京：中華書局，1990年，第36頁。敦煌《占
　　　　夢書》殘卷中作「夢見騎羊，得奴婢：一云好婦。」見《中國古代的夢書》
　　　　第57頁。
〔註61〕劉文英編《中國古代的夢書》，北京：中華書局，1990年，第44頁。
〔註62〕《南史》卷七五，第1864頁。
〔註63〕〔明〕徐應秋撰《玉芝堂談薈》卷一，轉引自傅正谷著《中國夢文化》，北京：
　　　　中國社會科學出版社，1993年，第258頁。
〔註64〕〔元〕脫脫等撰《遼史》卷一一○，北京：中華書局，1974年，第5冊第1483
　　　　頁。
〔註65〕《史記》卷一，第1冊第8頁。

到人間，曉諭利害。爲了能讓國王在無意之中聽到獸類眞實的對話，帝釋天讓阿修羅的女兒蘇伽變成母羊，自己變成公羊，只有國王和駕車馬可以看見，「爲了進行交談，公羊裝出與母羊交歡的樣子，一匹駕車的信度馬看到後，說道：『公羊朋友，我們過去聽說山羊呆傻，毫無廉恥，但是沒有見過。現在，你當著我們大家的面，幹這種該在隱蔽處悄悄幹的事，也不覺得害臊。過去我們聽說的傳聞，今天親眼證實了。』說罷，念了第一首偈頌：智者所言眞，山羊是傻子；

　列位請瞧瞧：當眾幹這事。」〔註66〕

這個故事中山羊是眾神之王帝釋天所化。王立先生接著推測：「如果考慮到佛本生故事流傳廣泛，連一千多年前新疆的吐火羅文都有大量記載，有關羊與性愛關係的一些觀念，就完全可能是經過西域諸國傳入中土的。」〔註67〕可惜未能找到南朝的相關證據。

　　外來因素是否影響了中土羊的性淫觀念及其帝王象徵，對於本論題並不關鍵。重要的是，羊是遠視動物。《後漢書・五行志》「羊禍」李注引鄭玄曰：「羊，畜之遠視者也，屬視。」〔註68〕故云「羊大目而不精明」（《漢書・五行志中之下》）。這可能是民間傳說將羊與竹捏合一處的依據。對於帝王來說，「宮女如花滿春殿」（李白《越中覽古》），如何找到中意的那一位？荒淫的武帝既已「信羊由繮」，宮女們便得到了改變命運的一線機會。

（三）竹葉羊車與以食喻性

　　以食喻性是古代由來已久的性文化傳統，如性欲不遂稱「朝饑」、「饑」，性欲滿足稱「朝飽」、「朝食」、「食」等〔註69〕。羊食竹葉和鹽都是生殖崇拜意義上的附會，實際是生殖崇拜文化與帝王荒淫生活相結合的產物。這與故事核心內容，即帝王荒淫、宮女望幸的事實也相符合。泰始九年（273），「（晉武）帝多簡良家子女以充內職，自擇其美者以絳紗繫臂」〔註70〕。次

〔註66〕王立著《佛經文學與古代小說母題比較研究》，北京：崑崙出版社，2006年，第253～254頁。
〔註67〕王立著《佛經文學與古代小說母題比較研究》，北京：崑崙出版社，2006年，第254頁。
〔註68〕轉引自黃金貴《「望羊」義考》，《辭書研究》2006年第4期，第185頁左。該文對「望羊」的「遠視」義有詳細考論。
〔註69〕參見聞一多《高唐神女傳說之分析》，《聞一多全集・詩經編上》，湖北人民出版社，1993年，第4～5頁。
〔註70〕《晉書・胡貴嬪傳》，第4冊第962頁。

年春，「五十餘人入殿簡選。又取小將吏女數十人。母子號哭於宮中，聲聞於外，行人悲酸」〔註71〕。咸寧元年（275），又「采擇良家子女，露面入殿，帝親簡閱，務在姿色，不訪德行」〔註72〕。太康元年（280）滅吳後，晉武帝又於次年「詔選孫晧妓妾五千人入宮」〔註73〕，致「掖庭殆將萬人」〔註74〕。因此，武帝「自太康以後，天下無事，不復留心萬機，惟耽酒色」〔註75〕。太熙元年（290年），晉武帝長期縱慾過度，「極意聲色，遂至成疾」〔註76〕，死於含章殿。武帝這種「極意聲色」的行徑，與公羊在羊群中不斷尋覓可交配的母羊的行為，何其相似！潘淑妃是宋文帝劉義隆之妃，與晉武帝故事如出一轍。帝王多妃妾的主要理由是廣繼嗣，實質是滿足淫欲。黃宗羲曾指出，「敲剝天下之骨髓，離散天下之子女，以奉我一人之淫樂」〔註77〕。這樣必然造成眾多宮女「盡態極妍，縵立遠視，而望幸焉，有不得見者，三十六年」（杜牧《阿房宮賦》）〔註78〕。宮女為爭寵，也不惜手段。羊車與竹、鹽的結合，正好附會了宮女爭寵的處境。「羊嗜竹葉而喜鹹，故以二者引帝車」〔註79〕，這是「竹葉羊車」典故的基本構架。

　　清吳儀一《長生殿序》云：「漢以後，竹葉羊車，帝非才子；《後庭》《玉樹》，美人不專。兩擅者，其惟明皇、貴妃乎？」〔註80〕目的在肯定李、楊二人之才、情，也可見竹葉羊車在受眾心中實為濫淫之代稱。後代以訛傳訛，甚至加進楊條，如張九齡《唐六典》卷十七：「晉志曰，武帝乘羊車於後宮，恣意所之，宮女插竹葉、楊條，候帝之來。」〔註81〕加上「楊條」，也是生殖崇拜意義上的踵事增華，雖缺乏歷史依據，却可佐證竹葉羊車故事的性內

〔註71〕《晉書・五行志》，第3冊第838頁。
〔註72〕《晉書》卷二七《五行志上》，第3冊第813頁。
〔註73〕《晉書》卷三《武帝紀》，第1冊第73頁。
〔註74〕《晉書》卷三一《胡貴嬪傳》，第4冊第962頁。
〔註75〕《晉書》卷四〇《楊駿傳》，第4冊第1177頁。
〔註76〕〔宋〕司馬光撰、胡三省音注《資治通鑒》卷八二，《四庫全書》第305冊第689頁上欄左。
〔註77〕〔清〕黃宗羲撰《明夷待訪錄・原君》，北京：中華書局，1981年，第2頁。
〔註78〕《全唐文》卷七四八，第8冊第7744頁下欄左。
〔註79〕〔宋〕司馬光撰、胡三省音注《資治通鑒》卷八一注，《四庫全書》第305冊第679頁上欄左。
〔註80〕〔清〕洪昇著、徐朔方校注《長生殿》附錄《吳序》，北京：人民文學出版社，1983年，第227頁。
〔註81〕〔唐〕張九齡等撰、李林甫等注《唐六典》卷一七，《四庫全書》第595冊第170頁下欄右。

涵。武帝將選美之權下放給駕車之羊，與昭君故事中漢元帝授權毛延壽，其荒淫的程度毫無二致〔註82〕。

兒童羊車是否確實以羊駕車，其實無關緊要，現實中也許有這樣的羊駕之車，但傳說中的兒童所乘羊車似乎與羊作爲仙騎有關，糅合了羊的吉祥與仙騎等文化內涵，以增飾美好形象。有別於帝王的荒淫，衛玠乘羊車側重表現才美，但其中同樣不乏情色內涵。又《晉書‧潘岳傳》：「（潘）岳美姿儀……少時常挾彈出洛陽道，婦人遇之者，皆連手索繞，投之以果，遂滿車而歸。」〔註83〕此處潘岳所乘之車未言是羊車，但因潘岳與衛玠同時，又同是美男子，於是羊車又附會到潘岳身上。如明代顧璘《同劉考功送乃婿姚秀才畢婚還成都》：「羊車擲果見潘郎，鸞鏡同飛得孟光。」〔註84〕雖然故事不同，但就男女之情這一點而言，基本精神則一致。

三、文學中的「竹葉羊車」之典

史實是傳說產生的基礎，傳說又成爲文學虛構的重要資源。「竹葉羊車」故事涉及的兩帝兩妃都無可歌可頌之事，之所以爲文人樂於運用以至進行文學虛構，就在於「竹葉」、「羊車」意象的豐富意蘊，「信羊由繮」帶來的可能性，都有助於表現宮女的複雜心理、增加情感張力。人們常以羊車降臨表示宮人得寵，不見羊車表示宮怨。在君王是「諸院各分娘子位，羊車到處不教知」（花蕊夫人《宮詞》）〔註85〕，在宮女是「夜深怕有羊車到，自起籠燈照雪塵」〔註86〕。雖然帝王的行踪對普通宮女永遠具有神秘性，但是誰都夢想著羊車的到來。「多少秋宵眠不穩，竹枝插戶待羊車」（葉方藹《題沈侍講

〔註82〕 有意思的是，毛延壽最早出現於南北朝時《西京雜記》一書，與「竹葉羊車」故事的形成時期大致相同。據《漢語大詞典》「羊卜」條，古代西方和北方少數民族有一種占卜法叫羊卜。沈括《夢溪筆談‧技藝》：「西戎用羊卜。」《宋史‧外國傳二‧夏國下》載占法不一：有以艾灼羊脾骨以求兆者，亦有屠羊視其臟腑通塞卜吉凶者。契丹、蒙古、藏族等均有此俗。武帝以羊占卜將要臨幸的宮女，也許是民間羊卜風俗對其荒淫行爲的投射附會。
〔註83〕《晉書》卷五五，第 5 冊第 1507 頁。
〔註84〕〔明〕顧璘撰《息園存稿詩》卷一一，《四庫全書》第 1263 冊，第 420 頁下欄左。
〔註85〕《全唐詩》卷七九八，第 23 冊第 8972 頁。
〔註86〕〔元〕薩都剌《四時宮詞》其四，〔清〕顧嗣立編《元詩選》初集，北京：中華書局，1987 年，第 2 冊第 1247 頁。

應製詩》）〔註 87〕、「日長永巷車音細，插竹灑鹽紛妒恃」（陳子高《曹夫人牧羊圖》）〔註 88〕，可見羊車是宮女們的關心焦點、憂樂所繫。「臥聽羊車輓夜雷，知從誰處宴酣回」（許棐《宮詞二首》其一）〔註 89〕，這是等待而羊車不至；「薄暮羊車過閣道，夢隨春雨度湘簾」（〔元〕顧瑛《題馬公振畫叢竹圖》）〔註 90〕，這是夢見羊車；「任有羊車夢，那從到枕邊」（王世貞《乞骸待命於長至不能行禮自嘲》）〔註 91〕，這是夢中不見羊車；「來去羊車無定期，才承恩寵又愁思。仙人掌上芙蓉露，一滴今宵却賜誰」（〔明〕高壁《古宮辭》二首其二）〔註 92〕，這是承恩後愁思；「紅線毯，博山爐，香風暗觸流蘇，羊車一去長青蕪，鏡塵鸞彩孤」（歐陽炯《更漏子》）〔註 93〕，這是承恩後失寵；「驀地羊車至，低頭笑不休」（楊奐《錄汴梁宮人語》其四）〔註 94〕、「是時羊車行幸早，柳暗花柔忘却曉」（王逢《唐馬引》）〔註 95〕，則是羊車至而帝王行幸。宮女的各種盼幸、失望、嫉妒、絕望、喜悅等心理活動通過羊車得到淋漓盡致的表現。「自天子親繫絳紗，縱羊車而幸鹽竹」〔註 96〕，宮女們想盡辦法，力求得寵。鹽是吸引羊車的手段之一。明代陸深《端午詞二首》其一：「碧青艾葉倚門斜，寂寞深宮有底邪。幾度思量背同伴，暗分醎水引羊車。」〔註 97〕竹葉也是吸引羊車的重要手段。「竹葉無光引屬車」（顧璘《擬宮怨》其六）〔註 98〕、「羊車望竹頻」（〔明〕周瑛《醉歸圖》）〔註 99〕、「羊車繞竹枝」（耶律楚材《懷古一百韵寄張敏之》）〔註 100〕、

〔註 87〕〔清〕葉方藹撰《讀書齋偶存稿》卷四，《四庫全書》第 1316 冊第 820 頁下欄左。

〔註 88〕《全宋詩》第 25 冊第 16894 頁。

〔註 89〕《全宋詩》第 59 冊第 36847 頁。

〔註 90〕《御定歷代題畫詩類》卷七九，《四庫全書》第 1436 冊第 235 頁下欄左。

〔註 91〕〔明〕王世貞撰《弇州續稿》卷一三，《四庫全書》第 1282 冊第 168 頁下欄左。

〔註 92〕〔明〕曹學佺編《石倉歷代詩選》卷三四二，《四庫全書》第 1391 冊第 665 頁上欄右。

〔註 93〕《全唐詩》卷八九六，第 25 冊第 10127 頁。

〔註 94〕〔元〕楊奐撰《還山遺稿》卷下，《四庫全書》第 1198 冊第 246 頁上欄左。

〔註 95〕〔元〕王逢撰《梧溪集》卷一，《四庫全書》第 1218 冊第 566 頁下欄右。

〔註 96〕〔元〕郝經撰《續後漢書》卷七三下下，《四庫全書》第 386 冊第 167 頁上欄左。

〔註 97〕〔明〕陸深撰《儼山集》卷二二，《四庫全書》第 1268 冊第 134 頁上欄右。

〔註 98〕〔明〕顧璘撰《息園存稿詩》卷二，《四庫全書》第 1263 冊第 352 頁上欄左。

〔註 99〕〔明〕曹學佺編《石倉歷代詩選》卷四三八，《四庫全書》第 1392 冊第 795 頁下欄右。

「羊車直到竹間窗」（顧阿瑛《天寶宮詞十二首寓感》其五）〔註101〕，都表現竹葉的引羊作用。「乘羊車於宮裏，插竹枝於戶前」（白行簡《天地陰陽交歡大樂賦》）〔註102〕，宮女以竹枝爲誘，精心設計位置，插於門前、窗前甚至金盆盛放，如「羊車近，竹葉滿金盆」（毛奇齡《小重山》其四）〔註103〕，更以鹽灑竹期望「雙效」力量，如「羊車知又向何處，空自將鹽灑竹枝」（〔元〕陶應靁《長門怨十二首》其一）〔註104〕、「月明天上來羊車，千門竹葉生鹽花」（李昱《九月辭》）〔註105〕。宮女們費盡心思，從準備竹枝、插竹枝到空餘竹枝，感情上經歷期望、失望至絕望的痛苦過程：「羊車幸何處，鹽竹謾紛披」（何喬新《宮詞》）〔註106〕、「望水晶簾外竹枝寒，守羊車未至」（李白《連理枝》）〔註107〕、「羊車一去空餘竹」（李邴《宮詞四首》其二）〔註108〕。儘管作出最大努力，宮女們本質上只是守株待兔。

　　「竹葉羊車」故事的核心是帝王濫淫、宮女希寵，其情愛內涵體現在不同題材類型的作品中。後世多運用於宮廷題材，如「盡日羊車不見過，春來雨露向誰多」（王若虛《宮女圍棋圖》）〔註109〕、「羊車竹枝待君御，高唐雲雨空淫哇」（盧楠《怨歌行》）〔註110〕。不少作品歌咏晉代，如宋陳普《晉武帝》其一：「杳杳羊車轉披庭，夕陽亭上北風腥。紛紛羌羯趨河洛，爲見深宮竹葉青。」〔註111〕徐熥《晉宮怨》：「恩寵由來有淺深，至尊行幸豈無心。蛾眉不解君心巧，空聽羊車竹外音。」〔註112〕更多的則突破時間限制，

〔註100〕〔元〕耶律楚材撰《湛然居士集》卷一二，《四庫全書》第1191冊第602頁下欄右。

〔註101〕〔元〕顧阿瑛撰《玉山璞稿》，《四庫全書》第1220冊，第139頁上欄右。

〔註102〕張錫厚輯校《敦煌賦彙》，南京：江蘇古籍出版社，1996年，第246頁。

〔註103〕〔清〕毛奇齡撰《西河集》卷一三二，《四庫全書》第1321冊第406頁上欄左。

〔註104〕〔元〕汪澤民、張師愚編《宛陵群英集》卷一二，《四庫全書》第1366冊第1065頁上欄左。

〔註105〕〔元〕李昱撰《草閣詩集・拾遺》，《四庫全書》第1232冊第70頁上欄右。

〔註106〕〔明〕何喬新撰《椒丘文集》卷二二，《四庫全書》第1249冊第352頁下欄左。

〔註107〕《全唐五代詞》，上冊第8頁。

〔註108〕《全宋詩》第29冊第18435頁。

〔註109〕〔金〕王若虛撰《滹南集》卷四五，《四庫全書》第1190冊第515頁上欄右。

〔註110〕〔明〕盧楠撰《蟻蝼集》卷五，《四庫全書》第1289冊第871頁下欄左。

〔註111〕《全宋詩》第69冊第43834頁。

〔註112〕〔明〕徐熥撰《幔亭集》卷一三，《四庫全書》第1296冊第161頁下欄右。

表現一切宮怨，如用於昭君題材：「總把丹青怨延壽，不知猶有竹枝鹽」（元好問《秋風怨》）〔註113〕、「羊車忽略久不幸，夜夜月照羅幃空」（郭祥正《王昭君》）〔註114〕，都借「竹葉羊車」咏昭君。其次是閨情題材。這又分兩種情況，一是用竹葉羊車之典，偏重男女情愛；一是用衛玠羊車之典，偏重少年才美。前者如唐代羅虯《比紅兒詩》其五十四：「畫簾垂地紫金床，暗引羊車駐七香。若是紅兒此中住，不勞烟筱灑宮廊。」〔註115〕倪瓚《題芭蕉士女》：「鳳釵斜壓鬢雲低，望斷羊車意欲迷。幾葉芭蕉共憔悴，秋聲近在玉階西。」〔註116〕這些詩作雖不是宮廷題材，但情愛內涵則延續下來。後者如薛蕙《洛陽道》：「錦障藏歌伎，羊車戲少年。」〔註117〕再如魚玄機《和人》：「茫茫九陌無知己，暮去朝來典綉衣。寶匣鏡昏蟬鬢亂，博山爐暖麝烟微。多情公子春留句，少思文君書掩扉。莫惜羊車頻列載，柳絲梅綻正芳菲。」〔註118〕用衛玠羊車之典形容美男子或情人。司馬光《夫人閣四首》其四云：「聖主終朝親萬幾，燕居專事養希夷。千門永晝春岑寂，不用車前插竹枝。」〔註119〕像這樣正面歌頌之作極少。偶而也有借古諷今之作，如薛蕙《皇帝行幸南京歌十首》其九：「吳王雉翳春依草，宋帝羊車夜逐花。總是南朝舊時事，我皇行樂倍繁華。」〔註120〕借咏史譏諷當朝。

第二節　孟宗哭竹生笋及相關故事研究

　　孟宗竹即毛竹，其以「孟宗」為名，是因為孟宗「哭竹生笋」的孝行故事流傳廣遠所致。孟宗竹為散生竹，其地下莖的頂芽多季未出土時挖掘出來叫冬笋，出土後叫春笋。冬笋難得，故而古人附會成孝行感動天地的故事。

一、孟宗哭竹生笋故事的源流

　　孟宗是三國時人。最早記載孟宗哭竹生笋故事的是《楚國先賢傳》。《三

〔註113〕〔金〕元好問撰《遺山集》卷六，《四庫全書》第1191冊第67頁上欄。
〔註114〕《全宋詩》第16冊第10859頁。
〔註115〕《全唐詩》卷六六六，第19冊第7628頁。
〔註116〕〔元〕倪瓚撰《清閟閣全集》卷八，《四庫全書》第1220冊第279頁上欄右。
〔註117〕〔明〕薛蕙撰《考功集》卷一，《四庫全書》第1272冊第12頁上欄右。
〔註118〕《全唐詩》卷八〇四，第23冊第9054頁。
〔註119〕《全宋詩》第9冊第6171頁。
〔註120〕〔明〕薛蕙撰《考功集》卷八，《四庫全書》第1272冊第88頁下欄左。

國志‧吳志‧孫皓傳》裴松之注：

> 《吳錄》曰：仁字恭武，江夏人也，本名宗，避皓字，易焉。
> 少從南陽李肅學。其母為作厚褥大被，或問其故，母曰：「小兒無德
> 致客，學者多貧，故為廣被，庶可得與氣類接也。」其讀書夙夜不
> 懈，肅奇之，曰：「卿宰相器也。」初為驃騎將軍朱據軍吏，將母在
> 營。既不得志，又夜雨屋漏，因起涕泣，以謝其母，母曰：「但當勉
> 之，何足泣也？」據亦稍知之，除為監池司馬。自能結網，手以捕
> 魚，作鮓寄母，母因以還之，曰：「汝為魚官，而以鮓寄我，非避嫌
> 也。」遷吳令。時皆不得將家之官，每得時物，來以寄母，常不先
> 食。及聞母亡，犯禁委官，語在權傳。特為減死一等，復使為官，
> 蓋優之也。

> 《楚國先賢傳》曰：宗母嗜筍，冬節將至。時筍尚未生，宗入
> 竹林哀歎，而筍為之出，得以供母，皆以為至孝之所致感。累遷光
> 祿勳，遂至公矣。〔註121〕

從《吳錄》我們可以看到，孟宗之母賢明通達，而孟宗也非常孝順。這可能
是後來《楚國先賢傳》所載孟宗至孝感天生筍的傳說產生的原始依據。但孟
母既是賢達之人，不至於如此嗜筍如命。《藝文類聚》所載《楚國先賢傳》文
字略有不同，曰：「孟宗母嗜筍，及母亡，冬節將至，筍尚未生，宗入竹哀歎，
而筍為之出，得以供祭，至孝之感也。」〔註122〕情節變成孟母死後供祭，這
一改動美化了孟宗的孝心，又無損於孟母的賢達。敦煌遺書《古賢集》有「孟
宗冬筍供不闕」〔註123〕之句，似也指供祭。《白孔六帖》卷二十五：「孟宗後
母好筍，令宗冬月求之，宗入竹林慟哭，筍為之出。」〔註124〕變成孟宗孝順
後母，是在進一步突出孝心。《白孔六帖》卷二十五又引《孝子傳》云：「宗
承父資喪，舊塋負土作，一夕而成，墳上自高五尺，松竹自生。」〔註125〕又

〔註121〕《三國志》，長沙：嶽麓書社，1990年，下冊第926頁。《太平御覽》卷九六
四引作《襯操先賢傳》，內容大致相同。

〔註122〕〔唐〕歐陽詢撰、汪紹楹校《藝文類聚》卷八九，上海古籍出版社，1965年，
下冊第1552頁。

〔註123〕轉引自魏文斌、師彥靈、唐曉軍《甘肅宋金墓「二十四孝」圖與敦煌遺書〈孝
子傳〉》，《敦煌研究》1998年第3期，第83頁。

〔註124〕〔唐〕白居易原本、〔宋〕孔傳續撰《白孔六帖》卷二五「孝感」條，《四庫
全書》第891冊第397頁下欄左。

〔註125〕《白孔六帖》卷二五「孝感」條，《四庫全書》第891冊第398頁上欄右。

變成孝行感動天地，以至墳上自生松竹。

　　情節的離奇是出於宣揚孝道的需要，而冬笋稀見也爲其說提供了附會的可能。《後漢書・張敏傳》：「春生秋殺，天道之常。春一物枯即爲災，冬一物華即爲異。」〔註126〕春生秋死是自然規律，在天人感應思想觀照下，冬天生笋的「非常」現象與奇行異孝的人類行爲便有了對應。冬笋在當時較爲難得，故被視作佳肴珍蔬。晉左思《吳都賦》：「苞笋抽節，往往縈結。」劉淵林注：「苞笋，冬笋也，出合浦，其味美於春夏時笋也，見《馬援傳》。」所云「見《馬援傳》」，實見《東觀漢記》。合浦應即荔浦，在今廣西。冬笋難得倒不在於品種的地域分佈，可能是與竹笋的利用有關。司空圖《下方》云：「坡暖冬抽笋。」任知古《寧義寺經藏碑》：「勁笋含青，已抽冬暖。」〔註127〕《齊民要術》引《永嘉記》云：「凡諸竹笋，十一月掘土取皆得，長八九寸……永寧南漢，更年上笋，大者一圍五六寸。明年應上今年十一月笋，土中已生，但未出，須掘土取；可至明年正月出土訖。」〔註128〕冬笋隱藏地下，須掘土才出，故不爲人知。謝靈運《孝感賦》：「孟積雪而抽笋，王斲冰以膾鮮。」〔註129〕增加了「積雪」的情節，也是爲了形容冬笋的希見難得，突出異常孝行。後代相關詩文也多突出其「非時」，如「歸來喜調膳，寒笋出林中」（司空曙《送李嘉祐正字括圖書兼往揚州覲省》）、「非時應有笋，閒地盡生蘭」（皇甫冉《劉侍御朝命許停官歸侍》）等。林同《孝詩・孟宗》曰：「萬象死灰色，千林號怒聲。何人哭哀泣，凍竹強抽萌。」〔註130〕

　　孟宗故事又與其他孝行故事相提並論，擴大了影響。最常見的是與王祥臥冰求鯉故事結合在一起。庾信《周柱國大將軍拓跋儉神道碑》：「凍浦魚驚，寒林笋出。」〔註131〕敦煌變文《目連緣起》篇末韵文贊詞云：「孟宗泣竹，冬日笋生。王祥臥冰，寒溪魚躍。」〔註132〕《宗鏡錄》卷四十三：「故如世間有志孝於心，冰池涌魚，冬竹抽笋。尚自如斯。況眞智從慈者歟？」〔註133〕馮

〔註126〕《後漢書》卷四四，第6冊第1503頁。
〔註127〕《全唐文》卷二三六，第3冊第2386頁下欄左。
〔註128〕《齊民要術校釋》卷五，第260頁。
〔註129〕《全上古三代秦漢三國六朝文・全宋文卷三〇》，第3冊第2599頁下欄左。
〔註130〕《全宋詩》第65冊，第40620頁。
〔註131〕《全上古三代秦漢三國六朝文・全後周文卷一三》，第4冊第3950頁上欄左。
〔註132〕《敦煌變文校注》卷六《目連緣起》，第1016頁。
〔註133〕《大正藏》第48冊，671a。

眞素《司奏請旌異》：「霜竹擢筍，自可包羞；冰魚振鱗，頗亦慚德。」〔註134〕
「包羞」即庖饈，謂廚房內精美的食品。孟宗故事後來融入形成著名的《二
十四孝》故事。一般認爲元代郭居敬首輯《二十四孝》，成爲流行廣遠的蒙學
讀物。清代流傳《二十四孝・哭竹生筍》故事云：「孟宗字恭武，少喪父，母
老疾篤，冬月思筍煮羹食。宗無計可得，乃往竹林，抱竹而哭。孝感天地，
須臾地裂，出筍數莖，持歸作羹奉母，食畢疾愈。」附詩云：「泪滴朔風寒，
蕭蕭竹數竿。須臾冬筍出，天意報平安。」〔註135〕又增加了孟宗「少喪父」
的情節，更爲悲苦動人。值得注意的是出現竹筍治病的情節。中醫認爲竹筍
性味甘寒，有滋陰益血、化痰消食、去煩利尿等功效，但治病立愈的效果顯
係誇大。這種誇大是孝文化宣傳所需要的，當然也有「經典依據」。《孝經・
紀孝行章》曰：「孝子之事親也，居則致其敬，養則致其樂，病則致其憂，喪
則致其哀，祭則致其嚴。五者備矣，然後能事親。」〔註136〕歷稱「五孝」。孟
宗「哭竹生筍」被說成是爲母治病，可謂「病則致其憂」，合乎經典了。這也
可能與竹筍藥用價值的發現有關。道教以竹筍爲仙藥，以筍爲藥的觀念較爲
普遍，如陸龜蒙《春雨即事寄襲美》：「雖愁野岸花房凍，還得山家藥筍肥。」

趙超先生指出，現今最早提到「二十四孝」的文獻爲敦煌佛教變文《故
圓鑒大師二十四孝押座文》，其中已涉及孟宗泣竹故事：「泣竹筍生名最重，
臥冰魚躍義難量。」〔註137〕這是佛教孝業宣講時採用孟宗故事組成「二十四
孝」的較早文獻，孟宗故事爲佛教徒引入說法的實際時間還要早得多。隋代
灌頂《觀心論疏》卷三：「經云：非空非海中，亦非山市間。無有地方所，脫
之不受報。當何逃耶。扣冰魚踴，泣竹筍生。世孝志情尚能有感，況虔心三
寶何患不應者乎？」〔註138〕可見孟宗故事隋代已用於佛門宣講。

二、孟宗哭竹故事與孝文化背景及其傳播

孟宗哭竹生筍傳說的產生與變異，其目的是宣揚孝文化，情節則以神仙
怪誕和悲苦動人爲特徵。與竹筍相關的孝行傳說，早在漢代即有。「漢章帝三

〔註134〕《全唐文》卷九四六，第 10 冊第 9819 頁上欄左。
〔註135〕喻涵、湘子譯注《孝經・二十四孝圖》，長沙：嶽麓書社，2006 年，第 64 頁。
〔註136〕李學勤主編《孝經注疏》，北京大學出版社，1999 年，第 38 頁。
〔註137〕《敦煌變文校注》卷七，第 1154 頁。參見趙超《「二十四孝」在何時形成（上）》，
　　　　《中國典籍與文化》1998 年第 1 期，頁 53－54。
〔註138〕《大正藏》第 46 冊，600b。

年，子母笋生白虎殿前，時謂爲孝竹，群臣獻《孝竹頌》。」〔註139〕漢代以孝治天下，上自體現國策政體的「舉孝廉」、「推恩令」等官方行爲，下至孝親敬老的民間倫理信仰，孝文化深入人心，不少奇行異孝的傳說也就誕生了。孟宗故事也是在這種孝文化背景下產生的。人們推崇至純的孝性，於是不斷誇大孝行，增異情節，「哭竹生笋」這種現實中根本不可能出現之事，便因孝心而顯現奇迹，以達到感人效果，實現傳揚孝道的目的。後代甚至還附會孟宗的其他孝行。如其墳枯木生花的傳說：「孟宗至孝，墳以梓木爲表，感花萼生於枯木之上。」〔註140〕王維《冬笋記》將孝德與植物的關係講得更爲明白：

> 會心者行，會行者祥。故行藏於密，而祥發於外。欲人不知，不可得也。夫孝於人爲和德，其應爲陽氣。笋，陽物也，而以陰出，斯其效歟？重冰閉地，密雪滔天，而綠籜包生，不日盈尺。公之家執德庇人，仗義藩國，忘身於王室，不家於朱戶。公世載盛德，人文冠冕，又天姿大賢，庭訓括羽之日，諸季式亦克用，訓我爾身也，共被爲疏禮庇身焉。禦侮無所，花萼韡韡，爛其盈門，兄弟怡怡，穆然映女。且孝有上和下睦之難，尊賢容眾之難，厚人薄己之難，自家刑國之難，加行之以忠信，文之以禮樂，斯其大者遠者，況承順顏色乎？況溫清枕席乎？如是故天高聽卑，神鑒孔明，不然，笋曷爲出哉？視諸故府，則昔之人亦以孝致斯瑞也。

可見孝能致瑞、孝能感物的觀念是孝德觀念與植物之間聯繫的紐帶。

與孟宗哭竹生笋故事同樣具有孝文化內涵的，還有南山竹笋治病、竹爲燈纘等傳說。如《南齊書》卷二十七：「（劉懷珍子）靈哲所生母嘗病，靈哲躬自祈禱，夢見黃衣老公曰：『可取南山竹笋食之，沒立可愈。』靈哲驚覺，如言而疾瘳。」〔註141〕靈哲生母病愈靠的是南山竹笋，而南山竹笋是黃衣老公告知，黃衣老公的出現也非偶然，實是靈哲「躬自祈禱」的誠孝行爲感動的結果。類似的還有《太平廣記》所載蘇仙公故事：

> 母曰：「食無鮓。他日可往市買也。」先生於是以筯插飯中，携錢而去，斯須即以鮓至。母食去畢。母曰：「何處買來？」對曰：「便縣市也。」母曰：「便縣去此百二十里，道途徑嶮，往來遽至，

〔註139〕《述異記》卷上，《四庫全書》第 1047 冊第 617 頁下欄右。
〔註140〕〔晉〕干寶撰、汪紹楹校注《搜神記》所附佚文，引自《敦煌石室古籍叢殘・鐫金仁孝篇》，北京：中華書局，1979 年，第 248 頁。
〔註141〕《南齊書》卷二七，第 2 冊第 504 頁。

> 汝欺我也。」欲杖之。先生跪曰：「買鮓之時，見舅在市，與我語云，
> 明日來此。請待舅至，以驗虛實。」母遂寬之。明曉，舅果到。云
> 昨見先生便縣市買鮓。母即驚駭，方知其神異。先生曾持一竹杖，
> 時人謂曰：「蘇生竹杖，固是龍也。」〔註142〕

這也是孝行與竹文化的結合。以上兩則傳說體現的是道教因素，而竹為燈繼的傳說則更多地體現了佛教文化。《南史》卷四四載：

> 南海王（蕭）子罕字雲華，武帝第十一子也，頗有學。母樂容
> 華有寵，故武帝留心。母嘗寢疾，子罕晝夜祈禱。於時以竹為燈繼
> 照夜，此繼宿昔枝葉大茂，母病亦愈，咸以為孝感所致。主簿劉緩
> 及侍讀賀子喬為之賦頌，當時以為美談。〔註143〕

此則傳說也與孝道相關，「榮燈纂以感孝」（吳筠《竹賦》）〔註144〕的傳說實是佛教文化與孝道相結合的產物。這個傳說的產生可能與佛教有關。東晉天竺三藏佛馱跋陀羅譯《大方廣佛華嚴經》卷六「大方廣佛華嚴經賢首菩薩品第八之一」：「所放光明名善現，若有眾生遇斯光。彼獲果報無有量，因是究竟無上道。由彼顯現諸如來，亦現一切法僧道。又現最勝塔形象，故獲光明名善現。又放光明名清淨，映蔽一切天人光。除滅一切諸暗冥，普照十方無量國。彼光覺悟一切眾，執持燈明供養佛。以燈供養諸佛故，得成最勝世間燈。然諸香油及酥燈，或以竹木為炬明。以能然此諸燈明，得是清淨妙光明。」〔註145〕竹木為炬照明是難以為繼的，故云「以能然此諸燈明，得是清淨妙光明」，以見佛門因果；子罕不僅能「以竹為燈繼照夜」，且「枝葉大茂」，以見孝感有報。

竹笋治病、竹為燈繼等傳說本質上同孟宗故事一樣，都是孝文化與竹子的結合，又都具有怪誕傳說的特點。明白這種宣揚孝道的目的和情節創造的附會性，我們就能更好地理解孟宗哭笋故事在後代傳播過程中所發生的變化。

首先是孟宗哭竹生笋故事在傳播過程中的移位變形。陳寅恪曾談到：「夫說經多引故事，而故事一經演講，不得不隨其說者本身之程度及環境，而生變易，故有原為一故事，而岐為二者，亦有原為二故事，而混為一者。又在同一故事之中，亦可以甲人代乙人，或在同一人之身，亦可易丙事為丁事。」

〔註142〕《太平廣記》卷一三「蘇仙公」條，第 1 冊第 91 頁。

〔註143〕〔唐〕李延壽撰《南史》卷四四，北京：中華書局，1975 年，第 1114 頁。

〔註144〕《全唐文》卷九二五，第 10 冊第 9643 頁下欄右。

〔註145〕《大正藏》第 9 冊，435～436。

〔註 146〕這段話不僅適用於民間口頭敘事文學，用於概括詞彙意象或歷史故事
傳承中的變異也有其深刻性。後代借孟宗故事來讚美孝行的很多，如「縱王
褒朽樹於前，孟仁變竹於古，方之於君，無以過也」〔註 147〕、「遠傳冬筍味，
更覺彩衣春」（杜甫《奉賀陽城郡王太夫人恩命加鄧國太夫人》）等。甚至孝
筍故事主角不再是孟宗，而附會於所要歌頌之人。庾信《周故大將軍趙公墓
誌銘》：「年十一，孝公薨。煢煢在疚，孺慕過禮，泉驚孝水，竹動寒林，三
行克宣，八翼斯舉。」〔註 148〕唐代孫翌《蘇州常熟縣令孝子太原郭府君墓誌
銘》：「太夫人嘗有疾，（闕一字）羊宍，時禁屠宰，犯者加刑。日號泣於昊天，
而不知其所出。忽有慈烏銜宍，置之階上，故得以馨潔其膳，猶疑其倘然。
他時憶庵蘿果，屬霱發之辰，有類求芙蓉於木末，不可得也。兄弟仰天而歎，
庭樹為之犯雪霜，華而實矣。公取以充養，且獻之北闕，於時天后造周，驚
歎者久矣，命史臣褒贊，特加旌表。無幾何，憶新筍，復如向時之菀結，又
無告焉。後園叢篁，忽苞而出。所居從善里，其竹樹存焉。異乎哉！書傳所
闕者，今見之矣。公始以孝子徵。」〔註 149〕這些都是移植孝感生筍故事以歌
頌孝行。甚至借瑞筍為統治階級歌功頌德，如李嶠曾作《為百僚賀瑞筍表》：
「伏惟陛下仁兼動植，化感靈祇，故得萌動惟新，象珍臺之更始；貞堅效質，
符聖壽之無疆。」〔註 150〕

　　哭竹生筍故事又附會於他人孝行故事。《晉書・劉殷傳》載，劉殷七歲喪
父，哀毀過禮，服喪三年。曾祖母王氏盛冬思堇。殷時年九歲，乃於澤中慟
哭，便有堇生焉。這本是類似孟宗故事的孝感傳說。後人改堇為筍，成了孟
宗故事的翻版。如贊寧《筍譜》「四之事」云：「晉劉殷年甫九歲，孝性自然，
為曾祖母冬思筍，殷泣而獲供饋焉。」這是明改，暗中沿襲孟宗故事情節的
也有不少，如《筍譜》「四之事」云：「丁固仕吳，性敦，孝敬，母嘗思筍，
因遂泣竹生筍，母子俱大賢，位至封公，貴極人望。」又云：「程崇雅者，遂
州蓬山縣人，有孝譽，母患，冬月思筍，焚香入林中哭泣，感生大筍數株。」
唐代又衍生出孝感生筍的故事，環境則變為墓側。如《筍譜》「四之事」云：

〔註 146〕陳寅恪著《金明館叢稿二編・〈西遊記〉玄奘弟子故事之演變》，上海古籍出
　　　　版社，1981 年，第 192～193 頁。
〔註 147〕《漢魏南北朝墓誌彙編・北魏・魏故安西將軍銀青光祿大夫元公之墓誌銘》，
　　　　第 202 頁。
〔註 148〕《全上古三代秦漢三國六朝文・全後周文卷一七》，第 4 冊第 3966 頁下欄右。
〔註 149〕《全唐文》卷三〇五，第 4 冊第 3103 頁下欄。
〔註 150〕《全唐文》卷二四三，第 3 冊第 2457 頁上欄右。

「沈如琢，成都人，有孝行，母患渴，非時思桑椹，苦求不遂，家東一樹生，摘以奉母，母渴愈。及亡，負土成墳，廬於側，白鵲二棲於廬。冬笋抽十莖，天寶二年詔旌表。」

其次，故事情節也不斷附會增異。如竹笋可隨意隨地而生。吳淑《竹賦》：「孟宗之泣，亦方冬而復新。」〔註151〕承續了《楚國先賢傳》冬天哭竹生笋的情節。「忠泉出井，孝笋生庭」（庾信《周上柱國齊王憲神道碑》）〔註152〕，已將生笋地點由竹林變為庭中。「孝笋能抽帝女枝」（趙彥昭《奉和幸安樂公主山莊應制》），孝笋傳說本質上是志怪，但不管情節如果變異，其仁孝文化的內核未變，所謂「冬笋表德，齊聲於曾閔」（岑文本《京師至德觀法王孟法師碑銘》）〔註153〕、「忠泉暗漏，孝笋寒生」（庾信《周太子太保步陸逞神道碑》）〔註154〕。甚至出現孝梅與孟宗竹的組合，如《輟耕錄》載：「（龍廣寒）事母至孝。六月一日母生辰，方舉觴為壽，忽見北窗外梅花一枝盛開，人皆以為孝行所感，士大夫遂稱之曰孝梅。贈詩者甚多，惟張菊存一篇最可膾炙，曰：『南風吹南枝，一白點萬綠。歲寒誰知心，孟宗林下竹。』」〔註155〕清代符曾感慨道：「冬月無笋，孟宗母病，思食笋。宗抱竹泣，遂生。因名孝竹。蓋忠孝節三者，皆於竹著，其異如此。」〔註156〕

第三節　性別象徵與情愛內涵：湘妃竹意象研究

湘妃竹又稱斑竹、泪竹、湘竹等，它的得名源自湘妃灑泪染竹成斑的神話傳說。就文學意象而言，湘妃竹如同杜鵑啼血、望夫成石，是悲情的象徵。作為常見而重要的古代文學意象，湘妃竹却未能得到足夠的重視，已有研究成果或側重帝舜，或側重「二湘」（引者按，指屈原《湘君》、《湘夫人》），或側重林黛玉，都不是直接以湘妃竹為研究對象。本文試圖彌補這一缺憾，做了兩方面的工作：一是考索湘妃竹傳說的文化背景與歷史源流，二是分析文學中湘妃竹意象內涵的流變。

〔註151〕《全宋文》第 6 冊第 233 頁。
〔註152〕《全上古三代秦漢三國六朝文·全後周文卷一二》，第 4 冊第 3943 頁下欄左。
〔註153〕《全唐文》卷一五〇，第 2 冊第 1532 頁上欄右。
〔註154〕《全上古三代秦漢三國六朝文·全後周文卷一三》，第 4 冊第 3946 頁上欄右。
〔註155〕《輟耕錄》卷一一「龍廣寒」條，第 137 頁。
〔註156〕〔清〕符曾《評竹四十則》，轉引自范景中《竹譜》，載范景中、曹意強主編《美術史與觀念史》第VII輯，南京師範大學出版社，2009 年，第 303 頁。

一、湘妃竹原型考：竹林野合、鳳棲食於竹與灑淚於竹

張華《博物志》載：「堯之二女，舜之二妃，曰湘夫人。舜崩，二妃啼。以涕揮竹，竹盡斑。」〔註157〕這是斑竹與二妃結緣之始。《初學記》引《博物志》：「舜死，二妃淚下，染竹即斑。妃死爲湘水神，故曰湘妃竹。」〔註158〕湘妃竹傳說亦見於《藝文類聚》卷三十二引《湘州記》、唐李冗《獨異志》等。正如林河《〈九歌〉與沅湘民俗》所言：「二妃神話，從『帝之二女』到『卒爲江神』，到『帝之二女，謂堯之二女』，到『斑竹血淚』，再到二女與湘君、湘夫人兩則神話的融合，其間不知要經過多麼漫長的年代，如今已很難考證。」〔註159〕年代久遠，進行事實推求已無信史可徵，何況湘妃竹本來就是傳說的產物。如果進行文化考古，尚有線索可尋。從民間傳說生成的角度來考察，我們對傳說產生的背景以及所附會的「本地風光」也許能夠有一些更深入的瞭解。

對於湘妃竹，學者一般認爲是附會本地斑竹，陳泳超的看法可爲代表：

> 圍繞著二妃從征的故事主線，中古之人仍不斷地爲之添枝加葉，張華《博物志》云：「舜崩，二妃啼，以涕揮竹，竹盡斑。」任昉《述異記》亦云：「昔舜南巡而葬於蒼梧之野，堯之二女娥皇、女英追之不及，相與慟哭。淚下沾竹，竹文上爲之班班然。」斑竹本是湘江流域自然生成的一種帶斑點的竹子，經此附會，斑竹泣怨，遂成名典。〔註160〕

此說誠然不錯。但是，問題並沒有完全解決，我們不禁要問：斑竹何以附會於帝舜和二妃，而不是別的帝妃？是純屬偶然，還是有某種必然因素？湘妃竹首見於張華《博物志》，這是文字記載的開始，但在此之前是否有一段隱性的口傳階段？此後又是如何豐富與再創造的？中國古代普遍的象徵模式是，象徵物與具體人物之間具有某種對應關係，如牛女二星分別象徵牛郎織女。湘妃竹是否是湘妃形象的物化象徵形式？這些都有待梳理。

線索還是有的，爲便於直觀地瞭解，現將湘妃竹意象形成可能經歷的演

〔註157〕〔晉〕張華撰、范甯校證《博物志校證》卷八《史補》，北京：中華書局，1980年，第93頁。
〔註158〕《初學記》卷二八「湘妃・雲母」條，第3冊第694頁。
〔註159〕林河著《〈九歌〉與沅湘民俗》，上海：三聯書店上海分店，1990年，第147頁。
〔註160〕陳泳超著《堯舜傳說研究》，南京師範大學出版社，2000年，第318頁。

變過程作一圖示：舜與竹的聯繫（舜與竹生殖崇拜、舜歌《南風》的「生殖」主題、舜「不告而娶」的原始婚俗）→與鳳棲食於竹的傳說相附會（竹爲男性之象，象徵帝舜；鳳爲女性之象，象徵二妃）→灑泪成斑傳說（二妃見竹而思舜，灑泪於竹成斑）。這是湘妃竹形成前的隱性形態。論述如下：

（一）舜與竹子的聯繫

1、舜與竹子的象喻關係

舜與九嶷山相聯繫，其來已久。如《山海經・海內經》：「南方蒼梧之丘，蒼梧之淵，其中有九嶷山，舜之所葬，在長沙零陵界中。」〔註161〕《禮記・檀弓》：「舜葬蒼梧之野，蓋二妃未之從也。」都可見舜葬於蒼梧的傳說早已深入人心。所以有人說：「《九歌》創作時代和之前就有舜南巡死蒼梧葬九嶷山二妃追之不及的傳說，舜又是被儒家渲染美化的『三代之盛』中承前啓後的聖君，用他及其妃來做湖湘水神既有感召力也能寄託人們對他的思念之情。」〔註162〕

舜與竹子的關係，黃靈庚《〈九歌〉源流叢論》有所論及：

> 筆者從《湘君》的歌詞中時時能感受到帝舜傳說的文化因素，如「吹參差兮誰思」，王逸注：「參差，洞簫也。」洪興祖《補注》：「《風俗通》云：『舜作簫，其形參差，象鳳翼。』此言因吹簫而思舜也。」《漢書・禮樂志二》「行樂交逆，簫《勺》群慝」，顏注引晉灼：「簫，舜樂也。」用帝舜之樂來迎送湘君之神，湘君大概是帝舜了。如果湘君不是帝舜，那麼「神不歆非類」，也沒有必要對他吹參差之樂了。而夫人自是堯之二女、舜之二妃娥皇、女英。〔註163〕

黃先生所論極是。舜與竹（或竹製樂器簫）有極深的關係，他簡直就是竹的化身。因爲舜是簫的製造者，所以後人咏簫多及之，如「古人吹簫者，以和虞韶聲」（司馬光《吹簫》）〔註164〕。竹是製作簫管的材料。但舜與竹的關係似乎更直接一些，無需通過簫來間接聯想。《山海經・大荒北經》：「丘

〔註161〕《山海經校注》，第459頁。
〔註162〕何長江《湘妃故事的流變及其原型透視》，《中國文學研究》1993年第1期，第19頁右。
〔註163〕黃靈庚《〈九歌〉源流叢論》，《文史》2004年第2輯，北京：中華書局，2004年，第133頁。
〔註164〕《全宋詩》第9冊第6047頁。

方圓三百里，丘南帝俊竹林在焉。」〔註165〕帝俊即帝舜〔註166〕。《帝王世紀》云：「（帝嚳）自言其名曰『夋』。」〔註167〕學界一般認為帝俊、帝舜、帝嚳是相互重疊的人物〔註168〕。葉舒憲指出：「鳥與夋作為陽性生命力的象徵物，是起源極古，又具有相當普遍的意義的。可以確定的是，中國上古宗教中的男性至上天神帝俊，其實就是這種以鳥（夋）為象徵的陽性生殖力的人格化表現，這從『俊』字從『亻』從『夋』的字形上已可一目了然。」〔註169〕帝俊的原型既是陽性生殖力的表現，而竹也是陽性生殖力象徵物，其間象喻關係不言自明。

　　竹與帝俊的關係，不僅在於象徵生殖器，竹林「防露」、「來風」的特點與帝俊同樣有藕斷絲連的線索可尋。甲骨文有四方名和四方風名，也見於《山海經》和《尚書・堯典》。其中與東方相關的記載是：

　　　　（有神）名曰折丹。——東方曰折，來風曰俊。——處東極以
　　出入風。（《山海經・大荒東經》）

　　　　分命羲仲，宅嵎夷，曰暘谷。寅賓出日，平秩東作。日中星鳥，
　　以殷仲春，厥民析，鳥獸孳尾。（《尚書・堯典》）

　　　　東方曰析，鳳（風）曰劦（上劦下口）。（甲骨卜辭）〔註170〕

《山海經》、《尚書》、甲骨卜辭都有東、西、南、北四方的相關記載，以上僅引東方〔註171〕。「折」、「析」義同形近〔註172〕。「東方曰折，來風曰俊」，可

〔註165〕《山海經校注》，第419頁。

〔註166〕郭璞於《大荒東經》「帝俊生中容」下注云：「俊亦舜字，假借音也。」袁珂指出：「《大荒東經》『帝俊妻娥皇』同於舜妻娥皇，其據一也。《海內經》『帝俊生三身，三身生義均』，義均即舜子商均，其據二也。《大荒北經》云：『（衛）丘方圓三百里，丘南帝俊竹林在焉，大可為舟。』而舜二妃亦有關於竹之神話傳說，其據三也。餘尚有數細節足證帝俊之即舜處。」見袁珂《山海經校注》，第345頁注釋〔一〕。

〔註167〕轉引自葉舒憲、蕭兵、鄭在書著《〈山海經〉的文化尋踪：「想像地理學」與東西文化碰觸》，武漢：湖北人民出版社，2004年，下冊第1876頁。

〔註168〕如郭沫若《先秦天道觀之進展》，見氏著《中國古代社會研究：外二種》，石家莊：河北教育出版社，2000年，第312頁。

〔註169〕葉舒憲著《高唐神女與維納斯：中西文化中的愛與美主題》，北京：中國社會科學出版社，1997年，第233頁。

〔註170〕以上分別轉引自廖群著《先秦兩漢文學考古研究》，北京：學習出版社，2007年，第60、61、62頁。

〔註171〕按，首先揭示四方風意義的是胡厚宣。見胡厚宣《甲骨文四方風名考證》，載《甲骨學商史論叢・初集》，1944年；胡厚宣《釋殷代求年於四方和四方風

知「折」是東方方位神,「俊」是東方風神〔註173〕。四方是和四季相聯繫的,「『析』可解釋爲析木;春天草木破土而出,故東方曰『析』」〔註174〕,而東方是與春天和生殖聯繫在一起的〔註175〕。王小盾指出:「在關於東方的神話故事中,陰陽交合、萬物化生的觀念是不可或缺的內容。例如神話中的東方總是有海、扶桑、朝霞、雲雨、虹霓、魚等等意象,這些意象都具有性和生殖的涵義。」〔註176〕「孳尾」本指鳥獸雌雄交媾,在此「是男女生殖活動的一種暗喻性說法」〔註177〕。而竹林的特點是「上葳蕤而防露兮,下泠泠而來風」(《七諫‧初放》)。東方、竹與舜之間有著千絲萬縷的聯繫。

2、舜歌《南風》與生育主題

《禮記‧樂記》云:「昔者,舜作五弦之琴,以歌《南風》。」《淮南子‧泰族訓》也云:「舜爲天子,彈五弦之琴,歌《南風》之詩,而天下治。」《南風》到底內涵如何?《禮記‧樂記》鄭玄注:「南風,長養之風也,以言父母

〔註172〕 胡厚宣《甲骨文四方風名考證》:「《大荒東經》言『東方曰折』,甲骨文言『東方曰析』。《說文》:『析,破木也,一曰折也。』《廣雅》:『析,折,分也。』蓋析折義同,且形亦近也。」見氏著《甲骨學商史論叢初集》,石家莊:河北教育出版社,2002年,第267頁。
〔註173〕 按,此從廖群說。丁山則以爲:「析,必宮室或壇坫之名,或如明堂月令所謂『青陽大室』,不像都邑外的地名。禮記祭法,『瘞埋於太折,祭地也。』鄭注,『折,照晰也;必爲照明之名,尊神也。』鄭以照晰釋折,太折,顯然是『大析』傳寫之誤;大析者,東方曰析,蓋所以祭析木之宮,尚書逸篇所謂『東社』是也。」見氏著《中國古代宗教與神話考》,上海文藝出版社,1988年影印本,第83頁。
〔註174〕 王小盾著《中國早期思想與符號研究:關於四神的起源及其體系形成》,上海人民出版社,2008年,第418頁。
〔註175〕 參考楊樹森《宗教禮儀‧愛情圖畫‧生命贊歌——對〈國風〉「東門」的文化人類學臆解》,《社會科學戰線》1994年第3期,第227頁;王英賢《〈詩經〉「東門」的象徵意蘊》,《貴州文史叢刊》1998年第2期,第23頁;黃維華《「東方」時空觀中的生育主題——兼議〈詩經〉東門情歌》,《民族藝術》2005年第2期。
〔註176〕 王小盾著《中國早期思想與符號研究:關於四神的起源及其體系形成》,上海人民出版社,2008年,第647頁。
〔註177〕 王志強《「西王母」神話的原型解讀及民俗學意義》,《青海民族學院學報(社會科學版)》2005年第1期,第138頁左。胡厚宣《甲骨文四方風名考證》也云:「劦同力也,同力者龢也,龢調也,調和陰陽,乃成交接,於是遂演化爲乳化交接之孳尾。故甲骨文言『東方曰析,鳳曰劦』,《堯典》乃言『宅嵎夷,厥民析,鳥獸孳尾』也。」見氏著《甲骨學商史論叢初集》,石家莊:河北教育出版社,2002年,第269頁。

之長養己，其辭未聞也。」《左傳》隱公五年：「夫舞，所以節八音而行八風。」
孔穎達疏：「八風，八方之風者，服虔以爲八卦之風。乾音石，其風不周。坎
音革，其風廣莫。艮音匏，其風融。震音竹，其風明庶。巽音木，其風清明。
離音絲，其風景。坤音土，其風涼。兌音金，其風閶闔。」據陳泳超研究，
東方風對應方位之東方、季節之春季、五行之木（星、風）、八卦之震、音聲
之竹，其含義對應甲骨系統的交尾、八方風系統的滋生。陳先生接著說：「甲
骨四方風取名依據的物候是鳥獸，尤其是鳥獸毛羽的演變；而八方風取名依
據的物候是植物，尤其是農業的生產過程。」〔註178〕可見《南風》的生育主
題與化育萬民的意旨相合。《孔子家語》也載：「夫先王之制音也，奏中聲以
爲節，流入於南，不歸於北。夫南者，生育之鄉；北者，殺伐之域。」〔註179〕
撇開其中的褒南貶北傾向不說，它至少爲《南風》的生育主題提供了一個佐
證。

3、舜「不告而娶」與原始婚俗

　　舜與二妃的結合，按照《堯典》的說法，是堯在聽到眾人舉薦之後對舜
的考察〔註180〕。如《淮南子・泰族訓》說：「堯乃妻以二女，以觀其內；任以
百官，以觀其外。」而另一方面，則是關於舜不告而娶的傳說。《孟子・萬章
上》記載萬章問孟子：

> 　　萬章問曰：「《詩》云：『娶妻如之何？必告父母。』信斯言也，
> 宜莫如舜。舜之不告而娶，何也？」孟子曰：「告則不得娶。男女居
> 室，人之大倫也。如告則廢人之大倫以懟父母，是以不告也。」萬
> 章曰：「舜之不告而娶，則吾既得聞命矣。帝之妻舜而不告，何也？」
> 曰：「帝亦知告焉則不得妻也。」

這顯然是後來衛道者強加於舜的合乎禮節的辯詞。衛道者的這種辯解，我們
通過《孟子・離婁上》看得更爲明白：「孟子曰：『不孝有三，無後爲大。舜
不告而娶，爲無後也。君子以爲猶告也。』」對於舜這種不告而娶的行爲，不
理解的也不僅僅是萬章，如《楚辭・天問》：「舜閔在家，父何以鰥？堯不姚

〔註178〕陳泳超著《堯舜傳說研究》，南京師範大學出版社，2000年，第176頁。
〔註179〕楊朝明注說《孔子家語》卷八《辨樂解第十九》，開封：河南大學出版社，2008
　　　　年，第279頁。
〔註180〕參考陳泳超著《堯舜傳說研究》，南京師範大學出版社，2000年，第87～89
　　　　頁。

告，二女何親？」王逸《楚辭章句》注：「姚，舜姓也。言堯不告舜父母而妻之。」

二妃配舜，或以為是陪媵制和二妻制風俗的反映〔註181〕，主要是著眼於「二妻」。如果從「不告舜父母」來看，很可能是竹林野合發展而成的婚姻，因此在文明社會看來普遍不能理解。據蕭兵論證，湘夫人也是高禖女神〔註182〕，則其與舜野合於竹林是很可能的。《史記·五帝本紀》：「舜，冀州之人也。」《正義》具體指為蒲州河東縣（今山西永濟），并引南朝宋《永初山川記》云：「蒲坂城中有舜廟，城外有舜宅及二妃壇。」〔註183〕二妃壇云云，表明二妃曾為高禖女神。

宋玉《高唐賦》云：「我帝之季女，名曰瑤姬，未行而亡，封於巫山之臺。精魂為草，實曰靈芝。」〔註184〕陳夢家解釋道：「余考瑤姬未行而亡，未行未嫁也，亡逃也，謂未嫁而私奔。……瑤姬者，佚女也；古窯姚音同，《說文》引《史篇》『姚易也』，故姚亦轉為佚，帝嚳之二佚女，即少康之二姚，姚媱（淫）瑤佚皆一音之轉，瑤女亦即佻女淫女游女也。是巫山神女，乃私奔之淫女，其侍宿於楚王，實從高禖會合男女而起。」〔註185〕葉舒憲進一步論述：

> 在上古中國社會中曾廣泛流行未嫁女子獻身宗教的禮俗，為確認她們的特殊身份——既不同於社會上的一般女性按時出嫁，又不同於一般賣身的娼妓——不同地區的人們給她們起了許多名號，如巫兒，游女，佚女，尸女，女尸，瑤女，淫女，佻女等。她們之所以身份特殊，並不像陳、聞等先生因循古之傳說所認為的那樣是「私奔」的結果，而是她們承擔著在當時被視為神聖的「處女祭司」的宗教職責。她們盡職的主要方式是與現世神——帝王們進行儀式性

〔註181〕參考王紀潮《屈賦中的楚婚俗》，《江漢論壇》1985 年第 3 期；宋公文《論先秦時期原始婚姻形態在楚國的遺存》，《社會學研究》1994 年第 4 期；江林昌《楚辭中所見遠古婚俗考》，《中州學刊》1996 年第 3 期；王家祐《古代一娶二女婚俗起自蜀山》，《文史雜誌》2000 年第 1 期。
〔註182〕參見蕭兵著《楚辭的文化破譯：一個微宏觀互滲的研究》，武漢：湖北人民出版社，1991 年，第 326～328 頁。
〔註183〕參見王維堤著《龍鳳文化》，上海古籍出版社，2000 年，第 86 頁。
〔註184〕《文選注》卷一六江淹《別賦》李善注引，《四庫全書》第 1329 冊第 286 頁上欄右。
〔註185〕陳夢家《高禖郊社祖廟通考》，《清華學報》第 12 卷第 3 期，第 446 頁。

的象徵結合，這正是高唐神話所產生的宗教儀式背景。〔註186〕

至此，舜不告父母而娶二妃可以得到合理解釋：原來二妃雖是帝堯之女，也絲毫不影響其履行「處女祭司」的職責。二妃與舜是由高禖野合而結爲夫妻的，其野合的地點很可能是竹林。竹林野合是原始竹生殖崇拜的反映，之所以在竹林，根據接觸巫術原理，是想要獲得竹子的超強繁殖力。

（二）二妃與鳳凰的聯繫

帝舜之妃娥皇、女英有著鳳凰的影子。理由有四：

首先，娥皇、女英與鳳凰名稱上的聯繫。蕭兵論述：「《大戴禮·帝系篇》說：『帝舜娶於帝堯之子，謂之女匽氏。』金文燕國字作匽（原注：如《匽侯旨鼎》），匽就是鷖即燕（原注：後來燕鷖還被神化爲鳳凰，《爾雅·釋鳥》：『鷖，鳳；其雌皇。』與娥皇之皇暗合）。」〔註187〕

其次，鳳凰、二妃均成雙出現。《尚書·益稷》：「簫韶九成，鳳凰來儀。」鄭玄注：「儀，言其相乘匹。」何新先生說：「鄭玄讀『儀』爲『偶』，謂『儀，言其相乘匹』，即鳳凰成雙（原注：『乘匹』／『雙匹』）而來，來而跳舞。」〔註188〕娥皇、女英也是成雙出現，既一同嫁給舜，又一同追舜，追之不及，又一起以淚灑竹。這種一娶二女是上古婚俗〔註189〕。《太平經》指出：「故令一男者當得二女，以象陰陽。陽數奇，陰數偶也。」〔註190〕

再次，鳳凰、二妃都與帝舜有聯繫〔註191〕。《楚辭·九章·涉江》：「鸞鳥鳳皇，日以遠兮；燕雀烏鵲，巢堂壇兮。」王逸注：「鸞、鳳，俊鳥也。有聖君則來，無德則去，以興賢臣難進易退也。」何新說：「鳳鳥又名『駿』，字從『踆』，徐鍇注：『踆，行步舒遲也。』」〔註192〕從「俊」、「駿」，可見鳳

〔註186〕葉舒憲著《高唐神女與維納斯：中西文化中的愛與美主題》，北京：中國社會科學出版社，1997年，第395頁。

〔註187〕蕭兵著《楚辭的文化破譯：一個微宏觀互滲的研究》，武漢：湖北人民出版社，1991年，第326頁。

〔註188〕何新著《華夏上古日神與母神崇拜》，北京：中國民主法制出版社，2008年，第3頁。

〔註189〕參考王家祐《古代一娶二女婚俗起自蜀山》，《文史雜誌》2000年第1期。

〔註190〕《太平經合校》，第38頁。

〔註191〕閆德亮則論述舜是「鳳種」，這似乎從另一角度解釋了舜與二妃（鳳）的關係。見氏著《中國古代神話的文化觀照》，北京：人民出版社，2008年，第123頁。

〔註192〕何新著《華夏上古日神與母神崇拜》，北京：中國民主法制出版社，2008年，第15頁。

鳳與帝舜的聯繫。《帝王世紀》記:「帝嚳擊磬,鳳凰舒翼而舞。」〔註193〕《史記・殷本紀》:「殷契,母曰簡狄,有娀氏之女,爲帝嚳次妃。三人行浴,見玄鳥墮其卵,簡狄取吞之,因孕生契。」〔註194〕帝嚳即帝舜〔註195〕。

最後,鳳凰、二妃都與竹有聯繫。《莊子》:「夫鵷雛,發於南海而飛於北海,非梧桐不止,非練實不食,非醴泉不飲。」注:「練實,竹實,取其潔白也。」由食竹實又發展爲鳳棲竹,如梁元帝蕭繹《賦得竹詩》:「冠學芙蓉勢,花堪威鳳遊。」〔註196〕南朝陳賀循《賦得夾池修竹詩》:「來風韵晚徑,集鳳動春枝。」〔註197〕《晉書・苻堅下》曰:「初,堅之滅燕,沖姊爲清河公主,年十四,有殊色,堅納之,寵冠後庭。沖年十二,亦有龍陽之姿,堅又幸之。姊弟專寵,宮人莫進。長安歌之曰:『一雌復一雄,雙飛入紫宮。』咸懼爲亂。王猛切諫,堅乃出沖。長安又謠曰:『鳳皇鳳皇止阿房。』堅以鳳皇非梧桐不棲,非竹實不食,乃植桐竹數十萬株於阿房城以待之。沖小字鳳皇,至是,終爲堅賊,入止阿房城焉。」〔註198〕另一方面,甲骨文風、鳳同字〔註199〕,「來風」也即「來鳳」。《史記・夏本紀》:「四海之內,咸戴帝舜之功。於是禹乃興《九招》之樂,致異物,鳳皇來翔。」〔註200〕何以鳳凰、二妃、帝舜都與竹有糾纏不清的關係?如果說竹是帝舜的象徵,是男性,是龍,那麼一切迎刃而解。龍與鳳的配合、對應、吸引,原是基於陰陽雌雄的性別象徵。

這跟帝俊、帝嚳與娥皇、常義的婚配也有關。王小盾論述:

> 司日出的天官名「義」,司日落的天官名「和」,故古人以義

〔註193〕《昭明文選》李善注,轉引自何新著《華夏上古日神與母神崇拜》,北京:中國民主法制出版社,2008年,第4頁。

〔註194〕《史記》卷三,第1冊第91頁。

〔註195〕蕭兵說:「湘君是湘水之神兼九嶷山大神,它是由東夷集群先祖舜(原注:即《山海經》帝俊、史書帝嚳、卜辭之高祖夔)南下和楚的地方神結合而形成的。湘夫人是他的妻子,在神話地位上相當於帝舜之妻娥皇、女英,帝俊之妻義和、常儀,帝嚳之妻簡狄、姜嫄。這,王國維、郭沫若、聞一多、丁山等都做過大體相似的論證。」見蕭兵著《楚辭的文化破譯:一個微宏觀互滲的研究》,武漢:湖北人民出版社,1991年,第326頁。

〔註196〕《先秦漢魏晉南北朝詩・梁詩卷二五》,下冊第2047頁。

〔註197〕《先秦漢魏晉南北朝詩・陳詩卷六》,下冊第2554頁。

〔註198〕《晉書》卷一一四,第9冊第2922頁。

〔註199〕參考何新著《華夏上古日神與母神崇拜》,北京:中國民主法制出版社,2008年,第90頁。

〔註200〕《史記》卷一,第1冊第43頁。

爲東方之神，以和爲西方之神，而有「羲和生日」一說。「羲」、「娥」、「儀」（儀）皆從「我」得聲，古爲通假字。因此，「常羲」、「娥皇」、「尚儀」等月神之名，均是從「羲和」一名中演化而來的。這種演化遵從了兩條路線：其一因爲「媧」、「和」同音（古讀爲＊krool、＊gool），而演爲「伏羲」、「女媧」二名；其二則演爲帝俊、帝嚳與娥皇、常羲的婚配。〔註201〕

文學中也有表現，如王嘉《拾遺記》曰：「帝子與皇娥泛於海上，以桂枝爲表，結薰茅爲旌，刻玉爲鳩，置於表端，言鳩知四時之候，故《春秋傳》曰『司至』是也。今之相風，此之遺像也。」〔註202〕相風爲古代測風向的器具，其制晚出，晉宋間才見於記載，竿上是鳥〔註203〕。此云「帝子與皇娥」，可能暗示竹與鳳凰的關係，至少能引發聯想，因爲風即鳳，也就是踆鳥。

（三）灑淚於竹的象徵意義

二妃灑淚於竹，最早見於《博物志》。由先秦至晉代，這一段漫長時期並無相關記載，是文獻的缺失，還是停留於口傳形式而未形諸文字，或者二妃傳說還未與斑竹發生聯繫，我們不得而知。值得注意的是，晉代及以後相關記載逐漸豐富起來，如：

> 舜巡狩蒼梧而崩，三妃不從，思憶舜，以淚染竹，竹盡爲斑。
> （庾仲雍《湘川記》）〔註204〕

> 湘水去岸三十許里，有相思宮、望帝臺。舜南巡不返，殁葬於蒼梧之野。堯之二女娥皇、女英追之不及，相思痛哭，淚下沾竹，其文悉斑。（〔梁〕任昉《述異記》）〔註205〕

> 湘水有相思營、望帝臺，舜南巡不返，後葬於蒼梧之野，堯之二女娥皇、女英追之不及，相思慟哭，淚下沾竹，文悉爲之斑斑然。
> （《神異經》）〔註206〕

〔註201〕王小盾著《中國早期思想與符號研究：關於四神的起源及其體系形成》，上海人民出版社，2008年，第794頁。

〔註202〕〔晉〕王嘉撰，孟慶祥、商微妹譯注《拾遺記》卷一，哈爾濱：黑龍江人民出版社，1989年，第13頁。

〔註203〕周一良著《魏晉南北朝史札記》「相風」條，瀋陽：遼寧教育出版社，1998年，第72頁。

〔註204〕《藝文類聚》卷三二「閨情」，上冊第562頁。庾仲雍爲東晉或晉宋之際人。

〔註205〕《太平御覽》卷九六二引，《四庫全書》第901冊第525頁下欄左。

〔註206〕《記纂淵海》卷九六，《四庫全書》第932冊第745頁上欄左。

這些傳說的共同點在於：二妃思念舜帝，灑淚於竹，竹因此成斑。所謂「蒼梧恨不盡，染淚在叢筠」（杜甫《湘夫人祠》）。淚能染竹成斑，這種不合生物規律却合乎民俗心理的現象，使斑竹寄託了湘妃的情感，成為具有豐富內涵的象徵物，斑竹成為湘妃故事中最具魅力的意象，如「湘水弔靈妃，斑竹為情緒。漢水訪游女，解佩欲誰與」（張九齡《雜詩五首》其四）。李德裕《斑竹筆管賦》云：「往者二妃不從，獨處茲岑。望蒼梧以日遠，撫瑤琴兮怨深。灑思淚兮珠已盡，染翠莖兮苔更侵。何精誠之感物，遂散漫於幽林。」〔註207〕認為灑淚染竹成斑是精誠感物的結果。舜崩，二妃自然悲慟灑淚。灑淚於竹，使人們對斑竹的性別象徵問題也容易產生誤解，如有人以為斑竹象徵女性。本文以為竹是帝舜的象徵，灑淚於竹是思憶帝舜的象徵。

　　晉宋以來，竹子的物色美感得到普遍欣賞，並被作為人格形象的對象化，如王徽之、袁粲等人即以竹為友，對竹吟嘯。道教又宣揚竹子的男性生殖象徵功能，也使竹子男性意義廣為接受。正如上文所論，竹是舜的象徵，在後代又是龍的化身，二妃是鳳的化身，二妃思念帝舜，其性別象徵意義就在同一層面上轉化為鳳對龍的思念，因此才灑淚於竹。這種表現夫妻關係時取譬於動植物的思維方式在古代很常見，如「葳蕤防曉露，葱蒨集羈雌」（虞羲《見江邊竹詩》）〔註208〕、「既來儀於鳴鳳，亦優狎於翔鸞」（顧野王《拂崖篠賦》）〔註209〕、「見茲禽之棲宿，想君意之相親」（蕭綱《鴛鴦賦》）〔註210〕等，都可見禽鳥棲息於竹樹與夫妻同處之間的象徵比附關係。古代神話傳說中雌雄牝牡的配對聯想並不限於同類，如《洛陽伽藍記》卷五載：「赤嶺者，不生草木，因以為名。其山有鳥鼠同穴。異種共類，鳥雄鼠雌，共為陰陽，即所謂鳥鼠同穴。」〔註211〕而竹子男性象徵內涵也表現於竹子與鳳凰、湘妃與竹等兩兩配對，以寄託性別象徵意義。如南朝梁代闕名《七召》：「擊哀響，則春臺之人愴焉而雪泣；起歡情，則崩城之婦嫣然而微笑。嶰谷調鳳之竹，龍門獨鵠之柯。」〔註212〕「龍門獨鵠之柯」典出枚乘《七發》，龍門之桐「朝則鸝

〔註207〕李德裕《斑竹筆管賦》，《全唐文》卷六九六，第 7 冊第 7151 頁下欄右。
〔註208〕《先秦漢魏晉南北朝詩・梁詩卷五》，中冊第 1608 頁。
〔註209〕《全上古三代秦漢三國六朝文・全陳文卷一三》，第 4 冊第 3474 頁下欄左。
〔註210〕《全上古三代秦漢三國六朝文・全梁文卷八》，第 3 冊第 2998 頁上欄左。
〔註211〕〔北魏〕楊衒之撰、周振甫釋譯《洛陽伽藍記校釋今譯》，北京：學苑出版社，2001 年，第 147 頁。
〔註212〕《全上古三代秦漢三國六朝文・全梁文卷六九》，第 4 冊第 3364～3365 頁。

黃、鵃鴟鳴焉，暮則羈雌、迷鳥宿焉。獨鵠晨號乎其上，鷗雞哀鳴翔乎其下」，斫以爲琴，發天下至悲之音。在這裡「調鳳之竹」與「獨鵠之柯」似有性別象徵意義。李賀《湘妃》：「筠竹千年老不死，長伴秦娥蓋湘水。蠻娘吟弄滿寒空，九山靜綠淚花紅。離鸞別鳳烟梧中，巫雲蜀雨遙相通。幽愁秋氣上青楓，涼夜波間吟古龍。」由詩中「長伴秦娥」也可見竹子的男性象徵意義。正如清人彭玉麟題洞庭君山二妃墓聯所云：「君妃二魄芳千古，山竹諸斑淚一人。」〔註213〕「山竹諸斑淚一人」所指即是二妃思舜，爲一人流淚。楊炯《原州百泉縣令李君神道碑》：「琴前鏡裏，孤鸞別鶴之哀；竹死城崩，杞婦湘妃之怨。」〔註214〕如同城崩是杞婦怨恨的焦點，竹死也是湘妃悲傷的原因。從這些地方我們還能約略得到一點信息：原來「竹」象徵帝舜。

　　馬科斯・繆勒在《比較神話學》中提出神話是語言的產物的觀點〔註215〕。據以上所論，我們似可推測湘妃竹產生的原始文化背景：帝舜與娥皇、女英野合於竹林，因此成爲夫妻。楚民族是崇拜鳳文化的民族，舜妃傳說又與鳳棲食於竹的傳說相附會，其中，竹爲男性之象，象徵帝舜；鳳爲女性之象，象徵二妃。鳳棲於竹，就這樣象徵了二妃與帝舜的愛情，又與遠古竹林野合之風相結合，其聯繫的紐帶在於「生育」。傳說在繼續，在擴大，也在豐富。一旦傳至九嶷山，於是與斑竹相結合，產生灑淚成斑之說。結合《博物志》和《述異記》等書所載娥皇、女英灑淚於竹成斑的傳說，依稀可見竹爲男性象徵、竹林爲野合之地的痕迹。

二、湘妃竹的美感特色

　　按照植物學的觀點，湘妃竹當然與舜妃無關。古代植物學著作多指出竹之斑紋特點及其形成原因。如戴凱之《竹譜》曰：「（筓隋竹）蟲齧處往往成赤文，頗似繡畫可愛。」〔註216〕段成式《酉陽雜俎》卷十八也云：「箽墮竹，大如腳指，腹中白幕攔隔，狀如濕面。將成竹而筒皮未落，輒有細蟲齧之，隕籜後，蟲齧處成赤迹，似繡畫可愛。」〔註217〕《臨漢隱居詩話》云：「竹有黑

〔註213〕李冀《舜帝與二妃——兼論湘妃神話之變異》，《民族論壇》1999年第1期，
　　　　　第43頁左。
〔註214〕《全唐文》卷一九四，第2冊第1967頁上欄左。
〔註215〕〔德〕麥克斯・繆勒著、金澤譯《比較神話學》，上海文藝出版社，1989年。
〔註216〕〔晉〕戴凱之撰《竹譜》，《四庫全書》第845冊第178頁下欄左。
〔註217〕《酉陽雜俎》卷一八，《唐五代筆記小說大觀》上冊第691頁。

點，謂之班竹，非也。湘中班竹方生時，每點上有苔錢封之甚固。土人斫竹浸水中，用草穰洗去苔錢，則紫暈斕班可愛，此真班竹也。韓愈曰『剝苔弔班林，角黍餌沈冢』是也。」〔註218〕魏泰曰：「韓退之詩曰：『剝苔弔班林，角黍餌沈冢。』斑竹非黑點之斑也，楚竹初生，苔封之，土人斫之，浸水中，洗去蘚，故蘚痕成紫暈耳。」〔註219〕可見湘妃竹「露染班深」（庾信《邛竹杖賦》）〔註220〕的植物之美，故能感動人心而演化為湘妃泣竹的淒美傳說。廣東平遠有紅竹，據《縣志》云：「梅子畬有竹數叢，葉上有紅點如血，相傳文信國天祥過此，摘竹葉嚼血占卦，至今血痕猶存。」〔註221〕是有別於斑竹的品種。本文僅論述湘妃竹，故不再旁涉。

湘妃竹的物色之美在於獨特的斑紋。如李商隱《湘竹詞》：「萬古湘江竹，無窮奈怨何？年年長春笋，只是淚痕多。」劉長卿《斑竹岩》：「蒼梧在何處，斑竹自成林。點點留殘淚，枝枝寄此心。」斑竹已成湖湘之地獨具特色的文化景觀，吸引著人們的視線，所謂「至今楚山上，猶有淚痕斑」（郎士元《湘夫人》）、「入楚豈忘看淚竹」（郎士元《送李敖湖南書記》）、「江頭斑竹尋應遍」（姚合《送林使君赴邵州》）。歌詠斑竹多著眼湘妃，將斑紋與湘妃之淚相聯繫以寄情寓興，如「緘情鬱不舒，幽竹自駢羅」（武元衡《晨興贈友寄呈竇使君》）。文學中描寫湘妃竹多著眼於斑紋，描寫竹製品也是如此聯想。如任昉《答到建安餉杖詩》：「故人有所贈，稱以冒霜筠。定是湘妃淚，潛灑逐鄰彬。」〔註222〕而無名氏《斑竹簟》：「龍鱗滿床波浪濕，血光點點湘娥泣。一片晴霞凍不飛，深沉盡訝蛟人立。百朵排花蜀纈明，珊瑚枕滑葛衣輕。閒窗獨臥曉不起，冷浸羈魂錦江裏。」〔註223〕

湘妃竹還構成了風景之美。它可與周圍環境構成不同的風景，如「竹淚垂秋笋」（庾信《和宇文內史入重陽閣詩》）〔註224〕、「笋林次第添斑竹」（曹

〔註218〕〔宋〕魏泰撰、陳應鸞校注《臨漢隱居詩話校注》卷一，成都：巴蜀書社，2001年，第14頁。

〔註219〕〔宋〕彭□（引者按，此字原缺）輯、孔凡禮點校《續墨客揮犀》卷九「館中論詩」條（本書與《侯鯖錄》、《續墨客揮犀》合刊），北京：中華書局，2002年，第516頁。

〔註220〕《全上古三代秦漢三國六朝文・全後周文卷九》，第4冊第3926頁下欄右。

〔註221〕轉引自楊蔭深著《細說萬物由來》，北京：九州出版社，2005年，第529頁。

〔註222〕《先秦漢魏晉南北朝詩・梁詩卷五》，中冊第1599頁。

〔註223〕《全唐詩》卷七八五，第22冊第8859頁。

〔註224〕《先秦漢魏晉南北朝詩・北周詩卷三》，下冊第2374頁。

松《桂江》），都是斑竹笋林之美。「蕭颯風生斑竹林」（陳羽《湘妃》）、「斑竹
岡連山雨暗」（韓翃《送故人赴江陵尋庾牧》）、「岸引綠蕪春雨細，汀連斑竹
晚風多」（齊己《懷瀟湘即事寄友人》），都是風雨中的斑竹林。湖湘之地以及
湘妃廟前之竹〔註225〕，也能構成特定的地域風景。較早的如《述異記》：「湘
水去岸三十里許，有相思宮、望帝臺。昔舜南巡而葬於蒼梧之野，堯之二女
娥皇、女英追之不及，相與慟哭，泪下沾竹，竹文上為之斑斑然。」〔註226〕
《水經注・湘水》：「湖水西流，徑二妃廟南，世謂之黃陵廟也。言大舜之陟
方也，二妃從征，溺於湘江，神遊洞庭之淵，出入瀟湘之浦。」〔註227〕可見
其地早已建廟紀念湘妃。湘妃廟前湘妃竹，傳說與風景相結合，故能牽動詩
人情思。如「東叢八莖疏且寒，憶曾湘妃廟裏雨中看」（白居易《畫竹歌》）、
「竹暗湘妃廟，楓陰楚客船」（許渾《懷江南同志》）、「斑竹初成二妃廟，碧
蓮遙聳九疑峰」（元稹《奉和竇容州》），都是想像與描述湘妃廟前斑竹之美。
李端《晚次巴陵》：「雪後柳條新，巴陵城下人。烹魚邀水客，載酒奠山神。
雲去低斑竹，波回動白蘋。不堪逢楚老，日暮正江春。」此詩未明言「山神」
是何神，總之是湖湘之地的風景。韓翃《寄贈衡州楊使君》：「湘竹斑斑湘水
春，衡陽太守虎符新。朝來笑向歸鴻道，早晚南飛見主人。」李賀《湘妃》：
「筠竹千年老不死，長伴秦娥蓋湘水。」此兩詩中湘妃竹僅僅是特定地域的
象徵性的風景，別無他意。

三、別離與性別的象徵：湘妃竹意象的象徵內涵及其演變

　　湘妃竹傳說自晉代形諸記載，歷代文人創作了數不清的相關作品，湘妃
竹因此成為文學中的重要意象之一。早期湘妃傳說規定著湘妃竹的主要內涵
及其接受情況。而早期湘妃竹傳說的重點是相思與淚。「湘妃淚、湘靈、斑竹、
湘江、娥皇等組成淚的象喻系統」〔註228〕。由此典故派生出的詞彙有：泣竹、

〔註225〕本處採取相對寬泛的地理概念，因為湘妃竹的影響是呈輻射狀的，後來又與
　　　　巫山神女的結合。二妃既未從舜南巡，死後也未與舜合葬。《史記・秦始皇本
　　　　紀》記二十八年始皇「浮江，至湘山祠。逢大風，幾不得渡。上問博士曰：『湘
　　　　君何神？』博士對曰：『聞之，堯女，舜之妻，而葬此。』」知二妃死後葬於
　　　　江湘之間。參考陳泳超《堯舜傳說研究》，第315～316頁。
〔註226〕《述異記》卷上，《四庫全書》第1047冊第615頁。
〔註227〕《水經注校證》卷三八「湘水」，第896頁。
〔註228〕黃南珊《泪文學與情感表現》，《社會科學探索》1991年第2期。

二女垂淚、江娥啼竹、舜妃悲、湘妃淚、湘水淚、湘妃血、二妃愁、染竹啼、竹上淚、湘竹痕、湘川恨、女悲、斑竹、淚竹等。不僅歌咏舜、女英、娥皇的詩文會用到湘妃竹意象，更多的情況是，文人們創造性地利用湘妃竹意象來抒情達意。《廣志繹》卷四：「湘君湘夫人古今以堯女舜妃當之，唐人用以爲怨思之詩，然計舜三十登庸，釐降二女於潙汭，即年二十，而舜以百十歲崩蒼梧，二女亦皆百歲人矣。黃陵啼鵑，湘妃竹淚，至今以爲口實，可笑也。」〔註229〕這是昧於文學意象形成過程中踵事增華的特點而發出的陋見。古人稱「歡愉之詞難工，愁苦之音易好」。晚清劉鶚更以「哭」來描述中國文學的歷史：「《離騷》爲屈大夫之哭泣，《莊子》爲蒙叟之哭泣，《史記》爲太史公之哭泣，《草堂詩集》爲杜工部之哭泣；李後主以詞哭，八大山人以畫哭；王實甫寄哭泣於《西廂》，曹雪芹寄哭泣於《紅樓夢》。」〔註230〕湘妃竹是中國古典悲情文學意象之一，適足以表現其中情愛相思與苦痛別離。

自《博物志》成書至唐代，幾百年間文學作品中的「湘妃竹」意象非常有限，出現相關表述的詩歌僅八首：

淚竹感湘別，弄珠懷漢遊。（鮑照《登黃鶴磯詩》）〔註231〕

故人有所贈，稱以冒霜筠。定是湘妃淚，潛灑邃鄰彬。（任昉《答到建安餉杖詩》）〔註232〕

湘川染別淚，衡嶺拂仙壇。（陰鏗《侍宴賦得夾池竹詩》）〔註233〕

齊紈將楚竹，從來本相遠。將申湘女悲，宜并班姬怨。（周弘正《咏班竹掩團扇詩》）〔註234〕

湘妃拭淚灑貞筠，筴藥浣衣何處人。（江總《宛轉歌》）

啼枯湘水竹，哭壞杞梁城。（庾信《擬咏懷詩二十七首》其十

〔註229〕〔明〕王士性著、呂景琳點校《廣志繹》卷四，北京：中華書局，1981年，第87頁。

〔註230〕〔清〕劉鶚著、鍾夫校點《老殘遊記》卷首《自敘》，上海古籍出版社，2000年，第1頁。

〔註231〕《先秦漢魏晉南北朝詩·宋詩卷八》，中冊第1284頁。

〔註232〕《先秦漢魏晉南北朝詩·梁詩卷五》，中冊第1599頁。

〔註233〕《先秦漢魏晉南北朝詩·陳詩卷一》，下冊第2459頁。

〔註234〕《先秦漢魏晉南北朝詩·陳詩卷二》，下冊第2464頁。

一）〔註235〕

　　　　竹淚垂秋笋，蓮衣落夏藂。（庾信《和宇文內史入重陽閣詩》）

〔註236〕

　　　　是以流慟所感，還崩杞梁之城；灑淚所沾，終變湘陵之竹。（庾
信《擬連珠四十四首》其十四）〔註237〕

我們可以看到，這些詩作大都僅是突出別淚，或表現湘妃的堅貞，較爲平實
地引用典故。而庾信的創作則顯示出較強的創造性，「啼枯湘水竹」、「竹淚垂
秋笋」等句都突破典故的原有內涵，而進行新的構思，以渲染悲情。斑竹與
淚的聯繫在這一時期文中僅出現三次，如「南湘點淚，喻此未奇，東宮赤花，
擬之非妙」（蕭綱《答南平嗣王餉舞簟書》）〔註238〕、「淚沾虞後，龍還葛陂」
（蕭繹《玄覽賦》）〔註239〕、「城崩杞婦之哭，竹染湘妃之淚」（庾信《哀江南
賦》）〔註240〕，沒有明顯特色。

　　到唐代，文學中湘妃竹意象的情感內涵與象徵意義有了重要變化，生離
死別的悲情逐步泛化爲一般悲情如鄉思等，湘妃竹的女性象徵也逐漸明確起
來。

（一）別離的悲情

　　傳說中悲情可以感動天地萬物，如「墳前之樹，染淚先枯；庭際之禽，
聞悲乃下」（闕名《晉平西將周處碑》）〔註241〕。湘妃竹傳說本指湘妃爲舜
之死而悲哭，灑淚於竹成斑。後代咏湘妃或湘妃竹的作品也多著眼於此。如
鮑照《登黃鶴磯詩》：「淚竹感湘別，弄珠懷漢遊。」〔註242〕如果說早期還
未突出其情之悲，那麼到唐代渲染悲情已成爲一種定式。如湘妃廟《與崔渥
冥會雜詩》其三：「鸞輿昔日出蒲關，一去蒼梧更不還。若是不留千古恨，
湘江何事竹猶斑。」〔註243〕此是咏本事而言悲情。闕名《唐貝州永濟縣故
馬公郝氏二夫人墓誌銘》：「先夫人松蘿靡託，葛藟無依，結誓指於柏舟，空

〔註235〕《先秦漢魏晉南北朝詩・北周詩卷三》，下冊第 2368 頁。
〔註236〕《先秦漢魏晉南北朝詩・北周詩卷三》，下冊第 2374 頁。
〔註237〕《全上古三代秦漢三國六朝文・全後周文卷一一》，第 4 冊第 3938 頁上欄左。
〔註238〕《全上古三代秦漢三國六朝文・全梁文卷一一》，第 3 冊第 3012 頁下欄右。
〔註239〕《全上古三代秦漢三國六朝文・全梁文卷一五》，第 3 冊第 3037 頁上欄右。
〔註240〕，《全上古三代秦漢三國六朝文・全後周文卷八》，第 4 冊第 3924 頁上欄左。
〔註241〕《全上古三代秦漢三國六朝文・全晉文卷一四六》，第 3 冊第 2307 頁上欄右。
〔註242〕《先秦漢魏晉南北朝詩・宋詩卷八》，中冊第 1284 頁。
〔註243〕《全唐詩》卷八六四，第 24 冊第 9775 頁。

淚流於斑竹。」〔註244〕以「柏舟」、「斑竹」並舉，意在突出喪夫守節之志〔註245〕，還是用典。也有突破本事限制而藉以自抒胸臆的，如孟郊《閨怨》：「妾恨比斑竹，下盤煩冤根。有筍未出土，中已含淚痕。」以筍未出土時已經含淚形容怨情之深。《湘川記》載：「舜巡狩蒼梧而崩，二妃不從，以淚染竹，竹盡成斑而死也。」〔註246〕則通過竹枯來渲染湘妃的悲痛，所謂「啼枯湘水竹」（庾信《擬詠懷詩二十七首》其十一）〔註247〕。再如庾信《擬連珠四十四首》其十四：「是以流慟所感，還崩杞梁之城；灑淚所沾，終變湘陵之竹。」〔註248〕楊炯《原州百泉縣令李君神道碑》：「琴前鏡裏，孤鸞別鶴之哀；竹死城崩，杞婦湘妃之怨。」〔註249〕又與湘靈鼓瑟相附會以增加淒苦之情，如「不見湘妃鼓瑟時，至今斑竹臨江活」（杜甫《奉先劉少府新畫山水障歌》），即用「湘靈鼓瑟」之典〔註250〕。二妃灑淚是因舜帝崩殂，故湘妃竹常被用以形容喪夫之哀，如唐高宗武皇后《高宗天皇大帝哀冊文》：「俯惟煢懇，荼毒交侵，瞻白雲而茹泣，望蒼野而摧心。愴遊冠之日遠，哀墜劍之年深。淚有變於湘竹，恨方纏於谷林。念茲孤幼，哽咽荒襟，腸與肝而共斷，憂與痛而相尋。」〔註251〕

自《博物志》以來，筆記小說未言湘妃殉夫而死。但是好事者以為湘妃不死不足以表其哀痛、見其堅貞，於是不知從何時開始，湘妃沈湘殉夫了。陳泳超說：

> 早期的說法如《秦始皇本紀》、劉向《列女傳》等只說二妃死
> 於江湘之間，一筆帶過。因何而死？王逸《楚辭章句》注謂二妃「沒
> 於湘水之渚」，這一說法逐漸形成共識，以至郭璞注《山海經》時說：

〔註244〕《全唐文》卷九九六，第 10 冊第 10318 頁下欄左。
〔註245〕「柏舟」典出《詩·鄘風·柏舟序》：「柏舟，共姜自誓也。衛世子共伯蚤死，
　　　　其妻守義，父母欲奪而嫁之，誓而弗許，故作是詩以絕之。」後因以謂夫死
　　　　矢志不嫁。
〔註246〕《白孔六帖》卷一七「竹死」條，《四庫全書》第 891 冊第 285 頁上欄右。
〔註247〕《先秦漢魏晉南北朝詩·北周詩卷三》，下冊第 2368 頁。
〔註248〕《全上古三代秦漢三國六朝文·全後周文卷一一》，第 4 冊第 3938 頁上欄左。
〔註249〕《全唐文》卷一九四，第 2 冊第 1967 頁上欄左。
〔註250〕陳泳超先生認為：「『湘靈鼓瑟』，原是指歡快的樂事，絕不是錢起詩中所謂的
　　　　『苦調淒金石』。然而如此誤用（或故意反用？）典故卻獲眾賞，要非錢起一
　　　　人之事。天寶年間以《湘靈鼓瑟》為題的進士試詩，《全唐詩》中另存有陳季、
　　　　王邕、莊若訥、魏璀諸人之作，與錢起之作同一格調。說明這種纂用早已風
　　　　行，難怪錢作甫傳，便聲譽鵲起。」見氏著《堯舜傳說研究》第 324 頁。
〔註251〕《全唐文》卷九六，第 1 冊第 992 頁。

「說者皆以舜陟方而死，二妃從之，俱溺死於湘江，遂號爲湘夫人。」
後來的重要文獻也大多如此。所謂溺死，這裡是說二妃無意而失足
落水，郭注中就反駁說二妃神通廣大，何至落水而不能自救云云。
　　後人可能理會到其中的不吻合處，更可能是要加劇其貞烈的悲劇
性，故有效屈原故事而創二妃自沉之說。〔註252〕

甚至有人將二妃自沉之說寫進竹譜，如元代劉美之《續竹譜》：「世傳二妃將
沈湘水，望蒼梧而泣，灑淚染竹成斑。」〔註253〕文學中的表現則很早就有了，
如唐代李頻《寄遠》：「化石早曾聞節婦，沈湘何必獨靈妃。」〔註254〕牛殳《琵
琶行》：「二妃哭處山重重，二妃沒後雲溶溶。夜深霜露鎖空廟，零落一叢斑
竹風。」郎士元《湘夫人》：「蛾眉對湘水，遙哭蒼梧間。萬乘既已歿，孤舟
誰忍還。至今楚山上，猶有淚痕斑。」朱梁末帝，唐莊宗納其妃郭氏，許收
葬末帝。段鵬作誌文云：「七月有期，不見望陵之妾；九疑無色，空餘泣竹之
妃。」〔註255〕也暗示了二妃殉夫的觀念。後人因此將二妃之忠貞與屈原相比
附〔註256〕，如「二女竹上淚，孤臣水底魂」（韓愈《晚泊江口》）、「斑竹啼舜
婦，清湘沈楚臣」（韓愈《送惠師》）、「湘竹舊斑思帝子，江蘺初綠怨騷人」（劉
長卿《送馬秀才落第歸江南》）。湘妃竹也成了悼亡詩文中的常見意象，如「荊
山鼎成日，湘浦竹斑時」（姚合《敬宗皇帝挽詞三首》其二）。

　　文學中歌詠湘妃哭舜本事，淚無疑是重點，或借淚寫竹，如「林間竹有
湘妃淚」（譚用之《憶南中》）、「翠竹暗留珠淚怨」（張泌《臨江仙》）、「芳叢
翳湘竹，零露凝清華」（柳宗元《巽上人以竹閒自採新茶見贈酬之以詩》）、「風
枝未飄吹，露粉先涵淚」（韓愈《新竹》）；或從別恨寫淚，如「蒼梧恨不盡，
染淚在叢筠」（杜甫《湘夫人祠（即黃陵廟）》）、「若是不留千古恨，湘江何
事竹猶斑」（湘妃廟《與崔渥冥會雜詩》其三）、「已將怨淚流斑竹，又感悲
風入白蘋」（羅隱《湘妃廟》）；或寫淚之多之深之廣，如「崩城一慟，非無
杞婦之哀；染竹千行，自有湘妃之泣」（闕名《對養侄承襲判》）〔註257〕、「欲

〔註252〕陳泳超著《堯舜傳說研究》，南京師範大學出版社，2000年，第317～318頁。
〔註253〕《說郛》卷一〇五，《四庫全書》第882冊第130頁下欄右。
〔註254〕《全唐詩》卷五八七，第18冊第6807～6808頁。
〔註255〕《類說校注》卷三一引《續世說》「末帝誌文」條，下冊第940頁。
〔註256〕姚思彧從地緣、情感、行爲、倫理等方面論述二妃與屈原并提的原因，似乎「倫
　　　　理」一條最具說服力，見姚思彧《斑斑竹淚連瀟湘——從唐詩中的斑竹意象淺
　　　　窺神話的詩性重構》，《太原大學教育學院學報》2008年增刊，第51頁左。
〔註257〕《全唐文》卷九八〇，第10冊第10144頁上欄。

識湘妃怨，枝枝滿淚痕」（劉長卿《斑竹》）、「斑斑竹淚連瀟湘」（李涉《寄荊娘寫眞》）；或寫淚痕之不滅，如「竹上淚迹生不盡」（鮑溶《湘妃列女操》）；或言當時淚多，如「當時珠淚垂多少，直到如今竹尚斑」（高駢《湘妃廟》）；或言地下有淚，如「若道地中休下淚，不應新竹有啼痕」（周曇《唐虞門·再吟》）；或以高節襯托貞姿，如「何事淚痕偏在竹，貞姿應念節高人」（周曇《唐虞門·舜妃》）；或以石襯托其堅貞，如「渺渺三湘萬里程，淚篁幽石助芳貞」（湘妃廟《又湘妃詩四首》其一）〔註258〕。後來更與紅淚相結合，如「翠華寂寞嬋娟沒，野筱空餘紅淚情」（劉言史《瀟湘遊》）、「因憑直節流紅淚，圖得千秋見血痕」（汪遵《斑竹祠》）、「殷痕苦雨洗不落，猶帶湘娥淚血腥」（無名氏《斑竹》）〔註259〕、「悵二妃之淚竹，圓紅滴滴兮臨乎湮沚」（劉蛻《哀湘竹》）〔註260〕、「九疑山畔才雨過，斑竹作、血痕添色」（柳永《輪臺子·霧斂澄江》）等。在形成「斑竹紅淚」意象的過程中，又結合了「杜鵑啼血」的悲情。「杜鵑（子規）啼血」典出《禽經》。《禽經》云：「《爾雅》曰：『雟周。』甌越間曰怨鳥，夜啼達旦，血漬草木。」同樣是死別的悲情，同樣有淚且「漬草木」，將兩者聯繫到一起，倍增哀感。如「林間竹有湘妃淚，窗外禽多杜宇魂」（譚用之《憶南中》）、「杜鵑聲似哭，湘竹斑如血」（白居易《江上送客》）、「有虞曾不有遺言，滴盡湘妃眼中血」（李咸用《銅雀臺》）。從神話傳說中抽離出「悲啼」這一共同要素，「湘妃啼竹」就這樣與「杜鵑啼血」同生共感，從而產生「斑竹血淚」的意象〔註261〕。

虛構湘妃殉夫情節已屬添枝加葉，後人所作點化遠不止此。湘妃竹內涵由湘妃灑淚本事向愛情相思轉化，由夫婦「死別」的悲情向「生離」的相思轉化。如「淚竹感湘別，弄珠懷漢遊」（鮑照《登黃鶴磯詩》）〔註262〕、「湘

〔註258〕《全唐詩》卷八六四，第24冊第9775頁。
〔註259〕《全唐詩》卷七八五，第22冊第8860頁。
〔註260〕《全唐文》卷七八九，第8冊第8265頁上欄左。
〔註261〕參考王青山《論〈紅樓夢〉中絳珠草意象》，《內蒙古經濟管理幹部學院學報》2002年Z1期，第121頁；饒道慶《「絳珠」之意蘊及其與古代文學的關係》，《紅樓夢學刊》2007年第4期，第78～79頁；王功絹《論唐詩中杜鵑意象及其情感蘊涵》，《湖北師範學院學報（哲學社會科學版）》2009年第4期，第32頁左。杜鵑與竹的聯繫早在南朝就有，但並未明確是斑竹，如《子夜四時歌》：「杜鵑竹裏鳴，梅花落滿道。燕女遊春月，羅裳曳芳草。」據王功絹說：「在唐詩中，杜鵑與湘妃的組合有5處。」
〔註262〕《先秦漢魏晉南北朝詩·宋詩卷八》，中冊第1284頁。

妃拭淚灑貞筠」(江總《宛轉歌》)、「誰知湘水上，流淚獨思君」(李嶠《竹》)、
「湘竹舊斑思帝子」(劉長卿《送馬秀才落第歸江南》)、「斑竹枝，斑竹枝，
淚痕點點寄相思」(劉禹錫《瀟湘神》)、「竹上斕斑，總是相思淚」(趙令時
《蝶戀花》)，我們不難感覺到其中所突出的相思之情。到唐代，就用於表達
情人間的相思離別、堅貞不渝之情，如駱賓王《艷情代郭氏答盧照鄰》：「離
前吉夢成蘭兆，別後啼痕上竹生。」李涉《寄荊娘寫真》：「如今憔悴不相似，
恐君重見生悲傷。蒼梧九疑在何處，斑斑竹淚連瀟湘。」李益《山鷓鴣詞》：
「湘江斑竹枝，錦翼鷓鴣飛。處處山陰合，郎從何處歸。」這些都是寫閨怨
之情〔註263〕。唐傳奇《鶯鶯傳》中女主人公致夫書：「玉環一枚，是兒嬰年
所弄，寄充君子下體所佩。玉取其堅潤不渝，環取其終始不絕。兼亂絲一絇、
文竹茶碾子一枚。此數物不足見珍，意者欲君子如玉之真，弊志如環不解。
淚痕在竹，愁緒縈絲，因物達情，永以爲好耳。」〔註264〕「淚痕在竹」表
達堅貞不渝之意，也包含相思情緒。再如梅堯臣《古相思》：「劈竹兩分張，
情知無合理。織作雙紋簟，依然淚花紫。淚花雖復合，疑岫幾千里。欲識舜
娥悲，無窮似湘水。」〔註265〕以劈竹兩分、簟紋淚花等細節突出別離的內
涵。

　　湘妃竹的情感意蘊又由喪偶之悲、情人相思泛化爲一般悲情如友情、鄉
思等離別情緒，是湘妃竹別離象徵意義的進一步發展〔註266〕。如：

<hr>

〔註263〕日本學者淺見洋二對此已有認識，他說：「徐凝《山鷓鴣詞》云『南越嶺頭山
　　　　鷓鴣，傳是當時守貞女。化爲飛鳥怨何人，猶有啼聲帶蠻語』。棲居在『南
　　　　越嶺頭』即瀟湘南部連綿起伏的群山之中的鷓鴣，據說是爲了堅守對男子的
　　　　愛情而殉情的女子化身。瀟湘與這一傳說有著怎樣的關係尚不清楚，但《樂
　　　　府詩集》所收《山鷓鴣詞》中，無名氏、李益詩均爲描寫獨守空閨女性的作
　　　　品。獨守空閨的女性、瀟湘以及鷓鴣，可以認爲這三者在詩詞中有著密切的
　　　　聯繫。比如，李益《山鷓鴣詞》云『湘江斑竹枝，錦翼鷓鴣飛。處處山陰合，
　　　　郎從何處歸』，可以說是表現三者密切關係的典型事例。」見〔日〕淺見洋二
　　　　《閨房中的山水以及瀟湘──晚唐五代詞中的風景與繪畫》，載〔日〕淺見洋
　　　　二著，金程宇、〔日〕岡田千穗譯《距離與想像──中國詩學的唐宋轉型》，
　　　　上海古籍出版社，2005年，第101頁。
〔註264〕張友鶴選注《唐宋傳奇選》，北京：人民文學出版社，1998年，第148頁。
〔註265〕《全宋詩》第5冊第2801頁。
〔註266〕濮擎紅指出：「在『竹』的這一環境背景之下，絳珠、神瑛相愛無果，巫山神
　　　　女與『公子』好夢難真，湘妃與舜帝愛而不終。在竹『離別』原型意象下，
　　　　形成一個充滿哀怨、鬱悶氣氛的情境，傳達出生離死別的淒慘氣氛。」見濮
　　　　擎紅《與林黛玉形象塑造有關的一些原型、意象》，《明清小說研究》1998年

斑竹林邊有古祠，鳥啼花發盡堪悲。當時惆悵同今日，南北行人可得知。（李涉《湘妃廟》）

一枝斑竹渡湘沅，萬里行人感別魂。知是娥皇廟前物，遠隨風雨送啼痕。（元稹《斑竹（原注：得之湘流）》）

調瑟勸離酒，苦諳荊楚門。竹斑悲帝女，草綠怨王孫。潮落九疑迴，雨連三峽昏。同來不同去，迢遞更傷魂。（許渾《送友人歸荊楚》）

這幾首詩都是由湘妃當時夫妻死別的悲感聯繫到眼下行人生離的惆悵，可見湘妃竹已成了「別感」的象徵物。所以見湘妃竹即能引起離情別緒，如「前年湘竹裏，風激繞離筵」（李咸用《早蟬》）、「公河映湘竹，水驛帶青楓」（韓翃《送趙評事赴洪州使幕》）。鄉思之情也是別離悲情的一種，湘妃竹又可寄託客情鄉思，如「唯餘望鄉淚，更染竹成斑」（宋之問《晚泊湘江》）、「客淚堪斑竹，離亭欲贈荃」（張說《伯奴邊見歸田賦因投趙侍御》）。有時詩人也會借助其他意象與湘妃竹一起以渲染情感，如「楚岫接鄉思，茫茫歸路迷。更堪斑竹驛，初聽鷓鴣啼」（司空圖《松滋渡二首》其二），以鷓鴣結合斑竹，倍增鄉思。斑竹是特定地域的植物，由於當地歷史文化的投射，又與去國懷鄉的貶謫之情相關，如「萬點湘妃淚，三年賈誼心」（李嘉祐《裴侍御見贈斑竹杖》），以賈誼與湘妃並舉。再如「夜泊湘川逐客心，月明猿苦血沾襟。湘妃舊竹痕猶淺，從此因君染更深」（劉禹錫《酬瑞州吳大夫夜泊湘川見寄一絕》），也是借湘妃竹渲染逐臣的悲哀心情。

由以上論述可知，湘妃竹意象蘊含的情感取向是朝著兩個方向發展的，一方面是悲情的渲染加深，甚至出現二妃沈湘的情節，并與杜鵑啼血相結合而生「紅淚」之說，都是為突出湘妃堅貞品格；另一方面，情感又在不斷淡化和泛化，由死別到生離，再到友情、鄉思等一般的思念情緒，神話傳說在這裡表現出更多的現實關懷。

（二）女性的象徵

湘妃竹意象一經產生，即進入文學歌咏，唐以前作品中提到湘妃灑淚於竹，還未將竹子女性化，更沒有將竹子作為湘妃形象的對象化，還未形成女

第 2 期，第 145 頁。他對竹子離別意蘊的理解先得我心，誌之於此，以示不敢掠美。

性象徵意義。如劉孝先《咏竹詩》：「竹生荒野外，梢雲聳百尋。無人賞高節，徒自抱貞心。耻染湘妃淚，羞入上宮琴。誰能製長笛，當爲吐龍吟。」〔註267〕從「耻染湘妃淚」一句可以看出，其時還未形成湘妃竹的女性象徵內涵。這種情況到唐詩中已有改變。司空曙《送史澤之長沙》：「謝朓懷西府，單車觸火雲。野蕉依戍客，廟竹映湘君。夢渚巴山斷，長沙楚路分。一杯從別後，風月不相聞。」已經有將竹子比擬湘君的意味。湘妃竹意象的形成是否如同望夫石一樣，是思婦化身爲竹？上文已論述竹是帝舜的象徵，湘妃是鳳凰的化身，可見湘妃竹的形成不同於望夫石。

　　竹子性別象徵意義有一個逐漸女性化的過程。首先，湘妃竹意象逐漸女性化。竹子本是男性之象，《博物志》僅云二妃「以涕揮竹，竹盡斑」，竹子也還是二妃身外的植物。任昉《述異記》云：「舜南巡，而葬於蒼梧之野。堯之二女娥皇、女英追之不及，相與慟哭，淚下沾竹，竹文上爲之斑斑然。」〔註268〕「淚下沾竹」之語已經有將竹子隱喻爲女性的傾向。嚴紹璗以爲《述異記》所記「事實上是把『竹』與女性看成一體，其潛在的意義則在於隱喻『竹』即爲女性的化身。既然『竹』爲女性的化身，它便具有了懷孕生殖的功能」〔註269〕。《異苑》載：「建安有篔簹竹，節中有人，長尺許，頭足皆具。」嚴紹璗先生認爲：「這裡描寫的便是『竹孕』（竹胎）現象，它顯然就是『母胎』的隱喻。前述『竹生殖說』，便是此種『母胎說』的必然結果。此種對『竹』的隱喻與崇拜，與中國古代曾經流行的『桃崇拜』、『瓜崇拜』、『葫蘆崇拜』等一樣，都是原始的女性生殖器崇拜的延伸與演化。」〔註270〕竹子女性象徵意義的進一步明確，主要還是因爲竹子與淚的結合，如「帝子無踪淚竹繁」（吳融《春晚書懷》）。

　　其次，以湘妃竹爲湘妃堅貞品格的象徵，如「湘妃拭淚灑貞筠，笑藥浣衣何處人」（江總《宛轉歌》），可見在由男性象徵轉爲女性象徵的過程中，突出堅貞等品格是重要一環。這又有許多細節支撐，產生竹上湘妃之淚、寄託湘妃之心等聯想，如「點點留殘淚，枝枝寄此心」（劉長卿《湘中紀行十首·

〔註267〕《先秦漢魏晉南北朝詩·梁詩卷二六》，下冊第 2066 頁。
〔註268〕《述異記》卷上，《四庫全書》第 1047 冊第 615 頁。
〔註269〕嚴紹璗、中西進主編《中日文化交流史大系·文學卷》，杭州：浙江人民出版社，1996 年，第 189 頁。
〔註270〕嚴紹璗、中西進主編《中日文化交流史大系·文學卷》，杭州：浙江人民出版社，1996 年，第 190 頁。

斑竹岩》)。再次，吸收了帝女化草傳說的影響，如皎然《賦得吳王送女潮歌送李判官之河中府》：「溪草何草號帝女，溪竹何竹號湘妃。」魏璀《湘靈鼓瑟》：「扁舟三楚客，藂竹二妃靈。淅瀝聞餘響，依稀欲辨形。」以爲二妃身化爲竹。施肩吾《湘川懷古》：「湘水終日流，湘妃昔時哭。美色已成塵，淚痕猶在竹。」對「美色」的留戀，對「淚痕」的描寫，使竹子更多地帶有了女性化色彩，強化了湘妃竹的女性意蘊。正是基於湘妃竹的女性象徵意義，清代李漁《笠翁對韵》以此訓蒙：「湘竹含烟，腰下輕紗籠玳瑁；海棠經雨，臉邊清淚濕胭脂。」〔註271〕

在《紅樓夢》中，湘妃竹成了林黛玉的象徵。黛玉所作詩中自比湘妃，如《葬花吟》曰：「獨倚花鋤淚暗灑，灑上空枝見血痕。杜鵑無語正黃昏，荷鋤歸去掩重門。」寫淚灑枝頭化爲血痕，如同湘妃灑淚成斑。在別人眼裏湘妃竹也是黛玉的象徵。黛玉居住在瀟湘館，起詩社時探春替黛玉想的別號是「瀟湘妃子」，她解釋說：「當日娥皇、女英灑淚在竹上成斑，故今斑竹又名湘妃竹。如今他住的是瀟湘館，他又愛哭，將來他想林姐夫，那些竹子也是要變成斑竹的。以後都叫他作『瀟湘妃子』就完了。」可見湘妃竹是黛玉的化身。劉上生認爲：「瀟湘——湘妃竹（斑竹）——娥皇女英等符號與黛玉的相關性，使『瀟湘妃子』的雅號負載著從遠古神話民間傳說到楚辭文學，從愛情悲劇到地域文化的豐富信息。」〔註272〕到底承載了哪些文化信息，值得我們仔細分析。《紅樓夢》中湘妃竹意象至少涉及兩方面：一是「瀟湘妃子」黛玉的原型，二是作爲景物的湘妃竹意象描寫。黛玉之名其實也關合了湘妃竹，「黛」者，竹上之泪斑也；「玉」者，竹之美稱也〔註273〕。

有的學者認爲：「出現在我國文學作品裏的『斑竹』『淚竹』，由於傳說的主人公（動作的行爲者）是娥皇女英倆姐妹，所以它只用來表達女子失去男人的巨大悲痛，……不能用來表示男子失去女人的傷心落魄。」〔註274〕其實，如果明瞭以女子擬竹的特點，則表示男子失去女人的傷痛也是可能

〔註271〕〔清〕李漁著《笠翁對韵》，〔清〕車萬育等著《聲律啓蒙》，長沙：嶽麓書社，1987年，第76頁。

〔註272〕劉上生《〈紅樓夢〉的形象符號與湘楚文化》，《湖南城市學院學報》2003年第5期，第12頁右。

〔註273〕參考蕭兵《通靈寶玉和絳珠仙草——〈紅樓夢〉小品（二則）》，《紅樓夢學刊》1980年第2期，第156頁。

〔註274〕馬駿《「染筠」「崩心」考》，《日語學習與研究》2004年第1期，第68~69頁。

的，如毛澤東弔唁愛妻楊開慧：「九疑山上白雲飛，帝子乘風下翠微；班竹一枝千滴淚，紅霞萬朵百重衣。」（《七律・答友人》）

結　論

　　我國古代竹子的自然分佈與人工栽植互爲補充，因而遍布大半個中國，
南方自不必說，北方的黃河流域竹子也是常見植物。竹子生長迅速，栽種一
年後可採笋，成材快，新竹四年後可採伐。竹子質輕而堅，又柔韌可屈，是
經濟價值極高的植物。竹子的物質利用在古代非常普遍，從日用到軍事、禮
樂等不同領域都可見竹子及竹製品的身影，僅舉文人日常所用的竹製品爲
例，就有竹扇、簟席、竹杖、毛筆等。蘇軾《記嶺南竹》曾感慨：「嶺南人當
有愧於竹。食者竹笋，庇者竹瓦，載者竹筏，爨者竹薪，衣者竹皮，書者竹
紙，履者竹鞋，眞可謂一日不可無此君也耶！」〔註1〕竹笋的食用也很早就載
於文獻，文人士大夫與道士、僧徒等不同群體都喜食竹笋。竹子的經濟利用
必然形成相應的文化內涵，以食笋爲例，不同階層人群食笋就形成了不同內
涵的笋文化，文人貴族食笋在唐代有「櫻笋廚」之說，僧人食笋則表現於具
有「蔬笋氣」的文學創作，「蔬笋氣」因此成爲一類風格作品的代稱。竹子在
古代文化中應用之廣是其他植物所難以企及的，這種極其普遍的物質應用，
是竹文化發展的良好基礎。

　　物質利用之外，竹子的物色美感也格外引人注目。竹子無花無果，四季
青翠，一般認爲其美感形態缺乏變化，但是竹子並非顏色單調、形態少變，
而是以其他方面的獨特優勢彌補了這種不足，既有春笋、新竹等形態美感的
變化，也與風雲雨雪等天氣、山水庭院等環境相得益彰，竹子還以品種繁多
著稱，不乏姿態各異、顏色繽紛的奇品異類，因而極具觀賞性，成爲房前屋

〔註1〕　《全宋文》第 91 冊第 201 頁。

後乃至園林官舍普遍栽種的植物。這些優勢是其他植物所不具備的，因此文學作品中積累了豐富的美感體驗與審美認識。竹子又是花木中被寄寓了豐富的人格比德內涵的重要植物。竹子的很多特點，逐漸地被附會上眾多的品格象徵，如虛心、有節、凌寒、性直、堅韌等，既有竹子所獨有的植物特點，也有與其他植物共有的。而且這種人格比德的內涵還在不斷發展與豐富。如蘇軾《墨君堂記》借竹贊文同：「世之能寒燠人者，其氣焰亦未至若雪霜風雨之切於肌膚也，而士鮮不以為欣戚喪其所守。自植物而言之，四時之變亦大矣，而君獨不顧。雖微與可，天下其孰不賢之。然與可獨能得君之深，而知君之所以賢，雍容談笑，揮灑奮迅而盡君之德，稚壯枯老之容，披折偃仰之勢。風雪凌厲以觀其操，崖石犖确以致其節。得志，遂茂而不驕；不得志，瘁瘠而不辱。群居不倚，獨立不懼。與可之於君，可謂得其情而盡其性矣。」〔註2〕在凌寒不凋的品格象徵之外又發展出得意則茂而不驕、失意則瘁而不辱、群居不倚、獨立不懼等新內涵，處處緊扣竹子的植物特點，又與文同的獨特個性相結合。這已經不是一般的泛泛而論的品格象徵，而是與具體的人生經歷乃至品格德行相結合。人們對竹興懷、見竹思賢，竹子幾乎成了高尚與賢能的象徵符號。

相對於其他植物，竹子在分佈地域、物色美感、經濟利用等方面的特色好像並不明顯，但是如果整體考察，其整合優勢就凸顯出來了。如梅花（果）、蓮荷有食用價值，但是製品少，也就缺乏產生相關文化內涵的機緣；楊柳、松柏可製器具，畢竟不是良材，所製成的器具也較少人文內涵。綜合食用、器用、美感三方面的價值，竹子在眾多花木中無疑位於前列。竹子又是兼具儒、釋、道與民俗文化內涵的少數植物之一。在漫長的封建社會，竹子物質形態的利用非常廣泛，其精神形態資源也異常豐富，所以李約瑟說古代中國是「竹子文明」的社會。

竹文學屬於廣義的竹文化，也是內涵最為豐富的竹文化。基於文學背景研究的考慮，本書分別考察了竹子的生殖崇拜、道教與佛教內涵的形成及其對文學的影響。這些內容主要屬於文化範疇，也是文學表現的重要內容，二者難以截然分開。因此，上編三章關於竹文化意蘊的研究，一方面是作為文學創作的文化背景來進行研究的，另一方面也探討了與文學關係密切的內

〔註2〕 《全宋文》第90冊第393頁。

容，如體現生殖崇拜觀念的竹意象與《竹枝詞》起源、體現道教內涵的掃壇竹意象、體現佛教內涵的「翠竹黃花」話頭與「三生石」意象等。同時，下編各章在論述竹子題材文學時也涉及到竹文化意蘊，如關於「竹林七賢」與竹文化的討論等。因此可以說，作為上編的竹文化內涵研究與作為下編的竹子題材文學研究，二者之間的關係是相輔相成的。

對於文學中竹子題材與意象的研究，本文沒有採用縱向的史的視角，而是選取若干專題，以點帶面地進行論述，所選取的專題都是竹子題材文學中較為重要或影響較大的方面，如古代文學中的竹筍、竹林以及竹子的象徵意義、相關傳說等。通過這些專題研究，我們探討了竹筍題材的文學地位、美感特點及象徵意義，系統梳理了古代文學中竹林的美感特點與隱逸內涵，較為全面地闡述了竹子的植物特點、品種、材用等方面所形成的象徵意義，還考察了「竹葉羊車」、孟宗哭竹生筍、湘妃灑淚染竹成斑等相關傳說的形成及影響。

具體而言，本文研究的結論可略述如下：

上編三章探討了竹子不同方面的文化內涵及其在文學中的表現。第一章論述了竹生殖崇拜內涵及相關問題。竹子繁殖力強、生命力旺盛，形成竹生人、人死化竹等觀念與高禖崇拜、竹林神崇拜等生殖崇拜內涵。竹生殖崇拜觀念在文學中表現為竹子男性象徵、女性象徵與合歡象徵。《竹枝詞》起源於竹生殖崇拜，早期形態為《防露》，由「竹枝」擬人進而以「竹枝」為和聲，《竹枝詞》的演唱情境與竹林野合風俗有關。《詩經・淇奧》主題是表現上古竹林野合風俗，也與竹生殖崇拜有關。

第二章考察了竹子道教文化內涵。竹子道教內涵的形成與道教對竹子的利用與推崇有關，竹子的藥用、潔淨等功能與驅邪、神變等法術都可能促使竹子仙物、竹林仙境等觀念的形成。南朝以來，逐漸形成竹枝的尸解、坐騎等神仙功能，以及竹葉酒、竹葉符、竹葉舟等與竹葉相關的神仙功能。掃壇竹是晉代以來形成的道教意象，分佈於沿長江流域一線名山，具有成仙與房中內涵，并附會出本竹治。

第三章關於竹子佛教文化內涵。竹子在印度佛教中應用廣泛，形成堅貞、性直等象徵內涵，佛教徒也常借竹說法。中土佛教形成的竹子相關內涵，體現於竹林寺名稱與六祖斫竹、香嚴擊竹、風吹竹動等話頭與公案。「翠竹黃花」話頭與佛教「法身說」、「無情有性說」以及竹、菊連譽的傳統有關。「三生石」

意象生命輪迴的象徵意義源於竹、石的生殖崇拜內涵，其佛法象徵意義則由證悟佛性轉向追尋凡心，由善惡報應發展爲因緣前定。觀音菩薩與竹結緣早在南北朝，既有佛經依據，也源於竹子的神通與佛性，還與竹生殖崇拜有關。水月觀音形象與紫竹林道場也都與竹子有關。

下編四章闡述了古代文學中的竹子題材與意象。第一章關於文學中的竹笋題材與意象。竹笋品種與別名很多，竹笋題材文學創作歷史悠久，既表現了竹笋的整體美感及笋鞭、笋芽、笋籜等各部分的美感，也有相關的文化應用，如比擬女性手足、象徵生命力等。竹笋的食用涉及道士、僧人和文人等不同群體，從採摘到烹調形成一些文化現象，如「傍林鮮」的燒食方式、「櫻笋廚」的說法與笋蕨的還鄉隱逸內涵等。苦笋意象則形成苦境與苦節等象徵意義。

第二章關於文學中的竹林題材與意象。古代竹林資源豐富，相關文學遺產豐厚，表現了竹林的整體美感與不同季節氣候條件下的竹林美，以及竹塢、竹坡、竹溪、竹徑等不同環境下的竹林美。笋成新竹既具有動態變化的物色美感與物候內涵，也具有成材與淩雲之志的象徵意義。孤竹、鳳棲食於竹、竹林材美、竹子淩寒之性以及道教對竹子的利用都可能影響到竹子的隱逸內涵，漁隱、林隱、市朝之隱等不同的隱逸方式也都與竹子有關，因此逐漸形成竹子隱士形象與竹林隱逸之地的觀念。「竹林七賢」稱名與竹子的比德、隱逸內涵有關，這種稱名反過來影響到人們意識中七賢的竹林飲酒、竹林彈琴等文化內涵的形成。

第三章論述了竹子的象徵意義。竹子既被尊爲君子，也有惡竹、妒母草等惡諡。竹子的淩寒不凋、虛心有節、性直堅韌等植物特性與方竹、慈竹等品種，分別形成不同的比德意義，護笋、護竹也形成相應的識才、愛德等象徵內涵。竹子還與松、柏、梅等形成比德組合，松竹具有有節、淩寒不凋及隱逸內涵，竹柏除淩寒不凋外還具有象徵男女異心的意蘊，梅竹雙清則兼具美感氣質與品格象徵意義。因爲散生竹株體疏隔遠離，因而附會生成離別內涵與情愛意義。

第四章考察了竹子相關傳說。「竹葉羊車」傳說是傳聞入史，是竹葉與羊的生殖崇拜內涵附會於帝王荒淫生活的結果，成爲表現帝王濫淫、宮女希寵的宮廷題材的常見意象之一。孟宗哭竹生笋故事是在宣揚孝文化的背景下逐漸豐富起來的孝感故事，情節不斷增異、孝行更爲感人，唐代成爲著名的「二

十四孝」故事之一。湘妃竹傳說有著遠古文化背景。竹爲男性之象，象徵帝舜；鳳爲女性之象，象徵二妃。鳳棲於竹，象徵二妃與帝舜的愛情結合，又融合了遠古竹林野合之風。灑淚於竹成斑的傳說既糅合了竹子的別離象徵內涵，也照顧了斑竹的植物特點。

　　以上研究涵蓋了古代竹文化與竹子題材文學的一些主要方面，多數專題是首次進行研討，如關於新竹意象的研究，就未見專篇論文。但由於時間與學力的限制，許多重要專題還未及討論，如竹子與祥瑞災異、竹子與龍鳳崇拜、竹子再生化生母題、竹子與樂器及音樂、竹子與繪畫園林、竹製品系列、竹子名勝古迹、竹譜筍譜文獻及竹子品種等，雖多屬文化研究範疇，却都是竹子題材文學研究得以深入進行的基礎性研究。竹子與其他植物之間的聯繫與比較也是本書的題中應有之義，涉及植物特性、形態美感以及象徵意義等許多方面，本書未做系統梳理，未能設置專章專節以強調此點，只是論述不同專題時偶有涉及。更重要的是，對於竹子題材文學創作的縱向梳理，即竹子題材文學創作的歷史演變，本書付之闕如。這些遺憾只能留待將來彌補了。

參考文獻

一、著作類：〔註1〕

A

《愛情與英雄・離騷九歌新解》，何新著，北京：時事出版社，2002年。

《愛日齋叢抄》，〔宋〕葉某撰，《四庫全書》第854冊。

《愛欲正見：印度文化中的艷欲主義》，石海軍著，重慶：重慶出版社，2008年。

B

《白虎通疏證》，〔清〕陳立撰、吳則虞點校，北京：中華書局，1994年。

《白虎通義》，〔漢〕班固撰，《四庫全書》第850冊。

《白孔六帖》，〔唐〕白居易原本、〔宋〕孔傳續撰，《四庫全書》第891～892冊。

《百僧一案：參悟禪門的玄機》，周裕鍇著，上海古籍出版社，2007年。

《北戶錄》，〔唐〕段公路撰，《四庫全書》第589冊。

《北史》，〔唐〕李延壽撰，北京：中華書局，1974年。

《半軒集》，〔明〕王行撰，《四庫全書》第1231冊。

《鮑參軍集注》，〔南朝宋〕鮑照著、錢仲聯校，上海古籍出版社，1980年。

《抱朴子內篇校釋》，〔晉〕葛洪撰、王明校釋，北京：中華書局，1980年。

《抱朴子外篇校箋》，〔晉〕葛洪撰、楊明照校箋，北京：中華書局，1997年。

〔註1〕 凡本書引用著作在列，以書名漢語拼音爲序。凡《四庫全書》本皆上海古籍出版社1987年影印文淵閣《四庫全書》本。

《備急千金要方》，〔唐〕孫思邈撰，《四庫全書》第 735 冊。

《比較神話學》，〔德〕麥克斯‧繆勒著、金澤譯，上海文藝出版社，1989 年。。

《比較文學與民間文學》，季羨林著，北京大學出版社，1991 年。

《比丘尼傳校注》，〔梁〕釋寶唱著、王孺童校注，北京：中華書局，2006 年。

《避暑錄話》，〔宋〕葉夢得撰、徐時儀整理，朱易安、傅璇琮等主編《全宋筆記》第二編第十冊，鄭州：大象出版社，2006 年。

《博物志校證》，〔晉〕張華撰、范甯校證，北京：中華書局，1980 年。

C

《草閣詩集》，〔元〕李昱撰，《四庫全書》第 1232 冊。

《草堂雅集》，〔元〕顧瑛編，《四庫全書》第 1369 冊。

《茶經述評》，吳覺農主編，北京：中國農業出版社，2005 年。

《禪詩鑒賞辭典》，高文、曾廣開主編，鄭州：河南人民出版社，1995 年。

《禪與詩學》增訂版，張伯偉著，北京：人民文學出版社，2008 年。

《禪宗美學》，張節末著，杭州：浙江人民出版社，1999 年。

《禪宗思想淵源》，吳言生著，北京：中華書局，2001 年。

《禪宗語言》，周裕鍇著，杭州：浙江人民出版社，1999 年。

《禪宗哲學象徵》，吳言生著，北京：中華書局，2001 年。

《長安志》，〔宋〕宋敏求撰，《四庫全書》第 587 冊。

《長生殿》，〔清〕洪昇著、徐朔方校注，北京：人民文學出版社，1983 年。

《朝野僉載》，〔唐〕張鷟撰、趙守儼點校，北京：中華書局，1979 年。

《陳檢討四六》，〔清〕陳維崧撰，《四庫全書》第 1322 冊。

《陳書》，〔唐〕姚思廉撰，北京：中華書局，1972 年。

《陳寅恪魏晉南北朝史講演錄》，萬繩楠整理，合肥：黃山書社，2000 年。

《誠意伯文集》，〔明〕劉基撰，《四庫全書》第 1225 冊。

《重審風月鑒：性與中國古典文學》，康正果著，瀋陽：遼寧教育出版社，1998 年。

《初唐佛典詞彙研究》，王紹峰著，合肥：安徽教育出版社，2004 年。

《初學記》，〔唐〕徐堅等撰，北京：中華書局，1962 年。

《楚辭的文化破譯：一個微宏觀互滲的研究》，蕭兵著，武漢：湖北人民出版社，1991 年。

《楚辭集注》，〔宋〕朱熹撰，上海古籍出版社，1979 年。

《〈楚辭〉研究》，孫作雲著，開封：河南大學出版社，2003 年。

《楚辭章句》，〔漢〕王逸撰，《四庫全書》第 1062 冊。

《春秋繁露》，〔漢〕董仲舒撰，北京：中華書局，1975 年。

《春秋公羊傳注疏》，〔周〕公羊高撰，〔漢〕何休解詁，〔唐〕徐彥疏、〔唐〕
　　陸德明音義，〔清〕齊召南、〔清〕陳浩考證，《四庫全書》第 145 冊。

《春秋左傳正義》，《十三經注疏》整理委員會整理、李學勤主編，北京大學
　　出版社，1999 年。

《春秋穀梁經傳補注》，〔清〕鍾文烝撰，北京：中華書局，1996 年。

《淳熙三山志》，〔宋〕梁克家撰，《四庫全書》第 484 冊。

《輟耕錄》，〔元〕陶宗儀撰，北京：中華書局，1959 年。

《詞話叢編》，唐圭璋編，北京：中華書局，1986 年。

《詞史》，劉毓盤著，上海書店，1985 年。

《辭源》（修訂本），北京：商務印書館，1988 年。

D

《大母神：原型分析》，〔德〕埃利希・諾伊曼著、李以洪譯，北京：東方出
　　版社，1998 年。

《大清一統志》，〔清〕和珅撰，《四庫全書》第 474～483 冊。

《大唐西域記校注》，〔唐〕玄奘、〔唐〕辯機原著，季羨林等校注，北京：
　　中華書局，1985 年。

《大正原版大藏經》，臺北：新文豐出版股份有限公司，1983 年。

《丹鉛總錄》，〔明〕楊慎撰，《四庫全書》第 855 冊。

《當代西方文藝理論》，朱立元著，上海：華東師範大學出版社，1997 年

《道教筆記小說研究》，黃勇著，成都：四川大學出版社，2007 年。

《道教與唐代文學》，孫昌武著，北京：人民文學出版社，2001 年。

《道教與仙學》，胡孚琛著，太原：新華出版社，1991 年。

《道園遺稿》，〔元〕虞集撰，《四庫全書》第 1207 冊。

《道藏》，文物出版社、上海書店、天津古籍出版社，1988 年。

《東觀漢記》，〔漢〕班固等撰，北京：中華書局，1985 年，《叢書集成初編》
　　本。

《讀書齋偶存稿》，〔清〕葉方藹撰，《四庫全書》第 1316 冊。

《杜詩詳注》，〔唐〕杜甫著、〔清〕仇兆鰲注，北京：中華書局，1979 年。

《敦煌變文校注》，黃征、張涌泉校注，北京：中華書局，1997 年。

《敦煌俗文學研究》，張鴻勛著，蘭州：甘肅教育出版社，2002 年。

《敦煌賦彙》，張錫厚輯校，南京：江蘇古籍出版社，1996 年。

《敦煌藝術宗教與禮樂文明》，姜伯勤著，中國社會科學出版社，1996 年。

E

《鵝湖集》，〔明〕龔斆撰，《四庫全書》第 1233 冊。

《爾雅義疏》，〔清〕郝懿行撰，上海古籍出版社，1983 年。

《爾雅注疏》，《十三經注疏》整理委員會整理、李學勤主編，北京大學出版社，1999 年。

F

《法顯傳校注》，〔東晉〕釋法顯撰、章巽校注，上海古籍出版社，1985 年。

《法苑珠林》，〔唐〕釋道世撰，《四庫全書》第 1049～1050 冊。

《樊榭山房集》，〔清〕厲鶚撰，《四庫全書》第 1328 冊。

《樊榭山房續集》，〔清〕厲鶚撰，《四庫全書》第 1328 冊。

《方洲雜言》，〔明〕張寧撰，北京：中華書局，1985 年，《叢書集成初編》本。

《費爾巴哈哲學著作選集》，〔德〕路德維希·費爾巴哈著、榮震華等譯，北京：生活·讀書·新知三聯書店，1962 年。

《焚香記》，〔明〕王玉峰撰，北京：中華書局，1989 年。

《佛典·志怪·物語》，王曉平著，南昌：江西人民出版社，1990 年。

《佛法與詩境》，蕭馳著，北京：中華書局，2005 年。

《佛教的動物》，全佛編輯部編，北京：中國社會科學出版社，2003 年。

《佛教的植物》，潘少平著，北京：中國社會科學出版社，2003 年。

《佛教史》，杜繼文主編，南京：江蘇人民出版社，2006 年。

《佛經文學與古代小說母題比較研究》，王立著，北京：崑崙出版社，2006 年。

《福建通志》，〔清〕郝玉麟等監修、〔清〕謝道承等編纂，《四庫全書》第 527～530 冊。

G

《高僧傳》，〔梁〕釋慧皎撰、湯用彤校注，北京：中華書局，1992 年。

《高士傳》，〔晉〕皇甫謐撰，北京：中華書局，1985 年，《叢書集成初編》本。

《高唐神女與維納斯──中西文化中的愛與美主題》，葉舒憲著，北京：中國社會科學出版社，1997 年。

《格致鏡原》，〔清〕陳元龍撰，《四庫全書》第 1031～1032 冊。

《古今禪藻集》，〔明〕釋正勉、〔明〕釋性通輯，《四庫全書》第 1416 冊。

《古神話選釋》，袁珂選釋，北京：人民文學出版社，1979 年。

《古文字論集》，裘錫圭著，北京：中華書局，1992 年。

《古尊宿語錄》，〔宋〕賾藏主編集，北京：中華書局，1994 年。

《管城碩記》，〔清〕徐文靖著、范祥雍點校，北京：中華書局，1998 年。

《管錐編》，錢鍾書著，北京：中華書局，1979 年。

《廣東通志》，〔清〕郝玉麟等監修、〔清〕魯曾煜等編纂，《四庫全書》第 562
　　～564 冊。

《廣志繹》，〔明〕王士性著、呂景琳點校，北京：中華書局，1981 年。

《癸巳類稿》，〔清〕俞正燮撰，涂小馬、蔡建康、陳松泉校點，瀋陽：遼寧
　　教育出版社，2001 年。

《國風集說》，張樹波編著，石家莊：河北人民出版社，1993 年。

《郭沫若全集》第一卷，郭沫若著，北京：科學出版社，2002 年。

《郭在貽文集》第四卷，郭在貽著，北京：中華書局，2002 年。

H

《海岱會集》，〔明〕楊應奎撰，《四庫全書》第 1377 冊。

《寒柳堂集》，陳寅恪著，北京：生活・讀書・新知三聯書店，2001 年。

《漢化佛教與佛寺》，白化文著，北京出版社，2003 年。

《漢書》，〔漢〕班固撰、〔唐〕顏師古注，北京：中華書局，1962 年。

《漢唐地理書鈔》，〔清〕王謨輯，北京：中華書局，1961 年。

《漢魏兩晉南北朝佛教史》，湯用彤著，北京：中華書局，1955 年。

《漢魏六朝筆記小說大觀》，上海古籍出版社編，上海古籍出版社，1999 年。

《漢魏南北朝墓誌彙編》，趙超著，天津古籍出版社，2008 年。

《漢語大詞典》，《漢語大詞典》編輯委員會、《漢語大詞典》編纂處編纂，
　　羅竹風主編，上海：漢語大詞典出版社，2001 年。

《漢語研究論集》，董爲光著，武漢：華中科技大學出版社，2007 年。

《漢字密碼》，唐漢著，上海：學林出版社，2002 年。

《翰林記》，〔明〕黃佐撰，《四庫全書》第 596 冊。

《鶴林玉露》，〔宋〕羅大經撰、王瑞來點校，北京：中華書局，1983 年。

《紅豆：女性情愛文學的文化心理透視》，王立、劉衛英著，北京：人民文
　　學出版社，2002 年。

《紅樓夢》，〔清〕曹雪芹、〔清〕高鶚著，上海古籍出版社，2004 年。

《後漢書》，〔晉〕司馬彪撰、〔宋〕范曄撰、〔唐〕李賢等注，北京：中華書
　　局，1965 年。

《滹南集》，〔金〕王若虛撰，《四庫全書》第 1190 冊。

《湖廣通志》，〔清〕邁柱等監修、〔清〕夏力恕等編纂，《四庫全書》第 531
～534 冊。

《湖南風土文化》，陳愛平編著，長沙：湖南教育出版社，1998 年。

《花兒集》，張亞雄著，北京：中國文聯出版社，1986 年。

《花月痕》，〔清〕魏秀仁著，鄭州：中州古籍出版社，1993 年。

《話說觀音》，羅偉國著，上海書店，1992 年。

《華夏上古日神與母神崇拜》，何新著，北京：中國民主法制出版社，2008
年。

《華陽國志校注》，〔晉〕常璩撰、劉琳校注，成都：巴蜀書社，1984 年。

《華陽國志校補圖注》，〔唐〕常璩撰、任乃強校注，上海古籍出版社，1987
年。

《懷星堂集》，〔明〕祝允明撰，《四庫全書》第 1260 冊。

《還山遺稿》，〔元〕楊奐撰，《四庫全書》第 1198 冊。

《皇清職貢圖》，〔清〕傅恒等撰，《四庫全書》第 594 冊。

《篁墩文集》，〔明〕程敏政撰，《四庫全書》第 1252～1253 冊。

《黃庭堅詩集注》，〔宋〕黃庭堅撰、劉尚榮校點，北京：中華書局，2003 年。

《黃氏日抄》，〔宋〕黃震撰，《四庫全書》第 707～708 冊。

J

《嵇康評傳》，童強著，南京：南京大學出版社，2006 年。

《記纂淵海》，〔宋〕潘自牧撰，《四庫全書》第 930～932 冊。

《家藏集》，〔明〕吳寬撰，《四庫全書》第 1255 冊。

《家庭、私有制和國家的起源》，〔德〕恩格斯著，北京：人民出版社，1972
年。

《甲骨學商史論叢初集》，胡厚宣著，石家莊：河北教育出版社，2002 年。

《絳守居園池記》，〔唐〕樊宗師撰，〔元〕趙仁舉注，〔元〕吳師道、〔元〕
許謙補正，《四庫全書》第 1078 冊。

《椒邱文集》，〔明〕何喬新撰，《四庫全書》第 1249 冊。

《焦氏易林注》，〔西漢〕焦延壽著、〔民國〕尚秉和注，北京：光明日報出
版社，2005 年。

《解讀禁忌：中國神話、傳說和故事中的禁忌主題》，萬建中著，北京：商
務印書館，2001 年。

《金丹集成》，徐兆仁主編，北京：中國人民大學出版社，1990 年。

《金匱要略論注》，〔漢〕張機撰、〔清〕徐彬注，《四庫全書》第 734 冊。

《金樓子》，〔南朝梁〕蕭繹撰，北京：中華書局，1985 年，《叢書集成初編》第 594 冊。

《金明館叢稿初編》，陳寅恪著，上海古籍出版社，1980 年。

《金瓶梅》，傅憎享、董文成著，瀋陽：春風文藝出版社，1999 年。

《金玉鳳凰》，田海燕編著，上海：少年兒童出版社，1961 年。

《晉書》，〔唐〕房玄齡等撰，北京：中華書局，1974 年。

《精華錄》，〔清〕王士禎撰，《四庫全書》第 1315 冊。

《靜讀園林》，曹林娣著，北京大學出版社，2005 年。

《〈九歌〉與沅湘民俗》，林河著，上海：三聯書店上海分店，1990 年。

《舊唐書》，〔後晉〕劉昫等撰，北京：中華書局，1975 年。

《舊五代史》，〔宋〕薛居正等撰，北京：中華書局，1976 年。

《距離與想像——中國詩學的唐宋轉型》，〔日〕淺見洋二著，金程宇、〔日〕岡田千穗譯，上海古籍出版社，2005 年。

K

《開元天寶遺事》，〔五代〕王仁裕等撰、丁如明輯校，上海古籍出版社，1985 年。

《考功集》，〔明〕薛蕙撰，《四庫全書》第 1272 冊。

《孔子家語》，楊朝明注說，開封：河南大學出版社，2008 年。

L

《藍澗集》，〔明〕藍智撰，《四庫全書》第 1229 冊。

《老殘遊記》，〔清〕劉鶚著、鍾夫校點，上海古籍出版社，2000 年。

《老學庵筆記》，〔宋〕陸游撰，李劍雄、劉德權點校，北京：中華書局，1979 年。

《類說》，〔宋〕曾慥編纂，《四庫全書》第 873 冊。

《類說校注》，〔宋〕曾慥編纂、王汝濤等校注，福州：福建人民出版社，1996 年。

《冷齋夜話》，〔宋〕惠洪撰、陳新點校，北京：中華書局，1988 年。

《李白全集編年注釋》，安旗主編，成都：巴蜀書社，1990 年。

《離騷纂義》，游國恩著，北京：中華書局，1980 年。

《禮記譯注》，楊天宇譯注，上海古籍出版社，2004 年。

《禮記正義》，《十三經注疏》整理委員會整理、李學勤主編，北京大學出版社，1999 年。

《理學·佛學·玄學》，湯用彤著，北京大學出版社，1991 年。

《歷代筆記小說集成》，周光培編，石家莊：河北教育出版社，1994 年。

《歷代名畫記》，〔唐〕張彥遠著、肖劍華注釋，南京：江蘇美術出版社，2007 年。

《歷代詩話》，〔清〕吳景旭撰，《四庫全書》第 1483 冊。

《歷史中的性》，〔美〕坦娜希爾著、童仁譯，北京：光明日報出版社，1989 年。

《梁辰魚集》，〔明〕梁辰魚撰，上海古籍出版社，1998 年。

《梁書》，〔唐〕姚思廉撰，北京：中華書局，1973 年。

《兩周詩史》，馬銀琴著，北京：社會科學文獻出版社，2006 年。

《遼史》，〔元〕脫脫等撰，北京：中華書局，1974 年。

《列仙傳》，〔漢〕劉向撰，《四庫全書》第 1058 冊。

《臨漢隱居詩話校注》，〔宋〕魏泰撰、陳應鸞校注，成都：巴蜀書社，2001 年。

《林和靖集》，〔宋〕林逋撰，《四庫全書》第 1086 冊。

《林蕙堂全集》，〔清〕吳綺撰，《四庫全書》第 1314 冊。

《嶺外代答》，〔宋〕周去非著、屠友祥校注，上海遠東出版社，1996 年。

《劉禹錫評傳》，卞孝萱著，南京大學出版社，1996 年。

《六朝南方神仙道教與文學》，趙益著，上海古籍出版社，2006 年。

《六臣注文選》，〔梁〕蕭統編，〔唐〕李善、〔唐〕呂延濟等注，《四庫全書》第 1330～1331 冊。

《六帖補》，〔宋〕楊伯嵒撰，《四庫全書》第 948 冊。

《龍鳳文化》，王維堤著，上海古籍出版社，2000 年。

《魯迅全集》，魯迅著，北京：人民文學出版社，1981 年。

《欒城應詔集》，〔宋〕蘇轍撰，《四庫全書》第 1112 冊。

《論語注疏》，《十三經注疏》整理委員會整理、李學勤主編，北京：北京大學出版社，1999 年。

《論衡校釋》，黃輝撰，北京：中華書局，1990 年。

《洛陽伽藍記校釋今譯》，〔北魏〕楊衒之撰、周振甫釋譯，北京：學苑出版社，2001 年。

《洛陽伽藍記》，〔北魏〕楊衒之撰，《大正藏》第 51 冊。

《呂氏春秋譯注》，張雙棣等譯注，長春：吉林文史出版社，1987 年。

M

《慢亭集》，〔明〕徐熥撰，《四庫全書》第 1296 冊。

《毛詩正義》,《十三經注疏》整理委員會整理、李學勤主編,北京大學出版
　　社,1999 年。

《美學》,〔德〕黑格爾著、朱光潛譯,北京:商務印書館,1979 年。

《門祭與門神崇拜》,王子今著,上海:三聯書店上海分店,1996 年。

《秘戲圖考:附論漢代至清代的中國性生活》,〔荷蘭〕高羅佩(R.H.van Gulik)
　　著、楊權譯,廣州:廣東人民出版社,1992 年。

《蟻蜍集》,〔明〕盧柟撰,《四庫全書》第 1289 冊。

《民國詩話叢編》,張寅彭主編,上海書店出版社,2002 年。

《民俗視野:中日文化的融合和衝突》,陳勤建著,上海:華東師範大學出
　　版社,2006 年。

《明清民歌時調集》,〔明〕馮夢龍等編,上海古籍出版社,1987 年。

《明一統志》,〔明〕李賢等撰,《四庫全書》第 472～473 冊。

《明夷待訪錄》,〔清〕黃宗羲撰,北京:中華書局,1981 年。

《名臣家訓》,成曉軍主編,武漢:湖北人民出版社,1995 年。

《名義考》,〔明〕周祈撰,《四庫全書》第 856 冊。

《墨子譯注》,辛志鳳、蔣玉斌等譯注,哈爾濱:黑龍江人民出版社,2003 年。

《牡丹亭》,〔明〕湯顯祖撰,北京:人民文學出版社,1963 年。

《穆天子傳通解》,鄭杰文著,濟南:山東文藝出版社,1992 年。

N

《南部新書》,〔宋〕錢易撰,北京:中華書局,2002 年。

《南方草木狀》,〔晉〕嵇含撰,《四庫全書》第 589 冊。

《南蠻源流史》,何光岳著,南昌:江西教育出版社,1988 年。

《南齊書》,〔梁〕蕭子顯撰,北京:中華書局,1972 年。

《南史》,〔唐〕李延壽撰,北京:中華書局,1975 年。

《南嶽小錄》,〔唐〕李沖昭撰,《四庫全書》第 585 冊。

《能改齋漫錄》,〔宋〕吳曾撰,上海古籍出版社,1979 年。

《倪文貞集》,〔明〕倪元璐撰,《四庫全書》第 1297 冊。

《廿二史札記》,〔清〕趙翼著,北京:商務印書館,1987 年。

P

《埤雅》,〔宋〕陸佃著、王敏紅校點,杭州:浙江大學出版社,2008 年。

Q

《耆舊續聞》,〔宋〕陳鵠撰,《四庫全書》第 1039 冊。

《齊民要術校釋》，〔後魏〕賈思勰著、繆啓愉校釋，北京：農業出版社，1982年。

《欽定周官義疏》，〔清〕高宗弘曆撰，《四庫全書》第98～99冊。

《欽定四庫全書總目》，四庫全書研究所整理，北京：中華書局，1997年。

《情史》，〔明〕馮夢龍著，北京：大眾文藝出版社，2002年。

《清閟閣全集》，〔元〕倪瓚撰、〔清〕曹培廉編，《四庫全書》第1220冊。

《清詩話續編》，郭紹虞編、富壽蓀校點，上海古籍出版社，1983年。

《清異錄》，〔宋〕陶穀撰，《四庫全書》第1047冊。

《全芳備祖》後集，〔宋〕陳景沂編輯，北京：農業出版社，1982年。

《全漢賦校注》，費振剛、仇仲謙、劉南平校注，廣州：廣東教育出版社，2005年。

《全明詩話》，周維德集校，濟南：齊魯書社，2005年。

《全上古三代秦漢三國六朝文》，〔清〕嚴可均輯，北京：中華書局，1958年。

《全宋詞》，唐圭璋編，北京：中華書局，1965年。

《全宋詩》，北京大學古文獻研究所編、傅璇琮等主編，北京：北京大學出版社，1991～1998年。

《全宋文》，曾棗莊、劉琳主編，上海辭書出版社、安徽教育出版社，2006年。

《全唐詩》，〔清〕彭定求等編，北京：中華書局，1960年。

《全唐文》，〔清〕董誥等編，北京：中華書局，1983年。

《全唐五代詞》，曾昭岷等編著，北京：中華書局，1999年。

R

《日本學者中國詩學論集》，蔣寅編譯，南京：鳳凰出版社，2008年。

《阮籍集校注》，〔三國魏〕阮籍撰、陳伯君校注，北京：中華書局，1987年。

《阮籍評傳》，高晨陽著，南京：南京大學出版社，1994年。

S

《三輔黃圖校證》，陳直校證，西安：陝西人民出版社，1980年。

《三國演義》，〔明〕羅貫中著，上海古籍出版社，2004年。

《三國志》，〔晉〕陳壽撰、〔南朝宋〕裴松之注，北京：中華書局，1982年。

《三國志》，〔晉〕陳壽撰、〔南朝宋〕裴松之注，吳金華標點，長沙：嶽麓書社，1990年。

《三教偶拈》〔明〕湯夢龍編著、魏同賢校點，南京：江蘇古籍出版社，1993年。

《三生石上舊精魂——中國古代小說與宗教》，白化文著，北京出版社，2005年。

《三水小牘》，〔唐〕皇甫枚撰，北京：中華書局，1958年。

《山谷簡尺》，〔宋〕黃庭堅撰，《四庫全書》第1113冊。

《〈山海經〉的文化尋踪：「想像地理學」與東西文化碰觸》，葉舒憲、蕭兵、〔韓〕鄭在書著，武漢：湖北人民出版社，2004年。

《山海經校注》，袁珂校注，上海古籍出版社，1980年。

《山堂肆考》，〔明〕彭大翼撰，《四庫全書》第974～978冊。

《少室山房筆叢》，上海書店出版社，2001年。

《邵氏聞見後錄》，〔宋〕邵博撰，劉德權、李劍雄點校，北京：中華書局，1983年。

《神話與鬼話——臺灣原住民神話故事比較研究》（增訂本），〔俄〕李福清（R.Riftin）著，北京：社會科學文獻出版社，2001年。

《神會和尚禪話錄》，楊曾文編校，北京：中華書局，1996年。

《神仙傳》，〔晉〕葛洪撰、錢衛語釋，北京：學苑出版社，1998年。

《神異經》，〔漢〕東方朔撰，《四庫全書》第1042冊。

《神話與詩》，聞一多著，上海：華東師範大學出版社，1997年。

《聲律啓蒙》，〔清〕車萬育等著，長沙：嶽麓書社，1987年。

《生命之樹與中國民間民俗藝術》，靳之林著，桂林：廣西師範大學出版社，2002年。

《生育神與性巫術研究》，宋兆麟著，北京：文物出版社，1990年。

《生殖崇拜文化論》，趙國華著，北京：中國社會科學出版社，1990年。

《升菴集》，〔明〕楊慎撰，《四庫全書》第1270冊。

《史記》，〔漢〕司馬遷撰、〔宋〕裴駰集解、〔唐〕司馬貞索隱、〔唐〕張守節正義，北京：中華書局，1959年。

《史氏菊譜》，〔宋〕史正志撰，《四庫全書》第845冊。

《詩經的文化闡釋——中國詩歌的發生研究》，葉舒憲著，武漢：湖北人民出版社，1994年。

《詩經集傳》，〔宋〕朱熹撰，《四庫全書》第72冊。

《詩經講讀》，劉毓慶、楊文娟著，上海：華東師範大學出版社，2008年。

《〈詩經〉名物新證》，揚之水著，北京古籍出版社，2000年。

《詩經通義》，聞一多著、聞校補，長春：時代文藝出版社，1996年。

《詩經選》，余冠英著，北京：人民文學出版社，1979年。

《詩經異讀》，趙帆聲著，開封：河南大學出版社，2002年。

《詩經譯注》，程俊英譯注，上海古籍出版社，1985 年。

《詩經與周代社會研究》，孫作雲著，北京：中華書局，1966 年。

《詩經正義》，《十三經注疏》整理委員會整理、李學勤主編，北京大學出版社，1999 年。

《詩品集解》，〔唐〕司空圖著、郭紹虞集解，北京：人民文學出版社，1963 年。

《詩三家義集疏》，〔清〕王先謙撰、吳格點校，北京：中華書局，1987 年。

《詩源辯體》，〔明〕許學夷著，北京：人民文學出版社，1987 年。

《詩苑仙踪：詩歌與神仙信仰》，孫昌武著，天津：南開大學出版社，2005 年。

《詩總聞》，〔宋〕王質撰，《四庫全書》第 72 冊。

《釋名疏證補》，〔清〕王先謙撰，上海古籍出版社，1984 年。

《拾遺記》，〔晉〕王嘉撰，孟慶祥、商微妹譯注，哈爾濱：黑龍江人民出版社，1989 年。

《十四朝文學要略：上古至隋》，劉永濟著，哈爾濱：黑龍江人民出版社，1984 年。

《石倉歷代詩選》，〔明〕曹學佺編，《四庫全書》第 1387～1394 冊。

《史通》，〔唐〕劉知幾撰、趙呂甫校注，重慶出版社，1990 年。

《事類賦》，〔宋〕吳淑撰，《四庫全書》第 892 冊。

《蜀中廣記》，〔明〕曹學佺撰，《四庫全書》第 591～592 冊。

《述異記》，〔南朝梁〕任昉撰，《四庫全書》第 1047 冊。

《水經注校證》，〔北魏〕酈道元著、陳橋驛校證，北京：中華書局，2007 年。

《說郛》，〔明〕陶宗儀編，《四庫全書》第 876～882 冊。

《說杭州》，鍾毓龍著，杭州：浙江人民出版社，1983 年。

《〈說文解字〉引經考》，馬宗霍著，臺灣：學生書局，1971 年。

《說文解字注》，〔漢〕許慎撰、〔清〕段玉裁注，上海古籍出版社 1981 年。

《說苑》，〔漢〕劉向撰，《四庫全書》第 696 冊。

《松桂堂全集》，〔清〕彭孫遹撰，《四庫全書》第 1317 冊。

《宋代社會生活研究》，汪聖鐸著，北京：人民出版社，2007 年。

《宋代聲詩研究》，楊曉靄著，北京：中華書局，2008 年。

《宋高僧傳》，〔宋〕贊寧撰、范祥雍點校，北京：中華書局，1987 年。

《宋史》，〔元〕脫脫等撰，北京：中華書局，1977 年。

《宋書》，〔南朝梁〕沈約撰，北京：中華書局，1974 年。

《宋玉辭賦》，曹文心著，合肥：安徽大學出版社，2006 年。

《宋元明市語彙釋》（修訂增補本），王鍈著，北京：中華書局，2008 年。

《搜神記》，〔晉〕干寶撰、汪紹楹校注，北京：中華書局，1979 年。

《隋書》，〔唐〕魏徵、〔唐〕令狐德棻撰，北京：中華書局，1973 年。

《隨園詩話》，〔清〕袁枚撰，北京：人民文學出版社，1982 年。

《歲時廣記》，〔宋〕陳元靚撰，《四庫全書》第 467 冊。

《笋譜》，〔宋〕贊寧撰，《四庫全書》第 845 冊。

T

《太平廣記》，〔宋〕李昉等編，北京：中華書局，1961 年。

《太平寰宇記》，〔宋〕樂史撰、王文楚等點校，北京：中華書局，2007 年。

《太平經合校》，王明編，北京：中華書局，1960 年。

《太平御覽》，〔宋〕李昉等撰，《四庫全書》第 893～901 冊。

《探索非理性的世界》，葉舒憲著，成都：四川人民出版社，1988 年。

《唐才子傳校箋》第一冊，傅璇琮主編，北京：中華書局，1987 年。

《唐才子傳校箋》第二冊，傅璇琮主編，北京：中華書局，1989 年。

《唐傳奇箋證》，周紹良著，北京：人民文學出版社，2000 年。

《唐代詩人叢考》，傅璇琮著，北京：中華書局，1980 年。

《唐代文史論叢》，卞孝萱著，太原：山西人民出版社，1986 年。

《唐六典》，〔唐〕張九齡等撰、〔唐〕李林甫等注，《四庫全書》第 595 冊。

《唐前志怪小說輯釋》，李劍國輯釋，上海古籍出版社，1986 年。

《唐前志怪小說史》（修訂本），李劍國著，天津教育出版社，2005 年。

《唐人小說與政治》，卞孝萱著，廈門：鷺江出版社，2003 年。

《唐聲詩》上、下編，任半塘著，上海古籍出版社，1982 年。

《唐詩類苑》，〔明〕張之象編、〔日〕中島敏夫整理，上海古籍出版社，2006
　　年。

《唐宋傳奇選》，張友鶴選注，北京：人民文學出版社，1998 年。

《唐宋傳奇總集・唐五代》，袁閭琨、薛洪勣主編，鄭州：河南人民出版社，
　　2001 年。

《唐五代筆記小說大觀》，上海古籍出版社編，丁如明、李宗為、李學穎等
　　校點，上海古籍出版社，2000 年。

《唐摭言校注》，〔五代〕王定保撰、姜漢椿校注，上海社會科學院出版社，
　　2003 年。

《天師道二十四治考》，王純五著，成都：四川大學出版社，1996 年。

《天中記》，〔明〕陳耀文撰，《四庫全書》第 965～967 冊。

《苕溪漁隱叢話》前集，〔宋〕胡仔纂集、廖德明校點，北京：人民文學出版社，1981 年。

《通典》，〔唐〕杜佑撰，《四庫全書》第 603～605 冊。

《圖騰神話與中國傳統人生》，劉毓慶著，北京：人民出版社，2002 年。

《圖騰與中國文化》，何星亮著，南京：江蘇人民出版社，2008 年。

W

《宛陵群英集》，〔元〕汪澤民、〔元〕張師愚編，《四庫全書》第 1366 冊。

《晚唐鐘聲——中國文學的原型批評》，傅道彬著，北京大學出版社，2007 年。

《卍續藏經》，藏經書院編，臺灣：新文豐出版公司，1993 年。

《王國維文集》，〔清〕王國維著，北京：中國文史出版社，1997 年。

《魏晉南北朝賦史》，程章燦著，南京：江蘇古籍出版社，1992 年。

《魏晉南北朝時期的佛教信仰與神話》，王青著，北京：中國社會科學出版社，2001 年。

《魏晉南北朝史札記》，周一良著，瀋陽：遼寧教育出版社，1998 年。

《魏書》，〔北齊〕魏收撰，《四庫全書》第 261～262 冊。

《維摩詰所說經》，〔後秦〕鳩摩羅什譯、〔後秦〕僧肇注、常淨校點，哈爾濱：黑龍江人民出版社，1994 年。

《文壇佛影》，孫昌武著，北京：中華書局，2001 年。

《文憲集》，〔明〕宋濂撰，《四庫全書》第 1223～1224 冊。

《文心雕龍注釋》，周振甫注，北京：人民文學出版社，1981 年。

《文心雕龍議證》，詹鍈議證，上海古籍出版社，1989 年。

《文史通義校注》，〔清〕章學誠著、葉瑛校注，北京：中華書局，1985 年。

《文學理論》，〔美〕雷·韋勒克、奧·沃倫撰，劉象愚等譯，北京：生活·讀書·新知三聯書店，1984 年。

《文學中的色情動機》，〔美〕阿爾伯特·莫德爾著、劉文榮譯，上海：文匯出版社，2006 年。

《文苑英華》，〔宋〕李昉等編，《四庫全書》第 1333～1342 冊。

《聞一多全集》，聞一多著，武漢：湖北人民出版社，1993 年。

《聞一多詩經講義》，劉晶雯整理，天津古籍出版社，2005 年。

《文選注》，〔梁〕蕭統編、〔唐〕李善注，《四庫全書》第 1329 冊。

《梧溪集》，〔元〕王逢撰，《四庫全書》第 1218 冊。

《吳歌‧吳歌小史》，顧頡剛等輯，南京：江蘇古籍出版社，1999 年。

《五峰集》，〔元〕李孝光撰，《四庫全書》第 1215 冊。

《五雜俎》，〔明〕謝肇淛著，北京：中華書局，1959 年。

《悟真篇淺解》，〔宋〕張伯端撰、王沐淺解，北京：中華書局，1990 年。

《巫與民間信仰》，宋兆麟著，北京：中國華僑出版公司，1990 年。

《五燈會元》，〔宋〕普濟著、蘇淵雷點校，北京：中華書局，1984 年。

X

《西菴集》，〔明〕孫蕡撰，《四庫全書》第 1231 冊。

《西村詩集》，〔明〕朱樸撰，《四庫全書》第 1273 冊。

《西河集》，〔清〕毛奇齡撰，《四庫全書》第 1320～1321 冊。

《西京雜記校注》，〔漢〕劉歆撰，向新陽、劉克任校注，上海古籍出版社，
　　1991 年。

《西廂記》，〔元〕王實甫著、王季思校注，上海古籍出版社，1978 年。

《西遊記》，〔明〕吳承恩著、曹松校點，上海古籍出版社，2004 年。

《西域文化影響下的中古小說》，王青著，北京：中國社會科學出版社，2006
　　年。

《息園存稿詩》，〔明〕顧璘撰，《四庫全書》第 1263 冊。

《細說萬物由來》，楊蔭深著，北京：九州出版社，2005 年。

《先秦漢魏晉南北朝詩》，逯欽立輯校，北京：中華書局，1983 年。

《先秦兩漢文學考古研究》，廖群著，北京：學習出版社，2007 年。

《先唐神話、宗教與文學論考》，王青著，北京：中華書局，2007 年。

《仙境‧仙人‧仙夢——中國古代小說中的道教理想主義》，苟波著，成都：
　　巴蜀書社，2008 年。

《襄毅文集》，〔明〕韓雍撰，《四庫全書》第 1245 冊。

《香祖筆記》，〔清〕王士禛撰、趙伯陶選評，北京：學苑出版社，2001 年。

《項氏家說》，〔宋〕項安世撰，《四庫全書》第 706 冊。

《象徵之旅：符號及其意義》，〔英〕杰克‧特里錫德著，石毅、劉珩譯，北
　　京：中央編譯出版社，2001 年。

《謝朓詩論》，魏耕原著，北京：中國社會科學出版社，2004 年。

《心靈的圖景：文學意象的主題史研究》，王立著，上海：學林出版社，1992
　　年。

《新校正夢溪筆談》，〔宋〕沈括撰、胡道靜校注，北京：中華書局，1957 年。

《新唐書》，〔宋〕歐陽修、〔宋〕宋祁撰，北京：中華書局，1975 年。

《性愛：巨大的力量》，〔意〕保羅‧曼泰加扎著，石家莊：河北人民出版社，1993 年。

《性心理學》，〔英〕靄理士著、潘光旦譯，北京：生活‧讀書‧新知三聯書店，1987 年。

《性心理學》，〔英〕靄理士著、潘光旦譯注，北京大學出版社，2000 年。

《繡襦記》，〔明〕徐霖撰，北京：文學古籍刊行社，1955 年。

《續博物志》，〔宋〕李石撰，《四庫全書》第 1047 冊。

《續後漢書》，〔元〕郝經撰，《四庫全書》第 385～386 冊。

《續墨客揮犀》（本書與《侯鯖錄》、《續墨客揮犀》合刊），〔宋〕彭□輯、孔凡禮點校，北京：中華書局，2002 年。

《續仙傳》，〔南唐〕沈汾撰，《四庫全書》第 1059 冊。

《宣和書譜》，〔宋〕不著撰人，《四庫全書》第 813 冊。

《宣室志》，〔唐〕張讀撰，北京：中華書局，1983 年。

《尋覓性靈：從文化到禪宗》，方立天著，北京師範大學出版社，2007 年。

Y

《弇州續稿》，〔明〕王世貞撰，《四庫全書》第 1279～1284 冊。

《儼山集》，〔明〕陸深撰，《四庫全書》第 1268 冊。

《堯山堂外紀》，〔明〕蔣一葵撰，《續修四庫全書》第 1194 冊，上海古籍出版社，2002 年。

《堯舜傳說研究》，陳泳超著，南京師範大學出版社，2000 年。

《葉夢得詩話》，〔宋〕葉夢得撰，見吳文治主編《宋詩話全編》，南京：江蘇古籍出版社，1998 年。

《猗覺寮雜記》，〔宋〕朱翌撰，北京：中華書局，1985 年，《叢書集成初編》本。

《夷堅志》，〔宋〕洪邁著，北京：中華書局，1981 年。

《遺山集》，〔金〕元好問撰，《四庫全書》第 1191 冊。

《儀禮注疏》，《十三經注疏》整理委員會整理、李學勤主編，北京大學出版社，1999 年。

《異苑》，〔南朝宋〕劉敬叔撰、范甯校點，北京：中華書局，1996 年。

《藝文類聚》，〔唐〕歐陽詢撰、汪紹楹校，上海古籍出版社，1965 年。

《義門讀書記》，〔清〕何焯撰，《四庫全書》第 860 冊。

《易象通說》，錢世明著，北京：華夏出版社，1989 年。

《殷芸小說》，〔南朝梁〕殷芸編纂、周楞伽輯注，上海古籍出版社，1994 年。

《遊仙窟》，〔唐〕張鷟著，上海書店，1929 年。

《語言與神話》中譯本，〔德〕恩斯特・卡西爾著、於曉等譯，北京：生活・讀書・新知三聯書店，1988 年。

《玉山璞稿》，〔元〕顧阿瑛撰，《四庫全書》第 1220 冊。

《玉振金聲——玉器・金銀器考古學研究》，盧兆蔭著，北京：科學出版社，2007 年。

《御定歷代賦彙》，〔清〕陳元龍編，《四庫全書》第 1419～1422 冊。

《御定歷代題畫詩類》，〔清〕陳邦彥等編，《四庫全書》第 1435～1436 冊。

《御定佩文齋廣群芳譜》，〔清〕汪灝等撰，《四庫全書》第 845～847 冊。

《御選明詩》，〔清〕張豫章等編，《四庫全書》第 1442～1444 冊。

《御製詩三集》，〔清〕高宗弘曆撰，〔清〕蔣溥、〔清〕于敏中、〔清〕王杰等編，《四庫全書》1306 冊。

《袁宏道集箋校》，〔明〕袁宏道著、錢伯誠箋校，上海古籍出版社，1981 年。

《原始崇拜綱要——中華圖騰文化與生殖文化》，龔維英著，北京：中國民間文藝出版社，1989 年。

《原始文化》，〔英〕愛德華・泰勒著、連樹聲譯，上海文藝出版社，1992 年。

《元豐九域志》，〔宋〕王存撰，《四庫全書》第 471 冊。

《元詩選》初集，〔清〕顧嗣立編，北京：中華書局，1987 年。

《元音遺響》，〔元〕胡布撰，《四庫全書》第 1369 冊。

《苑洛集》，〔明〕韓邦奇撰，《四庫全書》第 1269 冊。

《樂府詩集》，〔宋〕郭茂倩編，北京：中華書局，1979 年。

《樂府指迷箋釋》，〔宋〕沈義父著、蔡嵩雲箋釋，北京：人民文學出版社，1963 年。

《越絕書》，〔東漢〕袁康、吳平輯錄，樂祖謀點校，上海古籍出版社，1985 年。

《月令粹編》，〔清〕秦嘉謨編，《續修四庫全書》第 885 冊，上海古籍出版社，2002 年。

《月輪山詞論集》，夏承燾著，北京：中華書局，1979 年。

《雲笈七籤》，〔宋〕張君房撰，《四庫全書》第 1060～1061 冊。

Z

《棗林雜俎》，〔清〕談遷著，羅仲輝、胡明點校，北京：中華書局，2006 年。

《湛然居士集》，〔元〕耶律楚材撰，《四庫全書》第 1191 冊。

《湛然研究——以唐代天台宗中興問題爲線索》，俞學明著，北京：中國社

會科學出版社，2006 年。

《浙江通志》，〔清〕嵇曾筠監修、〔清〕沈翼機編纂，《四庫全書》第 519～526 冊。

《真誥》，〔南朝梁〕陶弘景著，北京：中華書局，1985 年，《叢書集成初編》本。

《真誥校注》，〔日〕吉川忠夫等編、朱越利譯，北京：中國社會科學出版社，2006 年。

《鄭板橋全集》，卞孝萱編，濟南：齊魯書社，1985 年。

《直齋書錄解題》，〔宋〕陳振孫撰，北京：中華書局，1985 年，《叢書集成初編》本。

《中國禪學思想史》，〔日〕忽滑谷快天撰、朱謙之譯，上海古籍出版社，2002 年。

《中國禪宗史》，印順著，上海書店，1992 年。

《中國傳統文學與經濟生活》，許建平、祁志祥主編，鄭州：河南人民出版社，2006 年。

《中國方術續考》，李零著，北京：東方出版社，2000 年。

《中國方術正考》，李零著，北京：中華書局，2006 年。

《中國風俗通史·秦漢卷》，彭衛、楊振紅著，上海文藝出版社，2002 年。

《中國風水文化》，高友謙著，北京：團結出版社，2004 年。

《中國佛教》（一），中國佛教協會編，北京：知識出版社，1980 年，

《中國佛教史》，任繼愈主編，北京：中國社會科學出版社，1985 年。

《中國佛教哲學要義》，方立天著，北京：中國人民大學出版社，2002 年。

《中國佛性論》，賴永海著，北京：中國青年出版社，1999 年。

《中國歌謠》，朱自清著，北京：金城出版社，2005 年。

《中國古代的夢書》，劉文英編，北京：中華書局，1990 年。

《中國古代房內考》，〔荷蘭〕高羅佩著、李零等譯，北京：商務印書館，2007 年。

《中國古代民間故事類型研究》，祁連休著，石家莊：河北教育出版社，2007 年。

《中國古代社會新研》（影印本），李玄伯著，上海文藝出版社，1988 年。

《中國古代社會研究：外二種》，郭沫若著，石家莊：河北教育出版社，2000 年。

《中國古代神話的文化觀照》，閻德亮著，北京：人民出版社，2008 年。

《中國古代文學主題學思想研究》，王立著，天津教育出版社，2008 年。

《中國古代小說與宗教》，孫遜著，上海：復旦大學出版社，2000 年。

《中國古代宗教與神話考》，丁山著，上海文藝出版社，1988 年影印本。

《中國古典詩歌主題研究》，陳向春著，北京：高等教育出版社，2008 年。

《中國古典戲曲論著集成》，中國戲曲研究院編，北京：中國戲劇出版社，
　　1959 年。

《中國科學技術典籍通彙‧生物卷》，任繼愈主編，鄭州：河南教育出版社，
　　1993 年。

《中國科學技術史》第一卷，〔英〕李約瑟著、《中國科學技術史》翻譯小組
　　譯，北京：科學出版社，1975 年。

《中國夢文化》，傅正谷著，北京：中國社會科學出版社，1993 年。

《中國神話傳說詞典》，袁珂著，上海辭書出版社，1985 年。

《中國生育信仰》，宋兆麟著，上海文藝出版社，1999 年。

《中國生殖崇拜文化論》，傅道彬著，武漢：湖北人民出版社，1990 年。

《中國詩歌藝術研究》，袁行霈著，北京大學出版社，2009 年。

《中國詩史》，陸侃如著，北京：作家出版社，1957 年。

《中國思想通史》，侯外廬、趙紀彬、杜國庠、丘漢生著，北京：人民出版
　　社，1957 年。

《中國圖騰文化》，何星亮著，北京：中國社會科學出版社，1992 年。

《中國文化的精英──太陽英雄神話比較研究》，蕭兵著，上海文藝出版社，
　　1989 年。

《中國文學中的維摩與觀音》，孫昌武著，北京：高等教育出版社，1996 年。

《中國性文化──一個千年不解之結》，鄭思禮著，北京：中國對外翻譯出
　　版公司，1994 年。

《中國雅俗文學思想論集》，譚帆著，北京：中華書局，2006 年。

《中國艷情小說史》，張廷興著，北京：中央編譯出版社，2008 年。

《中國遠古神話與歷史新探》，何新著，哈爾濱：黑龍江教育出版社，1988
　　年。

《中國早期思想與符號研究：關於四神的起源及其體系形成》，王小盾著，
　　上海人民出版社，2008 年。

《中國「中世紀」的終結：中唐文學文化論集》，〔美〕宇文所安著，陳引馳、
　　陳磊譯，北京：生活‧讀書‧新知三聯書店，2006 年。

《中國竹文化》，何明、廖國強著，北京：人民出版社，2007 年。

《中華佛教百科全書》，藍吉富主編，臺南：中華佛教百科文獻基金會，1994
　　年。

《中華散文珍藏本：宗璞卷》，宗璞著，北京：人民文學出版社，2000 年。

《中日文化交流史大系・文學卷》，嚴紹璗、中西進主編，杭州：浙江人民出版社，1996 年。

《中唐詩歌嬗變的民俗觀照》，劉航著，北京：學苑出版社，2004 年。

《中州集》，〔金〕元好問編，北京：中華書局，1959 年。

《周禮注疏》，《十三經注疏》整理委員會整理、李學勤主編，北京大學出版社，1999 年。

《〈周易參同契〉通析》，潘啓明著，上海翻譯出版公司，1990 年。

《周易譯注》，黃壽祺、張善文譯注，上海古籍出版社，2001 年。

《周易正義》，《十三經注疏》整理委員會整理、李學勤主編，北京大學出版社，1999 年。

《朱子語類》，〔宋〕黎靖德編、王星賢點校，北京：中華書局，1986 年。

《竹林答問》，〔清〕陳僅著，《四庫未收書輯刊》第九輯，北京出版社，2000 年。

《竹譜》，〔晉〕戴凱之撰，《四庫全書》第 845 冊。

《竹譜詳錄》，〔元〕李衎著，吳慶峰、張金霞整理，濟南：山東畫報出版社，2006 年。

《莊靖集》，〔金〕李俊民撰，《四庫全書》第 1190 冊。

《莊子集解》，〔清〕王先謙撰，上海書店，1987 年。

《資治通鑒》，〔宋〕司馬光撰、〔元〕胡三省音注，《四庫全書》第 304～310 冊。

《子不語》，〔清〕袁枚編撰，申孟、甘林點校，上海古籍出版社，1986 年。

《祖堂集》，〔南唐〕靜、筠二禪師編撰，孫昌武、〔日〕衣川賢次、〔日〕西口芳男點校，北京：中華書局，2007 年。

《檇李詩繫》，〔清〕沈季友編，《四庫全書》第 1475 冊。

《遵生八箋》，〔明〕高濂撰，蘭州：甘肅文化出版社，2004 年。

二、論文類〔註 2〕

（一）論文集論文

1. 馬長壽《苗瑤之起源神話》，載《民族學研究集刊》1946 年第 2 期，收入苑利主編《二十世紀中國民俗學經典・神話卷》，社會科學文獻出版社，

〔註 2〕 論文分論文集論文、博碩士學位論文、期刊論文三類，按出版年代及刊期排序。

2002 年。

2. 桀溺《牧女與蠶娘——論一個中國文學的題材》，載錢林森編《牧女與蠶娘——法國漢學家論中國古詩》，上海古籍出版社，1990 年。

3. 卞孝萱《〈補江總白猿傳〉新探》，載《唐代文學研究（第三輯）——中國唐代文學學會第五屆年會暨唐代文學國際學術討論會論文集》，桂林：廣西師範大學出版社，1992 年。

4. 文煥然《二千多年來華北西部經濟栽培竹林之北界》，載《歷史地理》第十一輯，上海人民出版社，1993 年。

5. 張克濟《子弟書中的艷曲》，載張宏生編《明清文學與性別研究》，南京：江蘇古籍出版社，2002 年。

6. 夏淥《「差」字的形義來源》，載曾憲通主編《古文字與漢語史論集》，廣州：中山大學出版社，2002 年。

7. 游國恩《楚辭女性中心說》，載褚斌杰編《屈原研究》，武漢：湖北教育出版社，2003 年。

8. 程俊英《名物雜考‧寺的演變》，載朱杰人、戴從喜編《程俊英教授紀念文集》，上海：華東師範大學出版社，2004 年。

9. 黃靈庚《〈九歌〉源流叢論》，載《文史》2004 年第 2 輯，北京：中華書局，2004 年。

10. 蔡哲茂《說殷卜辭中的「圭」字》，載中國文字學會、河北大學漢字研究中心編《漢字研究》第一輯，北京：學苑出版社，2005 年。

11. 顧森《渴望生命的圖式——漢代西王母圖象研究之一》，載鄭先興主編《漢畫研究：中國漢畫學會第十屆年會論文集》，武漢：湖北人民出版社，2006年。

12. 劉黎明、夏春芬《論密室型故事》，載項楚主編《中國俗文化研究》第四輯，成都：巴蜀書社，2007 年。

13. 〔清〕姚培謙撰、王雨霖整理《松桂讀書堂詩話》，載蔣寅、張伯偉主編《中國詩學》第十二輯，北京：人民文學出版社，2008 年。

14. 范景中《竹譜》，載范景中、曹意強主編《美術史與觀念史》第Ⅶ輯，南京師範大學出版社，2009 年。

（二）博碩士學位論文

1. 石志鳥《中國古代文學楊柳題材與意象研究》，南京師範大學 2007 年博士論文。

2. 馬利文《唐代咏竹詩研究》，南京師範大學 2008 年碩士論文。

（三）期刊論文

1. 陳夢家《高禖郊社祖廟通考》,《清華大學學報(自然科學版)》1937 年 03 期(第 12 卷第 3 期)。

2. 竺可楨《中國近五千年來氣候變遷的初步研究》,《考古學報》,1972 年 第 1 期。

3. 蕭兵《通靈寶玉和絳珠仙草——〈紅樓夢〉小品(二則)》,《紅樓夢學刊》 1980 年第 2 期。

4. 楊匡民《楚聲今昔初探》,《江漢論壇》1980 年第 5 期。

5. 蔡起福《淒涼古竹枝》,《文學遺產》1981 年第 4 期。

6. 許圖南《古竹院考——從李涉的詩談到鎮江的竹林寺》,《江蘇大學學報 (高教研究版)》1981 年第 2 期。

7. 陳娟娟《錦綉梅花》,《故宮博物院院刊》1982 年第 3 期。

8. 李劍國《六朝志怪中的洞窟傳說》,《天津師範大學學報(社會科學版)》 1982 年第 6 期。

9. 彭秀樞、彭南均《竹枝詞的源流》,《江漢論壇》1982 年第 12 期。

10. 白一平《上古漢語﹡﹡sr 的發展》《語言研究》1983 年第 1 期。

11. 張靜二《論觀音與西遊故事》,載《政治大學學報》第 48 期,1983 年 2 月出版。

12. 〔日〕君島久子著、龔益善譯《關於金沙江竹娘的傳說——藏族傳說與 〈竹取物語〉》,《民間文學論壇》1983 年第 3 期。

13. 宋兆麟《雷山苗族的招龍儀式》,《世界宗教研究》1983 年第 3 期。

14. 〔日〕君島久子著、龔益善譯《關於金沙江竹娘的傳說——藏族傳說與 〈竹取物語〉》,《民間文學論壇》1983 年第 3 期。

15. 龔維英《原始人「植物生人」觀念初探》,《民間文學論壇》1985 年第 1 期。

16. 朱淡文《〈紅樓夢〉神話論源》,《紅樓夢學刊》1985 年第 1 輯。

17. 沈彙《哀牢文化新探》,《社會科學戰線》1985 年第 3 期。

18. 王紀潮《屈賦中的楚婚俗》,《江漢論壇》1985 年第 3 期。

19. 何積全《竹王傳說流傳範圍考索——〈竹王傳說初探〉之一》,《貴州社 會科學》1985 年第 9 期。

20. 王家祐《安岳(縣)毗盧洞造像》,《宗教學研究》1985 年第 s1 期。

21. 宋兆麟《漫談圖騰崇拜》,《文史知識》1986 年第 5 期。

22. 王惠民《敦煌水月觀音像》,《敦煌研究》1987 年第 1 期。

23. 陳揚炯《澄觀評傳》,《五臺山研究》1987 年第 3 期。

24. 季智慧《節杖與唐宋巴蜀文人》,《文史雜誌》1988 年第 4 期。

25. 祝注先《論「竹枝詞」》,《西南民族學院學報（哲學社會科學版）》1988年第 4 期。

26. 季智慧《巴蜀祭竹場所及活動景況》,《文史雜誌》1989 年第 4 期。

27. 王恩田《蒼山元嘉元年漢畫像石墓考》,《四川文物》,1989 年第 4 期。

28. 李蒲《竹枝詞斷想及其他》,《民間文學論壇》1989 年第 6 期。

29. 季智慧《探〈竹枝〉之源——從聲音工具、宗教咒語到一種獨立的民間藝術形式》,《民間文學論壇》1989 年第 6 期。

30. 趙克堯《從觀音的變性看佛教的中國化》,《東南文化》1990 年第 4 期。

31. 趙殿增、袁曙光《「天門」考——兼論四川漢畫像磚（石）的組合與主題》,《四川文物》1990 年第 6 期。

32. 沈玉成《「竹林七賢」與「二十四友」》,《遼寧大學學報》1990 年第 6 期。

33. 黃南珊《淚文學與情感表現》,《社會科學探索》1991 年第 2 期。

34. 劉康德《「竹林七賢」之有無與中古文化精神》,《復旦學報（社會科學版）》1991 年第 5 期。

35. 屈小強《巴蜀氏族——部落集團的共同圖騰是竹》,《四川師範大學學報（社會科學版）》1992 年第 3 期。

36. 周南泉《論中國古代的圭——古玉研究之三》,《故宮博物院院刊》1992 年第 3 期。

37. 蕭登福《道教符籙咒印對佛教密宗之影響》,《臺中商專學報》第 24 期,1992 年 6 月。

38. 肖常緯《〈竹枝曲〉尋踪》(《音樂探索》1992 年第 4 期。

39. 屈小強《巴蜀竹崇拜透視》,《社會科學研究》1992 年第 5 期。

40. 車廣錦《中國傳統文化論——關於生殖崇拜和祖先崇拜的考古學研究》,《東南文化》1992 年第 5 期。

41. 何長江《湘妃故事的流變及其原型透視》,《中國文學研究》1993 年第 1 期。

42. 縢延振《浙江寧海發現一件眞子飛霜銅鏡》,《文物》1993 年第 2 期。

43. 楊先國《再議巴渝舞》,《民族藝術》1993 年第 3 期。

44. 傅如一、張琴《民歌「竹枝」溯源——竹枝詞新論之一》,《山西大學學報（哲學社會科學版）》1993 年第 4 期。

45. 柳蔭柏《〈紅樓夢〉與古代靈石傳說》,《民間文學論壇》1993 年第 2 期。

46. 朱淡文《林黛玉形象探源》,《紅樓夢學刊》1994 年第 1 期。

47. 詹石窗《青鳥、道教與生殖崇拜論》,《民間文學論壇》1994 年第 2 期。

48. 黃維華《「御」的符號意義及其文化內涵》,《常熟高專學報》1994 年第 2

期。

49. 黃伯惠、華錫奇、陳伯翔《不同筍用竹種筍期生長規律觀察》，《竹子研究彙刊》1994 年第 3 期。

50. 楊樹森《宗教禮儀‧愛情圖畫‧生命贊歌——對〈國風〉「東門」的文化人類學臆解》，《社會科學戰線》1994 年第 3 期。

51. 宋公文《論先秦時期原始婚姻形態在楚國的遺存》，《社會學研究》1994 年第 4 期。

52. 麻國鈞《竹崇拜的儺文化印迹——兼考竹竿拂子》，《民族藝術》1994 年第 4 期。

53. 白化文《漢化佛教僧人的拄杖、禪杖和錫杖》，《中國典籍與文化》1994 年第 4 期。

54. 廖明君《植物崇拜與生殖崇拜——壯族生殖崇拜文化研究（中）》，《廣西民族學院學報（哲學社會科學版）》1995 年第 2 期。

55. 龔維英《對孤竹、伯夷史實的辨識及評價》，《江漢考古》1995 年第 2 期。

56. 周俐《試論仙話小說中的尸解與竹》，《明清小說研究》1995 年第 2 期。

57. 蔡元亨《巴人「變風」之觴及其濫觴》，《湖北民族學院學報（社會科學版）》1995 年第 3 期。

58. 廖群《〈詩經〉比興中性意象的文化探源》，《文史哲》1995 年第 3 期。

59. 王慶沅《竹枝歌和聲考辨》，《音樂研究》1996 年第 2 期。

60. 王純五《本竹治小考》，《宗教學研究》1996 年第 2 期。

61. 江林昌《楚辭中所見遠古婚俗考》，《中州學刊》1996 年第 3 期。

62. 王泉根《論圖騰感生與古姓起源》，《民間文學論壇》1996 年第 4 期。

63. 周鳳章《「竹林七賢」稱名始於東晉謝安說》，《學術研究》1996 年 6 期。

64. 揚之水《〈詩‧小雅‧都人士〉名物新詮》，《文學遺產》1997 年第 2 期。

65. 尚永琪《中國古代的杖與尊老制度》，《中國典籍與文化》1997 年第 2 期。

66. 范子燁《論異型文化之合成品：「竹林七賢」的意蘊與背景》，《學習與探索》1997 年第 2 期。

67. 邢東田《玄女的起源、職能及演變》，《世界宗教研究》1997 年第 3 期。

68. 濮擎紅《與林黛玉形象塑造有關的一些原型、意象》，《明清小說研究》1998 年第 2 期。

69. 王英賢《〈詩經〉「東門」的象徵意蘊》，《貴州文史叢刊》1998 年第 2 期。

70. 王政《敦煌遺書中生殖婚配喻象探討》，《敦煌研究》1998 年第 3 期。

71. 關傳友《男婚女嫁，以竹為事——婚戀習俗中的竹意象和功能》，《皖西學院學報（綜合版）》1998 年第 3 期。

72. 魏文斌、師彥靈、唐曉軍《甘肅宋金墓「二十四孝」圖與敦煌遺書〈孝子傳〉》，《敦煌研究》1998 年第 3 期。

73. 蕭兵《猿猴搶婚型故事的世界性傳承——兼論其與「巨怪吃人」型故事的遞嬗關係》，《淮陰師範學院學報（哲學社會科學版）》1998 年第 4 期。

74. 蔣方《試論漢上游女傳說之文化意蘊——兼論與屈宋作品中「求女」的聯繫》，《湖北大學學報（哲學社會科學版）》1998 年第 4 期

75. 劉磐修《魏晉南北朝社會上層乘坐牛車風俗述論》，《中國典籍與文化》1998 年第 4 期。

76. 張福勛《送別寄物詩雜談》，《名作欣賞》1998 年第 6 期。

77. 劉毓慶《「女媧補天」與生殖崇拜》，《文藝研究》1998 年第 6 期。

78. 池水涌、趙宗來《孔子之前的「君子」內涵》，《延邊大學學報〔社會科學版〕》1999 年第 1 期。

79. 黃崇浩《「竹王崇拜」與〈竹枝詞〉》，《黃岡師專學報》1999 年第 1 期。

80. 李冀《舜帝與二妃——兼論湘妃神話之變異》，《民族論壇》1999 年第 1 期。

81. 孫遜、柳岳梅《中國古代遇仙小說的歷史演變》，《文學評論》1999 年第 2 期。

82. 王厚宇、王衛清《考古資料中的先秦金較》，《中國典籍與文化》1999 年第 3 期。

83. 段學儉《〈詩經〉中「南山」意象的文化意蘊》，《遼寧師範大學學報（社科版）》1999 年第 3 期。

84. 關傳友《論竹的圖騰崇拜文化》，《六安師專學報》第 15 卷第 3 期（1999 年 8 月）。

85. 黃劍華《古代蜀人的天門觀念》，《中華文化論壇》1999 年第 4 期。

86. 周叔迦《無情有佛性》，《佛教文化》1999 年 4 月。

87. 何寶年《中國咏竹文學的形成和發展》，《文教資料》1999 年第 5 期。

88. 衛紹生《竹林七賢若干問題考辨》，《中州學刊》1999 年 5 期。

89. 程杰《「美人」與「高士」——兩個咏梅擬象的遞變》，《南京師大學報（社會科學版）》1999 年第 6 期。

90. 宋鼎立《〈晉書〉採小說辨》，《史學史研究》2000 年第 1 期。

91. 王家祐《古代一娶二女婚俗起自蜀山》，《文史雜誌》2000 年第 1 期。

92. 關傳友《論竹的崇拜》，《古今農業》2000 年第 3 期。

93. 程杰《歲寒三友緣起考》，《中國典籍與文化》2000 年第 3 期。

94. 程杰《梅與水、月——一個咏梅模式的發展》，《江蘇社會科學》2000 年

第 4 期。

95. 李中華《「竹林之遊」事迹考辨》,《江漢論壇》2001 年 1 期。

96. 曾德仁《四川安岳石窟的年代與分期》,《四川文物》2001 年第 2 期。

97. 段塔麗《唐代婚俗「繞車三匝」漫議》,《中國典籍與文化》2001 年第 3 期。

98. 張澤洪《論道教齋醮儀禮的祭壇》,《中國道教》2001 年第 4 期。

99. 連鎮標《巫山神女故事的起源及其演變》,《世界宗教研究》2001 年第 4 期。

100. 王曉毅《「竹林七賢」考》,載《歷史研究》2001 年第 5 期。

101. 貝逸文《普陀紫竹觀音及其東傳考略》,《浙江海洋學院學報（人文科學版）》2002 年第 1 期。

102. 滕福海《「竹林七賢」稱名依託佛書說質疑》,《溫州師範學院學報（哲學社會科學版）》2002 年第 2 期。

103. 張寶明《杖・古代尊老制度及相關文化内涵》,《東南學術》2002 年第 4 期。

104. 陳智勇《先秦時期的「臺」文化》,《尋根》2002 年第 6 期。

105. 沈爾安《趣說耳朵與性愛》,《生活與健康》2002 年第 9 期。

106. 李翎《水月觀音與藏傳佛教觀音像之關係》,《美術》2002 年第 11 期。

107. 王青山《論〈紅樓夢〉中絳珠草意象》,《内蒙古經濟管理幹部學院學報》2002 年 Z1 期。

108. 高彩榮、馬潔《「花兒」名稱研究綜述》,《三門峽職業技術學院學報》2003 年第 1 期。

109. 陳正平《巴渝古代民歌簡論》,《四川師範學院學報（哲學社會科學版）》2003 年第 1 期。

110. 韓格平《竹林七賢名義考辨》,《文學遺產》2003 年 2 期。

111. 程郁綴《古代送別詩中主要意象小議》,《名作欣賞》2003 年第 4 期。

112. 蔣方《遊女佩珠的傳說及其意蘊》,《古典文學知識》2003 年第 3 期。

113. 丘堯榮、陳大劍《研究竹林地理環境，開發竹文化旅遊資源——永安「竹神廟」的規劃選址與地理環境》,《華東森林經理》2003 年第 4 期。

114. 王輝斌《王維開元行踪求是》,《山西大學學報（哲學社會科學版）》2003 年第 4 期。

115. 劉上生《〈紅樓夢〉的形象符號與湘楚文化》,《湖南城市學院學報》2003 年第 5 期。

116. 李建《「女媧作笙簧」神話的文化解讀》,《南通師範學院學報（哲學社會

科學版)》第 20 卷第 1 期（2004 年 3 月）。

117. 向松柏《巴人竹枝詞的起源與文化生態》,《湖北民族學院學報（哲學社會科學版)》2004 年第 1 期。

118. 馬駿《「染筠」「崩心」考》,《日語學習與研究》2004 年第 1 期。

119. 關傳友《論先秦時期我國的竹資源及利用》,《竹子研究彙刊》2004 年第 2 期。

120. 肖發榮《「產翁制」與早期社會組織演變》,《貴州民族研究》2004 年第 2 期。

121. 黃維華《御：社土崇拜及其農耕——生殖文化主題》,《民族藝術》2004 年第 3 期。

122. 李學勤《由兩條〈花東〉卜辭看殷禮》,《吉林師範大學學報》2004 年第 3 期。

123. 朱越利《房中女神的沉寂及原因》摘要,《西南民族大學學報》（人文社科版）2004 年第 3 期。

124. 鍾志藝《走進竹林深處——〈「竹文化」大擂臺〉綜合性學習》,《語文建設》2004 年第 11 期。

125. 徐時儀《「嘍囉」考》,《語言科學》2005 年第 1 期。

126. 陳士瑜、陳啓武《蓷菌考》,《中國農史》2005 年第 1 期。

127. 張學敏《竹枝詞四論》,《西華師範大學學報（哲學社會科學版)》2005 年第 1 期。

128. 熊篤《竹枝詞源流考》,《重慶師範大學學報（哲學社會科學版)》2005 年第 1 期。

129. 王志強《「西王母」神話的原型解讀及民俗學意義》,《青海民族學院學報（社會科學版)》2005 年第 1 期。

130. 劉力等《苦竹筍、葉營養成分分析》,《竹子研究彙刊》2005 年第 2 期。

131. 胡海義《關於「竹林七賢」名義的思考》,《貴州文史叢刊》2005 年第 2 期。

132. 唐光孝《四川漢代「高禖圖」畫像磚的再探討》,《四川文物》2005 年第 2 期。

133. 楊健吾《佛教的色彩觀念和習俗》,《西藏藝術研究》2005 年第 2 期。

134. 黃維華《「東方」時空觀中的生育主題——兼議〈詩經〉東門情歌》,《民族藝術》2005 年第 2 期。

135. 關傳友《論中國的竹生殖崇拜》,《竹子研究彙刊》2005 年第 3 期。

136. 龍騰《本竹山本竹治略考》,《成都文物》2005 年第 3 期。

137. 王國安《讀〈巽公院五咏〉兼論柳宗元的佛教信仰》,《湖南科技學院學

報》2005 年第 3 期。

138. 許紅霞《「蔬筍氣」意義面面觀》，載《中國典籍與文化》2005 年第 4 期。

139. 朱良志《禪門「青青翠竹總是法身」辨義》，《江西社會科學》2005 年第 4 期。

140. 李立芳《湖湘竹文化及其在現代藝術設計中的傳承》，《湖南商學院學報》2005 年第 6 期。

141. 黃金貴《「望羊」義考》，《辭書研究》2006 年第 4 期。

142. 王立、蘇敏《古典文學中竹意象的神話原型尋秘》，《大連大學學報》2006 年第 5 期。

143. 方廣錩《〈祖堂集〉中的「西來意」》，《世界宗教研究》2007 年第 1 期。

144. 何薇《珠江三角洲鹹水歌的起源與發展》，《廣州大學學報》（社會科學版）2007 年第 1 期。

145. 姜守誠《「命樹」考》，《哲學動態》2007 年第 1 期。

146. 胡俊《（南朝）畫像磚〈竹林七賢與榮啓期〉何以無竹》，《南京藝術學院學報》2007 年第 3 期。

147. 馬乃訓、陳光才、袁金玲《國產竹類植物生物多樣性及保護策略》，《林業科學》2007 年第 4 期。

148. 饒道慶《「絳珠」之意蘊及其與古代文學的關係》，《紅樓夢學刊》2007 年第 4 期。

149. 李劍國《竹林神・平康里・宣陽里——關於〈李娃傳〉的一處闕文》，《古典文學知識》2007 年第 6 期。

150. 唐浩國等《竹葉黃酮對小鼠脾細胞免疫的分子機制研究》，《食品科學》2007 年第 9 期。

151. 高慎濤《僧詩之「蔬筍氣」與「酸餡氣」》，《古典文學知識》2008 年第 1 期。

152. 陳金文《「竹生甲兵」母題生成新探》，《廣西民族大學學報（哲學社會科學版）》2008 年第 2 期。

153. 馬鵬翔《「竹林七賢」名號之流傳與東晉中前期政局》，《中國哲學史》2008 年第 2 期。

154. 劉海燕《竹林禪韵——論竹的環境意象之一》，《世界竹藤通訊》2008 年第 4 期。

155. 張明非《論李商隱詩的象徵藝術》，《廣西師範大學學報（哲學社會科學版）》2008 年第 4 期。

156. 姚思彧《斑斑竹淚連瀟湘——從唐詩中的斑竹意象淺窺神話的詩性重構》，《太原大學教育學院學報》2008 年增刊。

157. 金建鋒《「三朝高僧傳」中的竹林寺》,《宗教學研究》2009 年第 1 期。

158. 張艷禮編譯《性的當代意義》,合肥:《戀愛·婚姻·家庭》2009 年第 3 期。

159. 王功絹《論唐詩中杜鵑意象及其情感蘊涵》,《湖北師範學院學報（哲學社會科學版）》2009 年第 4 期。

160. 楊廣銀《圖必有意,意必吉祥——中國傳統文化中的諧音造型》,《文藝研究》2009 年第 7 期。

三、網絡資料：〔註3〕

1. 〔唐〕釋思託撰《上宮皇太子菩薩傳》
   網址:http://miko.org/~uraki/kuon/furu/text/seitoku/bosatu.htm。

2. 周均平《「比德」「比情」「暢神」——論漢代自然審美觀的發展和突破》,見山東師大文藝學網頁
   網址:http://www.sdnuwyx.com/newest/shownews.asp 敍 newsid=1212。

〔註3〕 本書盡量引用原始紙質文獻,但有的材料暫時只見網絡版,一時無法得見紙本,如《上宮皇太子菩薩傳》。周均平《「比德」「比情」「暢神」——論漢代自然審美觀的發展和突破》一文,原載《文藝研究》2003 年第 5 期,發表時有刪節,本文所參考內容只見於山東師大文藝學網頁,而不見於發表的《文藝研究》期刊。

後　記

　　本書是我的博士學位論文。畢業將近四年，竟未能有所修正補充，實在慚愧。雖偶而添加一些「枝葉」，却無暇全面修訂。眼下交稿期限臨近，這些零星的「枝葉」也不敢羼入，生怕理不順而擾亂了原來的思路。這期間也董理部分內容，發表於《閩江學刊》，分別是：《古代文學中的竹林》（2010 年第 1 期）、《古代文學中竹笋的物色美感與文化意蘊》（2011 年第 1 期）、《論古代貶竹文學》（2012 年第 1 期）、《論竹意象的別離內涵及其形成原因》（2013 年第 1 期）。

　　博論末尾曾附《致謝》，交代論文寫作經過以及接受幫助的情況，今仍附此：

　　　　六年前，我考上南京師範大學碩士研究生，有幸忝列程杰教授門下。三年前，蒙先生不弃，再列門墻，繼續讀博。對於我這樣年齡偏大、學無積累、天資駑鈍的學生，先生從未放弃，而是關愛有加，悉心指導。記得向先生提出想以竹子題材文學研究爲博士論文選題時，先生的答覆出乎我的意料。他幾次都表示，我碩士論文選題是宋代作家研究，有些積累，博士論文接著做宋代文學研究相對容易些，并提出幾個選題讓我挑選。先生的體貼令人感動，但我最終選擇竹子題材文學研究這個題目，既是對文學題材與意象研究抱有更多興趣，也是想換一種研究思路與方法。確定選題後，就論文的章節設置，曾多次求教於先生，先生與我長談，指示以宏觀的史的研究與微觀的專題研究相結合，縱、橫互爲補充，點、面交相結合，先做大塊的面上的後做細節的局部的，先吃容易的好吃的再吃

難啃的難嚼的。我是一個只見樹木不見森林的人，也是容易被路邊風景迷住而忘了前行的人，因此常對瑣碎問題很感興趣而疏於整體把握論題，未能將先生提出的治學原則貫徹下去，先生不以為忤，既能及時指出其弊，也常以自己的治學經歷相啓發。我至今未能完成關於竹子題材與意象的歷時演變的研究，有負先生期望。上編三章是所花精力最多的部分，也是自己最不滿意的部分，先生自然更不滿意。到去年十月份，下編前三章還未動筆，我整日如熱鍋上螞蟻一樣著急，甚至產生了退而求其次的想法：只提交上編竹文化研究部分。是先生及時的開導與督促才使我得以完成下編竹子題材文學研究，其中關於竹筍、竹林等章節受先生啓發最多。先生是藹然長者，循循善誘，偶而也有發怒的時候，那是因為我交上了粗製濫造的論文，事後先生多次語重心長地對我說，論文不求刊於何種雜誌，但求無愧於心，寫完後多讀幾遍，其弊自見。樸實的話語，道出了真理。每每想起，思之歉疚，我將永遠記取先生的教誨。先生還每以讀書所見竹子相關資料相告。所以本書從選題、構思到最後完稿，都凝聚著先生的心血。如果說本書還有可取之處，那是與先生的關懷與指導分不開的；而論文的不足，實在是因為我的偷懶懈怠和處理不當。先生同樣關心我的生活，關心我的就業。這些關愛難以一一細述，但都點滴在心，無法忘懷。我無以為報，唯有今後不斷努力，方不負先生厚愛。

感謝張采民教授、鍾振振教授、鄧紅梅教授等各位老師在開題及預答辯時的寶貴建議。感謝參與論文盲審的三位專家，感謝參加論文答辯的莫礪鋒教授、武秀成教授、鍾振振教授、鄧紅梅教授，感謝他們對論文的肯定與所提的寶貴意見。感謝曹辛華老師給我的教誨與幫助。任群、石志鳥、渠紅岩、張榮東、施常州、盧曉輝、黃浩然等同門都給過我不少幫助，蘇芃、張瑞芳、鄭虹霓、馮青、高平等各位博士都以不同方式提供資料，也在此致以謝忱。隨園西山圖書館大廳形如天井，二、三、四層提供免費上網插口，我們常常在三樓圍繞天井讀書上網，遂戲稱「井觀會」，取坐井觀天之意也。畢業在即，大家將分處各地，如林竹離立，井觀之盛不復再有。我將經常懷念西山圖書館與我們的「井觀會」。

　　最後感謝我的妻子葛永青。我連續讀書六年，多虧她操持家務、輔導孩子，使我能夠安心完成學業。

王三毛

2010 年 5 月於隨園

　　再次感謝導師程杰教授，先生不僅於我在校期間耳提面命、督促有加，在我畢業離校後也繼續關心博論的修訂與出版。希望今後能夠有時間進行詳細修訂，并就先生所指示的筍文化等領域繼續探索。

王三毛，2014 年 4 月於恩施